AF289409

Günter Schuler

DER EXIT-KOMPLEX

Deutschland, Ende der 2020er-Jahre: Claudia Kopinski und Theo Schröder befinden sich auf der Flucht vor dem »EXIT-Programm«. Die politisch hochkontroverse Maßnahme dient dem Zweck, gesellschaftliche Problemfälle einem Einfrier-Verfahren zu unterziehen und in einer späteren Zeit wieder aufzutauen. Zurück geht sie auf einen französischen Wissenschaftler namens Jacques Bauer – eine Person, die eine eigene Nahtod-Erfahrung in klingende Münze umgesetzt hat und, so die Medien, kurz vor dem Start des Programms zum zweiten Mal verstorben ist. In Paris, wohin Kopinski und Schröder sich abgesetzt haben, laufen in der Folge mehr und mehr Fäden zusammen. Die Aktivitäten von krimineller Unterwelt, Nachrichtendiensten, welche das Milieu der Geflüchteten in der französischen Hauptstadt ausforschen, Politikern, Rechtsextremen und schließlich einem Online-Magazin, welches den Sumpf rund um das »Programm« näher ausleuchten will, schaffen dabei zunehmend eine explosive Mischung. Und Kopinski und Schröder werden mehr in den Strudel der Ereignisse hineingezogen, als ihnen lieb ist.

Der EXIT-Komplex verbindet Elemente des klassischen Thrillers mit denen der Pulp-Geschichte, der Burleske sowie des französischen Exofictionalismus-Dramas. Mit seiner Science-Geschichte greift Autor **Günter Schuler** gesellschaftliche Entwicklungen auf und spitzt sie mit den Mitteln des Noir-Romans zu. Herausgekommen ist eine Erzählung über staatliche Strukturen, die sich verselbständigen – und was das mit Menschen sowie der umgebenden Gesellschaft macht.

Günter Schuler

Der EXIT-Komplex

Thriller

Bibliografische Information der Deutschen Nationalbibliothek:
Die Deutsche Nationalbibliothek verzeichnet diese Publikation in
der Deutschen Nationalbibliografie; detaillierte bibliografische Daten
sind im Unternet über http://dnb.dnb.de abrrufbar.

Die automatisierte Analyse des Werkes, um daraus Informationen,
insbesondere über Muster, Trends und Korrelationen gemäß § 44b UrhG
(»Text und Data Mining«) zu gewinnen, ist untersagt.

© Günter Schuler, Juni 2025. Alle Rechte vorbehalten.

Lektorat: Joachim Schmitt
Titelfoto: Tuna Ölger / Pixabay – Pixabay Content License
Foto Autor: Reinhard Simon
Gesetzt aus der Dolly

Verlag: BoD · Books on Demand GmbH,
Überseering 33, 22297 Hamburg, bod@bod.de
Druck: Libri Plureos GmbH, Friedensallee 273, 22763 Hamburg

ISBN: 978-3-8192-4958-7

Inhalt

Die Handlung dieses Romans ist frei erfunden. Ähnlichkeiten mit lebenden oder toten Personen, Parteien, Institutionen oder Firmen sind rein zufällig.

1. Teil

Bonnie und Clyde

1

Jacques Bauer (* 20. Juni 1949 in Vallan, Region Bourgogne-Franche-Comté; gestorben das erste Mal am 17. April 1992 in Châlons-sur Marne, heute: Châlons-en-Champagne in der Region Champagne-Ardenne. Aus dem Tod wiedererwacht am 30. Dezember 2002, danach normal weitergelebt; verstorben erneut am 6. Oktober 2025 in Paris) war ein französischer Biowissenschaftler und Soziologe. Seine Arbeitsschwerpunkte lagen in der Entwicklung sozialwissenschaftlich begleiteter Technologiekonzepte. Bauer gilt als Begründer innovativer Vergleichskonzepte bei der Entwicklung neuer Biotec-Verfahren. Zu seiner Volltod-Erfahrung, die lange Jahre lediglich in Insiderkreisen bekannt war, veröffentlichte er 2024 ein spektakuläres Buch mit dem Titel »Sterben und Wiederauferstehen«.

Theo Schröder kratzte sich am Kopf. Richtete den Blick erneut auf den Monitor seines MacBooks. Aber hier stand es – Wort für Wort so wiedergegeben in Wikipedia. Er schaute nach draußen, wo der spätherbstliche Himmel zwischen Orange, Blau und unterschiedlichen Grautönen oszillierte. Guter Überblick – hier im 9. Stockwerk einer Hochhaussiedlung, deren Wahl als neuer Lebensmittelpunkt ihm das Amt vor zwei Jahren dringlichst nahegelegt hatte. Das Wetter: konnte sich nicht entscheiden – ebenso wie er, rund eine Woche vor seinem angesetzten Einschläferungstermin. Mit einem nervösen Klick öffnete er die Liste mit der Versionsgeschichte des Eintrags. Vielleicht hatten sich ja irgendwelche Trolle an dem Artikel vergangen und Bauer die seltsame

Nahtodgeschichte angedichtet. Aber es war nicht so. Theo – das »dor« dahinter hatten sich seine Erzeuger zeitig gespart – erkannte mit geübtem Blick: Da war kein Troll zugange gewesen. Fakt war: Bauer hatte gelebt, war eventuell gestorben, hatte danach weitergelebt und – neben vielem anderen, was er in seinem Leben vielleicht getan hatte – ein Buch verfasst, das offensichtlich Anklang gefunden hatte.

Das ziellose Herumstöbern im Netz währte bereits zwei Stunden. Auf diesen Bauer – oder besser: diesen Wikipedia-Eintrag über Bauer – war er über allerlei Zufalls-Umwege gestoßen. Mit anderen Worten: Theo Schröder, 47 Jahre, ehemals Printproductioner bei einem Werbeblatt-Verlag und seit drei Jahren arbeitslos, tat etwas, was man Leuten wie ihm nur allzu gerne vorhielt: Er schob die Dinge vor sich her. Mit fahriger Geste steckte er sich eine Zigarette an. Sich einen imaginären Ruck gebend, nahm er den Brief zur Hand, der – kopfauf auf einem Stapel Unterlagen, die thematisch allesamt mit seinem derzeitigen Karma zu tun hatten – auf der linken Seite seines kleinen Schreibtisches lag.

Der Inhalt des Briefes klang nicht sehr ermutigend. Verfasst vom Innenministerium NRW, Düsseldorf, Abteilung EXIT, nahm er in langschweifig-umständlichem Bürokratiestil Bezug auf zurückliegende Korrespondenzen. Die reichlich mit aufgeführten Gesetzesparagrafen kehrten zusätzlich hervor, dass die Behörde lupenrein im Recht war – und darum verfügen konnte, was sie in den Folgeabschnitten eben zu verfügen gedachte. Die Verfügung wies ihn, Theo Schröder, an, sich am 13. Dezember um 8.00 Uhr im EXIT Center Düsseldorf Nord in der Wiedenberger Straße 74 einzufinden, um sich dort eben dem EXIT-Verfahren zu unterziehen. Zusätzlich imprägniert war der Anschreibetext mit Hinweisen, dass das Mitbringen von Gegenständen wie etwa SmartPhones, Büchern, Konsolen und Ähnlichem unnötig sei. Eine beigefügte und in den Anlagen des Schreibens mit enthaltene Liste würde ihn näher darüber in Kenntnis setzen, was er alles nicht mehr bräuchte – umgekehrt jedoch auch über die Dinge, gegen deren Mitbringen das Amt nichts einzuwenden habe.

Das Schreiben endete mit dem Hinweis auf unmittelbare Zwangsmaßnahmen, falls er zu dem angesetzten Termin nicht erschiene – wobei vorsorglich auch hier der entsprechende Paragraf mit angegeben war. Ergänzt war der Brief schließlich mit dem Hinweis auf die Rechtshilfebelehrung in der Anlage sowie dem Vermerk, dass er auch ohne handeingefügte Unterschrift Rechtsgültigkeit besitze.

Theos Gedanken schweiften ab – zurück zu seinem Leben noch vor wenigen Jahren. Sicher, der reine Glamour war es nicht gewesen. Er dachte zurück an den Stress im Verlag – ebenso aber auch an die lustigen Momente, die sie manchmal gehabt hatten. Die Verlagsfete, die sie zwei Jahre vor der Firmenpleite geschmissen hatten, war eines der Highlights. Theo hatte seinen Chef Rolf, mit dem er gut konnte, dazu überredet, für das Ganze eine Gartenwirtschaft draußen in der Heide zu buchen. Er, Theo, hatte den DJ gegeben. Am Ende sah die Szenerie aus wie aus dem Bilderbuch für Trucker-Romantik. Das bunte Licht der Lichterketten tauchte die sommerliche Nacht und die Tanzfläche in warme, satte Farben. Dann plötzlich sie.

»Kannst du mal einen bestimmten Song auflegen?«

Sie lächelte, eine Mischung aus Keckheit und Verlegenheit.

»Müsste gehen. An welchen hast du denn so gedacht?«

Sie beugte sich zu ihm vor und flüsterte ihm den Titel ins Ohr: *Der letzte Cowboy kommt aus Gütersloh* – ein Oldie aus unbeschwerteren Tagen, und in der Situation klar der Wink mit dem Zaunpfahl, musikalisch langsam auf die Romantik-Schiene überzuleiten. So hatten sie sich kennengelernt – Rosa und er. Am Ende hatten sie zwei, drei Stehblues-Nummern zusammen getanzt und sich danach zu einer mehr oder weniger heftigen Knutscherei hinter einen der Wohnwagen zurückgezogen.

Dann war der Aufprall gekommen. Der Verlag mußte schließen, dem Internet Platz machen. Der Rest für ihn war dann bald Amt gewesen. Mit dem war er ziemlich bald auf Konfliktkurs geraten. Und auch die Geschichte mit Rosa erwies sich am Ende als zeitlich limitiert. Ein paar Monate nach dem Firmenende hatte sie ihn wegen eines Immobilientypen verlassen und war mit dem Schwachkopf alsdann in einen namenlosen Vorort gezogen. Seither hatte er sie nicht mehr gesehen. Das gute Verhältnis mit seinen Kollegen in der Produktions-Crew hielt den harten Anforderungen des Lebens »danach« ebenfalls nicht stand – nach und nach zerlief es sich. Einen hatte er vor einem Jahr auf dem Amt wiedergetroffen. Es war eine jener deprimierenden Zusammentreffen, an die er lieber nicht zurückdachte.

Mitten in diese Zeit war dieses Programm geplatzt – EXIT, ein Begriff, der in seiner spartanischen Simplizität einen nachhaltigen Ausweg aus allerlei Krisen signalisieren sollte. Der Volksmund – eher auf Ergebnisse als auf Ambitionen blickend – hatte die vier Buchstaben bald auf einen einzigen heruntergekürzt: »E« – wahlweise stehend für die beiden Eckpunkte von EXIT: Einschläferung und Erweckung. Theo zog fahrig an seiner Zigarette, fummelte aus seinem Unterlagenstapel die Papierseite heraus mit einem ausgedruckten Artikel von der Webseite der *Frankfurter Zeitung*. Erschienen war er vor gut einer Woche. Im Großen und Ganzen bot er einen guten Überblick über die Lage, in der er – Theo Schröder – im Moment steckte:

Verschärft Regierung EXIT-Maßnahmen wieder?

27. November [DPA / EIGENER BERICHT]. *Die Diskussion über das im Vorjahr auf den Weg gebrachte EXIT-Programm reißt nicht ab. Nachdem sich Innenminister Dreyel im Frühjahr in die Nesseln setzte mit großangelegten Polizeiaktionen sowie der Räumung mehrerer Sozialsiedlungen, geht es seine Nachfolgerin Louise Beckmann nunmehr pragmatischer an. »Nachdem die Freiwilligkeit an diesem Projekt nicht die erforderlichen Resultate brachte, mussten wir leider Zwangsmaßnahmen mit einbeziehen. Da Zwangsmittel jedoch nicht zur Regel werden sollen, sind wir in der Regierung übereingekommen, die großflächig ausgesprochenen Verfügungen, die in der Bevölkerung für Kontroversen gesorgt haben, erst einmal einzuschränken und dabei auf zielgenauere, selektive Auswahlen zu setzen.«*

Beckmann betonte, dass die Maßnahmen ihres Vorgängers normale Startschwierigkeiten gewesen seien, »Kinderkrankheiten« einer innovativen Technologie, mit deren Hilfe die sozialen Belastungen, die sich im Zug von Inflation, Klima- und Energiekrise aufgetürmt hätten, wieder handhabbarer würden. »Ich sage es nochmal: Niemand wird ›getötet‹ oder gar ›Massenmorden‹ zugeführt, wie es manche ›Kritiker‹ mit ihren unsäglichen NS-Vergleichen suggerieren.« Die EXIT-Technologie sei eine sichere Technologie, betonte Beckmann. Die ausgesuchten Probanden und Probandinnen würden dabei lediglich eingefroren – bis in eine Zeit, in der sich sowohl die sozialen als auch die ökologischen Umstände wieder bessern würden.

Für heftigen Widerspruch hatte eine Äußerung Beckmanns im Sommer gesorgt, derzufolge die ausgewählten EXIT-Delinquenten eigentlich froh sein können, eine Zeit der Unsicherheit quasi zu »überspringen«, um in entspannteren Zeiten den Rest ihres Lebens genießen zu können. Auf die umstrittene Äußerung ging sie bei der Pressekonferenz zum Thema nicht ein. Allerdings bekannte sie auf Nachfrage, die Freiwilligkeit des Programms habe zu Anfang leider nicht die erforderlichen Resultate gebracht. Sie selbst sei mit den augenblicklichen Zwangsmaßnahmen auch nicht recht glücklich – allerdings sei das in der gegenwärtigen Gesamtlage schlicht alternativlos. Beckmann: »Sicher – wir werden sie einschläfern. Aber ich verspreche Ihnen: Wir werden sie auch wieder aufwecken.«

Offensichtlich wollte Beckmann die Wogen glätten wegen der zu Beginn erfolgten Zwangsmaßnahmen. Eine Absicht, die ihr nur bedingt gelungen sein dürfte. Verursacht auch durch wachsende Kritik, steuert das Programm derzeit auf einen Stand zu, der es am Ende durchaus selbst zur Disposition stellen könnte. Fazit: Die Auseinandersetzungen um die umstrittene Einfrier-Technologie werden uns auch die nächsten Monate begleiten.

Nun war also er an der Reihe. Natürlich hatte er Erkundigungen eingezogen, als im September der erste Brief eingetroffen war. Auch in seinem Bekanntenkreis hatten die angelaufenen EXIT-Maßnahmen für große Unsicherheit gesorgt – flankiert von einem ebenso großen Fehlen konkreter Infos. Vor zwei Wochen hatten sie dann seine Verbindungen gekappt.

Telefon – tot, ebenso sein Smartphone. Im Internet surfen konnte er zwar noch. Der Empfang sowie das Versenden von Mails waren jedoch plötzlich blockiert. Insgesamt sah seine Situation völlig anders aus als die rosarote PR-Darstellung, die er vor zwei Jahren in seinem Briefkasten gefunden hatte. Eine Hochglanzbroschüre – sie befand sich nunmehr ebenfalls bei den Unterlagen auf seinem Schreibtisch. In ihr war vollmundig von *Wagnis* die Rede gewesen, von *Abenteuer,* für das nur ein kleines bisschen Risikobereitschaft und Mut erforderlich sei. Und von allseitiger gesellschaftlicher Harmonie, die am Ende auch seines Weges stehen könne – dann, wenn er wieder aufwache.

Hochpreisig produziert, gedruckt auf wertigem, hochglänzendem Papier und versehen mit pastellfarbenen Bildern glücklicher Menschen, hatte die Infosendung das Programm als wahres El Dorado ausgemalt. Nun war die ganze Chose bittere Realität geworden. Ihm blieb noch eine Woche. Eine Woche, in der er sich absetzen konnte – oder aber dem Unausweichlichen ins Auge sehen musste. Die Kargheit seiner Optionen vor Augen, warf er einen Blick auf den Stuhl, der vor der Küchenanrichte stand. Darauf lag die *Walther* PPK, die er sich vor sechs Wochen besorgt hatte – ein Sinnbild nachgerade jener kalten Gesellschaft, in der er sich, wie ein Schlafender nach einem schlechten Traum, wiedergefunden hatte. Nunja – vollnaiv war er nicht. Im Rückblick erwies sich die *Walther* als eine der wenigen besseren Ideen, die er in die Tat umgesetzt hatte – obwohl die Wumme, die ihm ein Security-Typ aus einer Disko überließ, ein nicht unerhebliches Loch in sein Budget gefressen hatte. Wie auch immer: Mit der Knarre konnte er im Notfall immerhin selbst entscheiden, auf welche Weise er abtreten würde.

Die drei Typen bewegten sich mit routinierter Vorsicht durch den Empfangsbereich von Haus D im Möllenbergring 14, Düsseldorf-Nord. Zwei Polizeiwagen – die obligatorische Verstärkung, falls es Trouble geben würde – standen für den Notfall bereit und parkten unmittelbar hinter dem Gefangenentransporter. Am Steuer saß Mike, ebenfalls Angehöriger der örtlichen EXIT-Eingreiftruppe – womit sie insgesamt vier Mann waren. Auf der Abholliste standen drei Namen – allesamt wohnhaft in Düsseldorf-Nord. Praktisch bedeutete das, dass die Aktion – ein reibungsloser Ablauf vorausgesetzt – noch vor Mitternacht vorbei sein könnte.

»Ich versteh' das nicht«, meinte der erste – eine Diskussion aufgreifend, die sie bereits während der Hinfahrt geführt hatten. »Abholen find' ich okay. Aber den Leuten Briefe schicken, dass sie sich dann und dann einfinden sollen, und eine Woche vorher dann einen Transport ansetzen, finde ich schon ziemlich schräg.«

»Ja – aber was willst du machen? Das wird halt einer da oben so beschlossen haben. Denk' immer daran: Wir sind nur die Ausputzer – nicht die Entscheider.«

Rollo, ein stämmiger Typ mit dunklen Haaren, wusste, wann er seiner Truppe Raum für Diskussion geben konnte, und wann es der Worte genug war. Mittlerweile befanden sie sich unmittelbar an der Schwelle zur Action. Rollo brauchte dies seinen Leuten nicht zu sagen. Mit kurzen Blicken signalisierte er, dass nunmehr äußerste Konzentration angesagt war. Einen Moment lang dachte er an seine Freundin. Lisa. Sie würde vermutlich schon schlafen, wenn er zurückkehrte. Oder sich eine ihrer abgedrehten Telenovelas ansehen. Harry, der vorangeschritten war, winkte den beiden anderen und zeigte auf die Aufzugtür. Rollo glich mit den beiden anderen die genauen Lagedaten ab.

»Wohnung 39, 9. Stock. Da ist er – den Energiedaten-Check hab' ich bereits vollzogen. Mit Widerstand ist eher nicht zu rechnen. Trotzdem: Kevin bleibt auf dem Flur, als Deckung. Du, Harry, kommst mit mir. Alles klar?«

Die beiden anderen nickten. Ruckelnd ging es mit dem Fahrstuhl nach oben. Harry, ein Blonder mit kurzgeschorenem Haar, zog hart durch die Nase. »Stinkt nach Kotze«, meinte er lakonisch. Die beiden anderen sagten nichts. Dann rumpelte der Fahrstuhl und sie waren oben. Aufmerksam und gespannt orientierten sie sich.

»Ist der linke Flur. Hab's mir vor dem Fahren nochmal angesehen.«

Die drei schwenkten nach links, passierten eine Glastür und danach eine Reihe von Wohnungstüren. Dunkelgrün gestrichen, mit Guckloch, und – manchmal – einem Namensschild. Es roch nach abgestandenem Essen, nach Trostlosigkeit und Nicht-Definierbarem. »Theo Schröder – ist er das?« Rollo nickte stumm.

Dann klingelten sie. Stoßweise, erst kurz, dann dreimal lang, dann wieder kurz und dreimal lang. Theo war überrascht – um nicht zu sagen entsetzt. Das hatte er nun von seiner Vor-sich-Herschieberei, läuteten die Glocken in seinem Kopf. Natürlich warteten die nicht, bis er sich selbsttätig zur Schlachtbank aufmachte. Nach dem Motto: *Guten Tag, nehmen wir heute den Bus? Oder gönnen wir uns zur Feier des Tages ein Taxi?* Für Flucht war es nunmehr zu spät; das hätte er sich besser frühzeitiger überlegt. In einer Reflexbewegung nahm Theo die *Walther* vom Stuhl und steckte sie sich hinten in den Hosenbund. Wie auch immer: Sofern er nicht die Option vorzog, die Flucht über das Fenster im neunten Stockwerk anzutreten, war Nicht-Öffnen keine Alternative – geortet hatten sie ihn eh bereits. So schluckte er trocken, rief dann laut »Moment!« und schritt zur Tür. Drei Cops – oder besser: Semi-Cops. Diese Typen vom EXIT – halb Sicherheitsdienst, halb Polizei.

»Sind sie Theo Schröder?« Der eher dunkle Typ ganz vorn schaute ihn unter dem Schirm seiner EXIT-Baseballkappe aufmerksam an. Theo versuchte, sich keine Unsicherheit anmerken zu lassen.

»Ich hab' meinen Termin erst in einer Woche«, entgegnete Theo geistesgegenwärtig. »Von Abholung war in dem Schreiben, das mir vorliegt, keine Rede.«

»Kein Grund zur Beunruhigung«, meinte Rollo in sachlichem Ton. »Wir sollen nur sicherstellen, dass Sie in einer Woche auch vor Ort sind.«

Die beiden EXITler betraten wie selbstverständlich die Wohnung und unterzogen sie routiniert wie unauffällig einem visuellen Kurzcheck.

»Haben Sie Ihr Gepäck parat? Unterlagen? Oder müssen Sie noch zusammenpacken?« Der zweite, ebenfalls in neutral gehaltener Tonlage. Theo gab keine Antwort, sondern lediglich einen bedeutsamen Augenwink auf die Tasche, die neben der Tür stand.

»Wir checken das jetzt nicht durch, das machen die Kollegen.« Rollo wieder. »Und keine Sorge: Ihr Terminplan wird vollumfänglich eingehalten. Ihre Unterkunft bis zur ›Maßnahme‹ ist auch gar nicht mal so übel.«

Die Überrumpelung der ganzen Prozedur machte diese kleine Beschwichtigung natürlich nicht ungeschehen. Theo Schröder sagte dieses Detail allerdings, dass diese Burschen möglicherweise nicht ausreichend vorbereitet waren auf den

Job, den sie gerade durchführten. Mit langsamer, normal wirkender Geste zog er sich eine Allzweckjacke über. An die in seinem Hosenbund verstaute Knarre denkend, meinte er dann:

»Gehen wir?«

Die beiden Burschen zögerten einen kurzen Moment. Der Wortführer meinte noch kurz:

»Dürften wir Sie dann noch um Ihre Wohnungsschlüssel bitten?«

Auch hier sachlich, rundum informativ. Kein süffisantes *Die brauchen Sie ja jetzt nicht mehr.*

Theo überreichte dem Dunklen die Schlüssel, dann schritten sie aus der Wohnung in den Flur. Dort wartete Rollkommando-Mitglied Nummer drei. Wie es hochgegangen war, ging es auch wieder hinunter. Rollo gab über sein Funkgerät kurz Meldung:

»Alles in Ordnung. Sind gleich da.« *Krächz...,* dann, bestätigend: »Drei Minuten – circa.«

Der Weg bis zum Gefangenentransporter war in weniger als zweien absolviert. Es war kalt. Aufgrund der Überrumpelungssituation noch immer unter Schock stehend, registrierte Theo eine Frage des zweiten.

»Handschellen brauchen wir wohl nicht?«, gefolgt von einem lapidaren »Nee«.

Dann fuhren sie los: Theo mit dem Blonden und Nummer drei hinten auf Seitenbänken, der Dunkeltypige mit Fahrer vorne. Dahinter: die Polizeieskorte. Vorne beiläufige Konversation – abgedämpft durch die mit einer Glas-Trennscheibe versehene Durchsicht in den Hinterraum:

»Wo gehts als nächstes hin?« *Antwort.* Dann: »Die Kollegen von der Polizei melden sich. Ob sie weiter mit uns im

Konvoi fahren sollen.« Funk, Krächzen, Unverständliches. Dann Rollos Stimme.

»Nee. Die nächste Adresse ist im Kiesewetterweg. Die sollen lieber zur Möllengartensiedlung vorfahren und dort auf uns warten.«

Der Fahrer bemerkte etwas von Scheiß-Planung. Rollo pflichtete ihm mit einem Grunzen bei. Nach zehn Minuten Fahrt durch unbekannte, dunkle und nur durch schmale Gitterfenster an den Seiten sichtbare Stadtarchitektur waren sie am nächsten Ziel.

Theo Schröder war immer noch damit zugange, die Situation, in die er auf so unvorhergesehene Weise geraten war, mental zu verarbeiten. Nun katapultierte ihn die Realität unmittelbar ins Leben zurück. Das für ihn eine weitere Überraschung parat hatte – als Rollo und Harry den nächsten Delinquenten in den Gefangenentransporter verfrachteten. Genauer: Delinquentin. Deren Stimme sorgte bereits in dem Disput, der sich zwischen Haus und Transportwagen entspann, auf unüberhörbare Weise für Aufmerksamkeit.

»Das hätten Sie sich mal lieber vorher überlegen sollen.« Rollos Stimme.

»*Was bitte* hätte ich mir vorher überlegen sollen? Dass mich abends ein Rollkommando abholt, während ich gerade Wäsche zusammenlege? Ergibt das einen Funken Vernunft?«

»Sie hatten Ihre Chance gehabt, Lady.« Harrys Stimme. »Sie waren Referendarin, immerhin im Schuldienst. Wie ich es so sehe, haben Sie Ihr Leben selber verkackt.«

Theo hörte ein ungläubiges Lachen, gefolgt von einem vernehmbaren Räuspern. Das offensichtlich von Rollo kam und seinen Kollegen zur Ordnung rufen sollte. Die Stimmen kamen näher.

»Hier entlang«, meinte Harry in bemüht neutralem Ton-fall.

Die Tür wurde geöffnet. Flankiert von Harry sowie Rollo, der von außen die Tür schloss, setzte sich eine mittelgroße, gleichermaßen unfreiwillige Mitfahrerin auf die Bank neben Theo. Er kannte sie, und sie kannte ihn. Nicht besonders gut, eher weitläufig. Claudia war ihr Name. Vor Jahren hatte er et-was näher mit ihr zu tun gehabt – im Zuge von ein paar Tref-fen, als er noch politisch aktiver war. Gefallen hatte sie ihm durchaus; aus diesen und jenen Gründen hatte er allerdings nicht weiter versucht, sie anzubaggern.

»He – dich kenn' ich«, meinte sie ebenso überrascht wie kurz angebunden. Den Rest verkniff sie sich. Klar, der Rest der Anwesenden war mitzubedenken – und sie beide in der wohl beschissensten Lage, die man sich vorstellen kann. Theo zwin-kerte kurz – das Einverständnis, dass hier nicht der Ort war, um einen auf Plaudertüte zu machen. Harry war unterdes wie-der runtergekommen und kehrte tonal etwas den Conferencier heraus, der eine allseits vergnügliche Kaffeefahrt begleitet.

»Dann werden wir gleich noch Nummer drei abholen.«

Harry und Kevin saßen ihnen gegenüber. Machte Sinn: So hatten sie ihre Gefangenen im Blick. Claudia und Theo beäugten sich verhalten von der Seite. Sie hatte nachgelas-sen, dachte er unwillkürlich. Blonde, strähnige Haare, harte Falten um den Mund, graue, nicht allzu abgewaschene Trai-ningshose mit ebenso grauem Sweat Shirt. Assi-Look eben, und, nunja: irgendwas Ausgezehrtes, und auch Abgebrühtes in ihrer Art. Claudias Taxierungsergebnisse waren vermut-lich ähnlich schmeichelhaft.

»Haste mal 'ne Zigarette?« Claudia glotzte Harry heraus-fordernd an. Der lachte.

»Du glaubst wohl, wir fahren hier zum Vergnügen durch die Gegend?«

Theo gab Claudia einen unauffälligen Stubs mit dem Fuß. Dann noch einen – in der Hoffnung, dass sie das richtig, also als Signal zur Ermutigung, verstand. Weiß der Teufel – die vergangene Stunde hatte die Architektur von fast allem verändert. Warum es nicht versuchen? Beim zweiten Anstoßer schien Claudia verstanden zu haben. Sie fixierte die beiden Typen auf der Bank gegenüber mit verachtendem Blick und sagte in provokativ-bedauerndem Ton:

»Ihr seid ja sowas von arm.«

Harry antwortete nicht. Claudia grinste ihn höhnisch an und fuhr in demselben Ton fort:

»Arme Typen. Ja – arme Typen. Das seid ihr.«

»Vorsicht, Mylady«, brachte Harry noch heraus. Zeitlich hatte das Ablenkungsmanöver ausgereicht. Theo hatte seine Kanone aus dem Hosenbund herausgefummelt und hielt sie Harry plötzlich direkt vors Gesicht. Der Verzicht, den Gefangenen Handschellen anzulegen, erwies sich für die Transportbegleitung unversehens als Kardinalfehler. Abwechselnd Harry und seinen Partner mit dem Lauf anvisierend, meinte Theo:

»Die Fahrt ist hier zu Ende. Hier und sofort. Sag' den zwei Arschlöchern vorne, dass sie anhalten sollen –«

»Sonst?«

Harry war aus dem Konzept gebracht, grinste nun dümmlich, die Situation taxierend. Dann geschah alles sehr schnell. Claudia warf sich gegen ihn, während der zweite Anstalten machte, seine Waffe aus dem Halfter heraus zu nesteln. Claudia hatte Harry einen Moment abgelenkt, krachte allerdings, von einem unerwarteten Beintritt erwischt, mit Karacho in die Hinterecke des Wagens. Von vorn waren Rufe zu vernehmen, von der Sorte »Alles klar hinten?« Der Wagen ging auf Schlenkerkurs. Unvermittelt trat Kevin Theo die Pistole aus der Hand und beförderte ihn mit einem kräftigen Schlag auf den Boden.

»Ach so – ihr wollt hier einen auf Gefangenenbefreiung machen?«

Mit hochrotem Kopf baute er sich über Theo auf. Harry putzte sich unterdess den Mund ab und war ebenfalls im Begriff, noch ein paar auszuteilen. Plötzlich krachte ein Schuss. Ein kurzer ratloser Moment, dann fing Harry an rumzuschreien:

»DIE SCHLAMPE HAT MIR EINE KUGEL VERPASST !!«

Kevin war mit der Anforderung, quasi im Sekundenturnus die Situation neu zu taxieren, sichtlich überfordert. Und auch Theo war überrascht, als er Claudia plötzlich mit einer Pistole herumhantieren sah. Mit der sie nunmehr Kevin in Schach hielt.

»Komm' bloß nicht auf die Idee, das Ding da aus deinem Halfter zu ziehen.«

Unversehens klinkte sich der angeschossene Harry wieder ins Geschehen ein. Er trat mit dem Fuß nach Claudia und beförderte sie so erneut in die hintere Wagenecke. Theo hatte unterdessen seine *Walther* im Blick, die ihm während des Gemenges aus der Hand geglitten war und nun auf dem Boden lag. Wie in Trance stürzte er sich auf sie, richtete sie auf Kevin und drückte zwei-, dreimal ab. Ein weiterer Schuss fiel – Claudia hatte offensichtlich Harry ins finale Knockout geschickt.

Claudia und Theo hatten nunmehr zwar ihre beiden Bewacher im hinteren Bereich des Transporters außer Gefecht gesetzt. Da sich in der Fahrerkabine jedoch zwei weitere befanden, war der Ausgang weiterhin unsicher. Der Wagen hatte sein Tempo zwischenzeitlich verlangsamt und kam allmählich zum Stehen – ein kritischer Moment, weil die beiden im Fahrerraum sie demnächst von zwei Seiten ins Visier nehmen konnten.

»Passt auf – wir haben Geiseln! Wir haben eure Kumpels«, rief Theo durch die Scheibe. Was nicht ganz, aber zumindest im Groben stimmte. Von Harry weiter hinten in der Kabine war ein leises Wimmern zu vernehmen. Über ihm Claudia, die an seinem Gürtelbund herumnestelte.

»Zur Seite«, meinte Claudia, die unvermittelt neben Theo stand und mit zwei Schüssen die Transparenzscheibe parzellierte. Mit der Pfefferspray-Dose herumhantierend, die sie Harry abgenommen hatte, hielt sie deren Sprühknopf durch das zerschossene Glas in die Fahrerkabine und befüllte diese mit dem Reizgas.

»Hey – hör' auf! Bist du verrückt? Wir gehen hier noch mit drauf.«

Claudia schaute Theo mit entschlossenem Blick an, ging dann zur Hintertür.

»Eure Chance zu überleben«, rief Theo nach vorn. »Wir hauen jetzt ab. Überlegt euch sehr gut, ob ihr uns folgt.«

Theo hustete, Claudia hustete; in der Fahrerkabine waren Husten und hektisches Herumhantieren zu vernehmen. Was immer jetzt passierte – es mußte schnell gehen. Mit zwei gezielten Schüssen zerstörte Claudia die Verriegelung der Hintertür. Sie stiegen ins Freie. Kalte Nachtluft – in einer undefinierbaren Reihenhaussiedlung. Theo warf einen kurzen Blick auf die Fahrerseite vorne links. Mike, der Fahrer, hatte die Tür geöffnet und hielt sich, durch die Pfefferspray-Ladung ziemlich mitgenommen, am Wagen fest. Dem vierten, Rollo, würde es vermutlich ähnlich gehen.

»Mach los«, rief Claudia. »Nichts wie weg von hier – schnell!«

Beide schickten orientierende Blicke in die Gegend, schauten sich dann fragend-entschlossen an. Wortlos gaben sie Fersengeld in Richtung eines Einfamilienhausgartens, über den man vermutlich weitersprinten konnte. Die beiden liefen sprichwörtlich um ihr Leben – über Hecken, durch Beete, über eine Rasenfläche, hin zu einer Baumreihe, hinter der sich ein Zaun und eine weitere Gartenanlage befand. Möglich, dass es hier weitergehen würde, so sicher waren sie sich noch nicht.

Eines jedenfalls stand bereits jetzt fest: Programm oder nicht – nach der Nummer würden sie auf der Fahndungsliste sämtlicher Polizeiapparate stehen, die es im Land gab.

2

Am frühen Morgen legten Claudia und Theo eine erste Verschnaufpause ein. Es war bitterkalt. Der Wind fegte aus dem Bergischen Land runter in die Kölner Bucht. Außerdem machte sich der Hunger bemerkbar. Der Abtransport mit anschließender Flucht hatte derart viel Kalorien verbrannt, dass sie vor Anstrengung und Kälte ohne Unterlass zitterten und sich die Hände rieben. Und, nunja – auch ihr Look war alles andere als dem Monat Dezember angemessen. So saßen sie nun in einer Gartenlaube, gefühlt etwa mehrere Kilometer von dem Ort entfernt, an dem ihre Flucht begonnen hatte.

»Meinst du, die sind tot?« Theo.

»Kann gut sein«, gab Claudia zurück. Claudia, die Abgebrühte. »Aber wir wissen es nicht. Möglich, dass die mittlerweile im Krankenhaus liegen, und eine Schwester zimmert sie wieder zusammen.«

Beide schwiegen eine Weile. Immer wieder hatte es in den letzten Stunden gegolten, rasche Entscheidungen zu treffen. Mehrmals hatten sie die Polizeisirenen gehört; die Cops durchforsteten vermutlich großflächig die weitere Gegend. Claudia, offenbar Meisterin im Hakenschlagen, hatte während dieser Etappe die Führung übernommen. Wobei sie die – für eine eventuelle Ortung wichtige – Smartphone-Frage bereits in den ersten zehn Minuten zu Sprache gebracht hatte.

»Hast du dein Mobil noch dabei? Falls ja – schmeiß' es auf der Stelle weg.«

Theo hatte nicht. Genauer gesagt war sein Handy in der Tasche, und die war im Wagen. Umgekehrt bedeutete die Mobillosigkeit natürlich, dass sie über keinerlei Equipment verfügten, um weitere Infos einzuholen. Nachdem sie eine Autobahn passiert hatten, befanden sie den Sicherheitsabstand zwischen sich und ihren Verfolgern erst einmal als ausreichend.

»Was nun? Ich hab' keinerlei Ahnung.« Theos Tonfall klang genauso ratlos, wie er sich fühlte.

Claudia lachte resignierend. »Glaubst du, ich etwa? Unsere Optionen haben sich mittlerweile ja berauschend vermehrt. Vielleicht sperren sie uns in den Knast. Und cancelen dafür die Einfrier-Party. Wie auch immer – ich hab' auf beides keine Lust.«

So und so ähnlich beredeten sie eine Zeitlang weiter ihre Lage. Nachdem der erste Stress abgebaut war, rückte die unmittelbare Zukunft näher ins Blickfeld – die nächsten Stunden, vielleicht auch Tage.

»Es hilft alles nichts«, meinte Theo. »Erst mal müssen wir aus der Gefahrenzone heraus. Ein Tagesmarsch schätzungsweise. Dann wären wir irgendwo im Rheinischen. Oder jedenfalls nicht mehr in diesem verfickten Düsseldorf.«

Claudia überlegte. Dann huschte ein spitzbübisches Grinsen über ihr Gesicht. »So? Du findest Düsseldorf ›verfickt‹? Ist ja auch mal ganz interessant zu wissen.«

Theo plante unbeirrt weiter vor sich hin. »Wir halten uns an die südlichen Ausfallstraßen. Die sind dünn besiedelt; da gibt's viel Industrie und auch Grünflächen. Wenn wir Glück haben, haben wir Fickdorf bereits heute abend hinter uns gelassen.«

Nach Lage der Dinge war das Wesentliche damit gesagt. Nachdem Claudia Theos Marschplan mit einem minimalistischen »Gut« zugestimmt hatte, verließen sie die Gartenlaube, um sich mit Vorsicht und gebotenen Haken vom südlichen Rand des Düsseldorfer Stadtkerns wegzuarbeiten. Das war leichter gesagt als getan. Fahndungstechnisch gesehen bewegten sie sich weiterhin auf dem Präsentierteller. Zu ihrer etwas derangierten und darum auffälligen Erscheinung kam der Umstand, dass sie weder über weitere Barschaften noch basales Kommunikations-Equipment verfügten.

Hinzu kamen Erschöpfung und Hunger. Um letzterem abzuhelfen, besorgte Claudia in einer Bäckerei ein paar Sandwiches sowie Wasser zur ersten Verproviantierung. Der Vorteil ihrer improvisierten Absetztaktik: Am frühen Nachmittag hatten sie die Innenstadt weiträumig hinter sich gelassen und die Vorstadtzone mit ihrer Mischung aus Sozialwohnungs-Arrealen, Industrieansiedlungen und bürgerlichen Im-Grünen-Wohnviertel erreicht.

»Wie geht es dir? Ich kenn' mich hier nicht aus.« Claudia klang ratlos.

Theo lehnte an der Mauer eines größeren Villa- oder Guthof-Anwesens und taxierte mißtrauisch das obere und untere Ende der Straße. Mit dem bisher Erreichten war er durchaus zufrieden. Zu Beginn hatte sich Vater Rhein als größtes Fluchtwegshindernis erwiesen. Nachdem ihnen klargeworden war, dass eine Absetzbewegung ins Linksrheinische – rüber in Richtung Heerdt oder Neuss – zu riskant war, hatten sie sich auf die rechtsrheinische Variante konzentriert. In den Außenbezirken in Richtung Bergisches gab es massig stadtnahes und gleichzeitig abgelegenes Terrain. Ungefähr hier – im äußeren Stadtgürtel – befanden sie sich mittlerweile.

»Wir müssen unbedingt einen Stopp machen«, meinte Theo. »Ich kann bald nicht mehr. Außerdem müssen wir dringend vom Radar runter.«

Claudia schaute ihn an mit einer Mischung aus Skepsis und Zustimmung.

»Dumm, dass wir keine Karte haben.« Sie lachte. »Oder – Internetzugang wäre auch ganz nett.«

»Lass' uns erst einmal weitergehen. Da links hinauf. Das hier sieht nach einem schmucken Vorstadt-Wohnviertel aus.« Theo machte eine Pause, sah Claudia an. »Würde sich gut für eine Zwischenstation eignen. Wo wir uns für ein paar Stunden absetzen können. Unsichtbar machen, von der Bildfläche verschwinden.«

»Du willst einbrechen? Gehts noch?«

»Fällt dir was Besseres ein?« Theo klang genervt. »Schau

uns an. Wir brauchen Proviant. Eine Gelegenheit, ins Netz reinzuschauen, etwas Bargeld und ein paar passende Klamotten würden uns ebenfalls weiterhelfen. Hier draußen frieren wir uns nur die Hintern ab.«

»Trotzdem: Mitten am Tag – total riskant.«

Allerdings war Claudias Unmut eher flüchtig. Der Tag nämlich – jedenfalls sein heller Teil – neigte sich gerade dem Ende zu. Das Viertel schließlich, dass sie nunmehr ansteuerten, erwies sich in Sachen Unterschlüpf-Möglichkeiten als recht ergiebig. Ein- und Zweifamilienhäuser, Mieter und Eigenheim-Eigner Tür und Tür, viel Grün, Gärten sowie sonstiges Terrain hinter den Häusern. Nach sorgfältigem Ausbaldowern näherten sie sich – nachdem sie ein geeignetes Einfamilienhaus in einer Neubausiedlung ins Visier genommen hatten – selbigem über den Garten auf der Hinterseite.

»Was, wenn jemand da ist?« Claudia gab weiterhin die Bedenkenträgerin im Team.

Theo blickte angespannt in Richtung der dämmergrauen Baumgruppe, welche das Grundstück abgrenzte.

»Ich sag's nicht gerne«, presste er in unwilligem Ton hervor. »Aber wirklich die Wahl haben wir nicht.« Er machte einen bedeutsamen Augenschwenker zu seinem Hosenbund, in dem die *Walther PPK* steckte.

Als Fluchtunterschlupf erwies sich das Haus fast wie aus dem Krimi-Bilderbuch entschlüpft. Die runtergelassenen Rollos sowie fehlender Lichtschein hatten es aus dem Stand als ideales Objekt erscheinen lassen. Die rückwärtig zum Garten hin gelegene Terrasse war mit einer Glastür versehen und ließ sich – nach einem kurzen Check, ob da irgendwelche Alarmanlagen eingebaut waren, leicht öffnen. Das Innere machte einen gediegenen Eindruck – Lehrerehepaar oder sowas in der Richtung. Während Theo Raum für Raum die Wohnung durchforstete und auf Bewohner hin überprüfte, checkte Claudia die Küche. Plötzlich ein dumpfer Laut, dann Claudias Stimme, irgendwo zwischen Aufschrei und Zischen:

»AAUUU! FUCK! VERDAMMTE SCHEISSE!«

Kurzes Stuhlrücken im nunmehr dunklen Raum – unbestimmt. Theo, der sofort herbeigekommen war, suchte nach dem Lichtschalter, fand ihn; dann flutete die Küchenbeleuchtung den Raum in seiner profanen Funktionalität. Zusammengekauert und den Kopf zwischen den Händen, saß Claudia am Tisch.

»Verdammt. Hab' mich gestoßen.«

Sie zeigte mit einem kurzen Wink auf die halbgeöffnete Tür. Es folgte eine Pause, die in ein langsames, unterdrücktes Wimmern überging. Theo zog sich einen Stuhl herbei, setzte sich, war ratlos. Verstohlen betrachtete er das corpus delicti – eine solide Holztür: Angenehm war es sicher nicht, mit dem Kopf dagegenzustoßen.

»Wie –«

»Ich war rein. Dachte mir nichts. Sah mich kurz um. Wollte zurück in den Flur. Dann – AUA.«

Claudia rang um Contenance, verfiel dann plötzlich in lautloses Heulen. Das unerwartete Zusammentreffen von Stirn und Türkante war lediglich der Auslöser gewesen. Theo schaute sich etwas ratlos um. Er entdeckte eine Küchenrolle auf der Ablage, stand auf, riss ein Stück ab und reichte es Claudia.

»Nimm erst mal das«, meinte er, und, etwas hilflos hinzufügend: »Schöne Scheiße.«

»Das kannst du laut sagen." Claudia lachte kurz und bekräftigte ihre Tirade mit einem weiteren »Fuck!«.

»Sorry – ist wohl eher die Gesamtsituation als die blöde Tür«, meinte sie, nachdem sie sich die Nase abgeputzt hatte. »Ich glaube, ich habe noch nicht richtig verinnerlicht, in welchem Schlamassel ich gerade stecke. Vor nicht mal 24 Stunden überlegte ich noch, was ich tun könnte, um mich irgendwie aus diesem Programm herauszuwinden. War auf der Suche nach so einer Art Last-Minute-Idee. Ganz schön bescheuert, nicht wahr? Und nun sitzen wir hier. Wie Bonnie und Clyde. Gesucht, in der Fahndung. Und wahrscheinlich einer Mordanklage im Hintergrund.«

Theo schwieg. Seine eigene Umgangsweise mit dem näherrückenden EXIT-Date war da keinen Deut besser gewesen. Verlegen-nachdenklich steckte er sich eine Zigarette an, schob die Packung zu Claudia rüber. Die sah sich mit fahrig-unbestimmtem Blick um, grinste plötzlich wie wider Willen und bemerkte:

»So ein Mist. Aschenbecher jedenfalls hab' ich in der Wohnung keine gesehen.«

Theo grinste, ebenfalls leicht wider Willen. »Nee.« Dann, nach einer kurzen Pause: »Meinst du, du kriegst das irgendwie hin?«

Die Frage enthielt eine konkrete wie eine allgemeine Komponente. Claudia sah ihn kurz an, drückte mit einer anerkennenden Geste seinen Unterarm.

»Muss. Bevor wir anfangen, uns hier häuslich einzurichten, sollten wir lieber das Nötige in Angriff nehmen: Zeug zusammenpacken, checken. Zwei, drei Stunden Rast und Aufwärmen wären ebenfalls nicht schlecht. Was meinst du?«

Die Frage, wie es mit ihnen als Team weitergehen sollte, war durch den Vorfall auf wundersame Weise geklärt.

»Wieso kennst du dich in Düsseldorf eigentlich so gut aus?« Theo mampfte einen Toast und schaute seine neue Compañera neugierig an. Die hatte es sich an der gegenüberliegenden Seite des Esstischs bequem gemacht und putzte sich den Mund ab.

»Keine Ahnung. Irgendwie bin ich hier wohl hängengeblieben.« Sie sinnierte einen Augenblick. »Und du?«

»Ungefähr dasselbe.«

Der Versuch, in zwanglose Konversation hinüberzugleiten, wollte nicht recht in Gang kommen. Ein, zwei Minuten sagte keiner von beiden was. Theo steckte sich eine Zigarette an, Claudia schob gedankenabwägend das Messer auf ihrem Teller hin und her.

»Wir müssen –«

»Was?«

Natürlich hatte die Sprachlosigkeit ihren situativen Grund. Bislang hatten sie als Team funktioniert. Unausgesprochen hatte die bisherige Kommunikation aus einer Abfolge situationsadäquater Prüfungen bestanden. Mit dem Inhalt: Kann ich dir über den Weg trauen? Und, falls ja: Wie weit wird das reichen? Nun standen konkrete Pläne an – Entscheidungen.

»Was hast du vor? Ich meine: Nun, ganz konkret?« Theo ging als erstes aus seiner Deckung.

»Weiß nicht.« Claudia lachte bitter auf. »Urlaubsplanung war eher nicht so drin. Werde wohl versuchen, mich nach Belgien abzusetzen. Brüssel, Antwerpen vielleicht. – Und du?«

Theo kratzte sich am Kopf. »Schwer zu sagen. Zunächst würde ich gern aus Düsseldorf verschwinden. Ganz. Südlich der Stadtgrenze fängt das flache Land an. Meines Wissens siehts da ähnlich aus wie hier: leichte Bebauung, unterbrochen von Wald und Feldern. Sobald es einigermaßen gefahrlos erscheint, will ich mit dem Zug weiter. Oder Bus. Kleine Etappen. Richtung Frankfurt vielleicht. Ansonsten, später vielleicht, Frankreich. Paris.«

Erneutes Schweigen. Zu klären war noch die Frage, ob sie zusammen bleiben oder sich direkt hier trennen sollten. Und, natürlich: der organisatorische Kram.

»Pass auf«, meinte Claudia. »Die haben drüben einen Desktop-Computer stehen. Werde schauen, ob ich da reinkomme. Internet, Nachrichten; vielleicht können wir uns sogar ein paar Karten ausdrucken. Wir sollten uns hier kurz halten. Am besten siehst du dich schon mal nach Bargeld und ähnlichem Brauchbaren um.« Sie machte eine Pause. »Schon mal daran gedacht, was wir tun, wenn unsere, äh, Gastgeber unverhofft aufkreuzen?«

Die Verständigung erfolgte über Blicke. Waffen besaßen mittlerweile beide – Theo seine *Walther PPK*, Claudia die *Glock*, welche sie bei dem Geplänkel im Gefangenen-Transporter ergattert hatte. Die nächsten Schritte gingen komprimiert über die Bühne. Claudia startete Computer und Webbrowser, Theo begab sich auf die Suche nach Bargeld. Beiläufig registrierte er die Fotos im Haus – Tauchurlaub hier, Fotos aus der Toskana da. Das komplette Interieur deutete auf ein aktives, wenn auch nicht mehr ganz so junges Paar. Und – ebenso en passant – wunderte er sich darüber, wie leicht es doch war, von der Seite des halbwegs unbescholtenen (wenn auch prekär lebenden) Bürgers auf die des Verbrechens und der Illegalität zu wechseln.

Am Ende setzten die beiden ihre Flucht gemeinsam fort. Der Plan war eine Mischung aus Theos Südroute und Claudias

Belgien-Ideen. Er sah vor, via Wandern sowie öffentliche Verkehrsmittel nach Köln zu gelangen und dort auf die linke Rheinseite zu wechseln. Die Hausbewohner – sorglose Menschen offenbar, die es sogar versäumten, ihren Homecomputer mit einem Passwort zu sichern – blieben auch in den folgenden Stunden fern. Stattdessen hatten die lokalen Webseiten Blaulichtjournalismus vom Feinsten aufgefahren – und in dessen Zug wahre Horrorstories über das flüchtige Gangsterpärchen online gestellt. Den Meldungen zufolge war einer der vier Transportbewacher noch am Tatort seinen Schussverletzungen erlegen. Die anderen drei befanden sich auf der Intensivstation – wobei einer immer noch in Lebensgefahr schwebte.

Viel mehr an Infos hatte das Internet nicht ausgespuckt. Mit knapp dreihundert Euro in der Tasche und wegen der News in etwas gedrückter Stimmung, begaben sich Claudia und Theo am frühen Morgen auf ihre Weiterfahrt Richtung Süden. Die weitere Route führte – via Köln, Bonn und Koblenz – schließlich doch noch in linksrheinische Gefilde. Genauer: die nördlich der Mosel gelegenen Eifel-Ausläufer – eine dünnbesiedelte Mittelgebirgslandschaft, die gute Aussichten bot, es die nächsten Tage etwas ruhiger angehen zu können.

Das Handicap bei allem war ein geplanter Coup – eine Geldbeschaffungsaktion, die ihnen, so die Idee, mindestens einen vierstelligen Betrag sichern sollte. Theo und Claudia waren in dem Punkt unterschiedlicher Meinung. Während Theo die Aktion bereits recht konkret anvisierte, blieb Claudia vage, unbestimmt und abwartend. Erschwerender Punkt war, dass sich das Thema Geldquelle nicht auf die lange Bank schieben ließ.

Hinzu kamen unerwartete Komplikationen. Am dritten Tag wurden sie in Adenau, einem kleinen Städchen in der südlichen Eifel, während einer kleinen Verproviantierung in einem Supermarkt erkannt. Ungeachtet der neuen Oberlehrer-Kluft, die sie sich aus den Beständen ihrer vorherigen Gastgeber ausgeborgt hatten, sah das Paar Schröder-Kopinski eher nicht so aus wie Touristen, die sich einen spätherbstlich-rustikalen Naherholungstrip gönnten. Die Ansage war recht plump:

»Hey – euch kenn' ich doch.«

Der Typ, der sich in einer Seitenstraße unweit des Ortszentrums an die beiden Flüchtigen herangearbeitet hatte, sah mit seinem Bart und seinen langen Haaren aus wie ein aus Old-68er-Zeiten oder auch dem 19. Jahrhundert herübergejetteter Anarchist. Theo fixierte ihn, Claudia beobachtete die Umgebung. Im nächsten Moment hatte sie sich umgedreht und dem Kerl ihre Pistole direkt vors die Brust gehalten. Theo rückte dem Anarcho-Outcast (oder was immer er war) näher auf die Pelle und war ebenfalls dabei, nach seiner Waffe zu greifen.

»So – du kennst uns? Bist du dir da sicher?«

In bedächtig schepperndem Ton setzte Claudia hinzu: »Ich an seiner Stelle würde mir das nochmal überlegen.«

Der Anarcho-Outcast – wenn man ihn von nah betrachtete, eigentlich mehr so etwas wie ein etwas wild aussehender Trebegänger – wich einen Schritt zurück, fasste dann allerdings Mut und meinte, abwechselnd Claudia und Theo ansehend:

»Ja – ihr seid die beiden, nach denen gesucht wird.« Etwas hilflos fügte er hinzu: »Wollt ihr mich jetzt erschießen?«

Claudia senkte ihre Pistole, zögerte kurz und steckte sie

dann zurück in den Hosenbund. Theo fixierte den Typ weiterhin.

»Nee, haben wir nicht vor«, meinte er betont leichthin.

»Allerdings. Wenn du uns Schwierigkeiten machen willst: Wir haben Mittel und Wege.«

Der Anarcho fixierte ihn ernst, grinste dann etwas abschätzig. »So? Da wäre ich mir nicht so sicher. Aber keine Sorge: Wir werden ebenfalls gesucht. Die gleiche Chose. Haben auf unsere Stellungsbefehle nicht reagiert.« Unterlegt mit einem vertrauenerweckendem, verbindlichen Tonfall, wedelte er mit der Hand. »In der Gegend sind noch mehr von uns. Adenau ist gut. Aber das Beste kommt zum Schluss: Eventuell können wir euch helfen, von hier weiterzukommen.«

»Helfen?« Claudia musterte den Bärtigen mit demonstrativer Skepsis. »Wie soll das gehen?«

Claudia hatte ihre Antwort mit Bedacht diplomatisch formuliert. Auf ein Kopfgeld oder sowas in der Art schien der Typ nicht aus zu sein. Folgerichtigerweise war es das Beste, zu sehen, ob man irgendwie handelseinig werden konnte.

Der Anarcho blickte Claudia taxierend an.

»Die Lage sieht etwa so aus: Den Einheimischen ist unsere Anwesenheit egal – jedenfalls solange es keine Troubles gibt. Daher würde ich vorschlagen, wir setzen unsere Unterhaltung in unserer Unterkunft fort.«

»Wer ist ›wir‹?«

»Gemischt. Großteils Leute, die vor dem Programm ausgebüchst sind. Ein rundes Dutzend. Wir haben weiter oben in den Wäldern eine alte Jagdhütte in Beschlag genommen. Nicht komfortabel. Aber wenn man sich streckt, ein Ort, an dem man es eine Weile aushalten kann.«

»Okay. Und wie gehen wir vor?« Theo.

»Am besten folgt ihr mir unauffällig. Der Weg ist ausge-
schildert. «

Der Bärtige nannte den Namen einer Wanderhütte. »Am
Ortsausgang an der Hauptstraße wart' ich auf euch.«

Die Truppe des Burschen, Pierre war sein Name, erwies sich
als bunt gemischt. Zwei Frauen waren ebenfalls darunter –
eine junge, Dunkelhaarige, und eine ältere. Insgesamt machten alle einen ziemlich heruntergekommenen, mitgenom-
menen Eindruck. Als eher unangenehmer Typ erwies sich der
Stellvertreter von Pierre. Nicht viel älter als fünfundzwanzig
und mit kurzen Haaren, Nickelbrille und Dreitagebart, kehrte er stetig den Eindruck hervor, er sei der große Durchbli-
cker in diesem zusammengewürfelten Haufen.

»Macht' euch nicht so viel aus Jürgen und seinen stän-
digen Belehrungen«, meinte Pierre, während er die Neuan-
kömmlinge durch den Unterschlupf führte. »Der kocht auch
nur mit Wasser. Aber ich brauch' jemanden, der mir hilft,
den Laden hier zusammenzuhalten.«

Theo nutzte die Gesprächsgelegenheit, weitere Informationen zu erhalten über die Location, die Beschaffenheit der
Gruppe sowie ihre Art, sich hier über Wasser zu halten.

»Im Prinzip nicht so die Kunst«, meinte Pierre. »Hat ursprünglich als Tipp für eine gute Adresse begonnen. Hauptsächlich in der Obdachlosen-Szene in Köln und Umland. Als
dann dieses Programm startete, wurde es natürlich schwieri-
ger. Wir mußten uns arrangieren. Hat letztendlich geklappt –
auch wenn es eine stetige Balance ist. Der informelle Deal mit
den Einheimischen: Wir schauen, dass wir hier nicht zu viel
werden. Und die lassen uns dafür in Ruhe.«

»Und wie schlagt ihr euch durch?«

Pierre grinste etwas in sich hinein – ein Unerfahrener offensichtlich, der kein Bild davon hatte, mit welchen Kniffen man *on the road* den Kopf über Wasser hielt.

»Unterschiedlich«, meinte er. »Einige, die nicht oder noch nicht in die Fänge des Programms geraten sind, beziehen Unterstützung. Einige sind auf Trebe. Ein paar arbeiten für einheimische Betriebe. Etwas Saisonarbeit, Weinbau. Aushelfen, wenn mal Not am Mann ist.«

»Fluktuation?«

»Geht so.« Pierre war ersichtlich froh, seine Rolle als Organisator hier ins rechte Licht zu rücken. »Wir halten das Ganze recht gut unter dem Schirm. Bislang jedenfalls. Halbwegs über die Runden kommen wir ebenfalls. Auch wenn meine Bestrebungen, hier eine Art gemeinwirtschaftlich funktionierender Kommune einzuziehen, nicht ganz so funktionieren, wie ich es mir wünschen würde.«

Theo schwieg und ließ das Ganze erstmal sacken. Claudia hatte sich zwischenzeitlich zu der Gruppe gesellt und bei der Gelegenheit ein paar Gaben zum abendlichen Mahl beigesteuert. Die aus soliden Holzbalken gebaute Hütte war rudimentär, und wurde über einen offenen Kamin befeuert. In der Mitte stand ein großer Tisch, um die Wände herum waren Schlafplätze mit Matratzen, Schlafsäcken und Utensilien der Bewohner gruppiert. Nach hinten führte eine Tür zu zwei weiteren Räumen. Theo setzte sich zu Claudia, die ihr Gepäck in einer noch freien Ecke drapiert hatte.

»Und?«

»Nunja«, meinte Theo, etwas ausweichend. »Weiß noch nicht. Vielleicht können wir ja ein oder zwei Tage hier Zwischenstopp machen.«

Sie unterhielten sich weiter, besprachen in zwangloser

Abfolge Alltäglichkeiten und Impressionen. Plötzlich beugte sich eine der beiden Frauen zu ihnen hinab und grinste spitzbübisch.

»Hallo. Ich bin Bibi. Jedenfalls nennen mich alle so.«

Sie schaute Claudia an und danach Theo. »Ich würde gern mal deine Freundin kurz entführen. Wenn du gestattest?«

»Mach nur. Tu dir keinen Zwang an.«

Claudia stand auf, um sich dem anstehenden Gespräch unter Frauen zu widmen. Bibis Blick changierte zwischen Hintersinnigkeit und *Sorry for that*, dann verschwanden die beiden Frauen in Richtung Ausgangstür.

Der Abend mündete ein in eine Art etwas unverbindlich bleibender Hobo-Romantik. Die Grund-Organisation schien hier jedenfalls zu klappen. Nach einem gemeinsamen Mahl – ein Eintopf, der gar nicht mal so schlecht schmeckte – ging es zwanglos über zu Unterhaltungen in Kleingrüppchen sowie, schließlich, Musik. Pierre schien – neben allem, was er sonst noch bewerkstelligte – ein nicht gänzlich unbegabter Chanson- und Folkballaden-Vorträger zu sein. Von Unterbrechungen begleitet, gab er mit seiner Gitarre ein paar Songs von Brassens bis Dylan zum Besten.

»Was hat Bibi so gemeint?« fragte Theo beiläufig, nachdem er sich neben Claudia zur Ruhe gelegt hatte.

»Ooch – nichts. Oder: dies und das.« Claudia gähnte und starrte die Decke an. Jenseits von dieser hielt eine einsame Mondsichel Wacht über der nächtlichen Eifel.

Der Vormittag des Folgetages verstrich mit Alltäglichkeiten. Claudia ordnete ihr Gepäck, drehte im Anschluss eine Runde um die Hütte. Die Zahl der Anwesenden hatte sich etwas gelichtet. Kurz darauf kam Pierre zu Theo, der nachdenklich einen Kaffee trank, und lud ihn auf einen kleinen Rundgang ein. *Die* Gelegenheit, dachte Theo. Zwischen Aufstehen und Kaffee hatte er seinen Plan soweit zusammengezurrt.

»Ich will offen mit dir reden«, meinte er, als sie zusammen den Hügel hinunterstapften. »Ich weiß nicht, wie lange wir euch hier auf der Tasche liegen können. Wir sind klamm. Und hatten, um ehrlich zu sein, aus dem Grund in Erwägung gezogen, uns hier in der Gegend Bargeld zu beschaffen. Eine etwas größere Summe.«

»*Hier in der Gegend?*« Pierres Stimme bekam plötzlich eine geradezu hyperventilierende Note. »Wenn ihr hier was Illegales anstellt, sind wir gleich mit geliefert. Also: ganz schlechte Idee. Wenn ich es mir so recht betrachte: eine richtige Scheiß-Idee.«

Theo fuhr sich unter die Wollmütze, kratzte sich am Kopf.

»Wir müssen«, druckste er herum. »Haben keine andere Wahl. Es muß sogar schnell passieren. Die nächsten Tage. Bevor wir dann das Land verlassen.«

Schweigen. Pierre trat zur Wegseite, hob einen kleinen Ast vom Boden auf und wiegte diesen nachdenklich in seiner Hand.

»*Wie* klamm seid ihr?«

»Ziemlich.«

Wieder Schweigen. Angestrengt überlegend strich Pierre sich über seinen Bart. »Und wenn wir euch von hier wegschaffen würden? Aus der Schusslinie?«

Das war eine überraschende Wendung. Theo suchte nach Worten. »Das wäre ein Angebot, das uns tief in eurer Schuld stehen lassen würde«, meinte er schließlich in diplomatischem, sondierendem Ton. »Und ihr habt ein, nunja: einsatzfähiges Automobil?«

»Was heute als ›einsatzfähig‹ gilt, weiß ich ehrlich gestanden nicht. Ist halt ein alter Schrottkoffer; hat uns vorletztes Jahr ein Bauer überlassen. Etwas eingerostet und aus der Übung. Aber ein paar hundert Kilometer könnte er durchaus noch überstehen.«

Theo dachte nach. Ganz sein Plan war das nicht. Im Grunde genommen brauchte er für seinen Plan nicht nur einen Wagen. Sondern auch einen dritten Mann. Jemand, der den Wagen fuhr.

»Was habt ihr genau vor?« hakte Pierre nach.

Theo überlegte kurz. »Eine Bank.« Er zögerte. »Für uns zwei Fußsoldaten ist ein Bankraub kaum machbar. Aber mit Wagen – und natürlich nicht hier in der Region – würden die Erfolgschancen erheblich steigen.«

Pierre schaute Theo skeptisch an. Der ging nunmehr in die Offensive:

»Schau mal: Ihr pfeift hier ziemlich aus dem letzten Loch. Sicher – die Leute im Ort hängen euch nicht hin. Aber ein kleines Polster würde eure Überlebenschancen erheblich steigern. Zum Plan: Ist ein einfaches, altmodisches Rein-Raus. Zwei gehen rein, kassieren die Kohle ab, der Fahrer – oder die Fahrerin – wartet auf der Straße. Im Prinzip: wie im Film.«

Pierre fragte sich, ob sein Gegenüber sie noch alle hatte.

»Aber wie eine Fahndung nach sowas über die Bühne geht, darüber weißt du schon Bescheid?«

»Sicher«, meinte Theo. »Ich bin nicht blöd. Im Prinzip sieht der Plan vor, dass *zwei* Wagen zum Einsatz kommen: einen, der in der weiteren Umgebung abgestellt wird und in der Hinterhand bleibt – und einer, der unmittelbar beim Überfall zum Zug kommt.«

»Und du weißt, wie man einen Wagen zündet? Und ihn

dazu erst einmal aufmacht?« Pierre unterdrückte ein zynisches Lachen. Seine beiden Gäste waren offensichtlich Amateure wie aus dem Bilderbuch.

»Und was meint dein Mädel so dazu?«

Theo druckste herum. Das Bild einer Einbahnstraße erschien vor seinem inneren Auge – eine Einbahnstraße mit einer riesigen Sackgasse.

»Wusst' ich's doch.« Pierres Stimme glitt in kalte, resignierte Abgeklärtheit über. Langsam kam die Hütte wieder in Sicht. Sie stapften weiter, nunmehr den Hügel hoch.

»Pass auf«, meinte er schließlich. »Ich kann eure Lage verstehen. Auch wenn du über deinen Plan vielleicht nochmal mit deiner Lady reden solltest. Ansonsten werde ich mich mit den anderen beratschlagen. Jedenfalls: irgendwie einigen. Auch wenn ich dir hier und jetzt nicht mehr versprechen kann, als dass wir euch hier wegfahren. Und vielleicht in einer größeren Stadt absetzen.«

Am Ende war die Meinung in der Runde zweigeteilt. Die eine Hälfte zeigte sich dem Vorschlag gegenüber aufgeschlossen. Die andere hingegen, darunter Bibi, war skeptisch und insgesamt unwillig, sich an einem Unternehmen mit ungewissem Ausgang zu beteiligen. Am Ende entschied über den Plan eine Art basisdemokratischer Vollversammlung. Der Kompromiss war letzlich der, dass nur zwei Gruppenmitglieder in die konkrete Ausführung involviert waren: Pierre selbst und Jürgen – die etwas großspurig auftretende Nummer zwei der Gruppe. Jürgen war auf Cash aus, so viel war mal klar – eine Personalentscheidung, die Claudia dazu veranlasste, Theo zur Seite zu nehmen und ein paar offene Worte zu reden.

»Der Typ ist ein totaler Hektiker. Möglicherweise ein Psychopath. Ein Profilneurotiker auf jeden Fall. Was, wenn der in der Bank ausflippt? Oder anderweitig irgendeinen Scheiss macht?«

»Ich hab's mir nicht ausgesucht. Ist Pierres Entscheidung, letztlich. Es ist ja nicht fürs Leben. Ich schlage vor, wir ziehen das Ding mit ihm durch. Und dann – Adios, hat uns gefreut.«

»Dein Wort in Gottes Ohr.«

Claudia wandte sich abrupt ab und setzte sich zu den anderen. Der – neue – Plan sah folgenden Ablauf vor: Pierre wäre – quasi als eine Art Gangster-Chauffeur – lediglich bis zur nächsten größeren Stadt mit von der Partie. Dort würde er die restlichen drei absetzen. Jürgen, der über einschlägige kleinkriminelle Erfahrungen verfügte, würde dort einen Wagen aufbrechen. Mit diesem würden sie den anvisierten Zielort ansteuern – Bad Kleinheim, ein kleines Kaff in der Nähe von Speyer an der südlichen Weinstraße. Dort kämen Jürgens Künste erneut zum Zug – für das Klarmachen des Wagens, mit dem der Überfall ausgeführt werden sollte. Der erste Wagen würde an einer strategisch gut positionierten Stelle verbleiben. Der Ablauf im Detail: Theo und Jürgen würden in die Bank reingehen, Claudia als Fahrerin von Wagen zwei in Warteposition verbleiben. Nach erfolgtem Hold Up würden sie mit Wagen zwei Wagen eins ansteuern und mit diesem – so jedenfalls der Plan – in Ruhe das Weite suchen.

Hit and run mit zwei Autos – auch wenn längst nicht alle Details bis zur Zufriedenheit festgezurrt waren, schien das doch eine erfolgversprechende Grundlage zu sein. Theo dachte an Steve McQueen, als er auf seinem Schlafsack lag, eine letzte Zigarette rauchte und gedankenversonnen den Rauchkringeln hinterherblickte, die er in Richtung Decke bließ.

Claudia schlief. Falls es eine Restunsicherheit gab, wußte lediglich der Mond davon, der eine weitere Wacht über der Eifel angetreten hatte.

Zwei Tage später. Das Trio hielt auf einer Feldweg-Einfahrt nahe einer abgelegenen Landstraße. Bis dato war alles nach Plan gelaufen. Mit der alten Rostlaube hatte Pierre sie bis nach Cochem gefahren. In einem kleinen Nachbarort hatten sie einen Wagen aufgebrochen, gezündet und mit neuen Nummernschildern versehen. Die Jürgen, so seine Ansage, von einem »Kumpel« ausgeborgt und mit der Bemerkung eingebracht hatte: »Der will natürlich auch was.« Auch sonst klang Jürgen immer mehr so, als sei er der eigentliche Boss und daher berechtigt, den Löwenanteil der anvisierten Beute einzustreichen. Außerdem wurde zunehmend klarer, dass er sich über die Dimensionen des anvisierten Coups völlig überzogene Vorstellungen machte.

»Pass mal auf: Wir müssen das jetzt direkt klären.«

Claudia drang vernehmbar auf eine Aussprache. Sie fixierte Jürgen, bis sie seine Aufmerksamkeit hatte.

»Was gibt's noch?« Jürgen besah sich angestrengt den Wagen und wich Claudias Blick aus.

»Du bist hier nicht der Boss. *Wir* haben das ausbaldowert. Ort und Bank inklusive.«

»Wo? Im Internet, bei Google? Das kann jeder.«

»Ja, mag sein. Aber du hast nicht die Truppe, um die Bank klarzumachen. Pierre ist nicht mehr hier. Also: Bleib' cool, und immer dran denken: geteilt wird wie abgesprochen.«

Jürgen kratzte sich am Kopf. »Weißt du was? Das ist nicht fair. Pierre und ich haben zwölf Mäuler zu stopfen, ihr hingegen nur zwei. Also teilen wir auch entsprechend auf.«

Claudia lachte. »*Du* hast Mäuler zu stopfen?«

Theo war sich darüber im Klaren, dass die Chose hier – sozusagen kurz vor der Ziellinie – dabei war, gegen die Wand zu fahren. Mit entschlossenem Blick fixierte er erst Claudia, dann Jürgen und meinte dann:

»Schluss jetzt. Wir bleiben bei dem, was abgesprochen war. Wir fünfteln das Geld. Drei Anteile für Pierre, dich und den Rest der Gruppe. Zwei für uns. Und du, Jürgen, hältst dich an den vorgesehenen Ablaufplan.«

Theo wusste, dass die Team-Zusammenstellung die Achillesferse der ganzen Aktion war. Claudia konnte Jürgen auf den Tod nicht ab. Er ebenso. Andererseits war allen dreien klar, dass sie aufeinander angewiesen waren. Zumindest zwei von dreien. Die gute Frage war, ob der dritte mitspielte.

»Was ist«, meinte Theo, Jürgen weiter fixierend. »Sind wir jetzt alle vernünftig? Oder muss das hier im Drama enden?«

Western-like schob er die linke Jackenhälfte zur Seite, so dass die Pistole im Hosenbund sichtbar wurde. Ein Bluff; Theos Kehle fühlte sich plötzlich staubtrocken an.

Jürgen fixierte zurück. Dann meinte er, die Augen kurz niederschlagend: »Ist schon gut. Kein Grund, hier Zaunpfahl-Winke mit der Pistole zu verabreichen.«

»Okay«, schloss Theo die Diskussion ab. »Alle bleiben bei den getroffenen Absprachen. Claudia fährt. Und du gehst mit rein in die Bank. Alles soweit klar?«

»Okay, großer Meister.« Mit ironisch-herablassender Geste bewegte sich Jürgen in Richtung Beifahrertür. Die Anordnung war gesetzt. Claudia drehte sich langsam zu Theo um und meinte mit leiser Stimme:

»Pass auf, wenn ihr drin seid. Ich traue dem Typen nicht über den Weg.«

Über den Rest berichtete der *Speyerer Anzeiger* in seiner Ausgabe am folgenden Tag:

Gangster überfielen Bank in Bad Kleinheim – ein Toter, zwei Schwerverletzte

(Bad Kleinheim, Speyer, eigener Bericht) *Am Nachmittag des gestrigen Tages kam es zu einem Banküberfall in der Filiale der Raiffeisenbank in Bad Kleinheim. Zwei maskierte Männer stürmten um 15.30 Uhr den Schalterraum und erzwangen mit vorgehaltenen Pistolen die Herausgabe des Bargeldbestandes. Da dieser lediglich mehrere Tausend Euro betrug, wäre der Erfolg für die Räuber eher überschaubar gewesen. Ebenso der Aufwand der örtlichen Polizei, die über das Alarmsystem der Bank in Kenntnis gesetzt wurde und sofort ausrückte.*

Normalerweise wäre die Verfolgung der Täter unter die Zuständigkeit der Landespolizei gefallen. Die angerückte Ortspolizei, bestehend aus nur zwei Gendarmen, sah sich allerdings unter Zugzwang, weil der Bankraub offensichtlich mit einer Geiselnahme verbunden war. Wie Zeugen aussagten, taten die Täter bereits in der Bank ihre Absicht kund, sich den Weg notfalls freizuschießen. Dann eskalierte die Situation. Zeugen zufolge insistierte einer der Räuber darauf, auch den Tresor zu öffnen und die darin enthaltenen Geldbestände mitzunehmen. Im Anschluss daran kam es zu einem Wortwechsel, der damit endete, dass einer der Gangster einen der anwesenden Bankangestellten anschoss und schwer verletzte.

Eine Schießerei im Wildwest-Stil lieferten die Banditen schließlich im Rahmen ihrer Flucht. Zu Tode kam dabei der

Revierleiter Bernhard D. Seine Kollegin, die Streifenbeamtin Ina W., liegt mit einer Schussverletzung im Krankenhaus. Sie befindet sich inzwischen auf dem Weg der Besserung. Die Täter – zwei Männer und eine Frau, die am Steuer des Fluchtautos saß – sind zur Fahndung ausgeschrieben. Phantombilder erhärten den Verdacht, dass es sich bei einem der Männer sowie der Frau um die beiden Flüchtigen handeln könnte, die vor einer knappen Woche aus einem Transportfahrzeug des Düsseldorfer EXIT-Programms flohen und dabei zwei Programm-Transportkräfte töteten. Die Polizei hat die Fahndung intensiviert. Hinweise, die zur Ergreifung der flüchtigen Täter führen, nimmt jede Polizeidienststelle entgegen.

3

Schau niemals heimwärts, Engel.

Der – ins Gegenteil abgewandelte – Titel des bekannten Thomas-Wolfe-Romans hätte die Situation von Theo Schröder und Claudia Kopinski gut auf den Punkt gebracht. Ziemlich bald nach der – freigeschossenen – Flucht aus der Bank hatten sie die Beute aufgeteilt. Und sich darauf von ihrem eigenmächtigen Compañero abgesetzt. Das Ergebnis – rund 3.000 Piepen in einer Plastiktüte – war zwar recht lausig. Für die nächsten Wochen sollte das Geld jedoch ausreichen.

Zusammen oder alone? Die Frage hing immer noch ungeklärt in der Luft. Wieder in den Klamotten, mit denen sie bereits in Adenau das auf Wanderurlaub befindliche Lehrer-Ehepaar herausgekehrt hatten, sahen sie auch hier auf einer

Haltestellen-Bank an einem Ortsrand an der südlichen Weinstraße aus wie ein normales Tagesausflügler-Paar. Einzige Veränderung: Claudia hatte sich zwischenzeitlich Zigaretten besorgt und qualmte eine nach der anderen. Wenn sie so weitermachte, würde die Packung bald leer sein.

»Dieses durchgeknallte Arschloch.« Kalter Kondensdampf schoss ihr aus Mund und Nase, während sie die letzte Kippe austrat. »Ich habe geahnt, dass das eskaliert – ich hätte dem nie im Leben die *Glock* überlassen dürfen. Auf einen Bankangestellten schießen, für nichts und wieder nichts. Sag mal – war das unsägliche Gier, unsägliche Dummheit, oder hat es dem Typen tatsächlich Spaß gemacht?«

»Haken wir es ab«, meinte Theo. Wo nichts zu machen war, war eben nichts mehr zu machen. Im Grunde war nach der chaotischen Flucht fast alles schiefgelaufen, was schieflaufen konnte. Geendet war das Ganze damit, dass sie sich – etwa zwanzig Kilometer von Bad Kleinheim entfernt – von Jürgen getrennt und diesem den Wagen überlassen hatten. Nun saßen sie also da – irgendwo an einer Bushaltestelle in der südpfälzischen Pampa. Theo, gemeinhin der Planer im Duo, war mit seinem Latein am Ende.

»Wie kommen wir über die Grenze?«

»*Du* bist doch hier der große Checker. Wolltest du nicht nach Frankreich?«

»Sieht augenblicklich nicht so aus, als ob wir das so einfach könnten.«

»Und falls wir *doch* könnten? Vielleicht hätt' ich da was.« Claudia grinste verschmitzt-triumphierend.

»Und was? Wir sind jetzt hochgradig in der Fahndung drin. Hast du einen alten verlassenen Bauernhof in petto? Das wäre in unserer Situation in etwa das Beste.«

Claudia zog an ihrer Zigarette. »Vielleicht.«

»Vielleicht was?«

»Sieh mal, Schätzchen«, meinte Clauda mit selbstzufriedenem Unterton. «Zufällig stammt mein Vater genau aus dieser Gegend. Und im Pfälzer Wald wussten die Männer schon immer, wo der Bartel den Most holt. Wenn du verstehst, was ich meine.«

»Willst du mir gerade mitteilen, dass du in einem früheren Leben mal Weinkönigin warst?« Irgendwie war das Gespräch der beiden dabei, sich zu verfahren. Claudia boxte Theo leicht in die Seite, anstelle eines »Fick dich«, und fixierte ihn dann mit ernstem Blick.

»Was, wenn Ja?« blaffte sie ihn an. Nach einer kurzen Pause fuhr sie in nachdenklichem Ton fort: »Ich stamme sogar hier aus der Gegend. Weinanbau inklusive; mit unserem Hof waren wir da nicht einmal schlecht dabei. Will heißen: In meiner Kindheit und Jugend habe ich in der Gegend jeden Stein und jeden Weg abgelatscht.«

Theo blickte etwas zerknirscht aus der Wäsche.

»Sorry – wußte ich nicht.«

»Ja – woher auch?« Claudia machte eine Pause. »Mich hat's schlichtweg aus dem Süden in den Norden verschlagen. Keine große Sache; passiert meines Wissens öfter.«

»Wie sieht's bei dir mit Französisch aus?« Eine Idee.

»Geht so«, meinte Claudia lapidar. »Und du?«

»Schlechter.« Theo grinste schief. »Allerdings: ein paar Brocken hab' ich schon mitgenommen. Ganz ohne Schulbildung ist mein Leben nämlich auch nicht verlaufen.«

»Gut«, meinte Claudia lapidar. »Dann können wir's ja probieren.«

»Was?«

»Über die Grüne Grenze. Die verläuft etwa ein, zwei Dutzend Kilometer weiter südlich. Ein erprobter Weg. Wenn wir's richtig anstellen, könnten wir es schon ab morgen ruhiger angehen.«

Theo schwieg.

»Im Prinzip ist es nicht viel mehr als ein etwas längerer Wanderweg. Wir müssen nur aufpassen, dass wir nicht auffallen. Also: Nebenwege benutzen, Schleichpfade.« Abrupt wechselte Claudia das Thema – anscheinend eine ihrer typischen Marotten:

»Meinst du, Jürgen kehrt zu den anderen zurück?«

Theo kratzte sich am Kopf. »Gute Frage. Mittlerweile denke ich, die sind besser dran, wenn er *nicht* zurückkehrt. Trotz des Geldes.«

»Ich glaube fast sicher, dass er sich davonmacht. Mit seinem ganzen Anteil, so Typen teilen nicht gern. Was nicht viel heißt: Bei seinem Temperament ist es nur eine Frage der Zeit, bis die Cops ihn schnappen.«

»Und da wär' sicherlich keiner gern in der Nähe. Hast du eine Zigarette?«

»Dito. Irgendwie schade.« Claudia reichte die Schachtel herüber und lehnte ihren Kopf einen Moment an Theos Schulter. »Eine Karriere als Panzerknacker oder sowas in der Art können wir uns nun wohl abschminken.«

»Ja. Können wir wohl,« meinte Theo, während er den ersten Zug Nikotin durchinhalierte. »Wenn dieser Artikel in diesem Speyerer Nachrichtenblatt nur halbwegs stimmt, sind wir voll in der Fahndung drin.«

»Dann sollten wir doch glatt mal ein Stück wandern.« Claudia stand langsam auf, schulterte ihren Rucksack und schaute Theo auffordernd an. »Richtung La France? Oder diskutieren wir noch ewig weiter?«

Wie so oft im Leben war es am Ende der Zufall, der den beiden diese Entscheidung abnahm. Ein Traktor mit Heuwagen tuckerte an der Haltetelle vorbei, schaltete plötzlich herunter und der Fahrer rief:

»Wo wollt ihr hin?«

»Hä? Ich verstehe Sie nicht.« Claudia. Der Landmann fuhr den Motor runter, drehte sich behäbig um und wiederholte sein freundliches Angebot.

»Wo soll's denn hingehen? Ich kann euch bis Vollmersweiler mitnehmen. Bis zum Pfälzer Wald ist das schon ein gutes Stück.«

Claudia und Theo sahen sich fragend an. Was gab es zu verlieren?

»Gute Idee, Meister. Wenn es Ihnen nichts ausmacht.«

Fünf Minuten später fläzten sie sich in den Heuwagen. Claudia meinte »Kalt heute, was?« und begann, mit dem Bauer eine kleine Konversation vom Zaun zu brechen. Theo – nicht von hier, gerade auf Urlaub. Sie – schon irgendwie von hier, aber schon vor Längerem weggezogen. »Die Schlappenfabriken in Pirmasens – eine einzige Katastrophe«, bemerkte sie mit wissendem Unterton. »Was soll man da anderes machen als wegziehen?«

»In der Tat. Die hat's schlimmer erwischt als uns hier an der Weinstraße.« Der gegen den Motorenlärm abgehaltene Kennenlern-Plausch erstreckte sich über einige Minuten. Theo, der müdigkeitsbedingt kurz vor dem Einschlafen war, fing sich ein und steuerte ebenfalls seinen Part zur Unterhaltung bei:

»Wie weit ist es noch?«

»Kommt drauf an, wo Sie hinwollen.«

Claudia gab Theo einen Stoß mit dem Ellbogen und dem Bauern eine vage Antwort. Nachdem das Gespräch mit dem Bauern endgültig abgeebbt war, kuschelte sie sich an Theo an und grinste selbstzufrieden den Himmel an.

»Mach' dir keinen Kopf«, meinte sie leise. »Ich hol' uns hier raus – versprochen. Die Gegend da unten kenn' ich wie meine Westentasche. Nicht schlapp machen: Wir sind kurz vor der Etappenlinie.«

Diesmal war es Theo, der abrupt das Thema wechselte. In einer zwischen Beiläufigkeit und Ernst changierenden Tonlage fragte er: »Kennst du einen gewissen Jacques Bauer?«

»Jacques *was*?«

»Jacques Bauer. Irgend so ein Wissenschaftler. Bin im Internet auf ihn gestoßen. Möglich, dass dieser Typ uns das Ganze hier eingebrockt hat.«

Claudia blickte fragend. »Wieso soll der uns das eingebrockt haben?«

»Das Programm. Hast du das nicht verfolgt? Vor drei Jahren gab es die ersten Debatten – über diese angebliche Lebendtod-Vorfälle. Und wie man das technisch forcieren könnte. Angeblich zu unser aller Nutzen.«

»Tut mir Leid. Falls du auf diese politische Geschichte anspielst – ich hab' vor allem gedacht: Hoffentlich zieht dieser Kelch an mir vorüber. Kein Gedanke daran, dass die ausgerechnet mich auf diese verfickte Liste setzen.«

»Aber ausgemacht hat es dir schon was?« Theos Stimme klang plötzlich recht hilflos.

»Was?«

»Dass die da Leute einfrieren und eventuell in einem späteren Jahrzehnt wieder auftauen. Oder auch nicht.«

Claudia sah Theo ernst an und setzte sich mit einem Ruck

auf. »Glaubst du nicht, dass du gerade ganz schön arrogant bist? Hast *du* es etwa nicht gewußt? War es dir nicht scheißegal – bis sie dir ebenfalls diesen beschissenen Wisch zugestellt hatten. Und es auf einmal hieß: Adios, Theo – wir sehen uns wieder in zwei Jahrzehnten?«

»Komm' mir doch nicht so. Was hätte ich tun sollen? Ich hatte mich erst vor drei Jahren mit denen mächtig angelegt. Wegen der Wohnung. Am Ende leider nicht sehr erfolgreich. Ich hab' mir gesagt: Wenn die dich schon aus deiner Wohnung schmeißen können, dann hast du, wenn es um dein Leben geht, erst recht keine Chance mehr.«

»Du hast aufgegeben. Richtig?«

Theos Mundwinkel zuckten. »Ja. Möglich. Fürchte, ich habe mich in der Folgezeit gehen lassen. Nunja – anscheinend braucht man im Leben einen Aufwecker. Manchmal sogar einen total krassen. Und wie war das bei dir?«

»Ziemlich dasselbe.« Claudia fingerte an ihrer Zigarettenschachtel, dachte dann aber ans Heu und den Fahrer und ließ es daher. »Mein Ding war mehr das Saufen. Zumindest zeitweilig. Hab dann nochmal die Kurve gekriegt, vor einem halben Jahr. Auch mithilfe der Meetings.« Sie machte eine bedeutungsschwangere Pause, wechselte abrupt das Thema:

»Lass uns nochmal über diesen Jacques Bauer reden. Ich hab' nie von dem gehört. Allerdings schon davon, dass am Anfang ein paar fragwürdige Experimente standen. Und wohl auch Lebendtod-Fälle. Wobei man korrekter eigentlich von Nahtod-Erfahrung sprechen müßte.«

»Ja«, meinte Theo. »Müsste man eigentlich. Dieser Bauer hat anscheinend in die Richtung geforscht. Nachdem er ein eigenes Nahtod-Erlebnis hatte. Laut Wikipedia ein sehr langes – von den Neunzigern bis in die Nuller Jahre. Hat 2024 einen Bestseller darüber publiziert. Angeblich. 2025 ist er dann verstorben. Laut Wikipedia zum zweiten Mal.«

»Und? Klar ist das eine schräge Story. Aber was hat das mit uns zu tun?«

»Ich weiß nicht.« Theo Schröder kratzte sich am Kopf. »Aber ich will nach Paris. Zufällig ist der Typ dort auch verstorben. Mich würde schon interessieren, ob sich da nicht das ein oder andere über diese seltsame Figur herausfinden lässt. Wo sie uns schon diesen Schlamassel hier eingebrockt hat«

Claudia machte eine Pause.

»Du willst nach Paris? Das ist dein Plan?«

Theo blickte sie fest an. »Ja. Wenn auch aus verschiedenen Gründen – nicht allein wegen diesem Bauer. Nach allem, was ich gehört hab', ist Paris das Ziel Nummer eins von Programm-Flüchtigen. Die Franzosen liefern nicht aus.« Mit etwas trotzigen Unterton fügte er hinzu: «Wobei mich die Geschichte von diesem seltsamen Bauer schon brennend interessiert.«

Claudias Antwort war ebenso diplomatisch wie in ihrer Praxisaussage eindeutig: »Da du schon in die Politik willst – nach Paris komme ich noch mit. Aber dann werd' ich mich wohl vom Acker machen – in Richtung ruhigere Gefilde.« Sie machte eine Pause und setzte dann ein etwas lakonisches Grinsen auf.

Der TGV war rund eine Stunde durch die flache ostfranzösische Landschaft gedüst. Nun mehrten sich die Zeichen, dass die Hauptstadt nicht mehr weit war. Die Bebauung wechselte von ländlich zu aufgelockert-vorstädtisch; dann fuhren sie bereits durch die Banlieue, den berühmt-berüchtigten Pariser Vorstadtgürtel. Claudia und Theo waren in Lunéville zugestiegen, einer Mittelstadt im Departement Meurthe-et-

Moselle. Ansonsten hatten sie beschlossen, diesmal Schnelligkeit vor Sicherheit zu setzen und direkt am Gare de L'Est auszusteigen. Es war Vorweihnachtszeit. Krise(n) und Inflation waren zwar auch an Frankreich nicht vorbeigegangen. Die Passanten in den Straßen erweckten allerdings den Eindruck, dass sie das nicht allzuviel schere. Heiß und stark war auch der französische Café – anders als das Wetter, das noch einen Tick diesiger und feuchter war als im Rheintal.

Claudia war bereits während der Fahrt ziemlich ausweichend und wortkarg gewesen. In einem Café am Boulevard de Magenta, in dem sie sich aufwärmten und ein Frühstück mit Croissants zu sich nahmen, kam es zur Aussprache.

»Du, mein Bester«, hub Claudia an. »Ich will dir nichts vormachen. Irgendwie hab' ich mich die Tage ziemlich an dich gewöhnt. Und auch die Umstände unserer Bekanntschaft waren, nunja, ziemlich einzigartig und bemerkenswert.« Sie stockte einen Moment. »Allerdings denke ich, jetzt – wo unsere Bande de facto auf Eis liegt – ist es wahrscheinlich am Besten, wenn wir nicht mehr so aufeinanderhängen.«

Theo nickte. »Seh' ich ebenso. Auch wenn du zur Bonnie zweifelsohne Talent hast. Aber erst mal sollten wir uns eine Weile allein durchs Leben schlagen. Was wirst du tun?«

Claudia schaute in ihren Café au lait. »Werd' wohl erst versuchen, bei einer Freundin unterzukommen. Einer guten«, fügte sie schnell hinzu. »Wohnt in Nanterre – oder jedenfalls: Wohnte noch vor ein paar Jahren dort. Ich werd' wahrscheinlich ein paar Tage brauchen, um sie aufzutun. Was dann? Werd' mir wohl erst mal 'nen Job suchen. In 'nem Café – der Kaffeegeruch ist ja richtig berauschend hier. Oder 'ne Bäckerei – vielleicht sogar noch besser. Und was hast du so vor?«

Theo rührte in seiner Espressotasse herum. »Ich weiß es noch nicht. Leute kenne ich hier leider keine. Aber das muss nicht verkehrt sein. Werde erst mal schauen, dass ich einen Unterschlupf finde. Möglichst billig. Vielleicht kann ich als Packer arbeiten auf dem Markt. Will mich jedenfalls bedeckt halten. Fürs erste jedenfalls.« Er grinste schräg. «Falls alle Stricke reißen, können wir's ja wieder mit einer Bank probieren.«

Claudia hieb ihm mit der flachen Hand sachte an den Kopf. »Schlag dir das da raus. Ich will versuchen, neu anzufangen. *Richtig.* Vielleicht zieh' ich in die Pampa, such' mir dort einen Kerl, der mir ein paar Kinder macht, und werd' am Ende meiner Tage solide.« Sie spielte mit ihren Haarspitzen unter der neuen schwarzen Wollmütze.

»Gibst du mir deine Adresse, wenn du angekommen bist?« Auch Theo driftete mehr und mehr in sentimentale Gefühle ab. Claudia lachte.

»Da müsste ich erst mal wissen, wo und wie ich dich erreichen kann.«

»Ich glaube, da lässt sich Abhilfe schaffen. Komm.«

In einem nahegelegenen Handyshop wurden sie fündig. Zwei Prepaid-Mobile, unregistriert, und eine Runde Guthaben. Das sollte fürs Erste reichen. Dann kam der Abschied.

»Pass mal schön auf dich auf.«

»Du aber auch.«

»Wir hören voneinander.«

»Ganz sicher.«

Eine letzte Umarmung, ein letzter Blick – dann gingen die Kernteile der Bonnie-and-Clyde-Gang jeder seines Wegs.

Die Tage gingen ins Land, die Wochen und schließlich die Monate. Weihnachten war abgefeiert worden, Neujahr ebenfalls und die Franzosen nahmen, nach Ostern, allmählich das Pfingstfest ins Visier. Claudia und Theo hatten den Winter unterschiedlich überstanden. Claudia hatte Fortune gehabt – jedenfalls zunächst. Die Freundin in Nanterre war noch am selben Tag aufgetan. Auch bei ihr unterzukommen – zumindest zunächst – war kein Problem. Nach zwei, drei Wochen allerdings wurde die Freundin zunehmend distanzierter. Eines Abends bat sie Claudia zur WG-Aussprache.

»Nimm es nicht persönlich, Chérie. Aber ich weiß nicht, ob die Cops in Deutschland mich noch auf dem Schirm haben. Du weißt ja – wegen damals, diesen Schotter-Actions wegen *Endlagerung – Nie!* und so weiter. Und auch du kannst dir nicht sicher sein, ob die keine Verbindung herstellen zwischen dir und mir. Dann ständen eines Tages die französischen Cops hier vor der Tür – und ich rede nicht von netten Gendarmen, sondern den Jungs von der CRS, und ich sage dir: Die willst du nicht haben. Lange Rede kurzer Sinn: Du bist hier nicht sicher. Ich bin hier nicht sicher. Ich denke, ich frage mal zwei, drei Freundinnen, ob irgendwo noch ein WG-Platz ist für eine treue Freundin.«

Das Ende vom Lied war, dass Claudia in einer Studenten-WG landete, und von dort in einer weiteren Übergangslösung. Sie merkte schnell: Der Wohnungsmarkt in Düsseldorf war ein beschauliches Pflaster gegenüber dem in der französischen Hauptstadt. Hinzu kam, dass auch die Jobfrage sich nicht so ganz nach ihren Vorstellungen entwickelt hatte. Anders gesagt: Claudia zog zwar immer wieder kurzzeitige Jobs als Aushilfsbedienung oder Verkäuferin an Land. Zumindest die erste Zeit jedoch erwies sich die Sprache als eine Hürde, die sie gröblichst unterschätzt hatte. Nach ein paar Monaten hatte sie sich zwar etwas Umgangs-Kauderwelsch draufgeschaufelt. Im Anblick ihrer Situation jedoch war Claudia Kopinski – wenn auch weiterhin tapfer mit den Händen am Gestänge der Feuerleiter – zunehmend dabei, in den sozialen Keller abzurutschen.

Ihr letztes Gespräch mit Theo hatte an Neujahr stattgefunden, ein paar Wochen nach ihrer Flucht. Beide hatten ein wenig geplaudert, sich artig einen guten Rutsch gewünscht und dann aufgelegt. Theo war daraufhin in einem Schuppen im 11. Arrondissement versackt. Immerhin: Finanziell konnte er sich den Absacker eher leisten als seine Düsseldorfer Schicksalsgenossin. Anders gesagt: Theo hatte Glück im Unglück gehabt. Seiner zwischen Wurstigkeit, Wut und Indifferenz changierenden Grundeinstellung folgend, hatte er sich sein Schicksal dahingehend zurechtgelegt, dass nun eh alles egal war. Folglich ließ er sich treiben. Seinem Instinkt folgend, hatte Theo sich in das Milieu der kleinen Geschäftemacher und Dealer rund um den Gare de L'Est und die Métrostation Stalingrad geschmissen und dort vage Bereitschaft signalisiert, auch mal einen nicht so geraden Job durchzuziehen. Die Angebote folgten auf dem Fuß. Ein Marokkaner aus dem Barbès-Viertel kam schließlich zu dem Schluss, dass Theo für den Koka-Konsum der solventeren Kundschaft am Pigalle und im Montmartre-Viertel der unverdächtigste Lieferant sei.

Kurzum: Der Losung gehorchend, dass der Teufel in der Not Fliegen frisst, hatte Theo sich Stück für Stück in der Kleindealerszene im Quartier etabliert. Vor sich selbst rechtfertigte er diesen Schwenk mit seiner ihm eigenen Pragmatik. Theo Schröder war stets ein loyaler Typ gewesen – loyal zu denen, die er kannte, die er als die Seinen erachtete. Eine Bringschuld gegenüber dem Staat oder höheren Mächten gar war in diesem Do-It-Yourself-Moralkanon nicht vorgesehen.

Praktisch gesehen mochte die Form der Lebensführung, die er sich in Paris zulegte, ihre Nachteile haben – konkret vor allem: die Abwesenheit fast aller Arten von Zukunftsplanung. Im Gegenzug bot dieser Lebenswandel allerdings auch seine Vorteile – das Leben von Situation zu Situation, das Mitnehmen von Gelegenheiten und eben die Annehmlichkeiten einer Outlaw-Existenz am Rand der Gesellschaft. Aus dieser Warte gesehen bestand für ihn erst wenig Grund, aus dem Hotel-Modus auszuscheren, in dem er sich eingerichtet hatte. Später hatte er sich – nach dem Motto: *Unverbindlichkeit ist mein zweiter Name* – schlicht an den Lebensstil gewöhnt, der für ihn unerwartet solche Früchte getragen hatte.

So gingen die Dinge ihren Gang, und es kam, wie es kommen musste. Die ersten Scherereien – Stress mit ein paar Kleindealern am Place Pigalle – steckte Charlie, wie er sich nun nannte, noch halbwegs weg. Schwerer wog, dass er sich das leichte Leben mit Koka, leichten Frauen und was dazugehört mehr und mehr zu eigen machte. Theo hatte sich geschworen, aufzupassen – aber wie bei fast allen Kleinkriminellen war der Augenblick meist mächtiger als die guten Vorsätze. Brenzlig wurde es beim ersten Kontakt mit der Polizei. Sie hatten ihn bei einer Razzia in einer Disko mit aufgegriffen – normalerweise kein Drama. Allerdings dann schon ein Drama, wenn man sich ohne Papiere durchs Leben schlug. Mit Ausreden und etwas Chuzpe gerade nochmal so davongekommen, machte Theo den Patzer umgehend wieder gut. Aufgrund der falschen Papiere und dem Umstand, dass er seinen Lebensstil nicht mehr unter Kontrolle hatte, geriet er in der Folge in die Schuldfänge eines armenischen Mafiosos. Der Ausweg, den Monsieur Kaskabian ihm bot: Er sollte Filme machen, Pornos – genauer: sich am Set um die Organisation kümmern und nötigenfalls etwas Regie führen. Langsam steckte auch Theo Schröder richtig in der Klemme.

So ging das Jahr ins Land. Claudia und Theo telefonierten im Sommer mehrmals miteinander. Da die Mitteilungen des jeweils anderen nicht so gut klangen (obwohl jeder betonte: Mir geht es bestens, oder jedenfalls halbwegs gut oder wenigstens so lala), vermieden sie ein persönliches Treffen. Jeder war auf sich allein gestellt. Im Dezember – kurz vorm Weihnachtsfest und dem einjährigen Jahrestag ihrer Flucht – nötigte Theo seine Schicksalsgenossin schließlich, tausend Euro von ihm anzunehmen; das Geld ließ er von einem Jungen aus dem Viertel überbringen.

Zumindest was das Finanzielle anbelangte, hatte Theo seine Umstände auf fast dramatische Weise zum Besseren gewendet. Unerwartet hatte sich Kasabians Pornodreh-Geschäft als Metier mit einem – wie er fand – eigenen Charme erwiesen. Obwohl bei der kleinen Produktionsfirma zu Anfang einiges – um nicht zu sagen: fast alles – im Argen gelegen hatte. Da deren Produkte eher *Old Fashioned* als so richtig konkurrenzfähig waren, hatte er – in Absprache mit Monsieur Kasabian – einen Abgänger von der Kunstakademie engagiert für das Schreiben echter Film-Skripte. Gut, dass Maurice mit am Set war, als er das neue Konzept vorstellte.

»Das ewige Rein-Raus am Stück funktioniert heutzutage nicht mehr«, hatte Theo verkündet. »Guckt euch die Amateur-Schiene an. Lasst es langsam angehen, legt mehr Wert auf die Situationen, auf das Drumherum. Entspannt euch, habt Spaß. Ansonsten: Macht es einfach so, wie Maurice es euch sagt.«

Die Crew fläzte unterdess auf Chaiseloungues, Betten und was sonst noch an Interieur im Raum herumstand. Eine schlanke Brünette aus Schweden mit dem Künstlernamen Dinah beschoss ihn scherzhaft mit Papierkügelchen; so viel zu seiner Autorität.

»Rein–raus‹ funktioniert heute nicht mehr?«, meinte sie provokativ.

Alle lachten. Maurice als neuer Script-Editor übernahm und erklärte in sachlichem Ton, was sich bei den Drehs künftig ändern würde. Nachdem klar war, dass niemand gefeuert würde und das bisschen Schauspielerei am Ende etwas Abwechslung ins triste Business brächte, waren alle zusammen in eine Bar gezogen und hatten das Ergebnis der Arbeitssitzung zünftig begossen.

Nichtsdestotrotz waren am Anfang alle skeptisch. Als die Klickzahlen dann allerdings hochgingen und in der Folge die Pay-Transfers, war er aus dem Gröbsten raus. Sicher – wie bei jedem Projekt-Finetuning musste er am Ende das ein oder andere zurücknehmen. Am Ende waren alle zufrieden – Monsieur Kasabian eingeschlossen, bei dem er, nach dem erfolgreichen Relaunch der Marke, einen Stein im Brett hatte. Noch wichtiger wog der vergleichsweise gefahrlos erwirtschaftete Salär, den er als Projektmanager einstecken konnte. Zweitens war der Porno-Geschäftszweig seines neuen Paten wesentlich unriskanter als die Dealerei. Drittens: Da er eifrig delegierte, hatte er in der Summe deutlich mehr Zeit zur Verfügung.

Etwa zur selben Zeit legte er sich eine Wohnung im Montmartre-Quartier zu. Nichts Großes; ein Zimmer mit Abstellkammer, Küche und einem Bad mit Dusche. Das neubezogene Domizil wirkte sich auch dahingehend aus, dass er nicht mehr so planlos in den Tag hinein lebte. Stattdessen fernbeobachtete er stärker die aktuelle Entwicklung in Germany. Dort artikulierte sich die Kritik an EXIT und den Folgen zunehmend lauter. Die deutsche Regierung steckte in der Bredouille. Die neue Innenministerin hatte die Transporte – jedenfalls auf angeordneter Basis – weitestgehend heruntergefahren. Wie viele Einfrierungen noch auf »freiwilliger« Basis stattfanden, war schwer zu sagen.

Nicht uninteressant bei alldem war auch die französische Seite. Die Regierung verfolgte gegenüber dem, was hierzulande *le programme* hieß oder auch *le programme allemand*, einen diplomatischen Kurs. In der normalen Bevölkerung war das indes anders. Öfter war wieder von den *Boches* die Rede, und den Erinnerungen an Résistance und Zweiten Weltkrieg. Im Sommer waren ihm ein paar Typen des Rassemblement National blöd gekommen mit der Frage, ob in Deutschland ein neuer Hitler wieder an die Macht wolle. Theo hatte die Rechten abblitzen lassen; ihr Gefeixe fand er unerträglich. Zunehmend wurde ihm allerdings klar, dass die deutschen Geschicke und sein kleines Leben, das er sich hier in Frankreich neu aufgebaut hatte, auf vielfältige Weise miteinander verquickt waren.

Das alte Thema, das ihn bereits in seinen letzten Wochen in Deutschland so beschäftigt hatte, kam wieder hoch: Was war mit Jacques Bauer? Jenem durchgeknallten Wissenschaftler, der nunmehr in einem Grab auf dem Cimetière des Batignolles, ein paar Métrostationen nur von seiner Unterkunft entfernt, ruhte – *wenn* er denn dort ruhte.

Theo war nunmehr fast ein Jahr in Paris. Und beschloss, diesem seltsamen Aspekt etwas genauer auf den Grund zu gehen.

2. Teil

Ein Herbst in Paris

4

Der Frühling war ins Land gezogen, als Theo Schröder bezüglich der causa Bauer endlich in die Gänge kam. Genügend fest im Sattel, um sich das leisten zu können, saß er – zumindest in seiner Eigenwahrnehmung – schon. Da Theos Instinkt ihm sagte, dass die Geschichte des hochreputablen EXIT-Mentors großteils oder sogar völlig ein Fake war, war es sicher eine verdienstvolle Sache, in diese mysteriöse Chose mehr Licht zu bringen. Möglich sogar, dass ihm das, was er herausfinden würde, später nützlich sein konnte – quasi als eine Art Rückversicherung für den Fall, dass er am Ende doch wieder in deutsche Hände geriet.

Nach einem Monat Nachforschungen standen zumindest ein paar Dinge fest: Jacques Bauer war ein bemerkenswerter Mann. Seine Wissenschaftskarriere hatte er über die üblichen Eliteuniversitäten auf den Weg gebracht; genauer: die *École supérieure de commerce de Paris*. Sein Ausgangsgebiet waren ergo die Wirtschaftswissenschaften gewesen – was umso ungewöhnlicher war, als dass Bauer später ins Science-Metier wechselte und einen eher soziologischen Ansatz verfolgte. Über den Mann persönlich war nur schwer etwas herauszukriegen. Eltern: hatte er sicherlich gehabt. Über sein Studium gab es indess wenig Konkretes. Im ESCP-Verwaltungsgebäude in der Avenue de la République wusste man so gut wie nichts über ihn. Klar, ein Massenbetrieb; wer wollte da jeden Studenten kennen – zumal Bauer sein Studium bereits Mitte der Siebziger abgeschlossen hatte.

Dann massierten sich die Unklarheiten. Der Mann hatte zwar auf einer jener Hochschulen studiert, wo einem hinterher die roten Teppiche ausgelegt werden. In den Folgejahren war er jedoch kaum einschlägig in Erscheinung getreten. Wenn man es genau betrachtete, hatte es den Mann nie gegeben – keine Publikation, kein aufsehenerregendes Forschungsprojekt; nichts. Unbeachtet geblieben war schließlich auch sein Tod – sein erster im Jahr 1992. In den Amtseinträgen von Châlons-en-Champagne befanden sich zwar ein paar Aktennotizen. Das war es dann jedoch gewesen. Zwischen 1992 und 2002 befand sich Monsieur Bauer im Nirvana. Dann die Wiederauferstehung. In seinem Buch las sich die ganze Sache natürlich großspuriger. Wo hatte das Begräbnis stattgefunden, wo die Wiederauferstehung? Logischerweise beides in der Champagne. Doch auch die Webarchive dortiger Zeitungen gaben weder über den Tod weiter Auskunft noch über den fidelen Restart.

Dem Buch zufolge konnte sich Bauer an die Zwischenzeit nicht erinnern. Klar – dem eigenen Bekunden zufolge war er da ja auch tot. Was feststand war, dass sich sein Leben – genauer: sein zweites Leben – nach seiner Wiederauferstehung essentiell veränderte. Das war dann auch durch Publikationen reichlich erhärtet. Meriten als Biowissenschaftler, aber noch mehr: als Sozialwissenschaftler, der sich voll den neuen Konzepten soziologisch begleiteter Wissenschaftstransfers widmete. Verstehen musste man die geschwollenen Begrifflichkeiten nicht alle; die Belege sprachen allerdings eine hinreichend deutliche Sprache – Vorträge hier, den ein oder anderen Preis da; Querpublishing in Fachzeitschriften, die übliche Vita eines erfolgreichen Wissenschaftlers. So unspektakulär das erste Leben war – selbst in Châlons-en-Champagne, wo er zumindest die Achtziger verbracht hatte, hatte er kaum einen Abdruck hinterlassen –, so spektakulär verlief das zweite. Dann das zweite, nunmehr natürliche oder besser: finale Ableben. Standesgemäßes Begräbnis auf einem Pariser Renommierfriedhof; zuvor ein Buch – bei dem das Wort »Bestseller« zwar stark übertrieben war, das aber ungeachtet dessen ein paar Spuren hinterlassen oder, besser: ein paar Köpfe befruchtet hatte.

Next Point: Kindheit und Jugend in Vallan. Vallan war ein Kaff, gelegen vor den Toren der malerischen Kleinstadt Auxerre, ungefähr 150 Kilometer südöstlich von Paris. Idyllisch, beschränkt; das ländliche Frankreich eben, wo die Gänse auf Gänsefüßen die Hauptstraße überquerten. Auch zu diesem frühen Lebensabschnitt: no Informations. Die Angestellte des örtlichen Mairie-Büros reagierte einsilbig und erweckte eher nicht den Eindruck, über einen berühmt gewordenen Sohn des Ortes Auskunft zu geben. Kurzum: Es war einfach unerklärlich, wie ein Mensch so wenig Spuren hinterlassen konnte. Blieb sein Bestseller oder sogenannter Bestseller – das Werk, das ihm wichtig gewesen war, das seine Vorstellungen über die Welt und was sie ausmachte, transportierte. Es war ein zäher, unverständlicher Schinken. Lediglich in zwei Kapiteln äußerte sich Jacques Bauer über die Technologie, auf der das umstrittene deutsche Programm basierte – also die Möglichkeit, Menschen einzufrieren, um sie in einer beliebigen Zukunft wieder aufzutauen. Klar, dass Bauer diese Technologie gut fand und entsprechend anpries. Allerdings: konkretere Hinweise, dass er sich mit den Deutschen irgendwie handelseinig gemacht hatte – Fehlanzeige.

Im Sommer traf Theo Claudia unvermittelt in der Métro. Flugs überredete er seine alte Compañera zu einem Café; er wolle mit ihr die erfolgreichen achtzehn Monate feiern, die sie in der Stadt von liberté, égalité und fraternité durchgestanden hatten. Claudia lächelte müde. Lakonisch bemerkte sie, bei der fraternité hätten sie wohl die Frauen vergessen, ließ sich dann allerdings auf ein kleines tête-à-tête ein. Theo erzählte ihr kurz über seine Recherchen bezüglich Bauer, gab sich sonst jedoch in der Sache zugeknöpft. Ebenso ab wiegelte er bei Nachfragen, die seinen derzeitigen Broterwerb betrafen.

»Dies und das, wenn man es genauer nimmt. Im Wesentlichen bin ich wohl Manager und Laufbursche für einen Idioten, der den ganzen Tag mit seiner Geldzählmaschine herumspielt.«

Mit den Lippen formte Claudia die Bemerkung »Aha«. Ihr war es in dem Jahr mittelprächtig ergangen. Die ersten Monate seien nicht leicht gewesen. Aber nun habe sie sich Bücher besorgt und arbeite zielstrebig an ihrem Französisch.

»Ich wohne nun in Clichy. Nicht Clichy-sur-Bois, da würde ich mir wohl die Kugel geben. Sondern Clichy einfach – du weißt ja, wo dieser Roman spielt, von dem ihr Kerle früher immer geschwärmt habt. Soll früher auch abseits der Rummacherei einiges hergemacht haben. Mittlerweile jedoch ist Clichy Pariser Vorstadt-Pampa; ein El Dorado für Spießer, die geiles Shopping für die Erfüllung des Lebens halten. Nunja, ich will nicht klagen. Habe mittlerweile sogar eine kleine Wohnung. Und – tätä – einen Job in einer Buchhandlung ergattert. Cool, nicht?«

»Absolut cool. Hat natürlich einen Nachteil: Falls ich mal wieder ein Ding drehen sollte, muß ich mich vermutlich nach anderen Partnern umsehen.«

Claudia lachte zeitverzögert und kurz. »Nee du, lass mal.« Dann switchte sie unvermittelt ins Ernste, beugte sich vor und sah Theo geradewegs ins Gesicht. »Ich habe den Eindruck, dass dir die Sache immer noch zu schaffen macht. Ich geb' dir jetzt einen guten Rat: Lass es sein. Deutschland ist nicht mehr zu helfen. Ich reiß' mir hier den Arsch auf, um das alles hinter mir zu lassen und eine gute Pariserin zu werden, oder jedenfalls: Französin. Die wollten uns umbringen, hast du das vergessen? Kaltmachen, ausradieren, wie damals die Nazis. Und das Schlimme ist: Sie scheinen damit wieder durchzukommen.«

Claudia beendete ihren Vortrag unvermittelt. Theo etwas abschätzig ansehend, fragte sie: »Was willst du tun? Ich meine: Was soll aus dir werden?«

»Danke der Nachfrage. Aber ich pass' schon auf mich auf.«

»Das meine ich ernst – pass' *tatsächlich* auf dich auf.«

Theo ging zur Theke und bezahlte. Einen kurzen Moment kam er nochmal zu ihren Tisch rüber. »Hab' ebenfalls auf dich Acht.«

»Gut gemeint, aber falsch gefragt.« Claudia lachte.

»Why?«

»Du hättest mich fragen müssen, ob ich einen Kerl habe. Hast du aber nicht.«

»Enttäuscht?«

Claudia machte eine heitere, spielerisch schmollende Geste. Dann lachte sie.

»Weiß ich noch nicht. – À bientôt, Monsieur. Bis zum nächsten Mal.«

Das Leben verlief weiter in seinen mitunter unerklärsamen Bahnen. Theo Schröder hatte sich in die Bauer-Sache reingekniet – dabei allerdings den Kopf so weit unten behalten, dass keine Polizei oder womöglich wer anderes ihn auf den Radar bekam. Auch auf die Stadt, in der er sich ein neues Leben aufgebaut hatte, warfen die deutschen Verhältnisse zunehmend ihren Schatten. Natürlich war Theo Schröder nicht der einzige, der seinen Häschern erfolgreich vom Haken gesprungen war. In Paris tummelten sich mittlerweile die Allemandes, die Sicherheitsabstand gesucht hatten zur deutschen Grenze. Theo hielt sich von dieser Sorte Exilanten fern. Mittlerweile war die Angelegenheit zum europäischen Politikum mutiert. Selbst der französische Präsident kam nicht umhin, seine frühere Neutralität zu modifizieren und verglich Deutschland in einer Parlamentsansprache sogar mit Regimen, die menschenrechtlich gesehen einiges zu wünschen übrig ließen. Ein Faux-pas, der die zu erwartenden diplomatischen Dispute und Medien-Giftigkeiten nach sich zog.

Die Beziehungen waren angeknackst. Nicht besser wurden sie auch aufgrund der Tatsache, dass sich mittlerweile Angehörige unterschiedlicher Dienste in der Stadt herumtrieben – private Headhunter auf der Suche nach verkäuflichen Hinweisen, MAD, BND und schließlich Typen, deren Absichten noch undurchsichtiger waren. Theo war nicht umhin gekommen, mit dem ein oder anderen Exilanten ein Bier zu trinken. Einer von ihnen war sogar in Kasabians Porno-Crew untergeschlüpft. Lange Rede kurzer Sinn: Obwohl ihm noch mehr Abstand durchaus lieb gewesen wäre, war Theo aka Charlie nicht in der Situation, der deutschen Exilantenszenerie vollends aus dem Weg gehen zu können. So versuchte er, aus der Not eine Tugend zu machen und freundete sich mit zwei von ihnen an. Hülan am Set war ganz okay – ein türkischstämmiger Bursche, der aufgrund diverser Gesetzesvergehen in die Mühlen des Programms geraten war. Nett war auch Sheyla – eine junge Punkerin aus Frankfurt, die hart davor stand, in die Prostitution abzugleiten. Unorthodox besorgte ihr Theo einen Job bei Kasabian – einen, bei dem »Hüllen fallen lassen« nicht Teil der Jobanforderung war.

Obwohl von der Konstellation her Theo derjenige war, der auf der gefährdeteren Seite stand, war es schließlich Claudia, die in die Fänge des deutschen Nachrichtennetzes hineinrasselte. Ihre Charakterisierung des Lebens in Clichy stimmte. Entsprechend brachte sie auch nicht Leichtsinn zum Straucheln, sondern eher das Gegenteil: ein Zuviel an Sicherheitsabstand. Neben ihrem Job in der Buchhandlung bestand Claudias Leben vor allem darin, stinklangweilige Bürgersöhnchen kennenzulernen. Mit einigen Typen verabredete sie sich zu Rendezvous. Die Kunst dabei bestand darin, die diversen Männerbekanntschaften säuberlich in der Schwebe zu halten. Sex mit diesen teils unbedarften Schnösel-Typen war – so es dazu kam – in der Regel so lala. Um nicht ganz ohne auskommen zu müssen, hatte sie diesen Aspekt noch stärker von ihrem wohlanständigen, unauffälligen Leben in Clichy abgekoppelt. Manchmal, wenn es sie überkam, suchte sie Diskos und Bars in der Pariser Innenstadt auf und gab sich dort anonymen One-Night-Stands hin. Glücklich machten die sie nicht. Also cancelte sie sie wieder – wobei sie sich in stillen Stunden eingestand, dass sie schon die Jahre zuvor ganz gut ohne (oder: fast ohne) ausgekommen war. Möglich, dass sich bei ihr die Wechseljahre andeuteten – que sais?

Die Gefahr kam in Form eines Freundes eines Avancen-Machers. Bei Licht betrachtet war Roland ein veritabler Langweiler. Claudia hatte sich angewöhnt, jeden zweiten Donnerstag mit ihm ins Kino zu gehen. In der Regel sahen sie sich dort internationale Neuerscheinungen an – um anschließend, auf die American-Express-Karte ihres Begleiters, noch ein standesgemäßes Dinér zu nehmen. An einem Abend war George dabei. George klang zwar französisch. Bei den ersten Worten war allerdings klar, dass George so deutsch war wie sie. Da sie diesen Umstand schlecht verbergen konnte, war sie nunmehr in der Situation, sich ad hoc eine Legende auszudenken zu müssen. Mit einer solchen war sie zwar auch so unterwegs. Ihr französischer Umgang allerdings war in der Beziehung weitaus unambitionierter als der überneugierige, ausgleichshalber dazu zur Pedanterie neigende George.

George, mit vollem Namen Georg von Hüneberg, war der Sohn eines Diplomaten. Der Daddy schob derzeit Dienst in den arabischen Emiraten, der Sohn hingegen haute in Paris mächtig auf den Putz. Georg von Hüneberg hatte sich in den Kopf gesetzt, dort zum veritablen Gesellschafts-Zampano zu avancieren, und hielt mit seinen diesbezüglichen Erfolgen keinesfalls hinterm Berg. Claudia war zunächst verwirrt und etwas überfordert. Roland war gut handhabbar, George war, bei Licht betrachtet, eine egozentrische Nervensäge. Zusätzliches Problem war, dass George mit ihrem Chef, Monsieur Damocles, gut befreundet war – wobei die Freundschaft zugegeben eher auf der Einbildung des adelsblütigen Diplomatensohns beruhte als auf reellem gegenseitigem Interesse. Wie auch immer: Monsieur Damocles konnte auf diese potenziell einflussversehene Verbindung nicht in Gänze verzichten. Und so hatte Claudia Kopinski bald zwei deutsche Verehrer an der Hacke – George und einen ebenso einfältigen Freund mit Namen Hannes, der in der Hauptsache Weiber und Diskos im Kopf hatte. Und ebenfalls kein Problem damit, das zu jeder unpassenden Gelegenheit kundzutun.

Brenzlig wurde es, als Monsieur Damocles und seine Frau ein Abendessen ausrichteten, und auch an Claudia eine Ein-

ladung aussprachen, die diese nur schlecht ablehnen konnte. Der Abend ließ sich gesittet an. Madame Damocles hatte
ihrer Haushaltshilfe eine Edelköchin aus einem der angesagten Lokale der Stadt zur Seite gestellt. Eine Orgie lukuli-
scher Genüsse stand in Aussicht. Den französischen Sitten
gemäß leitete ein Champagner das Festmahl ein. Als Gäste
kamen Roland als Claudias treuer Verehrer, George mit seinem Freund Hannes, dazu Monsieur Renaud, Besitzer einer
örtlichen Parfümerie-Dependance nebst Gemahlin sowie
Albert Arras, ein junger IT-Unternehmer mit seiner jamaikanischen Freundin Joanne. Ergänzt wurde die Runde von
Claudia Kopinski aka Claudia Hofmann, Buchhandelsange-
stellte und mit recht kompententen Kenntnissen in Sachen
jüngerer Literatur ausgestattet.

Der Aperitif ging vergleichsweise unfallfrei über die Bühne. Etwas heikel wurde es, als Hannes – sein Französisch war
noch gebrochener als das von Claudia – laut prustend einen
etwas schlüpfrigen Scherz zum Besten gab, den man ebenso
auch als Beleidigung der französischen Anwesenden ausle-
gen konnte. Dann kam Monsieur Renaud zur Sache. Um die
lädierte Stimmung etwas aufzuheitern, warf er die Frage in
den Raum, ob das Frankreich von heute nicht immer noch
dasselbe sei wie das von Ludwig XIV. Tischetikettetechnisch
war das zwar Old School at his Best. Seine Absicht, die Span-
nungen am Tisch in heitere, dem Mahl zustrebende Langeweile aufzulösen, hatte Monsieur Renauld allerdings erreicht.
Insbesondere, da umgehend auch der erste Gang zur Stelle
war und die Runde in den Pastetengenuss einsteigen konnte.

Claudia hatte sich mehr oder weniger an Joanne gehalten –
eine natürliche Verbündete, die bereits bei Hannes' Einlage
unübersehbar mit den Augen gerollt hatte. Auf der Toilette

stießen die beiden »zufällig« zusammen.

»Was für ein Schwätzer, dieser Kerl. Ehrlich – das ist doch ein Schwein. What a damned, primitive pig. Was gehen den bittesehr meine Brüste an?«

»Lass gut sein«, bemerkte Claudia leichthin, während sie sich mit dem Kajalstift nachschminkte. »Vielleicht ergibt sich ja eine Gelegenheit, dass wir uns frühzeitig vom Acker machen.«

Joanne ließ ihre blendend weißen Zähne sehen und grinste verschwörerisch. »Tolle Idee. Albert muß nur noch was mit Monsieur Damocles bereden. Geschäftlich; ich glaube, der kriegt eure IT. Aber hinterher – ich bin für alles offen. Ich kenne da ein kleines Café, wenn auch eher für jüngeres Publikum ...«

»Schauen wir einfach mal.« Claudia grinste verschwörerisch zurück. Und so war es dann auch. Gegen zehn – Monsieur Domocles war gerade zugange, in die Weinsammlung einzusteigen, verabschiedeten sich die drei. Vor der Tür meinte Albert, er müsse noch ins Büro fahren. »Nur kurz«, meinte er. Joanne verabschiedete sich mit Bussi, dann zogen die beiden, die frische Nachtluft in sich einziehend, um die Häuser. Das *Café Duclos* war ein angenehmer kleiner Laden. Und genau hier sollte sich der Vorfall ereignen, der Claudia alsbald in allergrößte Schwierigkeiten bringen sollte. Denn natürlich war das so abgefertigte Jungmänner-Gespann keinesfalls saturiert. Das Unheil wurde unabwendbar, als die drei – zehn Minuten nach Claudia und Joanne – das Café betraten, aufgesetzt eine Superlaune und im Blick schlecht camouflierte Rachlust.

»Ach, da seid ihr ja.« Die drei strebten unvermittelt ihren Tisch an. Hannes machte Anstalten, sich direkt neben Joanne zu setzen. Die machte ihm deutlich, dass im Raum auch noch anderswo Platz war.

»Ich sag's dir offen, Guy: Wenn du mir heute abend noch so einen Spruch bringst wie vorhin, hau' ich dir den Champagnerkübel über den Kopf. Comprendre, Amigo?«

Hannes grinste blöd aus der Wäsche, Roland wirkte etwas hilflos. George breitete theatralisch die Arme aus und sagte: »Aber meine Damen. Wer will denn streiten bei diesem schönen Wetter? In dieser sternklaren, hoffnungsfrohen Nacht.«

»Hoffnungsfroh ist sie vielleicht für dich.« Joanne, grinsend.

»Naja. Was nicht ist, kann ja vielleicht noch werden.« George.

»Sicher. Die Hoffnung stirbt zuletzt.« Joanne.

Hannes hatte sich etwas schmollend abseits gesetzt, George gemerkt, dass er mit der konfrontativen Tour nicht weiter kam. Als veritabler Salonlöwe hatte er allerdings genügend Skills, um in der Situation umzuschalten.

»Meine Damen – ich muß mich entschuldigen. Für das manchmal etwas flegelhafte Auftreten meines Freundes. Und vor allem das von mir selbst. Ich habe verstanden: Wir sind hier nicht so recht gefragt. Frauenfreundschaft und so weiter, ist ja auch egal.«

»Geht das übergriffige Verhalten hier noch lange weiter?« Joanne.

»Keinesfalls.« George, eine fast unmerkliche Timbrehöhe beleidigter. »Ich muß mich, glaube ich, nochmals entschuldigen. Für meine Taktlosigkeit. Und weil ich nicht erkenne, dass ich echte Ladies vor mir habe. I'm Sorry. Ich hätte da nur eine Frage –« Seine Stimmlage bekam einen irgendwie lauernden Unterton.

»Klar, kein Problem. Wenn du dich anschließend verpisst.« Joanne – freundlich wie ein Martini auf Eis. George schluckte kurz und wandte sich dann mit gewinnender Miene an Claudia.

»Was ich nicht verstehe – du kommst doch aus Deutschland, richtig?«

Claudia wurde steif; in ihr kochte es. Der Barmann hatte die Situation bemerkt und kam kurz an ihren Tisch.

»Alles in Ordnung?«

»Sicher«, meinte Joanne. »Die Herren sind gerade im Begriff zu gehen.«

George lachte kurz, Hannes scharrte nervös mit den Füßen. Der Barmann entfernte sich. George rieb sich mit dem Finger unter der Nase und fixierte Claudia.

»Ich wollte wieder nicht beleidigen. Sorry, zum vierten Mal. Aber kann es nicht sein, dass wir uns zuvor schon einmal begegnet sind? Ich meine, in Deutschland. War das nicht vielleicht …Düsseldorf?«

»Ich weiß nicht, was du meinst.« Claudia.

Roland, beschwichtigend zu seinen beiden Begleitern: »Ich glaube, wir sollten jetzt besser gehen.«

Er warf Claudia einen etwas betrübten Blick zu – ahnend, dass die Phase seiner hoffnungsfrohen Avancen mit diesem Abend beendet war. George genoss seinen Hieb, Joanne war auf Eiseswut heruntertemperiert und kurz davor, ihre Drohung mit einem Gegenstand wahr zu machen.

»Du bist einfach ein Schwein, … George», meinte sie stattdessen. »Oder: Georgieboy. Weißt du, was dein Problem ist? Es sind nicht die Eier. Ich glaube nämlich, du hast gar keine.«

»Alles klar, Ladies.« George stand abrupt von seinem Stuhl auf. Vernehmlich mit den Stühlen rumpelnd, taten die beiden anderen das gleiche. »Hat mich gefreut. Und: Habe die Ehre.«

Die drei verließen die Bar. Joanne ließ sich fünf Minuten lang aus über die Level Idiotie, große Idiotie und nahezu grandiose, gigantische Idiotie. Claudia schwieg. Joanne bot ihr an, bei ihnen zu übernachten. Claudia zierte sich kurz, wusste aber, dass das dies in Anbetracht der Umstände die beste Option für den Restabend war. Joanne bat den Barkeeper, ein Taxi zu rufen, und übernahm dann souverän die Rechnung.

Claudia Kopinski blieb auch für den Rest des Abends einsilbig. Minute für Minute wurde ihr mehr klar, dass sie enttarnt war. Wenn dieser Kretin zwei und zwei zusammenzählte, würde es etwa folgendermaßen ablaufen:

A) am nächsten Tag würden die Cops Monsieur Damocles' Buchhandlung einen Besuch abstatten.

B) sie würden vor ihrer Wohnung auf der Straße stehen, sie abpassen und festnehmen.

C) sie würden an ihrer Wohnungstür klingeln und die Festnahme direkt vor Ort tätigen.

Wie auch immer: Mit jeder Minute mehr sackte in ihrem Kopf die Erkenntnis, dass es das Beste war, ihre Zelte in Paris respektive Clichy abzubauen. Und zwar schnellstens.

5

Hastig packte Claudia am nächsten Morgen ihre Reisetasche zusammen. Zuvor hatte sie bei Monsieur Damocles angerufen und sich, einen verdorbenen Magen vorschützend, zwei Tage freigenommen. Nach dem Motto *Viel hilft viel* führte sie zusätzlich eine Erkältung ins Feld, die wohl noch nicht ganz auskuriert gewesen sei. Flucht – sicher. Für manche Situation hat der Volksmund viele Bonmots parat. Etwa: Shit happens. Oder das Murphy'sche Gesetz: Was schief gehen kann, geht meistens auch schief. In Kriminalfilmen geht eine Flucht meist recht simpel über die Bühne: Koffer oder Tasche(n) werden bestückt – mal mit mehr, mal mit weniger Utensilien. Wenn es sehr eilig ist, muß es auch mal ganz ohne gehen. Im echten Leben ist Flucht meist mit Begleitumständen verquickt. Die können kompliziert sein, mitunter sogar recht komplex. Manchmal sind Haushaltsstände aufzulösen. In anderen Fällen ist penibel eine Fluchtroute zu planen – was Aufwand und Vorbereitung erfordert. Mitunter erfolgt eine Flucht komplett kopflos – nach dem Motto: in Nachthemd und Pyjamahose direkt auf die Straße. Claudias Fluchtabsichten mochten da irgendwo dazwischen angesiedelt sein. Wovon sie jedoch keine Ahnung hatte, war der Umstand, dass die Geschichte vom letzten Abend unvermittelt in ein äußerst lästiges Stalking übergleiten würde.

Der erste Anruf kam gegen zehn. Claudia checkte die Nummer auf dem Display. Eine keine-Ahnung-Nummer.

»Claudia Hofmann?« Hofmann – der Name, den sie sich im Zug ihrer neuen Existenz in La France zugelegt hatte. Und sie hatte nicht einmal einen falschen Pass. Von Krankenversicherung und sonstigen Papieren einmal ganz abgesehen.

Es war er, naturellement – George. Er wurde nicht mal plump zudringlich. Vielmehr war es die falsche, hinterhältige Vertraulichkeit, die sie in die Defensive drängte.

»Na – ausgeschlafen?«

»Was *willst* du?« Es entstand eine kurze Pause; sie konnte förmlich seinen Atem hören. »Hallo – bist du noch dran?«

»Nunja – ich hab' mir's überlegt«, meinte George in aufgeräumtem Ton. »Ich meine, das mit Düsseldorf.«

»Was wäre falsch daran, aus Düsseldorf zu kommen«, fragte Claudia. »Mal angenommen, ich käme tatsächlich von dort? Oder du hättest mich dort irgendwo gesehen.«

»Oh, jetzt tun wir aber schwer auf unschuldig.« George zog demonstrativ die Nase hoch. »Sorry – ich hab's im Hals. Seit gestern abend. Aber egal. Meine Liebe – ich hab' mich umgetan. Schon nach unserem ersten Abend. Zusammen mit Roland, in diesem Kino, du erinnerst dich noch? Sicher nicht mehr an den Film; er hieß *Die Exerzitien*. Aber sonst: Sagt dir der Begriff EXIT was?«

Claudias Herzschlag setzte für einen Augenblick aus. Nicht nur, dass der Typ sie seit ihrem ersten Zusammentreffen zielstrebig ausgeforscht hatte. Sondern auch die Dinge, die er – anscheinend oder auch real – wusste. Die Anspielung auf das Programm mochte einfach auf den Busch geklopft sein: Vermutlich hielten sich in Paris Hunderte auf, die sich davor in Sicherheit gebracht hatten. Da er offensichtlich den Verbindungsstrang zu Düsseldorf herausgefunden hatte, lag es nahe, dass er auch über ihre Selbstbefreiungsaktion im Bild war – möglicherweise auch über die Fahndung im Zug des Bankraubs im Südpfälzischen. George hatte seine Schläge gut lanciert. Sie vermittelten Claudia eine unmissverständliche Botschaft: Ich hab' dich in der Hand.

»Was ist? Willst du mit mir reden? Dich mit mir treffen?« Claudia war schlagartig klargeworden, dass sie George hinhalten, dass sie taktieren mußte.

»Eine gute Idee. Ich schlage zwölf Uhr vor, am Mittag. Das Café von gestern Abend wäre doch ein guter Ort. Um ein paar Dinge gepflegt zu bereden.«

»Wie du meinst«, sagte Claudia knapp ins Display. »Zwölf Uhr. Ich bin da.« Dann unterbrach sie die Verbindung.

Was tun? In rasender Eile ging sie ihre Optionen durch. Sie konnte Roland anrufen. Roland hatte sie mit diesem Psycho zusammengebracht. Gut möglich, dass Roland ihm – arglos, wie er nun einmal war – Informationen geliefert hatte. Informationen, die es George erleichtert hatten, Claudias Hintergrund auszuchecken. Natürlich konnte sie George ihrerseits durchleuchten; in Anbetracht der Situation lag das sogar nahe. Exakt das hatte sie bereits am Morgen getan. Da war nichts. Eine belanglose Webseite, ein ebenso belangloses Facebook-Profil und schließlich ein Instagram-Account mit den gängigen Instant-Fotos. Anders gesagt: Georges Auftritte im Netz gaben nicht mehr preis als das, was sie eh bereits wusste: dass er ein reicher Schnösel war mit einem Zuviel an Geltungsbedürfnis.

Wichtiger waren die restlichen Optionen. Am Ende hatte Claudia für sich eine Art Kompromisspaket beschlossen: Sie würde nicht aus dem Stand fliehen, sondern diese Option abhängig machen von dem Ausgang der Unterhaltung. Konkret bedeutete dies: Notfall-Tasche, um nötigenfalls sofort von der Bildfläche zu verschwinden. Vorsorglich hatte sie ein Hotelzimmer in Paris ausfindig gemacht – in einem Hotel, wo sie bar bezahlen konnnte. Auch die restlichen Details hatte sie in Gedanken durchgespielt: Falls es zum Schlimmsten käme, würde sie sich ihrem Arbeitgeber gegenüber so lange wie möglich bedeckt halten. Außen vorhalten wollte sie schließlich auch ihren alten Flucht-Kompagnon. Der konnte ihr eventuell zwar weiterhelfen. Umgekehrt konnte das Ende vom Lied jedoch sein, dass sie ihn nur mit in diesen ihren Schlamassel zog.

Was noch blieb, war ein Nachfrageanruf bei Roland. Der war gerade in Jobstress und entsprechend einsilbig. Kompakt erklärte er ihr, dass George von ihm keine Informationen erhalten habe – jedenfalls keine, die nicht auch auf ihren ein, zwei Zusammentreffen zirkuliert waren. Kurz danach war Joanne in der Leitung. Besorgt erkundigte sie sich, ob alles soweit okay sei, und ob sie vielleicht helfen könne. Claudia war schwankend. Joanne war auf jeden Fall vertrauenswürdig. Sie in diese Geschichte hineinzuziehen ergab jedoch zumindest an diesem Punkt keinerlei Sinn.

Nachdem der telefonische Fallout zu dem vorabendlichen Desaster durchgestanden war, schminkte sie sich, machte sich straßenklar und anschließend zu dem vereinbarten Treffpunkt auf den Weg. Die kleine Reisetasche, die sie mitführte, enthielt alle Utensilien, die sie für ein Abtauchen benötigte. Eine Woche würde sie damit gut über die Runden kommen. George saß an einem kleinen Tisch hinten in der Ecke, direkt an der Fensterwand zur Straße. Er trug einen ockerfarbenen Mantel, einen roten Schal und war entspannt in den *Figaro* vertieft.

»Hallo, meine Süße, da bist du ja.« Er blickte freundlich auf; das »Süße« klang seltsamerweise nicht übergriffig, sondern freundlich gemeint. Gesprächsgrundlage schaffen, und so weiter.

»Hier bin ich.« Claudia behielt ihren anthrazitfarbenen Wollmantel ebenso an wie die Wollmütze und setzte sich ihm gegenüber. Mit knappem Wink zur Bar orderte sie ein Mineralwasser, dann wandte sie sich George frontal zu: »Was *willst* du?«

George faltete die Zeitung zusammen, lächelte dümmlich-überlegen und meinte mit dreist-verschlagener Miene: »Mich mit dir über deine Vergangenheit unterhalten. Was dachtest du denn?«

In Gedanken hatte Claudia das Treffen sorgfältig durchgespielt. Ebenso durchgespielt hatte sie sämtliche Wegmarken, welche das Gespräch nehmen konnte.

»Also gut«, meinte sie nonchalant. »Du meinst, etwas über mich zu wissen. Anscheinend koppelst du deine Vermutungen an diese EXIT-Maßnahmen, die in unserem Heimatland laufen. Wäre das so, könnte mich das in Schwierigkeiten bringen – so jedenfalls deine Vermutung. Obwohl die französischen Behörden Leute, die deswegen geflüchtet sind, nicht so einfach ausliefern – das müsste dir eigentlich bekannt sein. Da du anscheinend über eine gewisse Intelligenz verfügst, stellt sich die Frage, auf was du aus bist. Was willst du, Georg: Sex? Oder willst du Geld? Die Antwort ist in beiden Fällen einfach: Sex kannst du dir abschminken. Und Geld kriegst du keines.«

Claudia, eloquente Anwältin in eigener Sache, lehnte sich zufrieden zurück. Georg lächelte, um seine Mundwinkel legte sich eine Mischung aus Nachsichtigkeit und mildem Spott.

»Nun«, meinte er leichthin. »Das könnte alles so sein. Wenn es denn so wäre, wie du sagst.« Mit ausdrucksloser Gesichtsmiene und stahlharten blauen Augen blickte er ihr direkt ins Gesicht. »Aber da ist noch was. Er legte einen zusammengefalteten Zeitungsausschnitt auf den Tisch. *Speyerer Anzeiger*, ein verwischtes Überwachungskamera-Foto mit zwei maskierten Bankräubern und einer offensichtlich weiblichen Person am Steuer eines weißen Opel.

»Ich nehme an, das kennst du«, meinte er leichthin. »Und auch die Frau auf dem Foto, vermute ich, dürfte dir nicht ganz unbekannt sein.«

Claudias Herzschläge hatten ein paar Takte ausgesetzt. Nun hatte sie sich wieder gefangen.

»Und? Du bist ein schmieriger Kopfgeldjäger. Einer, der auf eigene Kappe arbeitet, vermute ich mal. Du hast für dich drei und drei zusammengezählt und meinst nun, da sei ein kleiner, ganz privater Nutzen drin. Ich will dir einfach was sagen: Fuck Off! Vergiss es. Und noch eins: Das war das letzte Mal. Kein Anruf mehr, und schon gar kein Treffen. – Ich denke, wir sind fertig miteinander.«

Claudia atmete verhalten aus, packte mit einem Ruck ihre Tasche und machte sich bereit, das Lokal zu verlassen. George war etwas in der Defensive. Mit sichtlich genervtem Tonfall rief er ihr hinterher:

»Glaub' nur nicht, dass das alles war. Du bist erst am Anfang, meine Süße. Wir sprechen uns.«

Claudia trippelte den Bürgersteig des Boulevard Jean Jaurès hoch. Es herrschte bestes Oktoberwetter. Die Sonne schien und die Passanten gaben sich ihren diversen Besorgungen hin. Verhaltene Rückwärtsblicke, pochendes Herz; Versuch, die Gedanken zu sammeln. Was war eigentlich bei diesem Gespräch rumgekommen? Claudia Kopinski. Aka Claudia Hofmann. Ihre Legende war futsch. Und sie hatte einen Erpresser an der Hacke. Die gute Frage: War Georg auf seinen eigenen schmierigen Vorteil aus? Wollte er sie mit der

Nummer rumkriegen – quasi als eine Form exquisiterer K.O.-Tropfen? Oder dealte er mit Informationen?

Was Claudia nicht wusste: George war verkabelt gewesen. Erfahren sollte sie es eine runde Viertelstunde später. Als sie sich sortierte, auf welche Weise sie sich am besten in die Pariser City absetzte, kamen drei Männer auf sie zu.

»Frau Hofmann?« Die drei trugen feinsten Zwirn. Anthrazitgraue Jackets, Krawatten; nur der Gesichtsausdruck sagte, dass sie eher der Sparte Zivilpolizei zuzuordnen waren als derjenigen der Geldwirtschaft.

Claudia blickte auf und den ersten an. Mit fester Miene meinte sie: »Wer will das wissen?«

Der erste, ein bulliger Typ mit Seitenscheitel und kurzen Haaren, fixierte sie und meinte in deutscher Sprache: »Ich werde Ihnen jetzt keinen Ausweis zeigen. Das Beste ist allerdings, sie kooperieren. Und begleiten uns für ein kleines Gespräch in den Park unten vor der Mairie.«

Claudia schaute sich um wie ein gehetztes Tier in der Falle. Die beiden anderen – der eine mit Bürstenschnitt, der andere mit etwas längeren braunen Haaren, die bis kurz über die Ohren gingen – hatten sich unmittelbar hinter ihr postiert. Der Seitenscheitel-Typ holte ein Smartphone aus seiner Jackentasche, machte ein paar Wischbewegungen über das Display. Dann hörte sie ihre Stimme:

»... Du meinst, etwas über meine Vergangenheit zu wissen, gut. Anscheinend koppelst du deine Vermutungen an diese EXIT-Maßnahmen, die in unserem Heimatland laufen. Wäre das so, könnte mich das möglicherweise in Schwierigkeiten bringen ... Und? Du bist ein schmieriger Kopfgeldjäger. Einer, der auf eigene Kappe arbeitet, vermute ich mal.«

»Noch mehr von dem Guten? Ich kann vorspulen, wenn

Sie möchten – kein Problem. «

Der mit dem Bürstenschnitt schaltete sich ein. »Am besten, wir spazieren formlos zu dem Park hinüber. Dort können wir uns zwanglos unterhalten. Direkt gegenüber ist auch eine Boulangerie. Da können Sie sich, wenn nötig, anschließend stärken. Soll lecker sein, hab' ich gehört.«

Sie hätte fragen können: »Was, wenn nicht?« Aber irgendwie war die Frage obsolet. Also gingen sie – in lockerer Gruppierung; Claudia mit dem Seitenscheitel vorn, Bürstenschnitt und Beatles-Frisur hinterher. Der Mairie-Park war drei Minuten entfernt. Sie setzten sich auf eine Bank – Claudia und der Seitenscheitel in der Mitte, die beiden anderen zwanglos rechts und links außen.

»Ich will mich nicht mit Belanglosigkeiten aufhalten«, eröffnete der Seitenscheitel das Gespräch. »Wir sind von einem Dienst. Welcher, tut an der Stelle erst mal nichts zur Sache. Wir wissen, dass Sie Claudia Kopinski sind. Warum Sie aus dem Programm ausgebüchst sind, tut an der Stelle wenig zur Sache. Ebenso auch, nunja, diverse Kalamitäten, die sich im Zug Ihrer Flucht ergeben haben.«

Der Bürstenschnitt schaltete sich kurz ein. »Wir machen hier nicht auf Guter Bulle–böser Buller oder sowas. Ralph hier wird das Gespräch führen, wir sind lediglich als Garnitur mit dabei. Eins möchten wir an der Stelle jedoch explizit klarstellen: Die Akte über sie ist gefertigt. Sollte das Gespräch hier zu unserem Mißfallen ausgehen, wandert die sofort zur französischen Polizei.«

»Und was heißt das?« In Claudias Kopf drehte sich gerade eine Achterbahn.

»Gut, dass Sie das so abgeklärt sehen.« Der Seitenscheitel arbeitete sich weiter an seinen Auftritt als großer Erklärer heran. »Die Dinge sind so: Ob Sie auf den Listen des deutschen Erweckungs-Programms stehen oder nicht, interessiert uns ziemlich Null. Ebenso, ob die deutsche Polizei Sie zur Fahndung ausgeschrieben hat. Das heißt nicht, dass wir Sie decken. Sondern nur, dass die Polizei ihren Job macht und wir den unseren.«

»Können Sie etwas konkreter werden?« Claudia, immer noch in der Defensive, wollte lediglich eine Gesprächsmeldung absetzen. Der Seitenscheitel – oder: Ralph – lächelte nachsichtig.

»Gemach, es ist nicht ganz so einfach. Es ist so, dass sich seit der Intensivierung der Programm-Maßnahmen mehr und mehr Staatsbürger ins Ausland abgesetzt haben. Viele darunter nach Frankreich, was in irgendeiner Weise auch naheliegt. Ich persönlich kann es sogar verstehen. Die Regierung mit Frau Beckmann im Bereich ›Inneres‹ ist eben der Ansicht, dass man soziale Probleme auf die Weise lösen kann. Und mit dieser EXIT-Technologie glauben alle, sie haben den archimedischen Punkt gefunden. Meiner persönlichen Ansicht nach wird ihnen das Prinzip ›wir frieren die Armen ein, und wenn es uns allen wieder prächtig geht, tauen wir sie einfach wieder auf‹ noch schwer auf die Füße fallen. Als Beamter bin ich allerdings nicht befugt, mich gegen eine aktuelle Regierung zu stellen.«

An den Flanken gönnten sich Bürstenschnitt und Beatles-Frisur einen verhaltenen Ausdruck heiterer Zustimmung. Claudia versuchte weiterhin, die Initiative im Gespräch nicht ganz zu verlieren.

»Gut«, meinte sie. »Wenn Ihnen Programm-Flüchtige egal sind und Sie sowieso mit dem Programm nichts zu tun haben, frage ich mich, worin überhaupt Ihr Interesse an mir besteht? Oder ist das Ganze gelogen – ein Vorwand, um mich irgendwie ... zu einer Rückkehr nach Deutschland zu bewegen?«

Der Ralph Genannte lachte auf. »So einfach ist das leider nicht. Wir beobachten sehr wohl die Aktivitäten, die sich in anderen Ländern entwickeln. Wie zum Beispiel hier. Dazu haben wir auch unsere Informanten und Zuträger.« Er wischte leicht mit der Hand durch die Luft. »Machen Sie sich keine Sorgen um diesen Hüneberg. Georg von Hüneberg ist einfach ein kleiner Hochstapler – einer, dem bei der Geburt die Champagnerbrause zu Kopf gestiegen ist. Wenn wir beide heute eine Kooperationsvereinbarung zustande kriegen, ist dieser Hüneberg Ihr letztes Problem.« Das »andernfalls« ließ der Seitenscheitel unausgesprochen in der Luft stehen.

»Ich soll also für Sie den Spitzel spielen. Pardon, aber das ist – ziemlich unglaublich.« Sie lachte flach, ungläubig.

»Das kann man so sehen. Sicherlich.« Ralph setzte seinen Vortrag fort. »Sehen Sie – natürlich hat EXIT viele Emotionen hochgekocht. Paris ist diesbezüglich ein Hexenkessel. Den haben wir natürlich im Blick. Aber keine Sorge. Wir sind weniger an deutschen Untergetauchten interessiert als vielmehr daran, wie sich das liberale Bürgertum in Frankreich zu dieser Angelegenheit verhält. Und da wiederum kommen Sie ins Spiel. Sie haben sich hier eine hübsche neue Existenz aufgebaut – Chapeau. Uns interessieren primär Leute wie dieser Damocles. Dieser Renaud scheint ein ziemlicher Trottel zu sein. Aber Arras – der ist durchaus interessant. Jung, kleiner Startup-Unternehmer – auch liiert mit einer interessanten Dame, Sie kennen sie. – Sie sehen, wir sind in Sachen Infos nicht schlecht aufgestellt.«

»Was soll ich tun?« Claudia hatte noch immer primär die

Option Abtauchen im Sinn. Als Realistin wußte sie indes, dass sie hier vor Ort besser mitspielte.

»Gute Frage.« Jetzt schaltete sich doch wieder der Bürstenhaarschnitt ein. »Sie haben doch eine vielversprechende neue Freundin. Seit gestern abend. Gewinnen Sie ihr Vertrauen.«

»Forschen Sie das liberale Bürgermilieu hier in Clichy aus. Das wäre Ihr Job. Es soll auch nicht zu Ihrem Schlechtesten sein.«

»Die Frage wäre also: Sind Sie im Team?« Bürstenschnitt.

Claudia: »Wie soll das über die Bühne gehen?«

Ralph ging ins Finale: »Schön, dass wir am Ende doch bei Realismus und Vernunft angelangt sind. Wir werden einen Kooperationsvertrag aufsetzen – rein zu unserer Absicherung. Doppelte Ausfertigung wird es nicht geben. Und wenn Sie Schwierigkeiten machen oder sonstwie aus der Reihe tanzen – glauben Sie, wir haben da so unsere Mittel. Das nur zur Klarstellung. Olaf – er deutete auf den Bürstenschnitt – wird ihr Informantenführer sein. Sie treffen sich morgen. Gleicher Ort, gleiche Zeit. – Sind wir handelseinig?«

Er verzichtete darauf, ihr die Hand zu reichen. Stattdessen schaute er ihr einen Moment prüfend ins Gesicht und meinte dann bündig: »Ich glaube, das reicht auch so.«

Mit kurzem Blickkontakt zu den beiden anderen signalisierte er Aufbruch. Wie einchoreografiert standen sie auf, strichen sich die Anzüge glatt und entfernten sich aus dem Park.

Theo Schröder hatte mit dem liberalen Bürgermilieu in der nordwestlichen Banlieue eher wenig zu tun – sieht man mal von dem ein oder anderen Päckchen mit Koka oder Pillen ab, dass er in die Regionen jenseits der Stadtgrenze verfrachtete.

Für sich persönlich hatte Schröder einen ganz anderen Entschluss gefasst: nämlich den, die Nachforschungen, die er zu diesem Jacques Bauer angestellt hatte, für alle Zeiten ad acta zu legen. Sie mochten in jener Zeit passend gewesen sein, als er sich gedanklich noch stark mit den rückliegenden Ereignissen in Germany beschäftigte. Sicher – das Interesse war naheliegend gewesen: Bauer war die Person, die mit ihrer Reputation das Programm, dem Claudia und er beinahe zum Opfer gefallen wären, maßgeblich gestützt und so vorwärtsgebracht hatte. Doch nun war er weit vom Schuss, in relativer Sicherheit – und hatte, wenn er es realistisch betrachtete, andere Sorgen. Noch pointierter ausgedrückt: Die Chancen, dass gerade so jemand wie er die Ungereimtheiten rund um die Vita Bauer aufdeckte, tendierten gen Null.

Nach langem Hin- und Herüberlegen hatte er so schließlich einen Plan gefasst. Seine Nachforschungen mochten zwar lediglich ein Teilstück darstellen in dem großen Puzzle. Einem deutschen Medium, dass sich kritisch dieser Thematik widmete, konnten sie jedoch sehr wohl weiterhelfen. Und er hatte auch schon eines im Blick – *Rice*, ein Online-Portal, das vor allem mit aufsehenerregenden Hintergrundberichten von sich reden machte. *Rice* hatte zum Thema EXIT bereits eine Reihe Geschichten publiziert. Besonders ins Auge gefallen war ihm dabei ein Name: Marco Salvetti – ein Journalist, der selbst für *Rice*-Verhältnisse einen ziemlich wilden Ruf hatte. Salvetti hatte zu dem Programm und seinen politischen Hintergründen bereits die ein oder andere Reportage verfasst – darunter auch ein Interview mit einer zwangspensionierten Lehrerin, die nach Belgien geflüchtet war. Kurzum: der Journalist mochte branchenübergreifend als Cowboy gelten. Vielleicht war aber gerade er der Richtige, um die gesammelten Informationen loszuwerden.

Als schwer erwies es sich, diesen Salvetti zu kontaktieren. Nachdem er bei der Redaktion mehrere Male abgeblitzt war, stand er bereits kurz davor, die ausgedruckten Unterlagen per Post zu verschicken. Zuvor jedoch telefonierte Schröder etwas herum. Und rief als erstes einen alten Kumpel in Düsseldorf an.

»Sorry, Ulf – kann leider nicht großartig reden; den Grund hast du ja sicher mitgekriegt. Kannst du für mich einen Kontakt herstellen?«

Der Kumpel war – wenn auch nur noch in Teilzeit, genauer: auf Honorarbasis – Mitarbeiter einer der größeren Lokalzeitungen in der Rhein-Ruhr-Region. Verabredungsgemäß meldete sich Theo am nächsten Tag wieder. Ulf hatte die gewünschte Information besorgt und gab Theo die Nummer von Salvetti durch.

»Pass' auf dich auf«, meinte er lapidar. Dann legte er auf.

Nach mehreren Anläufen hatte Theo Salvetti schließlich an der Strippe – beziehungsweise auf dem Mobil.

»Salvetti, *Rice*-Magazin«, meldete sich dieser.

»Theo Schröder, ehemaliger Magazin-Productioner.« Theos Stimme stockte einen Moment. »Aktuell flüchtig wegen dem EXIT-Programm. Und noch ein paar anderen Dingen. Ich habe Informationen.«

Zwei, drei Sekunden Stille in der Leitung. Nachdenken.

»Was für Informationen?«, fragte Salvetti.

»Zu Jacques Bauer«, meinte Theo knapp.

»Und?«

»Ich bin derzeit in Paris«, offenbarte sich Theo. »Und habe Bauers Hintergrund hier durchforscht. Um es kurz zu machen: Es gibt eine Menge Unstimmigkeiten. Nicht nur bezüglich seiner ersten Beerdigung in Châlons-en-Champagne. Auch beim zweiten Ableben vor ein paar Jahren sind einige Dinge recht seltsam – etwa, dass bei der Beerdigung, immerhin auf einem der Pariser Renommierfriedhöfe, lediglich ein paar Leute der Firma *Morantis* anwesend waren – jenes Unternehmens, das den Deutschen die EXIT-Technologie verkauft hat.«

»Das war in der Tat komisch; ist mir ebenfalls aufgefallen«, meinte Salvetti. Theo beschloss, sein Anliegen nunmehr offensiv anzugehen.

»Es ist so: Ich habe meine Recherchen zu diesem Bauer in eine kleine Dokumentation verpackt. Ich persönlich will mit der Thematik abschließen. Würde Ihnen das Material gern zukommen lassen – inklusive Kopien, Hinweisen, wo die Infos herkommen. Und so weiter. Denke, dass das ganz nützlich ist. Sofern Ihr Magazin an dem Thema weiter dranbleibt.«

Salvetti taute langsam auf. »Das kann ich aktuell nicht sagen. Leider sind mir auch terminlich die Hände gebunden. Wie stellen Sie sich die, ähem ... Übergabe konkret vor?«

»Formlos und gern auch via Cloud, also elektronisch«, fuhr Theo fort, der Rückfrage vorhergreifend. »Auf ein finanzielles Entgelt bin ich nicht aus. Allerdings habe ich durchaus einen Hintergedanken.«

»Der da wäre?« Salvetti fasste sich im Ton neutral. Theo fand, dass es an der Zeit war, die Warte der Betroffenen mit einem kräftigen Strich zu betonen.

»Die meisten Programm-Flüchtigen – mich eingeschlossen – leben hier mehr oder weniger am Limit. Ich vermute, ihre Zahl beträgt allein in Paris Hunderte. Unsere Lage ist prekär; über vielen – darunter auch mir – schwebt das Damoklesschwert der Auslieferung. Falls wir aufgegriffen werden.

Ich übrigens bin jener Theo Schröder, der – zusammen mit einer weiteren Beteiligten – zur Fahndung ausgeschrieben ist. Wegen gewaltförmiger Selbstbefreiung aus einem dieser EXIT-Abransporte. – Wenn Sie mit dazu beitragen, dieses Programm endlich zu Fall zu bringen, war mir das die Mühe bereits wert. Allerdings habe ich durchaus ein kleines, egoistisches Anliegen.«

»Ja?«

»Rückversicherung. Für den Fall, dass ich ausgeliefert werde. Sollte das komplett anonym über die Bühne gehen, war's das dann mit mir. Ich sag's mal so: Der Deal wäre: Infopaket gegen die Zusage von medialem Schutz, von Öffentlichkeit. Das ist alles. Was Sie mit den Infos anfangen, wäre dann Ihre Sache.«

»Klingt fair«, meinte Salvetti, der seinerseits ein etwas verbindlicheres Signal setzen wolle. »Gern würde ich mit Ihnen auch ein Interview machen.« Er lachte. »Die Nummer mit diesem Ausbruch – denke, da muss man schon Eier haben. Oder verzweifelt genug sein. Wie auch immer: Hat jedenfalls Furore gemacht. Leider komme ich aktuell aus Berlin nicht raus. Ich würde das gern erst einmal so stehen lassen. Wobei Sie auf mich – um mir den Scherz zu erlauben – auch nicht gerade den Eindruck machen von jemand, der versiert das Licht der Öffentlichkeit sucht.«

Auf dieser Basis verblieben sie. Theo würde die Daten zusammenstellen und sie in Salvettis Cloud einspielen. Mit dem Gefühl, sich gerade einer großen Last entledigt zu haben, widmete sich Theo wieder den Herausforderungen seiner eher halbseiden gestrickten Pariser Existenz.

6

In einem früheren Leben war Richard Backes Schwerge-
wichtsboxer gewesen. In seiner goldenen Zeit hatte er unter
anderem Kämpfe mit Nieroba und Sven Ottke absolviert; fast
wäre es sogar zu einem Zusammentreffen mit Maske gekommen. Dann lief in seinem Leben mehr und mehr schief. Die
Trinkerei, die Scheidung, die Schlägereien, die Zockerei und
schließlich die Schulden. Am Ende landete er – nachdem er
sich noch ein paar Jahre als Schaukämpfer auf Jahrmärkten
und bei Kiezfestivitäten durchgeschlagen hatte – auf dem Sozialamt.

Das war im alten Jahrtausend. Im neuen war es ihm nicht
besser ergangen. Und nun war er hier – um seinen Frieden zu
machen. Erst wollte er sich weigern. Man hörte so vieles von
dem neuen Einschläferungsprogramm, und wenig davon
war gut. Dann hatten sie ein ernstes Gespräch mit ihm geführt. Auf dem Jugendamt. Es ging um seine zweite Tochter.
Ellen, sein Sorgenkind – von seiner letzten Freundin, von der
er ebenfalls getrennt war. Nicht nur, dass sein Leben ruiniert
war. Nun wollten sie auch Ellens Leben ruinieren. Ellen hatte
Mist gebaut; richtigen Mist. Die Drogen – obwohl er ihr immer gesagt hatte: »Lass' die Finger von dem Zeug.« Bei dem
Gespräch war ein distinguierter Herr in grauem Zwirn zugegen gewesen. Die Alternative kam schnell zur Sprache. Entweder würden die Dinge bei Ellen ihren unausweichlichen
Lauf nehmen. Oder man könne auf Kulanz machen, dann
wäre die Geschichte mit einer Bewährungsstrafe vom Tisch.
Womit sie bei ihm waren. Die Dame vom Jugendamt schaute
ihn ernst an.

»Herr Backes – wir würden hier gern Klartext mit Ihnen reden. Unserer Auffassung nach sind die Schwierigkeiten Ihrer Tochter letztlich familiär bedingt. Ohne Ihnen zu nahe treten zu wollen: Ihr unsteter Lebenswandel und Ihre Neigung zu Gewalt sind unserer Ansicht nach wesentliche Gründe für die Drogenprobleme Ihrer Tochter.«

Backes sah die drei auf der anderen Seite des Schreibtisches an – den Distinguierten im Anzug, die Dame vom Jugendamt und ihren Kollegen, den Fallbearbeiter. Die Dame hantierte an einer Papppackung mit Kleenex-Tüchern herum – vermutlich Reflex. Oder Unsicherheit.

»Was soll das heißen?«, fragte er hilflos in die Runde.

»Das heißt, dass wir Ihnen hier einen Deal anbieten«, meinte der im grauen Anzug. »Sie gehen ins Programm. Einstufung: mittlere Kohorte – also Wiedererweckung in fünfzehn Jahren. Überlegen Sie es sich gut. Meiner Ansicht nach ist das nicht nur für Ihre Tochter das Beste. Sondern auch für Sie selbst.«

»Kann ich ... kann ich mir das überlegen?«

»Ja«, meinte der Graue ungerührt. »*Jetzt*. Und in diesem Raum.« Er schob Backes einen vorgefertigten Vertrag zu und legte demonstrativ einen Kugelschreiber daneben. »Das Kulanzangebot gilt nur hier und jetzt. Wenn Sie nicht unterschreiben –«

Er machte eine Geste mit der Hand. Sorry, aus; Ellens Leben ebenfalls vermurkst. Richard Backes liefen die Tränen herunter. Er wischte sie mit dem Handrücken ab. Mit einem Mal kam das Gefühl in ihm wieder hoch, dass ihn über Jahrzehnte lang stetiglich begleitet hatte: das der unendlichen Überforderung. Da er in seinem Leben meistens das getan hatte, was andere ihm sagten, dachte er auch diesmal, dass er keine andere Möglichkeit hatte als zu unterschreiben.

Das war vor zwei Wochen gewesen. Nun lag er hier in diesem Zimmer. Seit gestern. Heute dann sollte der große Tag sein. Der Beginn seiner »Karenzzeit«, wie sie es genannt hatten.

»Wir wären dann soweit.«

Sie waren zu zweit in das Zimmer gekommen – eine Krankenschwester und ein Stationsassistent, beide in Türkisgrün und mit türkisgrünen Mundmasken. Wie in einem echten Krankenhaus. Richard Backes fühlte sich benommen. Oder eher: wie leicht betäubt – von dem Mittel, dass sie ihm am Morgen verabreicht hatten. Er war irritiert, versuchte, aufzustehen. Der Stationsassistent drückte ihn sachte nieder.

»Sie brauchen nicht aufzustehen. Wir fahren. Sie werden sehen: In einer halben Stunde ist die Prozedur vorbei. Und wenn Sie aufwachen, geht's als erstes zum Sozialamt – einen ordentlichen Scheck abheben und das Ganze begießen.«

Seine Kollegin blickte ihn missbilligend an, ergriff dann den Kopf des Bettes, löste die Bremsklötze und begann damit, das Bett mitsamt Backes in Richtung Zimmerausgang zu schieben. Ihr Kollege, ausgestattet mit einem Klemmbrett, bildete die Nachhut. Krankenhausflur, dachte Backes, hier sieht es gar nicht wie in einem Krankenhaus aus. Eher wie in einer Arztpraxis. Er erinnerte sich an eine Zahnbehandlung, die etwas kompliziert verlaufen war. Damals hatten sie ebenfalls irgendwas mit Betäubung gemacht. Aber nicht so. Wie auch immer – er fühlte sich müde. Und gleichzeitig irgendwie bereit für das Kommende.

Nach zwei, drei Zimmertüren erreichten sie einen Raum, der einem OP-Raum glich. Eine Liege, ein paar Apparaturen. Auf der Ablage das übliche Equipment – Metallbehälter, ein paar Instrumente, Medikamente, Tupfer, und so weiter. Neben der Liege in der Mitte des Raums der Arzt, ein Helfer sowie eine weitere Krankenschwester. Der Arzt kam ihnen entgegen, streckte ihm freundlich die Hand entgegen. Er kannte ihn bereits von der Vorprozedur von gestern – den Untersuchungen und dem abschließenden Informationsgespräch.

»Ich bin Doktor Rodann, wir kennen uns bereits. Den Ablauf haben wir ja gestern durchgesprochen. Ich werde Ihnen zuerst ein Medikament verabreichen lassen, mit dem Sie einschlafen. Vom Rest werden Sie dann sehr wenig mitkriegen.«

Der Stationsassistent und die Krankenschwester halfen ihm hinüber auf die Liege. Während sie seine Arme mit einem Hartgummiband an zwei Armlehnen seitlich der Liege fixierten, bereitete eine zweite Krankenschwester die erste Injektion vor. Mit der Spritze in der Hand erschien sie in seinem Gesichtsfeld und bat ihn, die Armmuskeln zu spannen. Dann legte sie einen Gurt um seinen Oberarm und verabreichte ihm mit routinierten Griffen eine Spritze in die Vene. Erst spürte er nichts. Er schaute die drei Gesichter in seinem Blickfeld an – grüne Kittel, grüne Hauben, grüne Masken. Das war es also, dachte er. Doch der Wegdrift ins Reich der Träume wollte nicht kommen. Stattdessen spürte er ein Kribbeln. Und eine Wärme, die sich, von den Füßen ausgehend, in seinem Körper ausbreitete. Er starrte die drei Gesichter weiter an. Die Wärme machte ihn schläfrig, doch das Kribbeln wurde immer stärker. Gewann zunehmend die Oberhand. Sein Puls begann plötzlich wie irre zu pochen. Was war das? Er starrte die drei mit schier irrem Blick an. Die drei starrten zurück. Er hörte Doktor Rodanns Stimme:

»Rosie? Was zum Teufel haben Sie eben injiziert?«

»Ich – «

Richard Backes hielt es nicht mehr aus. Er spannte die Muskeln bis zum Bersten. Spannte noch mehr. In den Blicken der anderen im Raum sah er nacktes Entsetzen.

»Sie – Sie … Sie haben ihm das *Amphetaminpräparat* verabreicht. Stufe vier – der Test … Verdammt noch mal.«

Backes stemmte erst das eine Band auf, dann das andere. Binnen Sekunden war im Raum allgemeine Hysterie ausgebrochen, das blanke Chaos. Die beiden Krankenschwestern schrien wie von Sinnen. Der Stationsassistent versuchte, sich auf Backes zu stürzen und ihn wieder in Liegeposition zu bringen. Ein Boxerschlag, der in Backes' besseren Zeiten möglicherweise tödlich verlaufen wäre, fegte ihn wie einen Volleyball in Richtung Wand. Mit der flachen Hand fegte Richard Backes auch den Arzt beiseite. Dann blickte er auf das Fenster. Zugezogener Vorhang, aber hell dahinter – irgendwas mit Straße und mit Freiheit, ganz sicher. Mit aller Konzentration sammelte er Kraft, warf sich einmal gegen das, was hinter dem grünen Plastiktuch war, und dann noch einmal. Beim dritten Mal krachte der Rahmen, das Glas splitterte und vor Richard Backes, dem Todgeweihten, befand sich die Straße.

Erster Stock; es war ein einfacher Sprung. Bei dem noch mehr Glas splitterte und der Holz-Fensterrahmen der Altbauwohnung vollends zu Bruch ging. Backes landete mit einer Fußverstauchung, aber ansonsten unverletzt im Vorhof des Gebäudes. Als solches war dieses zwar gesichert – allerdings nur mit minimaler Stufe und einem Wachdienst, der von einer outgesourcten Security-Firma gestellt wurde. Auch beim Programm hatte man zwischenzeitlich den Rotstift angesetzt: Bislang hatte die Chefetage es einfach nicht auf dem Schirm gehabt, dass Delinquenten quasi in letzter

Minute die Flucht ergriffen.

Was Richard Backes noch blieb, war eine etwa zwei Meter hohe Steinmauer. Sein Herz pochte mittlerweile wie verrückt, und auch die Wärme fühlte sich an wie – nunja: wie Fieber. Fieber kannte er von den Grippeerkrankungen in seiner Kindheit. Da war nicht viel gewesen, damals in Berlin–Moabit, und so hatten sich die Kids eben auf der Straße abgehärtet. *Learning by doing*, wie man es später nannte. Mit einem Sprung erklomm er die Mauerkante, trat mit unmenschlicher Kraftanstrengung sowie gehörigem Schwung zwei Wachen weg, die hastig herbeigeeilt waren, und sprang auf der Straßenseite der Mauer wieder herunter.

Nun war er frei. Er konnte es kaum glauben. Ungläubig blickte er die Straße hinab – erst die eine Richtung, dann die andere. Ein Altbauviertel, eher Villen als die Sorte Altbauten, die er in seinem Leben bislang kennengelernt hatte. Ein, zwei passierende Autos hupten. Klar – ein ungewöhnlicher Anblick. Ein Mann im Krankenhaushemd, kurzgeschoren, kräftig gebaut und offensichtlich desorientiert auf der Fahrbahn stehend. Richard Backes fing an zu laufen. Er wechselte auf den Bürgersteig, lief weiter und weiter und weiter. Die Rufe hinter ihm waren längst verstummt. Er versuchte, sich in Richtung Stadt zu orientieren, merkte jedoch zunehmend, dass er ins Stolpern geriet. Seine alte Kraft hatte ihn im entscheidenden Moment nicht verlassen, und nun plötzlich begann sein Body verrückt zu spielen.

Mach' jetzt nicht schlapp, alter Junge, dachte er. Dann merkte er, dass der Asphaltboden plötzlich in einen fünfundvierzig-Grad-Winkel zu ihm wechselte. Er schrammte hart auf, spürte Blut auf den Lippen. Und eben dieses Kribbeln, das stärker und stärker wurde. Er blickte auf. Das letzte, was er sah, war der Bürgersteig, der immer verschwommener wurde und verschwommener und ...

Marco Salvetti saß in seiner Nische im *Rice*-Großraumbüro und bearbeitete lustlos die Tastatur seines Notebooks. Sein Smartphone klingelte. Was ihm im Moment ganz recht war: Die Story über einen obskuren Drogenkult im Berliner Stadtteil Reinickendorf, die er gerade für einen krankgewordenen Kollegen redigierte, ödete ihn entsetzlich an.

»Salvetti, *Rice*.«

»Ich bin's. Dein *A-TV*-Kollege, Micha.«

Kollmann also. *A-TV* und *Rice* standen zwar in gewisser Konkurrenz zueinander. Beide Medien – der Sender und das Online-Magazin – liebten allerdings die investigative Recherche. Weswegen die Redaktionscrews der beiden Häuser sich enger standen, als es die Verlagspolitik der Herausgeber eigentlich vorgesehen hatte.

»Und? Du hast Langeweile?«

Kollmann lachte etwas gezwungen. »Nicht ganz. Allerdings etwas, was dir die deine vertreiben könnte.«

»Höre ich mich etwa unterbeschäftigt an?« Salvetti fläzte sich in seinem Schreibtischsessel zurück.

»Ein bißchen schon«, flachste Kollmann zurück. »Aber pass' auf: Hast du schon von dem phänomenalen Vorfall in Köln gehört? Gestern?«

»Ja«, gab Salvetti zurück, noch immer nicht ganz bei der Sache. »Anscheinend können die nicht mal ihre EXIT-Einrichtungen ordentlich sichern.«

»Es kommt noch besser«, entgegnete Kollmann. »Ich hab' dir eben ein PDF geschickt. Was dieser Backes im Blut hatte, war nämlich – da friert dir das Blut sprichwörtlich in den

Adern. Solltest du dir jedenfalls ansehen.«

Salvetti öffnete sein Mail-Programm und im Anschluss das Textdokument. Tabellenkram, davor ein Bericht. Eingescannt.

»Hast du das geleakt?« fragte er plötzlich.

»Naja – indirekt. Lies' es einfach mal durch. Wir reden in ein paar Minuten.«

Marco Salvetti knöpfte sich den Inhalt des Dokuments vor. Es ging um diesen Backes. Richard. Ein ehemaliger Preisboxer, den sie – wie viele andere – ins Programm genötigt hatten. Die Besonderheit war weniger die lokale Furore, die der Fall gestern verursacht hatte. Soweit er es auf dem Schirm hatte, war Backes der erste, dem quasi eine Last-Minute-Flucht geglückt war. Auch wenn sie ihm am Ende nichts genutzt hatte. Der Clou allerdings war der, dass es wegen der Leiche einigermaßen Scherereien gegeben hatte. Wachdienst und Ärzte der Klinik hatten sich mit dem Notdienst fast handgreiflich angelegt. Schließlich war die Kripo erschienen und hatte kraft Amt die Leiche in die Obduktion überführen lassen.

Irgendwas war an der Geschichte schwer nicht nach Plan gelaufen. Und nun hatte er, Marco Salvetti, die Gründe quasi auf dem Monitor.

»Was hältst du von dem Bericht?« Kollmann hatte ihn bereits nach wenigen Minuten wieder angeklingelt.

»Phänomenal.« Salvetti fuhr sich nachdenklich über den Schneuzer. »Der hatte also ein Präparat in den Adern, das in den USA normalerweise für Gift-Hinrichtungen verwendet wird.«

»Yes«, meinte Kollmann. »Der Obduktionsbericht deutet an, dass möglicherweise eine Verwechslung zugrunde gelegen hat. Offensichtlich haben sie anstatt einem Barbiturat ein Präparat aus der Midazolam-Gruppe verabreicht. Wirkt ohne Barbiturat höllisch – der Delinquent krepiert bei vollem Bewusstsein. Könnte den Ablauf gestern gut erklären. Vor allem, wo Backes mal Boxer war und wohl noch immer spielend ein paar von den Burschen zu Boden schicken kann.«

»Interessant. Sie schicken also die Leute, die sie angeblich wieder aufwecken wollen, mit einem Mittel ins Koma, das auch bei Hinrichtungen Verwendung findet. – Wie sehr seid ihr an EXIT derzeit dran?«

»Mittelprächtig«, entgegnete Kollmann. »Alles schaut gebannt auf die Pressekonferenz, die in ein paar Tagen angesetzt ist. Offensichtlich kriegt die Beckmann langsam kalte Füße. Brisant finde ich den Kölner Vorfall eher aus einem anderen Grund …«

»Weil über die konkrete Prozedur der große Bann des Schweigens gelegt ist?«

»Genau. Das Einzige, was wir derzeit wissen, ist das, was die Kollegen vom *Wochenspiegel* vor einem Jahr gebracht haben.«

»Erinnere mich; immer noch das Genaueste, was es über den EXIT-Ablauf derzeit gibt«, meinte Salvetti nachdenklich. »Erst kommst du rein. Durchläufst diverse Checks und Gespräche. Die eigentliche Prozedur geht – oberflächlich – recht kompakt über die Bühne. Erst ein Barbiturat. Dann dieses Geheimmittel, welches den Körper runterdownen soll; ›Schlafkoma‹, wie sie es nennen. Dann die Präparation – wobei, nach allem, was wir wissen, ebenfalls eine chemische Substanz zum Zug kommt. Das Ende ist dann dieses Einfrierverfahren – ebenfalls auf dem Mist von diesen Franzosen gewachsen.«

Salvetti machte eine Pause. »Ich denke, die haben die

Ampullen von Präparat eins und zwei verwechselt. Was wir nun wissen ist, dass bei der Prozedur ein Hinrichtungsmittel mit im Spiel ist. Langsam frage ich mich, warum mich an dieser EXIT-Geschichte mittlerweile gar nichts mehr wundert.«

»Hat andererseits aber auch was Beruhigendes«, wandte Kollmann ein. »Die Gewissheit, dass auch *Morantis* letztlich nur mit Wasser kocht.«

Es entstand eine kurze Pause. Jeder im Journalismus-Metier wusste, dass das *Morantis*-Konstrukt das fragilste Element in dem ganzen EXIT-Komplex war. Drei Startup-Unternehmer – Bertrand Saudan, Enrique Cotte und Bruno Bonnière – hatten den Biotec-Transfer an die deutsche Regierung eingefädelt. Respektive dieser ihr Produkt verkauft. Danach waren die drei von der Bildfläche verschwunden – und hatten für etwaige Beschwerden nicht mehr hinterlassen als eine Briefkastenfirma in den Vereinigten Staaten. Stark heruntergebrochen konnte man das EXIT-Programm – auch – als großangelegten Betrug ansehen, als einen wirtschaftskriminellen Coup in denkbar größtem Stil. Wobei die Angelegenheit durch den Umstand verkompliziert wurde, dass eine Regierung mit involviert war, die für ihre Fehler partout nicht geradestehen wollte.

»Deswegen kehren sie es ja auch unter den Tisch.« Salvetti griff, nachdenklich an seinem Schneuzer herumzwirbelnd, den Faden wieder auf. »Weißt du, was mich nervt? Die ganzen Ablauf-Feinheiten sind offiziell als Staatsgeheimnis deklariert. Für dreißig Jahre. Demzufolge gibt es auch keine Videos, keine Fotos – kein Nichts. Und auch bei den inneren Kadern ist weit und breit keiner, der bereit wäre, auszupacken. – Bringt ihr was?«

»Ein großer Aufmacher ist damit nicht mehr drin«, meinte Kollmann. »Allerdings stehen die Chancen nicht schlecht, dass es demnächst grünes Licht gibt für eine große Geschichte. Vielleicht können wir es sogar als Kooperationsding angehen – wir zusammen mit euch.«

»Ich denke, wir sollten das Ganze mal am Rand der Pressekonferenz durchkauen. Du kommst doch hin?«

»Sicher. Man sieht sich.«

Kollmann legte auf. Salvetti dachte eine Weile über den Salto mortale nach, der nötig war, um diesem Komplex beizukommen. *Wie Wackelpudding, den man an die Wand nageln will,* dachte er, bevor er sich wieder an die ungeliebte Vertretungsarbeit über den lokalen Drogenkult machte.

7

Es schüttete wie aus allen Rohren. Claudia Kopinski hatte sich noch schnell einen Schirm besorgt. In einem Souvenirladen schräg gegenüber ihrer Wohnung, aber das hatte wenig genutzt. Ziemlich durchweicht schaute sie sich vor dem Park um. Natürlich kein Olaf. Sie überlegte, ob sie das Treffen ausfallen lassen solle. In diesem Moment piepte ihr Smartphone.

»Ich bins, Olaf. Bin da drüben. Direkt vor der Boulangerie. Kommen Sie.«

Sie schaute sich um. Auf der gegenüberliegenden Seite erblickte sie ihn, winkend. Pfützen ausweichend, ging sie auf die andere Straßenseite.

»Am besten gehen wir zu dem Allround-Einzelhändler da nebenan rüber. Der macht auch guten Café. Ist nicht der beste Platz, aber ich denke, dort sind wir relativ ungestört.«

Sie gingen rüber. Olaf besorgte zwei Café im Becher, dann stellten sie sich an einen Tisch. Sie fixierte ihn verhalten. Sah ein bisschen aus wie Henry Rollins – ein Hardcore-Musiker aus den Neunzigerjahren. Ihrer Sturm-und-Drang-Periode, wenn man so wollte – damals, als sie gerade das Abi in der Tasche hatte und im Begriff war, ein Germanistik-Studium anzustreben. Und mit dem Abschluss in der Tasche dann ihre Referendarstelle als frischgebackene Lehrerin.

Olaf hatte ihren Blick bemerkt, lächelte kurz und meinte dann, zum Anlass des Treffens übergehend: »Hier ist die Kooperationsvereinbarung. Lesen Sie sie sich kurz durch und unterschreiben Sie. Nach Hause mitnehmen ist leider nicht vorgesehen.«

Claudia überflog kurz den Text. Angaben zur Person, Pflichten, Konsequenzen, weiter unten Details zur Entlohnung. Olaf schob ihr dezent ein Couvert rüber. »Sind tausend Euro. Für den Anfang, quasi als Einstiegsgehalt. Der Rest ist natürlich informationsabhängig.«

Er räusperte sich kurz und nippte an seinem Café. Claudia kreuzte ein paar Punkte an und setzte kurzentschlossen ihre Unterschrift unter das Dokument. Nun war sie also ganz offiziell Informantin.

»Und für wen arbeite ich?«

Olaf betrachtete seinen Café. »Gute Frage. Wir sind der BE. *Beobachtungsdienst Europa* – eine Art Mischung aus Bundesnachrichtendienst und MAD. Relativ neu und vom Aufgabenbereich her eine Art Mischung aus beiden. Mit der Politischen Polizei oder dem Verfassungsschutz haben wir nichts zu tun. Die beiden dürften im Ausland auch gar nicht agieren – jedenfalls nicht offiziell.«

Er machte eine kleine Kunstpause. »Ralph hat Ihnen ja schon erklärt, auf was wir aus sind. Kurz vielleicht ein paar Details zu den Hintergründen. Die deutsche Regierung ist besorgt wegen der teils krassen Auslandsreaktionen, die das Programm nach sich gezogen hat. Unser Job ist der, möglichst gute Informationen zu kriegen, welche die Sicherheitsbehörden und die Politik verwerten können. Natürlich sind wir auch mit von der Partie, wenn unsere Spitzenleute Staatsbesuche absolvieren und sowas in der Art. Unser Kerngeschäft sind allerdings Einschätzungen.«

Claudia hörte interessiert zu. In ihrem Leben war es bislang nicht allzu oft vorgekommen, dass Geheimdienstler aus der Schule plauderten. »Spionage?«, warf sie unsicher ein.

»So könnte man es nennen. Das Gros des Informationsgeschäfts ist allerdings eher unspektakulär. Ich komm' jetzt kurz zur Prozedur. Wie Ralph gestern gesagt hat, bin ich Ihr Informantenführer. Das heißt: Sie erstatten mir Bericht. Papierkram, Berichte und Dokumente werden mit der Zeit sicher anfallen. Am Anfang allerdings eher wenig. Sie werden die nächsten Wochen damit beschäftigt sein, Vertrauen aufzubauen. Kundschaften Sie die Zielpersonen aus. Aber seien Sie dezent. Als erstes benötigen wir ein Personogram. Ein Netzwerk. Wie gesagt sind Ihr Chef für uns von Interesse und Monsieur Arras. Fürs erste wird Ihre Hauptaufgabe darin bestehen, zu Madame Arras eine Freundschaft aufzubauen.«

Claudia fühlte sich ziemlich mies bei dem Gedanken. Besonders bei dem, auf diese Weise Joannes Sympathien zu missbrauchen.

»Was soll ich tun? Ich meine – konkret?«

Olaf zögerte einen Moment, versuchte, ihre Frage richtig einzusortieren. »Gut, die Prozedur. Wir treffen uns einmal wöchentlich, das sollte für den Anfang genügen. Hier ist ein Mobiltelefon. Es dient ausschließlich dem Kontakt zwischen uns. Rufen Sie nur an, wenn es unbedingt erforderlich ist. Ich rufe Sie an, wenn Treffen stattfinden. Die Örtlichkeiten werden wir variieren. Vielleicht können wir später die Treffintervalle strecken, und die normalen Informationen über das Mobil austauschen. Was ich beim nächsten Mal brauche, ist eine brauchbare Grafik. Sie müssen dafür nicht schön malen können. Wir benötigen Namen, Beziehungen, das Netzwerk Ihres Umfelds hier in Clichy. Das war's eigentlich auch schon. Fürs erste.«

Olaf trank seinen Café aus und machte Anstalten zu gehen. Er fixierte sie nochmals ernst. »Ihre Hauptaufgabe wird Madame Arras sein. Versuchen Sie, sie sich zur Freundin zu machen. Und nochmals: Machen Sie dabei keine Fehler. Denn eines seien Sie sich gewiss: Fehler bemerken wir.«

Die Luft in Berlin war stickig. Die Stadt versank unter einer diesigen Nieselregendecke. Auch im Innenministerium waren die Temperaturen eher klamm. Die Energiespar-Maßnahmen, welche die Regierung vor einigen Jahren auf den Weg gebracht hatte. Nun also große Pressekonferenz zum Stand von EXIT. Louise Beckmann, nach einer erneuten Personalrochade seit zwei Monaten wieder an den Schalthebeln des Innenministeriums, konnte das Vier-Buchstaben-Wort langsam nicht mehr hören. Sie hatten etwas Gutes tun wollen – für die Menschheit letztlich. Der Gedanke war so simpel wie genial gewesen. War es im Anblick der vielen Krisen und Fronten, auch in den Haushalten, nicht etwa dringend geboten, in den überfüllten Schiffskabinen im Unterdeck quasi für etwas Luft zu sorgen? Sicher – die Linken hätten am liebsten alles zusammen gehabt: soziale Sicherheit und am besten gleich ihr Arbeiterparadies in kompletto. Aber das ging nun mal nicht. Dafür war nunmehr eine Technologie eingesprungen: Vermittels einer Kombination neuer Bioblocker-Präparate, Elektronik sowie guter alter Tiefkühltruhe ließ man Menschen quasi zwei, drei Runden aussetzen – ähnlich wie beim Monopoly. Das Verfahren war verifiziert. Die gestarteten Tierversuche hatten zwar nicht in Gänze überzeugende Ergebnisse gebracht. Aber – das Wichtigste: die dahintersteckende Technologie befand sich in dynamischer, vielversprechender Entwicklung.

So vielversprechend sah es aus – jedenfalls am Anfang. Dann begann alles schiefzulaufen. Ihr Vor-Vorgänger hatte es mit den Zwangsmitteln übertrieben. In teils spektakulären Polizeiaktionen waren zehntausende Transferleistungs-Bezieher und ähnliche bemitleidenswerte Existenzen, die den Staat viel Geld kosteten, zusammengetrieben und dem EXIT-Verfahren zugeführt worden. Natürlich nur zu ihrem Besten. In den Sozialkassen hatte das zu einer nicht unerheblichen Entlastung geführt – auch wenn man auf der Minus-Seite natürlich Entwicklung und Wartungskosten mit in die Rechnung einpreisen musste. Darunter auch die bereits eingelagerten und nunmehr auf mehrere Bundesländer verteilten Tot-Lebenden.

Wie auch immer: Nun waren die Kritikaster am Start. Bereits Ende letzten Jahres mussten sie daher deutlich zurückrudern. Die Zwangsmaßnahmen, die die Chose so in Verruf gebracht hatten, waren dabei auf dem Mist ihres Koalitionspartners gewachsen – jedenfalls großteils. Nun fuhr man die ganze Geschichte Stück für Stück zurück, und sie hatte das heute zu verkaufen. Wenn es schlimm lief, würde das

Parlament das gesamte Programm zu Fall bringen. Dynamik, Innovation – ade. Aber da redete keiner von Massenmord: wenn zehntausende Eingefrorene nicht mehr aufgetaut werden konnten, weil die Damen und Herren Parlamentarier die Mittel nicht mehr genehmigten, um die Weiterentwicklung der Auftau-Prozedur korrekt zum Abschluss zu bringen.

»Bist du bereit?« Inge, ihre Pressesprecherin. Businesslook, Brille, Kladde unterm Arm – alles wie aus dem Effeff.

»Glaube schon. Lass uns in die Löwengrube runtergehen.« Louise Beckmann hatte sich ein dunkelrotes Kleid gegönnt. Dezent, feierlich, aber gleichzeitig auch exquisit. Flankiert von ihrem Team, schritt sie die Treppe hinab Richtung Eingangshalle, von der aus es immer lauter wurde.

»Wie viel sind da?«

»Alle, glaub ich. Die Öffentlich-Rechtlichen natürlich. *BILD, Frankfurter Allgemeine, Wochenspiegel. Rice, A-TV* – unsere lieben Kritiker. Glaube kaum, dass sich das jemand entgehen lässt, wenn die Regierung einen derartigen Einknicker vollzieht.«

Beckmann schaute ihre Pressesprecherin streng an. »So – knicken wir ein?«

»Natürlich nicht. Es ist nur so, dass –«

»Wie viel Zeit haben wir für Fragen veranschlagt?« Dass Louise Inge an der Stelle abwürgte, war sachlich einfach erforderlich. Um nicht zu sagen: das Mindeste.

»Eine halbe Stunde. Ich habe Ihre dringend erforderliche Anwesenheit im Koalitionsausschuss heute abend eigens betont.«

»Gut.« Louise Beckmann atmete entschlossen durch. »Dann wollen wir mal.«

Die Halle flackerte unter dem Blitzlichtgewitter. Ob an

den Seiten oder der Frontline – überall waren Kameras aufgebaut. Dazwischen, auf Stuhlreihen eingeparkt: das Fußvolk des Journalismus mitsamt seiner Koryphäen. Davor: die Fotografen in informeller Anordnung auf dem Boden sitzend. Dahinter: Tische mit Häppchen – nicht zu geizig, aber auch nicht zu üppig. Hinter den Türen des Foyers: freigeräumte Büros mit weiterem Übertragungs-Equipment sowie Konferenzzimmern. Anders gesagt: Das ganz große Besteck war aufgefahren.

Louise Beckmann trat ans Rednerpult. Die auf sie zugeschnittene Form der Präsentation sollte das Gewicht der Erklärung, die sie abzugeben gedachte, zusätzlich erhöhen.

»Meine Damen und Herren, ich hoffe, die Kolleginnen und Kollegen haben den Soundcheck in trockene Tücher gebracht ...« Sie klopfte kurz auf das Mikro, setzte eine leicht irritierte, dann heitere Miene auf. Eine Messerspitze Rumkumpelei, das sollte die Stimmung etwas auftauen. Der Rest würde unerfreulich genug sein. Auch wenn die Meute darauf gimmerte.

»Meine Damen und Herren,

ich stehe heute vor Ihnen, um eine lang erwartete Änderung in Bezug auf das in der Bevölkerung breit diskutierte EXIT-Programm zu verkünden. Es ist nunmehr nicht so, dass unsere Regierung mit diesem – zugegeben kontrovers diskutierten – Programm keinen Erfolg gehabt hätte. Eher ist das Gegenteil der Fall. Seit dem Start vor nunmehr zweieinhalb Jahren haben wir die Sozialkassen mit einem Volumen von rund 30 Milliarden Euro entlastet. Wenn Sie sich die Turbulenzen vergegenwärtigen, denen unsere Gesellschaft und nicht zuletzt auch unsere Volkswirtschaft ausgesetzt sind, ist das nicht gerade ein Pappenstiel. Vor allem jedoch haben wir eine Technologie mit auf den Weg gebracht, die erst einen Bruchteil des Potenzials entfaltet hat, das vermutlich in ihr steckt.«

»In Midazolam vielleicht – einem Präparat, das in den USA bei Hinrichtungen zur Anwendung kommt?«

Im Saal wurde es stiller. Fast hätte man eine Stecknadel fallen hören können. Louise Beckmann fixierte Joost, den Journalisten vom *Wochenspiegel*, der sie unterbrochen hatte und lächelte dann süffisant.

»Ja, Herr Joost. Notfalls auch Midazolam. Oder haben Sie vielleicht die medizinische Expertise, um uns zu sagen, in welchem Kontext dieser Wirkstoff angewendet werden darf?«

Nach Frage sowie schlagfertig angebrachtem Konter entspannte sich die Stimmung etwas – bevor Louise Beckmann auf den eigentlichen Clou, den Anlass der Presseerklärung, zu sprechen kam.

»Nichtsdestotrotz«, Louise Beckmann machte eine kurze Kunstpause, »nichtsdestotrotz hat sich die Regierung nach langen Beratungen und dem Abwägen unterschiedlicher Standpunkte dazu entschlossen, dass EXIT-Programm langfristig auslaufen zu lassen –«

Erst ungläubiges Gemurmel. Dann ging das Gemurmel in einen stetig lauter werdenden Redeschwall über.

»Meine Damen und Herren, Fragen stellen können Sie zum Schluss. Das Auslaufen bedeutet zum gegenwärtigen Zeitpunkt, dass Neukandidat:innen in das Programm ausschließlich noch auf freiwilliger Basis aufgenommen werden. Der ›Go‹-Teil des Programms wird zum Juni im folgenden Jahr beendet. Der ›Finish‹-Teil läuft selbstverständlich weiter und wird entsprechend auch mit den nötigen Forschungsmitteln ausgestattet sein. Ich danke Ihnen für Ihr Verständnis und

Ihre Geduld und werde mich im Anschluss gleich gern Ihren Fragen stellen.«

»Gründe?«, hallte es laut durch die Halle. Dann setzte der Tiger Presse an zum Sprung auf den vorgeworfenen Happen. Es dauerte Minuten, bis das Assistenz-Team überhaupt dazu in der Lage war, eine vernünftige Fragestellungs-Reihenfolge aus dem Tohuwabohu herauszudestillieren.

»Was wird sie noch sagen? Wirst du dir das anhören?«

Michael Kollmann, 35, in weißem Hemd und Sakko, arbeitete seit drei Jahren für *A-TV*, einen neuen Newsservice. Der angesprochene Kollege, ein eher informell gekleideter, ebenfalls eher jüngerer Journalist, war Marco Salvetti. *Rice*, sein Arbeitgeber, zählte wie *A-TV* zu den Mittelgroßen in der Presselandschaft und hatte sich auf gute, teils investigativ durchgeführte Hintergrundstories spezialisiert.

»Ich frage mich gerade so etwas wie: Würde Nick Nolte sich das antun? In *Under Fire?*«

Kollmann lachte auf. »Kaum. Ich denke, da wird nicht mehr viel rumkommen. Da wir das Privileg haben, nicht jeden Satz der genialen Beckmann wortwörtlich rekapitulieren zu müssen, wäre mein Vorschlag der: ein kleiner Austausch?«

»Nichts dagegen. Lass' uns da rübergehen. Da sind wir relativ ungestört.«

»Was meinst du?«, fragte Kollmann und nippte kurz an seinem Plastikbecher mit Bier. Sie standen an einem Stehtisch hinten in der Halle nahe dem Eingang.

»Schwer zu sagen.« Salvetti wischte sich den Mund ab und fixierte den weißen runden Stehtisch. »Sie hat's relativ wasserdicht gemacht. Die Ankündigung war klar; da kam insofern nichts Neues. Trotz dem ›Betriebsunfall‹ vor einigen Tagen.«

»Und?«

Salvetti fuhr sich erneut über den Mund und überlegte.

»Weißt du, was ich denke? Die ganze Geschichte läuft, mit Vorlauf, nunmehr bereits fast vier Jahre. Die Wellen kamen – du kannst dich noch an den Anfang erinnern – und ebbten wieder ab. Dass sie denen Inhumanität vorwerfen würden, war zu erwarten. Sie haben's ausgesessen, und die Karte einfach nach der Arithmetik der Macht gespielt. So lange ihnen Wahlen nicht die Quittung bescheren, hätte Beckmann diese Karte ewig weiterspielen können. Zumal die Regierung auch anderweitig angeschlagen ist.«

»Du meinst, die machen den Rückzieher wegen der allgemeinen politischen Lage?«

»Nee. Glaub' ich eigentlich nicht so richtig.« Marco Salvetti machte eine Pause, versuchte, seine Gedanken in Worte zu fassen. »Ich mache mir eher Gedanken über die Statik des ganzen Gebäudes. Rechtlich haben sie es geschafft, dass niemand ihnen am Zeug flicken kann. Und, du erinnerst dich: Es gab Verfassungsklagen. Die am Ende allesamt in die Hose gegangen sind. Nun machen sie eben einen partiellen Rückzieher. Ob die armen Schweine jemals wieder aufgetaut werden, und ob dieser Part in zehn, zwanzig, dreißig Jahren überhaupt funktioniert – glaubst du, das schert das Gros der Leute weiter?«

»Okay – die Welt ist schlecht. Gib mir was, womit ich recherchieren kann.«

»Guter Punkt.« Salvetti blickte seinen Kollegen an. »Über die Vordertür wird keiner dieses Ding knacken. Es gibt aber noch einen Punkt, den bislang niemand richtig auf dem Schirm hatte.«

»Die Verwendung von Midazolam vielleicht?«

Salvetti zuckte mit den Achseln. »Wohl eher nicht. Sitzen sie bereits jetzt aus; du hast es eben ja mitgekriegt. Aber Korruption. Kleine, schmutzige Korruption. Allerdings in großem Stil.«

»Und weiter? Lass' hören.«

»Ich würde an deiner Stelle die Vita von Beckmann genauer unter die Lupe nehmen. Und da ist noch was: Jacques Bauer. Sicher haben wir von dem Typen alle mal gehört. Der Clou ist nur der, ich hab' da mal etwas auf den Busch geklopft und letztens 1a-Informationen reinbekommen: Ob dieser Kerl überhaupt jemals existiert hat, erscheint mir mittlerweile höchst fraglich.«

»Obwohl in Wikipedia das Gegenteil steht?«

»Yepp.«

»Du meinst also, die haben das ganze Projekt letztlich mit einem Clown begründet, einer Pappfigur?«

»Ich würd's nicht so direkt formulieren. Ich würde allerdings sagen: Wenn man an den zwei Stellen nachforscht, wird man recht schnell auf die Spur des Geldes stoßen.«

Louise Beckmann hatte die Pressekonferenz mit Bravour absolviert. Standing Ovations hatte sie zwar nicht eingeheimst. Als Langgediente im politischen Geschäft hatte sie das allerdings auch nicht erwartet. Sie war Macherin – keine, die sich um den Beifall des Publikums bemühte. Was ihren Job etwas unangenehm machte, waren die endlosen Sitzungs-Marathons. Gegen Mitternacht konnte sie schließlich auch die Sitzung des Koalitionsausschusses hinter sich lassen. Endlich frei, fuhr es ihr durch den Kopf. Sie piepte den Chauffeur an, der sie zu ihrem Loft bringen sollte – irgendwo hier in Mitte, nicht weit vom Reichstag gelegen und gut einplatziert in geschmackvoll aufpolierte Gründerzeit-Architektur.

Das Auto summte durch die Nacht; der Elektromotor verströmte ein beruhigendes Geräusch. Fand sie jedenfalls. Das Grundrauschen hatte den angenehmen Nebeneffekt, dass sie ihren Fahrer nicht so richtig wahrnehmen mußte. Jedenfalls als Person, sozusagen als Mensch. Sein Name war Fassil, aber was spielte das schon für eine Rolle? Ihre Partei stand bekanntlich für Vielfalt, konnte sich hier nachgerade grandiose Integrationsleistungen auf die Fahnen schreiben. Darüber hinaus: Fassil wurde anständig bezahlt, und der Rest – Schwamm drüber.

Sie waren da.

»Soll ich Sie bis zur Tür begleiten?«

»Vielen Dank, Fassil. Aber ich finde den Fahrstuhl allein. Gute Nacht.«

Sie winkte kurz zu dem Wachmann in der Anmeldungskabine hinüber. Dann bestieg sie den Fahrstuhl. Edler Marmor, dezent-dunkelroter Samt, glattgeschliffener Stahl. So sollte es sein. Vielleicht, dachte sie, würden auch die Programm-Probanden – eigentlich müßte sie denken: Proband:innen – irgendwann in einer solchen Welt aufwachen. Einer Welt, die nachhaltig war und derart mit Wohlstand ausgestattet, dass verchromte Fahrstuhlleisten und eine schicke Eletronik so gut wie jedermann zugutekamen. Und natürlich jeder Frau.

»Wie mir,« flüsterte sie selbstvergessen. Sie schloss die Wohnungstür auf, schmiss den Schlüssel auf die Kommode und legte das SmartPhone daneben. Dann zog sie bedächtig ihr Kleid aus. Der schwarze BH betonte langsam welker werdende, aber immer noch ansehnliche Brüste. Ja – sie war eine moderne Frau. Zweifelsohne, wie sie beim Blick in den großen Flurspiegel bestätigend feststellte.

»Roberto – bist du da? Schaust du dir noch eine Netflix-Serie an?«

Keine Antwort. Roberto war offensichtlich schon im Bett. Sie freute sich. In Erwartung wohliger Wärme streifte sie ihren BH ab, betrat das Schlafzimmer, drehte eine Idee weit den Lichtdimmer herauf und fixierte das große, in erlesenem Art-Déco-Stil gehaltene Bett. In den Kissen räkelte sich im weichen Licht eine Gestalt. Irgendwie unwillig wirkend, nach dem Motto: *Es ist schon spät, warum musst du mich jetzt noch wecken?* Louise Beckmann hob sachte die Decke und legte sich zu der Gestalt im Bett. Die Gestalt mochte ein Junge sein, oder vielleicht auch ein junger Mann. Schwarze Locken glänzten sacht im Weichzeichner-Licht der Szenerie.

»Roberto?«

»Ich bin müde. Lass mich schlafen.« Die Gestalt räkelte sich unwillig. Louise versuchte es mit Zärtlichkeiten, meinte kurz »Du wirkst wie erfroren.« Dann gab sie ihre Bemühungen auf und drehte sich zur Seite. Gedanken schossen ihr durch den Kopf – über Dankbarkeit, die stressige Konferenz am Nachmittag, das Altwerden und den Inhalt des Kühlschranks. Ihr letztes Bild war eine Milchflasche. Dann war sie eingeschlafen.

8

Die Oktobersonne glänzte in güldenem Glanz. Theo Schröder saß auf dem Place Pigalle in einem Straßencafé und beobachtete das Treiben auf dem Boulevard sowie den Montmartre-

Hügel hoch. Er fühlte sich mit sich und der Welt im Einklang – ein Gefühl, das für seine Verhältnisse eher selten vorkam. Die letzten Wochen hatte sich eine ungewohnte Ruhe in ihm breit gemacht. Nicht Selbstzufriedenheit. Aber doch eine gewisse Zufriedenheit mit dem, was er erreicht hatte. Eine kleine selbstreflektive Runde hier im herbstlichen Licht konnte man sich da wohl gönnen. Wenn er ehrlich zu sich selbst war, musste er sich eingestehen, dass die Ruhe ganz wesentlich darauf zurückzuführen war, dass er die Recherche bezüglich dieses ominösen Jacques Bauer endlich ad acta gelegt hatte. Kurz ließ er die Ergebnisse en revue passieren: konkrete Erkenntnisse – mager. Anzeichen, dass der Mann jemals gelebt hatte: konnte man mit gutem Grund bezweifeln. Sonst? Sorgen bereiten sollte ihm eher sein Liebesleben. Nicht, dass sich da nichts tat. Er merkte allerdings, dass er in den letzten Monaten zurückgesteckt hatte. Voll die Trauben mitzunehmen, die sich im halbseidenen Milieu darboten, war inzwischen nicht mehr so sein Ding.

Theo beobachtete die Passanten – Dicke, Dünne, Alte, Junge, Schöne wie Alltägliche und auch die ein oder andere problembeladene Konstellation darunter. Dabei behielt er einen wachen Blick auf die Szenerie unmittelbar vor dem Café. Um zehn Uhr wollte sein Kunde kommen – ein Startup-Unternehmer aus dem Speckgürtel im Norden, der sich früher seinen Stoff im *Moulin Rouge* besorgt hatte. Mittlerweile wurde der Mann, zu allseitiger Zufriedenheit, von ihm versorgt. Brauchst du die Scheiß-Dealerei noch?, schoss es ihm durch den Kopf. Ein kurzer Gedanke. Vielleicht eine Korrektur. Zu Weihnachten hin würde er nochmal mit Kasabian reden. Obwohl er aus dem Stoffgeschäft weitgehend abgezogen war, fungierte er immer noch als Springer für besondere Gelegenheiten. Obwohl der Typ – und vor allem seine dunkelhäutige Freundin – wirklich die angenehmsten Kunden waren, die man sich denken konnte.

Heute indes hatten sie Verspätung. Er überlegte, ob er sie kurz anpiepen sollte. Kommunikation via Mobil wurde bei der Abwicklung von Shore zwar strikt vermieden. Eher schickte man sich codierte Mail-Nachrichten über irgendwelche Instant-Accounts. Aber warum nicht eine Ausnahme machen? Plötzlich forderte die unmittelbare Umgebung seine Aufmerksamkeit. Vor dem Café war ein schwarzer Zuhälter zugange, seine Mädels zusammenzustauchen. Man kannte sich. Theo formte Daumen und Zeigefinger zu einer Pistole und visierte ihn an. Am Nebentisch hatte unterdes dieser Typ vom Rassemblement National Platz genommen – ein kleiner Fascho, der seine Freundin mit einem Kind sitzen gelassen hatte und hier im Quartier krumme Dinger abzog. Die Bekanntschaft war nicht ganz neu. Zusammen mit einem Kumpel hat er ihn bereits im letzten Winter angequatscht – als die deutschen Geschichten mal wieder Wellen schlugen und alle Franzosen die Hände über dem Kopf zusammen. Damals hatte er rumgefeixt, die Boches hätten wohl irgendwie das Hitler-Gen – im Unterschied zu Madame Le Pen, die in der Beziehung doch ganz passabel sei. Theo hatte nicht gekonnt, wie er liebend gern gewollt hätte, sich jedoch von dieser Figur und ihrem Anfang seither tunlichst ferngehalten.

Und nun saß er da. Kurzer Blickkontakt, dann kam der Typ rüber an seinen Tisch.

»Ich darf mich einen Moment setzen? Ist doch okay, oder?«

Wortlos winkte Theo in Richtung des Stuhls ihm gegenüber. Auch die Frage, die anstand, versendete er wortlos und mit sparsamer Geste: Was liegt an?

»Du gehörst doch zu den Deutschen, die seit zwei Jahren in der Stadt sind?«

»Und? Weiß ich selber. Was möchtest du mir sagen?«

Der Typ druckste herum, beugte sich in vertraulicher Gestik zu ihm herüber und meinte: »Ich ... äh, ja ... Ich habe seit drei Monaten diese Freundin. Kommt aus Leipzig. Und, nun-ja, die macht Stress. Hauptsächlich wegen der Kohle. Ist umgekehrt aber nicht leicht für so ein junges Ding ...«

Theo kriegte langsam eine Ahnung, auf welchen Punkt das Gespräch hinauslief: einen, der ihm nicht gefiel.

»Ich mach' nicht das Setting für Monsieur Kasabians Filme. Da müsstest du eventuell im *Moulin Rouge* nachfragen und dich an Pascal wenden. Oder du sprichst Monsieur Kasabian selbst an. Ich kann dir nicht helfen. Und Ehetherapie mach' ich schon gar keine, Sorry.«

Der Typ war leicht aus dem Konzept gebracht, druckste weiter rum.

»Nunja. Ich mein' ja nicht das.« Er sprach »das« eher aus wie »sowas« – was letzten Endes auf das Gleiche hinauslief. »Was ich will ist, dass das Mädel einen vernünftigen Job hat. Arbeitet – da steigt doch schnell die Zufriedenheit im Haus, meinst du nicht?«

»Ich hab' keine Ahnung, was du meinst. Und die Arbeitsagentur bin ich schon gar nicht. Tipp: Geh' in die Muckibude, mach' was für dich, und kauf' deiner Freundin eine Schachtel Pralinen.«

Die Antwort war offensichtlich nicht ganz das, was er erwartet hatte. Mit etwas verdrießlichem Gesichtsausdruck entfernte er sich. Theo sah im nach. Der Fascho ging kurz nach drinnen zum Bezahlen und schlich sich dann davon. Theo kratzte sich am Kopf. Irgendwas stimmte hier nicht.

Als der Garçon wieder nach draußen kam, stellte er ihm eine Frage:

»Jean – du kennst doch Bernard oder wie er heißt? Diesen Typen, der gerade bei dir bezahlt hat. Hat der eine deutsche Freundin?«

Jean fuhr sich an die Stirn, überlegte. Leicht spöttisch meinte er dann: »Falls ja, ist sie mir nicht bekannt. Würde mich allerdings schwer wundern. Ich dachte bislang, sein Herz schlägt ausschließlich für Marine Le Pen.«

Theo Schröder machte sich bereit zu gehen. Sein Kunde würde wohl nicht mehr auftauchen. Als er im Begriff war, sein Mobil zu checken wegen eventuell eingegangener Textnachrichten, piepte es. Kasabians Nummer; heute war wohl der Tag des Alle-dürfen-mal-Theo-Nervens.

»Was ist?«

Kasabian hörte sich verstimmt an. »Komm' rüber ins *Petit Chambre*. Muß mit dir reden.« Dann legte er auf.

Der angegebene Laden lag auf dem Boulevard de Clichy – die halbe Strecke bis zum *Moulin Rouge*, dem Geldmagneten für vergnügungssüchtige Montmartre-Touristen. Das *Petit Chambre* war ein kleiner Club – nicht richtig rotlichtig, eher so ein informeller Laden für Leute, die im Quartier Geschäfte machten. Der springende Punkt war: Das »Petit« war nicht nur im Besitz von Kasabian (der sich höchst ungern unters Volk mischte). Es war quasi auch sein Hauptquartier – die informelle Geschäftszentrale für seine diversen Unternehmungen. Theo war verstimmt. Um Energie abzubauen, absolvierte er den Weg zu Fuß. Im Laden war es schummrig; gleichzeitig auch speckig und irgendwie billig. Das Ganze verströmte eine Atmosphäre von nicht-ganz-Puff, aber auch nicht richtig Kneipe. Bébé, der schwarze Keeper, stand am Tresen und polierte Gläser. Sonst gab es keinerlei Gäste.

»Du kannst direkt durch. Der Chef wartet schon.«

»Und?«

»Naja. Wird er dir selbst sagen.«

Theo ging einen halbdunklen, abgeranzten Flur hindurch und klopfte an die Tür an dessen Ende. Edles Mahagoni – zumindest im Kernbereich legte Anatol Kasabian Wert auf etwas standesgemäßen Luxus.

»Komm rein«, schallte es dumpf nach draußen. Theo trat ein in Kasabians Büro. Innen: solide Türpolsterung, Leder – was hier gesprochen wurde, war nicht unbedingt für dritte Ohren bestimmt. Wände: dunkles Mahagoni, ein Boxkampf-Plakat vom legendären Kampf Ali gegen Foremann, ein Ölgemälde mit armenischer Berglandschaft, zwei, drei Zierteppiche und ein Pirelli-Kalender hinten in der Ecke. Auch der Rest war klassischer Oldstyle: Tisch in dunklem Holz, Schreibtischlampe mit grünem Glas, no Computer. Anatol Kasabian hasste Computer in jeder Form – allerdings war er leidenschaftlicher Smartphone-Nutzer. Betreffs technischer Weiterentwicklungen hielt ihn, wie man hörte, seine Tochter auf dem neuesten Stand. Deren Bild ebenso auf seinem Schreibtisch stand wie das seiner Frau und seiner Rest-Familie.

»Setz' dich.« Kasabian war ungefähr Mitte fünfzig. Nichts an ihm wirkte wie ein klassischer Mafioso, oder einer, der im Rotlichtmilieu seine Geschäfte macht. Alles in allem wirkte er wie ein kleiner Unternehmer – nur dass er eben in Filme machte und Drogen vertickerte.

»Was gibt's?« Theo lümmelte sich in den Stuhl Kasabian direkt gegenüber. Irgendwie war er heute auf Opposition gebürstet. Kasabian sah ihn ernst an.

»Pass' auf. Ich hab' noch gar nichts gesagt. Ich hab' nicht gesagt: ›Setz' dich ordentlich hin und nicht wie irgendein dahergelaufenes Arschloch‹. Ich habe dich zu einem Gespräch gebeten, um was zu klären. Ich hätte dich zurechtweisen können. Habe ich aber nicht getan. Putz' dir also diese Haltung ›wann ist der Alte endlich mit mir fertig, damit ich irgendeine Nutte nageln kann‹ aus der Fresse. Ich habe mit dir zu reden.«

Theo sagte nichts. Kasabian blickte kurz auf seinen Schreibtisch, dann Theo wieder an.

»Ich hörte, dass Koka-Geschäft läuft nicht so gut.«

»Keine Ahnung. Bin nicht mehr so drin.«

Kasabian schaute ihn mit einem etwas bedauernden Blick an – ähnlich so, wie man ein Kind ansieht, das unartig ist, das einem aber dennoch ans Herz gewachsen ist.

»Doch. Bist du. Jedenfalls solange, bis ich dir etwas anderes sage.« Schweigen.

»Also du hast nichts zu sagen?«

»Das Pärchen aus der Banlieue hat heute abgesagt. Beziehungsweise ist nicht erschienen. Keine Ahnung, warum. Sonst wüsste ich nichts, was ich mir vorzuwerfen hätte.«

Kasabian lachte ein freudloses Lachen.

»Pass' auf: Ich habe dich aus dem Koka-Geschäft weitestgehend rausgenommen. Und dir die Leitung über ein paar nicht so gefährliche Deals übertragen. Sachen, die etwas Grips erfordern, Geschick. Außerdem bist du mit der Projektleitung der Filme beauftragt, also quasi Produzent. Das alles ist ein ordentliches Vertrauen, würde ich meinen. Nur sehe ich von deiner Seite aus kein Entgegenkommen. Um es genauer zu sagen: keine Initiative. Meinst du, ich soll dich hier durchschleppen? Bin ich vielleicht im Sozialgeschäft?

Ich weiß es nicht. Sag' du es mir.«

Theo zuckte mit den Achseln.

»Ich weiß es nicht. Möchten Sie mich mit etwas anderem beauftragen?«

»Wenn ich das vorhabe, wirst du es sicher als erstes erfahren.« Kasabian wand die Hände, nahm seine goldgerahmte Brille ab und fixierte Theo erneut. Dann setzte er zu einer kleinen Moralstandpauke an.

»Was ist mit dir los? Du zeigst keinerlei Initiative. Ich hab' dir die ausgesuchtesten Kunden überlassen. Alles solvente Leute – Batignolles, der Norden, das Siebte; du mußt dich mit keinerlei Abschaum mehr rumplagen. Nur die Zahlen – die stagnieren. Im Sommer warst du noch gut, seither gehen sie runter. Du begnügst dich mit deinen Stammkunden. Klar – da bist du zuverlässig, und versetzt wird man in unserem Business öfter.« Kasabian grinste nachsichtig. »Aber du aquirierst nicht. Wenn die auf einmal alle Kinder machen und in die Vorstädte in der verfickten Champagne ziehen, hab' ich bald gar keine Kunden mehr.«

Kasabian machte eine Pause, steckte sich eine Zigarette an.

»Was ich von dir möchte: Konzentrier' dich aufs Umland. Clichy, Nanterre; da ist genug da. Wegen mir auch die Nobeldiskos an den Champs-Élysées. Aber schau', dass mehr rüberkommt. Wie du das anstellst, ist deine Sache.« Kasabian machte nochmals eine Pause. »Ich habe dich vor einem Jahr aufgelesen. Du warst sowas von durch. Aber ich habe gewusst: In dem Burschen steckt was. Darum habe ich dir eine Chance gegeben. Also – es wird langsam Zeit, dass du sie auch wieder nutzt. Und mir zeigst, dass ich die richtige Entscheidung getroffen habe, als ich dich eingestellt habe.«

Kasabian setzte die Brille wieder auf – Zeichen, dass das

Gespräch zu Ende war. Theo stand auf, sagte demütig seinen »Danke, Monsieur Kasabian«-Spruch und schaute, dass er schnellstmöglich auf die Straße kam.

Claudia Kopinski war durch. Den Tag nach dem Gespräch mit Olaf war sie geradezu paralysiert. Sie wusste: Sie musste in die Gänge kommen. Das Optionen-Abwägen war durch diesen seltsamen Dienst noch komplizierter geworden. Abtauchen war zwischenzeitlich eine brenzlige Angelegenheit geworden – keine Ahnung, welche Mittel und Wege die kannten, um sie in Paris ausfindig zu machen. Der Süden vielleicht, Barcelona? Aktuell glaubte sie nicht, dass sie viel weiter käme als bis zu einem Pariser Fernzug-Bahnhof. Vielleicht nicht mal bis dahin. Dass sie überwacht wurde, hielt sie für eine ausgemachte Sache. Jedenfalls wäre es in ihrer Lage naiv gewesen, vom Gegenteil auszugehen. Zwei Tage nach ihrer Unterhaltung hatte sich Olaf nochmals gemeldet, auf dem reservierten Handy. Die übliche Frage: ob die Informationsbeschaffung schon erste Früchte getragen hatte. Sie wiegelte ab. Jaja, und: Ja – konnte mich mit Joanne noch nicht treffen. Aber arbeite wieder im Buchladen, alles bestens. Olaf meinte lapidar: »Kommen Sie in die Gänge. Unser nächstes Treffen ist am Montag.«

Der einzige positive Punkt: George hatte sich seit dem letzten Treffen in dem Café nicht mehr gemeldet. Möglich, dass ihre neuen Freunde vom BE ihm tüchtig die Eier langgezogen hatten. Wenn sie sich das in konkreta ausmalte, verschaffte ihr das jedes Mal einen kleinen Kick. Das erste Treffen mit Joanne – eigentlich war es ja das zweite – war problemlos über die Bühne gegangen. Joanne hatte es initiiert.

»Hallo – ich wollte mich nochmal melden. Ob du okay bist

und so weiter. Hat sich dieser Wichser nochmal bei dir gemeldet?«

»Nee.«

Claudia spürte einen Kloß im Hals. Überlegte, ob Sie einen Streit mit Joanne provozieren sollte und Olaf nächste Woche dann sagen: »I'm Sorry. Hab' mein Bestes versucht.«

»Das ist doch mal gut.« Joanne. »Vielleicht hat Roland ihm ja noch mal ins Gewissen geredet.« Sie hörte sich nicht an, als ob sie daran real glaube. »Aber was ist: Morgen mittag hätt' ich Zeit. Lust auf einen kleinen Plausch am alten Ort, und im Anschluss vielleicht ein bisschen Geld unter die Leute bringen?«

»Shoppen?«

»Naja.« Joanne lachte ihr rauchiges Lachen. »Du bist ja schon chic. Sagen wir, die Sorte geht-so-durch-Chic. Aber ein paar Raffinessen, kleidertechnisch, könntest du schon vertragen. Hängt's an der Kohle? Ich könnte dir ein bißchen was leihen.«

»Nee du, lass mal. Aber einen Café mit dir – würd' mich sogar freuen.«

»Ist zwölf Uhr okay?«

»Yepp. Freu mich.«

Ein bißchen zu viel Sülze vielleicht, aber: naja. Claudia dachte eine Weile darüber nach, mit welchen Mitteln sie Joanne veranlassen könnte, zu ihr auf Abstand zu gehen. Es brach ihr das Herz. Da war endlich mal eine brauchbare Kandidatin für eine Freundschaft. Und ausgerechnet die sollte sie bespitzeln. Sollte sie mit Olaf handeln? Vielleicht Bedingungen stellen? Olaf, ich hab's mir überlegt – Ausnahmeklausel für Joanne? Irgendwie erschien es ihr dafür zu früh. Ungeklärt wie viele landete auch dieses Problem so in der Ablage mit der Aufschrift »Vorläufig«.

Der Einkaufsbummel mit Joanne war großartig. Einziger Wermutstropfen: Im Café hatte sie gemerkt, das Joanne ein paar Minuten zu lang auf der Toilette war. Anschließend wischte sie sich mit der Hand zweimal die Nase ab und war auch ansonsten aufgekratzter als gewöhnlich. Anderen Leuten wäre das vermutlich nicht aufgefallen, aber als trockene Alkoholikerin hatte Claudia für sowas einen Sensor. Am Wochenende stellte sie ihr Netzwerk-Diagramm zusammen. Damit ihr Rapport bei Olaf nicht zu dürftig ausfiel, besuchte sie am Samstagabend eine Vernissage in einer Seitenstraße nahe des Boulevard Jean Jaurès. Sie erkannte Albert, hielt allerdings Abstand. Sah so aus, als ob er sie nicht gesehen habe; Glück gehabt. Die restlichen Gäste: liberales Bürgertum, wie Ralph sich ausdrücken würde – vermutlich alle aus Clichy. Von jung bis schon etwas älter war alles dabei. Zu Hause machte Claudia sich getreulich ihre Notizen, fügte ein paar Namen hinzu und legte sich mit der Gewissheit ins Bett, dass sie mit all dem wohl ein halbwegs passables Netzwerk-Diagramm zusammenzimmern konnte.

Das zweite Vor-Ort-Treffen mit Olaf verlief stressiger, unerfreulicher als das erste. Olaf hatte am Sonntagabend angerufen und ihr den Treffpunkt für den kommenden Tag angegeben – eine kleine Bar nahe des Flohmarkts von Montmartre auf der anderen Seite des Périphérique. Olaf wirkte freundlich.

»Hallo«, sagte er mit leicht geschäftsmäßigem Unterton.

»Hallo.« Clauda nahm eine gelbe Allerwelts-Plastikkladde aus der Tasche und überreichte sie ihm. »Die Zeichnung. Ich hab' ein paar Notizen beigefügt. Handgeschrieben, es soll ja nichts über Computer laufen.«

Olaf blätterte interessiert in den Unterlagen, ein bisschen

beiläufig. Dann schaute er sie durch seine Lesebrille an.

»Schon gut. Ist okay. Aber jetzt erzählen Sie mal: Wie kommen Sie insgesamt so weiter? Haben sich schon Kontakte ergeben?«

Claudia rekapitulierte ihre Aktivitäten der letzten Woche. Schwerpunkt war Monsieur Damocles. Einerseits tat ihr das zwar in der Seele weh. Andererseits konnte sie sich nicht vorstellen, dass Monsieur Damocles in was Ernsthaftes verwickelt war. Falls wider Erwarten doch – dann konnte sie immer noch die Berichte manipulieren. Bedeutender, als sie in Wirklichkeit war, machte sie auch die Versammlung in der Vernissage.

»Hab' ein paar Namen von dort in das Netzwerk-Diagramm übertragen. Stammen teils von Flyern, teils aus dem Gästebuch, dass dort auslag. Die ausgestellten Bilder hatten großteils politische Anklänge – jedenfalls, so weit ich das beurteilen kann. Allerdings hab' ich nichts Direktes gefunden, was auf politische Aktivitäten hindeutet. Soll ich mich verstärkt nach Veranstaltungen umsehen, Parteien und so? Vielleicht da hingehen?«

»Nee, lassen Sie mal. Fürs Erste. Was hat sich eigentlich mit Joanne Arras ergeben? Fortschritte gemacht?«

Widerwillig erzählte sie von ihrem Treffen. Machte allgemein auf Optimismus. Das würde schon. Bislang allerdings sei ihr nicht aufgefallen, dass Joanne sich irgendwie politisch betätige.

»Naja. Das wird schon; Rom wurde auch nicht an einem Tag erbaut. Aber seien Sie vorsichtig. Lenken Sie Gespräche eventuell in die Richtung, was sie über das deutsche Programm so denkt. Das ist in aller Munde. Und für Sie ja naheliegend. Weiß Frau Arras von Ihrer Vergangenheit? Ich denke, um das Vertrauensverhältnis auszubauen, wäre ein Geständnis vielleicht nicht schlecht.«

»Ich soll Joanne sagen, dass –«

»Sie brauchen ja nicht alles preiszugeben«, meinte Olaf mit bedächtiger Miene. »Die Flucht und auch den Banküberfall lassen wir lieber außen vor. Ansonsten: die Frau kann doch dichthalten – wo ist das Problem?«

Claudia setzte sich mit dem Bus nach Clichy ab. Was für ein Fucking-Tag. Und sie hatte noch fünf Stunden in der Buchhandlung vor sich. Die Monsieur Damocles gehörte, den sie gerade so trefflich ans Messer geliefert hatte.

In Deutschland schlugen die Auseinandersetzungen betreffs der weiteren Zukunft des Programms weiter ihre Wellen. Innenministerin Beckmann hatte bei ihrer Pressekonferenz zwar eine Einstellung in Aussicht gestellt – zumindest mehr oder weniger. Die Ankündigung, künftig zumindest auf die umstrittenen Zwangs-Programmzuweisungen zu verzichten, erwies sich in der Realität allerdings als nicht ganz zutreffend. Wie ein Bericht des Online-Magazins *Rice* im Oktober aufdeckte, hatten einige der involvierten Behörden die Daumenschrauben bei anvisierten Probanden sogar weiter angezogen. Das Magazin wartete noch mit weiteren News auf. Der Titel des dazugehörigen Kommentars:

EXIT: Im Sumpf aus Machtmissbrauch und Korruption

7. Oktober, eigener Bericht, [Marco Salvetti]. *Das EXIT-Programm ist vom Tisch. Jedenfalls sagte das Innenministerin Beckmann noch vor wenigen Tagen. Der Vergangenheit angehören sollten, so Beckmann, zumindest die*

Zwangsverfügungen. Leider ist dem nicht ganz so. Mittlerweile liegen der Redaktion mehrere Dutzend Fälle vor, bei denen indirekter oder sogar direkter Druck ausgeübt wurde. Die Fälle sind allesamt beglaubigt und wurden von unterschiedlichen Zeugen bestätigt. Betroffene haben in mehreren Fällen Anwälte eingeschaltet – wir sind gespannt, wie die Regierung sich diesmal wieder herausreden wird.

Frau Beckmann befindet sich derzeit in Urlaub. Der sei ihr gegönnt. Allerdings: Rice-Informationen zufolge hat die Berliner Polizei letzte Woche einen Minderjährigen aufgegriffen, der behauptet, von Frau Beckmann persönlich aus dem EXIT-Programm herausgeholt worden zu sein – zu dem Zweck, nunmehr in einer Art WG bei ihr zu wohnen. In dem Zuge, so der 17jährige, sei es auch zu Liebesdiensten gekommen. Zu denen er sich anfangs verpflichtet gefühlt habe, die er jetzt allerdings nicht mehr wolle. Der Betroffene befindet sich zwischenzeitlich wieder auf freiem Fuß. Sein Aufenthaltsort: bislang unbekannt.

Hinzugefügt sei dies: Normalerweise achtet Rice strikt darauf, eventuell kompromittierende Privatsphäre-Informationen aus Berichten herauszuhalten. Im konkreten Fall wäre allerdings zu überprüfen, ob Frau Beckmann Beruf und Passion auf eine Weise miteinander verquickt, die – wenn sich der Verdacht erhärten würde – ein Fall für die Staatsanwaltschaft wäre. Wir haben allerdings Anhaltspunkte für ein Regierungsgebahren, das im Fall des Zutreffens um ein Vielfaches schwerwiegender wäre. Möglicherweise nämlich basiert der EXIT-Komplex auf einem großangelegten Fall von Betrug, auf regierungsseitiger Manipulation in großem Stil sowie Korruption. Wir werden zu gegebener Zeit berichten. Allerdings lässt sich bereits heute konstatieren, dass der

EXIT-Komplex nicht nur die Schutzvorrichtungen von Humanität und Menschlichkeit in Deutschland in bislang beispiellosem Ausmaß abgesenkt hat. Möglich auch, dass sich dahinter der größte Fall von Regierungskriminalität in der Geschichte der Berliner Republik verbirgt.

Fazit: Das EXIT-Programm ist schon heute am Ende. Moralisch war es das seit Beginn. Gut wäre daher, wenn die Regierung es – anstatt noch weitere Menschen einer fragwürdigen »Einfrier«-Technik zuzuführen – noch in diesem Monat in aller Form »beerdigt«.

9

Schon seit einigen Tagen hatte sich ein etwas abgewrackter und verstörter, nichtsdestotrotz jedoch modebewusst wirkender und auch hübsch anzusehender Teenager in der Umgebung des Bahnhof Friedrichstraße rumgetrieben. Seine Wahl war angesichts seiner Lage Standard: Kreuzberg sollte zwar auch ganz okay sein. Aber das Terrain zwischen dem zentralen Hot Spot in der Friedrichstraße und dem Alex bot einem wie ihm nun mal die besten Möglichkeiten. Nach seiner Entlassung aus dem Polizeigewahrsam hatte er ein paar Tage bei Kumpels gepennt, auf dem Sofa und einmal in einem Schlafsack auf dem Boden. Die Kumpels konnten ihm indes wenig weiterhelfen – wie auch, sie hatten selbst nichts. Er selbst hatte bei Louise rund 800 Euro mitgehen lassen – die Barschaften, die in ihrer Wohnung gerade parat waren. Von richtiger Shore – also Sachgegenständen – hatte er tunlichst die Finger gelassen. Natürlich hatte er die Tatsache, dass er eine finanzielle Notreserve bei sich trug, nicht publik gemacht. Ebensowenig, dass er die letzten Monate der Lover der umstrittenen Innenministerin gewesen war. Die Gründe lagen auf der Hand: In seinem Milieu waren derartige Informationen riskant, möglicherweise sogar lebensbedrohlich.

So hatte er sich erst mal treiben lassen. Wobei »treiben« nicht ganz das richtige Wort war. Er lebte von der Hand in den Mund. Da er die Finger nicht von illegalen Stimulanzien lassen konnte, waren seine Reserven rapide zusammengeschmolzen. Richtig stressig wurde die Angelegenheit, seit sein »Fall« groß in der Journaille breitgetreten wurde. Das Blatt mit den vier Buchstaben hatte sogar ein verwischtes Foto von ihm abgedruckt. Und seit dieses Rice-Magazin die Affaire skandalisiert hatte, war er in der Stadt alles andere als ein Unbekannter. Auch wenn sein Gesicht kaum jemand kannte und noch weniger Leute interessierte – er war nun quasi eine öffentliche Person.

Hinzu kam die Frage, wie Louise reagieren würde. Sicher – über das geklaute Geld würde sie nicht erfreut sein. Allerdings: die Option, reumütig zu ihr zurückzukehren, war durch den zwischenzeitigen Medienrummel verbaut. Was würde sie tun? Sicher – sie würde ihn in Ruhe lassen, in der Beziehung war sie wahrscheinlich Lady. Allerdings gab es andere, Profis ihres Fachs, die die Sache nicht so einfach auf sich beruhen lassen würden. Auch ein nicht sehr Politikinteressierter wie Roberto konnte sich ausrechnen, dass es durchaus Leute gab, die ein Interesse daran hatten, ihn als potenziellen Kronzeugen zum Schweigen zu bringen. Was würden sie tun? Ihn ins Programm zurückschicken; eingefroren *war* ja nun fast so gut wie tot? Oder würden sie es eher auf die klassische

Art machen? Wie immer er es auch drehte und wendete: hier in Berlin war er nicht mehr sicher. Umgekehrt war jedoch auch Zu-den-Medien-Gehen keine Option. Nicht nur wegen dem Scheinwerferlicht, das dann zwangsläufig auf ihn fallen würde. Für die Nummer – theoretisch kam etwa dieses *Rice*-Magazin in Frage, das die Berichterstattung losgetreten hatte – war er nicht ausgebufft genug. Mal abgesehen davon, dass er Leuten, die sich gut auszudrücken vermochten, schon aus Prinzip nicht über den Weg traute.

Blieb also Flucht. Am besten ins Ausland. Er war nicht blöd. Natürlich hatte er mitgekriegt, dass das eine Reihe Leute getan hatten. Selbst in seinem Bekanntenkreis hatten sich zwei aus dem Staub gemacht. Unauffindbar. Was tun? Dem Gesetz der Straße zufolge wäre es vielleicht das Beste, ein paar Freier abzuziehen, um über etwas mehr Barschaft zu verfügen. Aber irgendwie war das nicht sein Stil. Roberto, mit vollem Namen Roberto Giura, geboren in Neapel, seit zehn Jahren in Deutschland und weder mit Nachricht noch mit Adresse von Vater und Mutter versehen, war eher einer, der durchgereicht wurde – und sich später auf eigene Faust durchschlängelte. Am Ende hatten sie ihn doch ins Programm gekriegt. Jugendamt, Bezirk Mitte, Beifang einer Razzia am Alex. Wenn Louise nicht gewesen wäre, würde er jetzt sicher in einem Eisblock liegen, schön verkabelt und mit irgendeiner Chemie vollgepumpt. Louise hatte es ganz zwanglos angegangen. War bei einer Kandidaten-Visite im Jugendamt aufgetaucht und hatte die dortige Sozialarbeiterin angequatscht, als sei das ihre beste Freundin.

»Du – der da? Seid ihr euch da sicher?« Ohne sich groß mit Akten und Papieren aufzuhalten, hatte sie sich mit ein paar sanften Rüffeln das nötige Oberwasser verschafft:

»Passt doch einfach etwas besser auf, wen ihr da verschickt. Der da mag zwar auf Trebe sein. Wir stecken allerdings nicht Leute kategorisch ins Programm. Ich hab' da eine Idee. Ich kenne eine Werkstatt in Schöneberg, die arbeiten explizit mit schweren Fällen. Holzmöbel; Zirkustherapie ist da glaube ich ebenfalls mit dabei. Ich werd' mich drum kümmern. – Wie heißt du?«

»Roberto«, hatte er schüchtern gesagt.

Sie hatte sich zu ihm runtergebeugt und nonchalant gemeint:

»Und, Roberto? Hast du Lust auf einen Kaffee?«

Was hätte er sagen sollen, wo dieser Rettungsengel im grünen Mantel vor ihm stand? Natürlich sagte er »Ja«. So hatte es angefangen. Der Rest war hinlänglich aus den Medien bekannt. Nun stand er wieder auf Punkt Null. Was sollte als nächstes kommen – oder als erstes vom nächsten? So verließ Roberto sich auf das, was er kannte. In einer dieser Touristenfallen unweit des Bahnhofs suchte er die Toilette auf, schlug dort den erstbesten Touristen nieder, eignete sich dessen Barschaften an und machte sich dann schleunigst aus dem Staub. Auch beim Rest galt: Frechheit siegt. Anstatt lange herumzubaldowern, kaufte er sich eine Fahrkarte und setzte sich in den Zug nach Leipzig.

Das dritte Treffen mit Olaf brachte Claudia fast an den Rand eines Herzinfarkts. Zunächst war Olaf neutral geblieben, meinte via Telefon, der Ort könne ruhig so bleiben wie beim letzten Mal. Auch die Kontrollanrufe waren in der zweiten Woche ausgeblieben. Claudia hatte sich zwei-, dreimal mit Joanne getroffen und Belanglosigkeiten ausgetauscht. Der Form halber hatte sie en passant auch das deutsche Programm erwähnt. Die Antwort blieb oberflächlich und reserviert, aber so konnte sie wenigstens berichten, dass Joanne harmlos wie sonstwas sei und mit Sicherheit die falsche Person, von der brisante Informationen zu erwarten seien.

»Nur weiter. Immer weiter«, meinte Olaf zerstreut. Das Wetter war kühler als beim letzten Mal. Die Wolken türmten sich über den nördlichen Banlieues auf. Olaf versuchte, die innere Kälte mit einem Kaffee zu vertreiben. »Wir können übrigens zum ›Du‹ übergehen; ich heiß' Olaf, wie du weißt. Bleib' einfach weiter an ihr dran. Irgendwann wird die Quelle schon sprudeln.«

Eigentlich waren »Quelle« und »sprudeln« nicht die korrekten Bezeichungen. Aus seiner Warte war Claudia ja die Quelle, und Joanne demzufolge die Zielperson. Gedanken, mit denen sie sich ablenkte, während sie sich die Hände rieb. Die Zeitschinderei schien erfolgreich zu sein, jedenfalls halbwegs.

»Ich habe hier noch was.« Olaf kam aus der Reserve; sie hatte die ganze Zeit geahnt, dass da noch was im Busch war. Umständlich nestelte er in seiner Umhängetasche herum und holte eine schwarze Kladde heraus. Er schob das Bändchen beiseite, das den Inhalt zusammenhielt, und holte dann ein paar Fotos heraus. Großaufnahmen, eventuell Tele oder ein wertiges Zoom – also nicht ganz unaufwändig.

»Kennst du den?«

Claudia warf ein Blick auf das Foto. Ein gedrungener, dunkelhaariger Mann, wirkte irgendwie schmierig. Ort: ein Café, vermutlich in der Pariser Innenstadt. Dann kam das zweite Foto, und ihr Herz setzte einen Moment aus. Theo. Theo Schröder, ihr Flucht-Companero aus Deutschland – zusammen am Cafétisch mit Monsieur Schmierlappen. Sich in Sekundenschnelle fangend, bewahrte Claudia die Contenance und machte weiter auf cool.

»Nee. Kenne ich nicht. Beide. Wer soll das sein?«

»Der erste ist vom Rassemblement National, der Partei von Marine Le Pen. Kein großes Tier, eher ein kleiner Fisch. Nummer zwei kennen wir nicht, ist vielleicht auch nicht so wichtig. Was hältst du davon, deine Aktivitäten etwas auszuweiten? Es soll dein Schaden nicht sein.«

»Ich verstehe nicht. Wenn der so ein kleines Tier ist, verstehe ich nicht, warum ihr euch für ihn interessiert. Abgesehen davon, dass ich mich mit den Faschos hier überhaupt nicht auskenne, ist diese Figur auch sportlich absolut nicht mein Fall. Soll ich mit dem in die Kiste steigen, oder was?«

Etwas verlegen griff sich Olaf ans Gestell seiner Lesebrille. »Gott bewahre«, meinte er einlenkend, »aber der Rassemblement ist bei uns nunmal mit auf dem Schirm. Oder meinst du, die politische Rechte in Frankreich würde aus den diplomatischen Zwistigkeiten um diesen EXIT-Bockmist keinen Honig saugen?« Er verfiel zurück in eine geschäftsmäßigere Ausdrucksweise. »Wir beobachten die Nationalisten ebenso wie alle anderen. Etwas anderes können wir uns als Auslandsgeheimdienst auch gar nicht leisten. Wie auch immer: Du musst an den Typ ran. Wir brauchen die Basics: Ortsgruppe, wer ist da noch drin, Kontakte mit Deutschen. Vorteil für dich: die Chose ist in Montmartre, da kommst du wenigstens mal aus Clichy raus. Außerdem lässt das Amt einen Extrabonus für das Ganze springen.«

»Hab' ich eine Wahl?«

»Nicht wirklich.« Olaf räusperte sich. Die Ortsgruppe trifft sich am Freitag um 18 Uhr. Irgendein Lokal in der Nähe der Sacré-Coeur-Kirche, find's selber heraus. Ich geb' Ralph also Bescheid, dass du's machst. Du wirst uns doch nicht enttäuschen?«

Wortlos packte Claudia ihre Utensilien zusammen. In ihrem Inneren fuhren immer noch die Gefühle Achterbahn. Sie war zwar der Ansicht, dass sie auf Olaf ganz cool gewirkt hatte. Vielleicht war Theo ja auch nur versehentlich mit auf das Foto geraten – weil sie diesen Fascho einfach mehrmals im Kasten haben wollten. Glauben ist allerdings nicht wissen. Um Olaf einzulullen, rief sie ihn ein paar Tage später »zwischendurch« an, fütterte ihn mit ein paar belanglosen Neuigkeiten über Joanne, ihren Mann und Damocles. Lief super – jetzt verriet sie schon ihre beste Freundin, um ihren Fluchtgefährten zu schützen.

In der Praxis lief ihre neue Aufgabe eher holprig an. Als frischgebackene Sympathisantin des Rassemblement nahm sie zwar an der angegebenen Ortsgruppen-Sitzung teil. Allerdings schien niemand großartig an ihr interessiert. Die zehn, elf Mitglieder, die sich im tristen Hinterzimmer einer ebenso tristen Gaststätte an einem Ausfall-Boulevard nördlich der Sacré-Coeur-Kirche trafen, lauschten desinteressiert dem Vortrag eines Oberlehrers, der die verschwundene Glorie von La France beschwor. Schmierlappen war nicht unter den Anwesenden. Nachdem sie sich mit ein paar Flyern eingedeckt und einem weiteren Lehrer, einem Großen und Blonden, die Hand gedrückt hatte, verschwand sie. Und sagte sich, während sie auf den Nachtbus wartete, immer wieder: Das hier ergibt hinten und vorne keinen Sinn.

Was war sie eigentlich? Buchhändlerin? Oder bereits Informantin mit Leib und Seele? Die Frage zu beantworten fiel ihr zunehmend schwerer. Am Montag kam der obligatorische Anruf von Olaf. Lapidar meinte er: »Gleiche Zeit, gleicher Ort.«

Im Bus hatte sie sich die richtigen Worte zurechtgelegt. Sie war entschlossen, mit Olaf bis zum Äußersten zu pokern. Nehmt mich aus dem Rassemblement raus. Diese Art der Beobachtung ist nichts für mich. Das ist Perlen vor die Säue geschmissen. Lasst mich lieber meinen Job in Clichy tun. Da kenn' ich mich aus. Da kommt auch Handfestes rum. Oder anders: Ich kann das nicht mehr, ich bin kurz vor dem Zusammenbruch. Ehrlich – ja. Aber auch wirkungsvoll? Wohl eher nicht. Mit derlei Gedanken steuerte sie den Périphérique an und von da das kleine Café, wo sie sich stets trafen.

Überraschenderweise war Ralph diesmal mitgekommen. Und sah aus, als ob er richtig sauer sei. Claudia begrüßte die beiden, holte sich einen Café und setzte sich dann dazu.

»Du hier?« sagte sie in vielleicht etwas zu kumpeligem Ton.

»Ja, ich hier«, meinte Ralph und setzte eine forciert heitere Miene auf. »Wenn die Untergebenen Mist bauen, muss halt der Chef selbst zur Baustelle eilen.« Er machte eine Wirkungspause. »Sie haben übrigens einen guten Einstieg gewählt. Das ›Du‹ ist ab sofort gecancelt, ich hab's Olaf bereits gesagt. Ab jetzt also wieder professionelle Sitten.»

»Aber deswegen bin ich nicht hier«, fuhr er fort, und, nachdem die Kunstpause ihre Wirkung emtfaltet hatte: »Haben Sie, Claudia, uns vielleicht irgendwas zu sagen?«

Claudia schluckte trocken. »Nicht, dass ich wüsste.«

»Gut. Dann rekapitulieren wir diese Fotos. Sie kennen sie. Ist ehrlich gestanden immer nur Mist, wenn man stetig von vorne anfangen muss.«

Dieselben Fotos wie das letzte Mal. »Ich habe schon das letzte Mal nicht verstanden, wieso Sie mich auf diesen Typen angesetzt haben. Und den Rassemblement allgemein –«

»Sie wollen uns also weiter anlügen? Ihr voller Ernst?«

»Ich verstehe nicht –«

»UND SIE VERSTEHEN SEHR WOHL.« Ralph donnerte die Faust derart wuchtig auf den Plastiktisch, dass die Becher überschwappten. Ein Hund auf der Straße fing an zu kläffen. Eine Gruppe Arbeiter zwei Tische weiter starrte in ihre Richtung, als wäre ihnen unverhofft der Brigadeleiter ins Blickfeld geraten. Ralph strich angewidert über sein Jacket, entfernte zwei, drei Kaffeespritzer und wandte sich dann wieder Claudia zu.

»Dann will ich nachhelfen: Das ist ihr Compagnon aus Deutschland. Theo Schröder, geboren 24. Dezember 1975 in Recklinghausen. Druck-Productioner in fernerer Vergangenheit, und so weiter und so fort. Mit dem Sie sich hierher nach Paris abgesetzt hatten.«

»Ich wußte nicht, dass ... Ich dachte doch, Sie, äh Olaf, seien auf den Rassemblement aus.«

Ralph holte erneut mit der flachen Hand aus, brach die Geste jedoch unvermittelt ab. Mit kaltem, drohendem Blick fixierte er sein Gegenüber.

»Lügen Sie uns nur weiter die Hucke voll. Wissen Sie was? Ich ruf' jetzt die Police, und in 24 Stunden sitzen Sie in einem Flieger nach Germany. Sie haben - mindestens - zwei Menschen getötet. Dazu Beteiligung an einem Bankraub; das fällt nicht mehr unter EXIT und ›ich wollte doch nur leben‹. Dafür liefern die Franzosen Sie mit Kusshand aus. Schon, weil die kein Interesse haben, dass das Gebälk in der EU noch weiter knarzt. Und das Beste, was Ihnen passieren kann ist, dass sie lebenslang in einem Knast verrotten.«

Olaf saß in Bereitschaft; sie würde hier kaum eine Chance

haben zu entkommen. Ralph entspannte sich ein wenig.

»Aber das Beste kommt zuletzt.« Er öffnete erneut die Mappe und schob ihr ein weiteres Foto rüber. Eine Disko, grobkörnig aufgenommen, eine Menge. In der Mitte, in weißem Hemd, Theo Schröder. Claudia fixierte das Foto weiter, ihre Hände begannen zu zittern. Neben Theo stand Albert, Joannes Ehemann. Und, dahinter, halb verdeckt – Joanne selbst.

»Noch mehr von dem Guten?« Ralph warf ihr ein paar weitere Fotos hin. Varianten der Disko-Szene. Auf einem Foto sah es so aus, als ob Theo Albert etwas zusteckte. Albert legte Theo die Hand auf die Schulter. Als ob der ein guter Kumpel von ihm sei. Oder eben ein Kunde. Ein Ecstasy- oder Koka-Abnehmer.

»Ihr Freund hat sich gut gemacht. Dealer – und, soweit wir in Erfahrung bringen konnten, in die Abwicklung von Pornofilm-Produktionen involviert. Das alles für einen gewissen Anatol Kasabian. Ein Gangster mit armenischen Wurzeln. Mischt auf dem Montmartre mächtig mit.«

Claudia sah sich zwischenzeitlich schon im Flugzeug, ohne Wenn und Aber. Warum nicht wenigstens noch einen starken Abgang hinlegen? Wenn man sich sonst schon nichts gönnt?

»Sorry – aber das alles ist gequirlte Scheiße.«

»›Gequirlte Scheiße‹ nennen Sie das?« Ralph lachte. »So kann man's natürlich auch sehen.«

»Es ergibt keinerlei Logik. Wenn Sie mich abschieben lassen wollen – na los; tun Sie's doch. Wobei sich mir die Frage stellt, wieso Sie das nicht bereits vor zwei Wochen getan haben. Diese Person da – ich sage *nicht*, dass ich sie kenne – könnten Sie ebenso leicht dingfest gemacht haben. Schon längstens. Und gequirlte Scheiße, mit Verlaub, ist das mit dem Rassemblement, auf den Sie mich angesetzt haben. Angeblich. Es gibt keine sachlichen Bezüge; die Ortsgruppe besteht großteils aus Leuten, die sich allein nicht die Schnürsenkel zubinden können. Und dass diese Person da dealt – seid ihr von einem Drogendezernat, und ich hab's nur noch nicht gemerkt? ›Wir, der deutsche Geheimdienst, sind sowas von gut: wir konnten sogar einen Straßendealer dingfest machen mit zwei, drei Päckchen.‹ Geht damit doch zur Pariser Polizei, vielleicht hat die noch ein paar Jobs. Verkehr regeln vielleicht auf dem Place de la République.«

Claudias Augen sprühten Funken, als sie – noch immer in Rage – Ralph weiter anblickte.

»Na, damit warten wir mal ab«, meinte der nonchalant. »Aber was sagen Sie dazu, dass Ihr Freund – und wir beide wissen, über wen wir hier reden – beide kennt? Diesen unbedarften Idioten und eben diesen Albert Arras, der mit Ihrem Brötchengeber Monsieur Damocles dicke ist? Dass das Zufall sein soll, können Sie anderen verkaufen. Auch wenn ich nicht glaube, dass Sie persönlich Arras mit Ihrem Freund zusammengebracht haben.«

»Schön. Und was nun?«

»Gute Frage. Wir wollen Sie beide. Sie und Schröder. In unserem Team. Der Rassemblement war zugegeben eine Finte, oder genauer: ein Vertrauenstest. Sie haben's vermasselt. Also denken Sie jetzt nicht, Sie seien in einer Position, hier großartig zu verhandeln.«

»Was heißt das konkret?« Claudia stand zunehmend unter Strom, spürte jedoch, wie ihre Fassung wiederkehrte.

»Gar nichts. Sie machen weiter wie bisher. Kümmern sich um diese Kleinkrämer und Startup-Hallodris in Clichy.

Erstatten uns Bericht, treulich, pünktlich und wahrheitsgemäß. Über einen Zufall lassen wir sie dann mit Schröder zusammentreffen.« Über die Anordnung, die sich dann auf seinem Schachbrett ergeben würde, machte er keine näheren Angaben.

»Immer einen Schritt nach dem anderen«, schaltete sich Olaf hinzu. »Wir sind keine Desperados. Wir sind der Dienst. Wir dürfen ganz offiziell hier agieren. Wir machen hier seriöse Aufklärungsarbeit. Und dann haben wir noch einen für Sie. – Ralph?«

Ralph schob Claudia ein weiteres Foto rüber. Eine andere Sorte – schwarzweiß, alt, etwas verwackelt. Ein Portrait.

»Jacques Bauer. Vielleicht haben Sie den Namen schon mal gehört. Er ist derjenige, der inoffiziell hinter dem EXIT-Programm steht. Es gibt Unklarheiten. Der Bursche ist gestorben und angeblich wieder auferstanden, steht so sogar in Wikipedia zu lesen. Versuchen Sie, über den Typen etwas herauszubekommen. Informationen, die nicht bei den Wikipedianern stehen. Falls es was wirklich Gutes ist, ist auch dafür ein netter Batzen drin. Reden Sie mit Ihren Freunden in Clichy, als Buchhändler müsste Monsieur Damocles sofort auf das Thema anspringen.«

Olaf: »Zusätzlich gibt Ihnen das die Gelegenheit, Ihr Freundschaftsverhältnis mit Damocles und den Arras' weiter auszubauen.«

»Sonst noch was? Sind wir fertig? Kann ich jetzt gehen?« Claudia fühlte sich, als hätte sie einen Kater.

»Sie können abschwirren«, meinte Ralph, »wir übernehmen die Rechnung. – Aber noch was«. Er beugte sich zu ihr vor und blickte ihr tief in die Augen. »Das letzte Mal war richtig Scheiße. Wenn Sie uns noch einmal linken, geht's ab in den Bau. Das hier ist ihre allerletzte Chance. Verhauen Sie die nicht.«

Rassemblement. Theo. Die Flucht. Die Bank. Die Fahrt mit dem Traktor, hinten im Heu – südpfälzische Idylle. Joanne. Die Buchhandlung. George, der Stalker. Und seit drei Wochen diese Typen – angeblich ein neuer Geheimdienst. Das Programm. EXIT. Das, womit alles begonnen hatte. Claudia war zwar vielleicht nicht die Top-Logikerin. Allerdings brauchte man nur etwas gesunden Menschenverstand, um zu der Einsicht zu kommen, dass das Operationsziel, welches Ralph und Olaf immer wieder im Mund führten, nicht stimmen konnte. Möglicherweise war doch die deutsche Exilantenszene das Haupt-Beobachtungsziel – und sie spielten mit ihr hier quasi über Bande.

Claudia begann zu torkeln. Hin und her. Ihre Beine wurden ihr schwer. Wie von einer unsichtbaren Macht getrieben, steuerte sie eine Bar an, ging auf die Theke zu.

»Monsieur – Une bière s'il vous plaît.«

Der Kellner stellte eine kurze Rückfrage; zwei Minuten später stand dann das Bier direkt vor ihr. Der Geruch stieg ihr verführerisch in die Nase. Dann merkte sie, dass sie plötzlich anfing zu zittern. Mach' auf deine alten Tage jetzt nicht noch schlapp, Mädchen, schoss es ihr durch den Kopf. Der Kampf war kurz. Falls sie jetzt schwach wurde, war ihr das Auf-Staatskosten-Flugticket Richtung Germany sicher. Vielleicht noch nicht morgen. Aber ganz bestimmt in zwei, drei Wochen.

Das Bier anblickend, grinste sie gequält. Dann lachte sie kurz. Zu dem Bierglas sagte sie leise: »Ist jetzt wohl nicht unsere Zeit, alter Freund – oder?«

Dann legte sie einen Fünf-Euro-Schein auf den Thresen und machte sich in Richtung Bushaltestelle davon.

10

»Ich bin jetzt da. Hast du Zeit?«

Es war kaum zu glauben, aber auf der Straße konnte man tatsächlich die Gänse schreien hören. Auch sonst kündete die Geräuschkulisse von ungetrübter ländlicher Idylle. Ab und an ein Auto, ab und zu ein paar gemächliche Gesprächsbruchstücke – kein Vergleich mit dem hektischen Berlin. Michael Kollmann, seines Zeichens A-TV-Reporter, hatte sich im *Hotel Maxine* eingemietet. Die Story hatte mehrere Sitzungen gekostet, an der zwei Chefredakteure, ein stellvertretender Redaktionschef, ein Typ von der Chefetage eines der beteiligten Verlage, einer von der Finanzabteilung seines Senders und schließlich ein Jurist beteiligt waren. Nun steckte er in Vallon, einem kleinen Ort im Département Yonne in der französischen Region Bourgogne-Franche-Comté. Einfacher ausgedrückt: Exakt hier, im Herzen von Frankreich, musste Gott den Spruch *Leben wie Gott in Frankreich* erfunden haben. Der nicht ganz so idyllische Rest: das *Maxine* war eher eine Auberge als ein Grand Hotel, und selbst dabei hatte er noch Glück.

Der Grund seines Hierseins: Vallon war der Geburtsort von Jacques Bauer, im Jahr des Herrn 1949. Umgeben von seinem Laptop, zwei SmartPhones und einem Koffer, dessen Gegenstände halbausgepackt quer über das eher schmale, kärgliche Bett ausgebreitet waren, wollte er exakt hier die Recherchen beginnen, die am Ende in die große Enthüllungsstory von A-TV und *Rice* einmünden sollten.

»Ein bisschen«, entgegnete sein *Rice*-Kollege, Marco Salvetti. »Hab' den Zug gerade verlassen und muss schauen, dass ich diesen Typ nicht verlier'. Der mampft gerade einen Burger, aber die Situation ist natürlich extrem schwankend. Und wie läuft's bei dir?«

»Warum quatschst du ihn nicht an?« Kollmann fingerte nach Notizheft und Kuli.

»Ich würd's mal so ausdrücken: Der ist fluide. Und dabei hatte ich Glück wie sonstwas. Hat wohl einen Touristen abgezockt, in der Nähe des Bahnhof Friedrichstraße. Wird die Polizei nicht froh machen, wo alle schon so aufgekratzt sind wegen der aktuellen Berichterstattung. Hatte sowieso den richtigen Riecher, als ich mich auf die einschlägigen Trebegänger-Treffpunkte in Mitte konzentrierte. Ich werd' ihn sicher nicht einfach so gehen lassen. Warte lediglich auf einen günstigen Moment.«

»Am besten wäre es, du könntest ihn gleich verpacken und hierher nach Frankreich mitbringen, da wäre er von den beschriebenen Unannehmlichkeiten weg. Aber pass' auf, wenn du was in der Art in Angriff nimmst. Hinterher fliegt uns die Story um die Ohren, nur weil wir uns mit Quellen gemein gemacht haben.«

»Du sagst es. *Alea jacta est.*«

»Wie?« Bislang hielt sich Kollmann für den Lateiner im Team. Aber Salvetti war ja Italiano. Aus Bergamo, in der Region Lombardei. Möglich, dass man da unten die Latein-Brocken mit der Muttermilch aufsaugte. Ansonsten war die Arbeitsteilung zwischen den beiden perfekt. Salvetti war mehr so der Cowboy. Quereinsteiger, dann bei diesem Magazin eingestiegen. Gute Meriten – darunter Reportagen von drei Kontinenten. Roberto würde dem kaum vom Haken gehen. Er hingegen war mehr der klassische Journalist. Immer seriös, immer verbindlich. Ein bisschen Schwiegersohn-Aura; da sprudelten die Informationen meist von allein. Insbesondere bei den Damen.

»Du, ich muss gleich auflegen. Wie läuft es bei dir so?«

»Ich werd' mich noch heute Nachmittag daran machen, das besprochene Programm durchzuziehen. Vielleicht hat die Mairie ja noch auf. Der Rest wird sich dann ergeben.«

»Gut. Ich werd' mich später noch mal melden.« Dann war Salvetti aus der Leitung und widmete sich dem unübersichtlichen Terrain auf dem Leipziger Hauptbahnhof. Nach der Wende hatten sie hier nur draufgebaut. Neue Rolltreppen, den ganzen Mall-Schnickschnack – das Ganze quasi übergestülpt auf das alte, zusammenimprovisierte DDR-Equipment. Würde seinen Job hier nicht leichter machen. Er gönnte sich einen kurzen Rückblick. Als die Story in trockenen Tüchern war, hatte er in Mitte sämtliche Kontakte aktiviert, die irgendwie mit dem Treber-Milieu in Verbindung standen. Gut, dachte er: Seine Story in *Rice* hatte die Dinge zusätzlich beschleunigt. Nun wollte er schauen, dass dieser Roberto nicht nochmal von den Cops geschnappt wurde. Ein Budget, um ihn auf Verlagskosten aus der Schusslinie zu nehmen, hatte er bereits in der Tasche gehabt. Im Anschluss war Salvetti zwei Tage durch Mitte gestreunt, hatte mit diesem und mit jener gesprochen. Entdeckt hatte er Roberto schließlich nur durch Zufall. Denn: Wenn jemand am Bahnhof Friedrichstraße Fersengeld gibt, fällt das gemeinhin auf.

Der Rest war: Dranhängen, und dann mit rein in den Zug. Nun waren sie hier. Und es tat sich – nichts. Roberto war seit ein paar Minuten nicht mehr im *McDonalds* zu sehen. Vielleicht war er zur Toilette. Marco Salvetti kratzte sich an seinem Schnäuzer. Irgendwie fehlte ihm hier der richtige Plan. Möglich, dass er zu offensiv vorging. Er beschloss, sich in

den Schatten einer Säule zurückzuziehen. So hatte er den Laden immer noch im Blick, stand aber nicht so da, dass jeder
ihn automatisch mitkriegte. Salvetti begann bereits, über
Plan B nachzudenken, als er spitzes Metall in der Nierengegend spürte.

»Heh – warum spionierst du mir nach?«

Heißer Atem, der Bursche hatte ihn ausgetrickst. Nun
konnte er ihn nur riechen – altes Deo, Angstschweiß und der
muffige Geruch von Bahn. Marco versuchte sich vorsichtig
abzusetzen, sich zur Seite zu drehen.

»Mach' das nicht.« Er hob die Hände langsam nach oben.

»Was?« Das Messer drückte einen Tick fester in seine Sei-
tengegend. Nicht unriskant. Wenn er die Situation nicht umgehend auflöste, erweckte die Situation fast zwingend die
Aufmerksamkeit von Passanten, die das Ganze der Bahnpoli-
zei melden würden. Was für Roberto das Ende der Reise wäre.
Und auch für ihn, Marco Salvetti, nicht in Gänze vorteilhaft
ausgehen musste.

»Pass auf«, meinte er. »Ich nehm' jetzt die Hände langsam
wieder runter. Ich tu' dir nichts. Komme übrigens ebenfalls
aus Italien. Ich bin vom *Rice*-Magazin. Ja – ich bin dir nach-
gefahren. Ja – ich hab' nach dir gesucht. –«

»Was willst du von mir?«

»Erst mal das Allerwichtigste: Ich habe keinerlei Ambi-
tion, dich an die Bullen zu verpfeifen. Will lediglich mit dir
reden.«

Salvetti machte eine Pause, suchte nach den passenden
Worten: »Ich kann dir von der *Rice*-Redaktion aus auch helfen. Beim Untertauchen vielleicht, damit du aus der Schusslinie kommst; du hast nichts verbrochen. Jedenfalls nichts,
was ich wüsste. Wenn du willst, können wir allerdings auch

die große Lösung angehen. Du machst mit uns einen Vertrag, bist dann unser Informant, und wir bringen dich irgendwo unter, wo du sicher bist.«

Er ergänzte den mit einer kleinen Notlüge versehenen Vortrag mit den Worten: »Die zweite Möglichkeit wäre auch finanziell nicht zu deinem Schaden. Umgekehrt allerdings will ich dir nicht vormachen, dass dabei die Welt für dich rumkäme. Du brauchst dich jetzt nicht zu entscheiden. Überleg' dir die Sache in Ruhe. Aber eins ist sicher: Hier stehst du auf dem Präsentierteller. Die Tage schon mal in eine Zeitung geguckt?«

Marco drehte sich um und fixierte sein Gegenüber. Ein unsicherer Junge, gewandet mittlerweile mit Parka und einer durchgesessenen, schmutzigen Jeanshose. Eine Dusche konnte er ebenfalls gut vertragen. Gesamtbild: Auch ohne Täter bei einer Messerattacke zu sein, würde er noch bis zum Abend hier aufgegriffen werden.

»Wir müssen weg.« Marco fixierte ihn. »Am besten irgendwo in Richtung City, Fußgängerzone oder sowas. Du lieber Himmel – wie bist du eigentlich auf Leipzig gekommen?«

»Weiß nicht. Der Zug stand halt da …«

Marco nickte verständnisvoll. Klaro – und die Cops hattest du direkt an den Fersen, dachte er für sich. Dann fixierte er erneut sein Gegenüber.

»Ich schlage vor, wir gehen als erstes mal ein bisschen shoppen. Neue Klamotten brauchst du unbedingt, wenn du hier nicht auffallen willst. Es ist 14 Uhr – die beste Zeit dafür. Welche Größe hast du denn? Und was ist so dein Geschmack? Keine Sorge – ich bezahl'. Aber lass uns hier weggehen. Sonst kassieren sie dich allernächstens hier ein.«

Zwei Stunden später hatten sie das Gröbste überstanden.

Roberto blickte verhalten, aber zufrieden an seinem gelben, neu eingekauften Lacoste-Sweatshirt herunter. Die Jeanshose war ebenfalls neu, ebenso der Gürtel, die Schuhe, und die lila-grau gefärbte Allround-Regenjacke. Den alten Plunder hatten sie dezent in einem Park entsorgt. Das Wichtigste war: Salvetti hatte wenigstens ein Minimum an Vertrauen aufbauen können. Das Gespräch sprudelte zwar nicht gerade. Ein paar Dinge jedoch hatte er aus Roberto herauskriegen können. Ihn etwas bei seiner Macho-Ehre packend, hatte er ihn ausgefragt, wie die Beckmann so sei. Naja, im Grunde nicht ganz verkehrt. Salvetti kratzte sich etwas ratlos am Kopf. Es schien ihm, dass sie gerade mal den leichteren Part hinter sich gebracht hatten. Der nächste würde in fast jeder Hinsicht anspruchsvoll werden.

Theo Schröder drückte sich in dieser Nobeldisko im 7. Arrondissement herum. Der Eiffelturm war nah, ebenso die Seine. Das Siebte galt traditionell zwar als das Refugium von Langweilern, Regierungsbürokraten und betuchten Spießern. Doch auch hier hatte sich im neuen Jahrtausend das ein oder andere geändert. Eine Veränderung war das *Lucky Star* – in früheren Jahren eher ein etwas altbacken-gemütlicher Schuppen, der aus der Disco-Ära übriggeblieben war. Mittlerweile hieß das *Lucky Star* zwar noch immer *Lucky Star*. Publikums- wie musiktechnisch war es jedoch zum angesagten Treffpunkt avanciert mit Techno, House sowie aktuellem R&B – wahlweise aus den United States oder auch, wie etwa Daft Punk, aus heimischer Produktion.

Den großen Teppich mit Warteschlangen vor der Tür, selektivem Einlass und der entsprechenden Stimmung konnte sich das *Lucky* immer noch leisten. Theo profitierte wieder mal von den Connections, die er sich aufgebaut hatte. Nach einem kurzen, von einem wissenden Nicken begleiteten Blickkontakt mit einem der Türsteher begab er sich ins Innere. Die Musik dröhnte laut. Es war Freitag – da hatten sie für gewöhnlich die R&B-Schiene drauf – Beyoncé, The Weeknd, aber auch neuere Sachen. Das Publikum war mit den Begriffen weiß, wohlhabend und jünger hinreichend auf den Punkt gebracht. Selbstverständlich leistete sich auch das Lucky einen wohlausgewogenen ethnischen Mix mit Publikum aus allen Ländern. Der Kern allerdings wurde von solventen Einkommen bestritten – und die befanden sich nach wie vor in der Hand gutfranzösischer Besitzer.

Er warf einen Blick in die Runde. Über die lange, chromglitzernde Theke, hinter der sich fünf Keeper(innen) um das Wohl der Gäste kümmerten, die (halbwegs) gefüllte Tanzfläche, die Sitzgruppen dahinter und die Ballustrade vom oberen Stockwerk. Er postierte sich an der Theke, bestellte sich eine Cola und begab sich, mit Blick Richtung Tanzfläche, in Warteposition. Normalerweise war es nicht so sein Ding, seinen Kunden hinterherzulaufen. Nicht nur wegen der Risiken. Im Kontakt zwischen Dealer und Kunden sollte immer klar sein, wer Koch ist und wer Kellner. Heute war allerdings eine wohlbegründete Ausnahme. Joanne, diese Jamaikanerin aus dem wohlbetuchten Clichy, wollte ihn mit ein paar potenziellen neuen Kunden bekannt machen. Und Kunden – gute, solvente – brauchte er, seit Monsieur Kasabian ihm vor wenigen Wochen die Daumenschrauben angelegt hatte.

Dann sah er Joanne auf der Tanzfläche. Er überlegte. Dann sagte er zu sich »Scheiß' drauf« und bewegte sich in ihre Richtung. Joanne hatte ihm schon bei ihrem ersten Zusammentreffen gefallen. War natürlich heikel – amouröse

Verwicklungen konnten in seinem Geschäft unliebsame Folgen nach sich ziehen. Aber ein paar Takte auf dem Parkett? Er bewegte sich langsam und zunehmend im Rhythmus der Musik in ihre Richtung. Sie lachte, hatte ihn erkannt, winkte. Sie tanzten ein paar Minuten, dann ging sie auf ihn zu, legte ihm die Hand auf die Schulter und rief in sein Ohr:

»Wir sind oben. Kommst du mit?«

Die Runde bestand aus ein paar Männern und Frauen, die in der Alterskohorte Theo & Co. immer noch unter dem Etikett »Yuppies« firmierten – obwohl »Hipster« die zwischenzeitlich geläufige, eingebürgerte Bezeichnung war für diese Sorte Leute. Immer cool, immer ein freundliches Lächeln auf den Lippen, immer nah am angesagten Puls der Zeit und mit der Kreditkarte – keine Probleme. Theo nickte freundlich in die Runde, schüttelte ein paar Hände und setzte sich neben Joanne. Ihr Freund – oder auch Ehemann, so genau hatte er das immer noch nicht auf dem Schirm – war nicht dabei.

Joanne ging gleich in die Offensive, kuschelte sich leicht an seine Seite und brachte ihn geschäftstechnisch auf Stand.

»Das ist Antoine«, meinte sie, während sie mit dem Kopf in Richtung eines jüngeren, blonden Mannes nickte. »Antoine ist geschieden und aktuell für jede Form von Stimulanz offen. Das ist Charles, das seine Freundin Véronique. Das hier ist Mylène, das ihre Freundin Nicoletta. Weil sie so gut singen kann, nennen wir sie einfach Nico. Und da hinten, der Dunkle mit dem schwarzen Ledermantel, ist Salvatore. Du brauchst dir nicht alle zu merken, das Wesentliche wird über Charles und Mylène laufen.

»Kommt ihr dann mal mit raus? Etwa fünf Minuten nach mir, alter Treff.« Theo Schröder wäre liebend gern noch länger hier geblieben. Aber das Business hatte Vorrang. Er neigte sich zu Joanne rüber und sagte ihr ins Ohr: »Ich mach' die dann draußen mit der üblichen Prozedur bekannt. Willst du auch was?«

»Und ob ich will.« Joanne grinste und gab Theo einen Stupser.

»Ich sag' euch jetzt, wie das läuft«, erklärte Theo in leidlichem Französisch. Den Text beherrschte er mittlerweile fast wie aus dem Effeff. »Nochmal – ich bin Charlie, meine sonstige Person tut nichts zur Sache. Wir verabreden uns über die Nummer, die Joanne euch geben wird. Merkt sie euch – je weniger Spuren ihr hinterlasst, desto sicherer sind alle. Zum Geschäft: Wir machen Treffpunkte aus. Über Mobil, über die Nummer. Mit jedem einzelnen. Die Preise kennt ihr. Und auch sonst wird euch Joanne bestätigen, dass ich nicht drauf aus bin, Geschäftskunden übers Ohr zu hauen. Heute machen wir eine Ausnahme. Jeder sagt, wie viel er will. Ihr bleibt da, ich bin in zehn Minuten zurück. Dann gebt ihr mir das Geld, und ich euch die Shore. – Alles klar, kann der Spaß beginnen?«

Die vier in der kleinen Seitenstraße – Joanne, Charles, Mylène und ihre Freundin – lächelten verdruckst-unsicher. Theo–Charlie entfernte sich in Richtung einer kleinen Seitenstraße, ging dann durch ein Tor in einen Hauseingang hinein und holte die Shore aus dem Depot hinter einem lockeren Gemäuer-Stein. Mit kurzen Seitenblicken, ob die Luft rein war, kehrte er zur Gruppe zurück, wickelte das Geschäft ab und machte sich dann bereit zu gehen.

»Ihr habt meine Nummer.« Mit einem Seitenblick auf Joanne meinte er, ein schiefes Grinsen andeutend: »Du natürlich auch, naturellement.«

»Ciao, Charlie.« Joanne schien etwas nachdenklich und gutgelaunt zugleich.

Dann verschwand er in der Nacht. Zehn Minuten später, in der Ecknische einer kleinen Bar in der Nähe der Quais, zählte er seine Einnahmen. Dreitausend Euro, kein schlechter Schnitt. Noch drei-, viermal dasselbe, und er würde bei Monsieur Kasabian aus dem Gröbsten raus sein.

Etwas in Feierlaune beschloss er, noch zum Marais rüberzufahren und den Abend mit einem kleinem Zug um die Häuser zu beenden. An der Métro-Haltestelle Hôtel de Ville aussteigend, schlug er sich über die Rue de Rivoli, den großen West–Ost-Durchgangsboulevard nahe der Seine, zum Marais-Viertel durch. Spätabends, wenn die Touristen weg waren, war das Marais immer noch beschaulich. Vor allem jetzt, wo sich die kalte Jahreszeit zunehmend über die Stadt legte. Seine Schuhe verursachten auf dem Pflaster der kleinen Gassen ein angenehmes Echo – ebenso wie das der vereinzelten Nachtleben-Süchtigen, die mit ihm unterwegs waren. Kurz zog er in Erwägung, ob er weiter ins Bastille-Viertel ziehen sollte. Einem Impuls folgend, steuerte er stattdessen eine Bar in der Nähe der Rue des Rosiers an. Das Herz des Marais – jedenfalls seines jüdischen Teils. Seltsamerweise nun auch vieler Boches, die in Paris abgetaucht waren. So fanden sich in dieser Ecke des Pariser Zentrums Juden und Allemands – und schienen sich zu etwas zusammenzufügen, was zwar nicht zusammen passte, aber hier auf seltsame Weise koexistierte.

Die Stimmen im *Café Namenlos* – so der informelle Name, den ihm seine neuen Stammgäste verpasst hatten – waren laut und vernehmlich von deutschen Gesprächsfetzen geprägt. Die meisten kannte er nicht. Und die zwei, drei, die er flüchtig kannte, wussten wenig von seiner Art des Broterwerbs. Einer der Typen – er mochte so Ende Zwanzig sein, vielleicht auch ein wenig älter – nickte ihm kurz zu. Langsam ging Theo hinüber und gesellte sich zu der Gruppe an der Bar. Mit Blick in die Runde registrierte er, dass das Publikum vorwiegend aus Männern bestand – viele am Ende der jungen Jahre, eine Reihe noch älter. Drei, vier Frauen – eine mit schlohweißen Haaren – befanden sich ebenfalls unter den Gästen.

»Was läuft? Du machst dich rar.«

»Wie man's nimmt. Ich versuch' einfach, den Kopf unten zu halten.« Theo verkniff es sich, weitere Anspielungen zu machen in Bezug auf seine augenblickliche Vita.

»Die wollen eine Demo organisieren – Alain da hinten und die Leute an seinem Tisch. Mal sehen, was das wird. Vielleicht kommen wir doch noch aus unserer verschissenen Anonymität hier raus. Und die Welt sieht, was in Deutschland gerade abgeht.«

Theo beließ es bei einem beipflichtenden Nicken.

»Bei anderen Anlässen funktioniert das doch auch, da steht alle Welt Gewehr bei Fuß«, schwadronierte sein Gesprächspartner munter weiter. »Aber unser Schicksal wollen sie unter den Teppich kehren – He, Alain, kriegt ihr das hin? Macht denen mal richtig Druck, diesen Schweinen.«

»Ja – macht denen Druck!«, wiederholte der Kerl neben Theos Kneipenbekanntschaft in Richtung der Gruppe am Tisch- »Auch Frankreich sollte allmählich zur Kenntnis nehmen, dass es die Menschenrechtslage in Deutschland nicht ignorieren kann.«

Die Diskussion wurde lautstarker, zerfranste. Obwohl alles einen ziemlich chaotischen Eindruck machte, war Theo klargeworden, dass er hier unvermittelt in eine Art informeller Versammlung reingeplatzt war. Er ließ seinen Blick über die Gäste schweifen. Laut, aufgebracht, empört. Typische Pariser Mischung; wenn die Obrigkeit Mist baute, waren die

Franzosen generell schnell auf den Barrikaden. Ähnliches galt auch für die deutsche Exilgemeinde – wobei der Anteil an Renitenz hier bereits durch den Fluchtgrund hoch ausfiel.

Die Stimmen schwappten hin und her; der Chor beruhigte sich und schwoll dann wieder an – abhängig von den Ergebnissen, welche am Tisch in der Mitte ausbaldowert wurden. Der als Alain Bezeichnete sowie eine Frau verkündeten sie laut in regelmäßigen Intervallen – wobei dann, abhängig vom Inhalt der Mitteilung, Beifall oder erregte Diskussion das Ergebnis war. Theo trank sein Bier aus, er hatte genug gesehen. Mit sachten Gesten, entlang einem Ecktisch mit einem Blonden, der sich etwas abseits des Geschehens hielt und mit betont desinteressierter Miene in der *Le Monde* herumblätterte, arbeitete er sich zum Ausgang durch und schritt in die kalte Nacht.

Ach, da steckst du also? Die Welt ist klein, dachte der Blonde am Ecktisch. Im offiziellen Leben arbeitete er für die Deutsche Botschaft, im kompletten Leben noch für einige weitere Auftraggeber. Sein Name war Georg von Hüneberg.

11

Joannes Terminkalender platzte aus allen Nähten – nicht so gut, befand sie. Sie richtete ihren Blick auf die Eintrags-Doppelseite für die aktuellen zwei Wochen. Sicher – ihre beruflichen Verpflichtungen konnte sie nicht einfach canceln. Umgekehrt waren die allerdings überschaubar. Als IT-Spezialistin arbeitete sie in einer Dépendance der Firma ihres

Mannes. Wobei Dépendance irgendwie hochgestochen klang. In Wahrheit handelte es sich dabei um ein kleines Büro im Pariser Stadtteil Batignolles, nicht allzuweit entfernt vom Périphérique, mit zwei schnuckeligen Nachwuchskräften. Im Wesentlichen konnten Marie und Tino da ihre kreative Seite ausleben – Grafikdesign, Videoschnitt; Tino hatte Ambitionen, in die Spiele-Entwicklung mit einzusteigen. Ihre Hauptaufgabe lag eigentlich im Bereich Akquise. Aber so lange regelmäßig Aufträge abfielen für Alberts Firma, ließ sie die beiden ihren Kram machen.

Joannes Firma und Alberts Firma waren also mehr oder weniger ein Ding. Komplizierter zu handhaben waren ihre diversen gesellschaftlichen Verpflichtungen. Albert, ihr Mann (sie hatten irgendwann aus steuerrechtlichen Gründen formlos geheiratet), war selber an diversen Fronten zugange – nicht nur in seiner Firma, sondern auch im kulturellen Leben seiner Heimatstadt Clichy. Die Vernissage eines Nachwuchskünstlers hatte sich die letzten Wochen als hoffnungsvoll erwiesen; nun galt es, weitere Ausstellungen zu planen und die dabei anfallenden gesellschaftlichen Kontakte zu nutzen. Das alles klang ziemlich geschäftig. Was Joanne gerade Ratlosigkeitsfalten auf die Stirn trieb, war der turbulente Mix aus beruflichen und privaten Terminen. Selbstredend tauchte Charlie in ihrem Kalender lediglich in verklausulierter Form auf. Albert hielt es ebenso. Falls eine Prüfung anstand und die Behörden Infos zwischenschalteten, wollten sie nicht über so etwas Banales wie ihren Konsum von Kokain oder auch Ecstasy stolpern.

Und da war noch Claudia. Ihre neue Freundin. Das waren drei Treffen gewesen im Lauf der letzten anderthalb Wochen. Beim letzten hatte sie sie gefragt, ob sie vielleicht zusammen mit Albert und ihr Weihnachten feiern wolle. Das Weihnachtsfest in Frankreich war weniger förmlich als das in Deutschland und zudem nur auf Heiligabend und den Tag danach beschränkt. »Keine große Sache«, hatte sie gemeint. »Wir laden ein paar Freunde ein, essen was und spielen vielleicht eine Runde Monopoly. Wir gehen's locker an – du kannst unbesorgt sein.«

Claudia hatte etwas rumgezögert, dann allerdings zugesagt. Joanne überlegte, was sie ihrer neuen Freundin schenken sollte. War ein Geschenk überhaupt angemessen? Sie kannten sich schließlich erst kurz. Nunja, eine Kleinigkeit – vielleicht ein Top aus einer der Boutiquen am Boulevard Jean Jaurès. Zufrieden studierte sie die Tabelle. Dann warf sie das Display von ihrem iPhone an, checkte kurz die eingegangenen Nachrichten und warf abschließend einen kurzen Blick auf die digitale Zeitanzeige. 13:45 Uhr – Zeit, sich nach Paris aufzumachen, der Termin mit Monsieur Noël stand an. Sie schminkte kurz nach, zog einen anthrazitgrauen Rollo an, schmiss ein paar Utensilien in ihre kleine schwarze Ledertasche und verließ ihr Büro.

Die Champs Élysées, liebevoll-gern auch »die Champs« genannt, war wie immer belebt. Sie machte das Bistro auf der linken Seite aus, wo für gewöhnlich ihre Treffen stattfanden, setzte sich auf die Straßenterrasse in einen mit Kissenbezug und Wolldecke ausgestatteten Stuhl und orderte einen Milchkaffee. Die Decke erwies sich als nicht nötig. Obwohl das Energieproblem in den letzten Jahren ein brisantes Thema war, ließen sich die Etablissements auf der Prachtmeile nicht davon abbringen, die obligatorischen Heizstrahler zum Einsatz zu bringen. Monsieur Noël war noch nicht da, aber das war nichts Ungewöhnliches. Ihr Gesprächspartner kam fast immer eine Viertelstunde zu spät. Joanne zog ihren leichten Wollschal etwas fester, nippte an ihrem Milchkaffee und bereitete sich innerlich auf das anstehende Gespräch vor.

Monsieur Noël kam exakt um viertel vor drei. Entschuldigend lächelnd, steuerte er Joannes Tisch an und setzte sich dazu.

»Stau. Ich weiß, was du sagen willst: Ich sollte mit der Métro kommen, ist nur ein Katzensprung vom Siebten aus. Aber, nunja – die liebe Gewohnheit ...«

»Vielleicht solltest du an deinem Luxus feilen.«

Monsieur Noël kam etwa dem nahe, was man als netter älterer Herr bezeichnen würde. Die Haare auf dem Kopf hatten sich gelichtet. Der Rest war tip-topp: blaugraue Anzugjacke, weißes Hemd, die dazugehörige Hose – nichts Protziges; obwohl distinguiert, sah man Monsieur Noël doch an, dass er über ausreichend Barschaften auf dem Konto verfügte.

»Was liegt an?« Monsieur Noël leitete zum geschäftlichen Teil über.

Joanne eröffnete ihren kleinen Vortrag. Eingespielte Routine, seit sie vor zwei Jahren bei der Aufklärungsabteilung des Innenministeriums angeheuert hatte. Ihre Aufgabe waren Berichte und Einschätzungen; die jeweiligen Ziele wurden in größeren Intervallen feinabgestimmt. Gerissen hatte sie sich um diesen Job keinesfalls. Vielmehr war er Folge eines kleinen Missgeschicks, als sie unverhofft in eine Disko-Razzia hineingeraten war und die Drogenpolizei drei Tütchen mit Koka und Pillen bei ihr gefunden hatte. Für Joanne hätte das unangenehm werden können – weniger wegen ihrem Mann sondern vielmehr deswegen, weil ihr *Titre de séjour*, ihre Aufenthaltsgenehmigung, noch immer befristet war. Zwar glaubte sie nicht, dass die französischen Behörden sie am Ende abgeschoben hätten – da war Albert außen vor. Einige Turbulenzen würde es jedoch schon nach sich ziehen. Gut so, dass bei der Vorverhandlung ihres Ausrutschers plötzlich dieser Monsieur Noël auftauchte und ihr einen Rettungsanker anbot. Der Deal für die Gegenleistung, die Akte im Archiv verschwinden zu lassen: Sie würde sich umhören und ihm Bericht erstatten.

Und da waren sie nun wieder. Da ihre Zusatztätigkeit sich mehr auf allgemeine Berichterstattung beschränkte, hatte sich mit der Zeit ein Vater-Tochter-ähnliches Verhältnis eingespielt. Oder genauer: schwang als Unterton mit. Das machte die Arbeit, wenn schon nicht wirklich angenehm, dann doch aushaltbar. Monsieur Noël hatte sich des Öfteren nach ihren privaten Schwierigkeiten erkundigt und bei einem Engpass im letzten Jahr einen großzügigen Weihnachtsbonus draufgelegt.

Natürlich hatte sich im letzten Jahr eine Feinmodifikation ergeben. Sie betraf vor allem die zunehmende Anzahl der Deutschen in der Stadt. Aus Sicht des Innenministeriums stellten diese ein Problem für die innere Sicherheit dar. Sicher – nur wenige von ihnen klinkten sich in linke oder auch rechte Gruppierungen ein. Der Anlass, dieses hochumstrittene EXIT-Programm in l'Allemagne, war allerdings reinstes politisches Dynamit. Unversehens konnte sich daraus eine neue Gelbwesten-Bewegung herauskristallisieren – oder, genauer: sich an diesen Anlass der Unzufriedenheit dranhängen. Sicherlich das wenigste, was Monsieur le Président brauchte. Ein paarmal hatte sie so Versammlungen besucht; hatte auch sachte bei einigen französischen Hilfsorganisationen vorgefühlt und konnte Monsieur Noël so einen recht guten Überblick darüber liefern, wie es um den politischen Puls der Hauptstadt bestellt war.

»Du bist mit einer deutschen Flüchtigen befreundet«, fuhr Monsieur Noël in plauderndem Ton fort.

»Wer sagt das?«

»Nun, wir haben unsere Informationsquellen; sollte dich eigentlich nicht wundern. Ich will mit offenen Karten spielen: Die Deutschen sind informationstechnisch ebenfalls in der Stadt aktiv, mit einigen Diensten tauschen wir schon seit Jahren Infos aus. Mehr kann ich dir nicht sagen. Ich denke, du kannst dir aus dem Gesagten gut selbst einen Reim machen.«

Joanne beschloss, hier nicht weiter nachzubohren.

»Du weißt, unser Deal beinhaltet glasklar, dass ich niemand ans Messer liefere. Und diese Deutsche ist – einfach tabu. Sonst bin ich weg, au revoir.«

Monsieur Noël nippte an seinem Espresso. Nachdenklich meinte er: »Das kann so sein. Aber vergiß' nicht, meine Liebe: Die Konditionen gelten, so lange du dir nichts zuschulden kommen lässt.« Mit sphinxhafter Geste stellte er die Espressotasse zurück auf den Teller. Dann schaute er sie an:

»Was ich brauche, ist nicht die Welt. So viel ich weiß, hat sie mit den bekannten Troublemachern nichts zu tun. Was ich von dir will, sind lediglich ein paar Informationen, dass ich da beruhigter schlafen kann. Wer ist sie, was hat sie gemacht? Hängt sie am Rande vielleicht doch in der ein oder anderen Aktivität mit drin? Kennt sie Leute, mit denen man besser nicht zu eng ist? Sonst nichts. Lass dir Zeit. Ich denke, wir sollten das Weihnachtfest zivilisiert über die Runden bringen.«

Monsieur Noël machte Anstalten zu gehen. »Das war's, meine Liebe. Hat mich wie immer gefreut. Man sieht sich.«

Dann war er weg.

Michael Kollmann – als klassischer Hauptstadt-Journalist sonst eher selten mit investigativen Vor-Ort-Recherchen befasst – war mit sich zufrieden. Oder auch nicht, je nach Sichtweise. Der Besuch auf der – in einem restaurierten Reihenhaus untergebrachten – Mairie hatte zwar jede Menge Detailinformationen zu Tage gefördert: Bauers Geburtsurkunde (die nette Dame, die ihm Rede und Antwort stand, hatte nichts dagegen, dass er dieses Dokument und auch ein paar andere in sein SmartPhone einfotografierte), ein paar Angaben zu seinen Eltern, ein paar Hinweise zu Grundschulaufenthalt und so weiter. Fest stand: Jacques Bauer war tatsächlich hier geboren, war auch dieselbe Person, die in dem Wikipedia-Artikel abgebildet war. Zur Schule gegangen war er hier ebenfalls – auch wenn die Chance gering war, dass er noch einen alten Lehrer auftreiben konnte, der sich an ihn erinnerte. Fest stand: die Eltern stammten aus bescheidenen, ja geradezu ärmlichen Verhältnissen. Der Vater hatte die Familie als Pachtbauer über die Runden gebracht; die Mutter war bereits in den Fünfzigerjahren verstorben. Beide Elternteile lagen einträchtig auf dem örtlichen Friedhof begraben.

Am nächsten Vormittag stöberte Kollmann im Gemeindearchiv herum. Erstmal benötigte das eine offizielle Genehmigung – die allerdings nach zwei Stunden ebenfalls unter Dach und Fach war. Die Einträge und Dokumente darin waren eher allgemeiner Natur. Im Wesentlichen bestätigten sie, was Kollmann eh angenommen hatte. Die Leute lebten hier vorwiegend von Landwirtschaft. Einem Gros relativ wohlhabender Bauern und Kleingewerbetreibender stand eine kleine Anzahl eher prekär vor sich hinwirtschaftender Pachtbauern gegenüber. Darüber hinaus profitierte der Ort von der Nähe zu dem an dem idyllischen Fluß Yonne gelegenen

Mittelzentrum Auxerre. Personen, welche die Rolle des Ortspatriarchen ausfüllen konnten, gab es ebenfalls. Allerdings kaum etwas, was auf aktuelle Relevanz schließen ließ.

Frustrierender war der Part, doch noch irgendwelche Leute aufzutun, die sich an Bauer erinnern konnten. Zuerst schien es gar niemand zu geben. Durch hartnäckiges Fragen stieß Kollmann dann allerdings auf einen alten Schulfreund. Der hatte zeitweilig als Dorflehrer in der Gemeinde gearbeitet und verlebte nunmehr auf einem alten Gehöft seine späten Tage.

»Jacques – wie war er?« Der Alte nahm einen Zug aus einer e-Zigarette; die neue Manie schien sich inzwischen bei Jung und Alt einer schlagenden Beliebtheit zu erfreuen. »Unauffällig. Es gab nichts zu sagen. In der Schule war er durchschnittlich – nicht der Streber, aber auch nicht der King auf dem Schulhof, wenn Sie verstehen, was ich meine. Auch keinen Ärger zuhause. Er hat seinen Schulabschluss gemacht, und ist dann wohl weggegangen – auf die Universität oder sowas.«

Michael überlegte. Da war schon etwas Seltsames. Als Sohn eines Pachtbauern auf die Universität zu kommen, war sicherlich eine Leistung. Zumal in dieser doch ländlichen Gegend.

»Die Eltern sind nicht mitgezogen?«

Der Alte lachte: »Wie denn, bitte sehr? Die hatten genug damit zu tun, selbst über die Runden zu kommen. Bauer war einfach weg. Wie von einem Tag auf den anderen verschwunden. Und das war's dann.«

Die Worte des Alten hallten Michael im Kopf, als er in seinem Elektrowagen Richtung Champagne weiterfuhr. Vallon hatte Jacques Bauer verlassen. In Châlons-en-Champagne (oder: Châlons-sur-Marne, wie die Stadt damals hieß) tauchte er wieder auf. Châlons-en-Champagne war vielleicht bedeutsamer: Schließlich hatte Bauer hier einen Großteil der Siebziger sowie die gesamte Achtziger verlebt. Paris, die Brücke zwischen A und B, hatte er sich als abschließende Station vermerkt: Bauers Studium – auch noch an einer der großen Eliteunis. Noch immer war der Weg vom kleinen Dorf an die Top-Universität – und von da aus in eine vergleichsweise unbeachtete Existenz als Wissenschaftler in einer Stadt in der Champagne – für ihn das reinste Mysterium. Sein Redaktions-Mobil klingelte.

»Ich bin's«, meldete sich sein Kollege, Marco Salvetti. »Ich will jetzt nicht in die Details gehen betreffs unserem Schützling. Um es kurz zu machen: Ich konnte den ganzen Vormittag damit zubringen, in den Archiven der Grandes écoles herumzurecherchieren. War nicht ganz einfach, mich da einzuloggen, hat aber am Ende geklappt. Jetzt kommt's: Theoretisch hätte Bauer zwar durchaus eine reelle Möglichkeit gehabt, da zu einem Studium zu kommen. In der Zeit, Anfang der Siebziger, gab es eine Reihe Stipendien. Ein Großteil wurde wohl von privater Seite aus aufgegleist. Der springende Punkt allerdings ist: Ich konnte Bauers Name in keinem einzigen Archiv finden. Vielleicht hat er in großem Stil Vorlesungen geschwänzt? Eintragungen gibts jedenfalls keine.«

Kollmann schwieg einen Moment, meinte dann: »Bist du dir sicher?«

»So sicher wie das Amen in der Kirche. Würde mich wundern, wenn der Kerl überhaupt ein Studium absolviert hat. Und schon gar an einer der Eliteunis. Ich würde behaupten: Der ist von Vallon direkt nach Châlons-en-Champagne durchgerutscht. Mit einem Loch in der Vita von mehreren Jahren.«

»Und der Rest? Wie kommst du da weiter?« Kollmann
vollzog den Schlenker zum zweiten String ihrer geplanten
Story. Salvetti war kurz angebunden:

»Erzähl' ich dir später. Es ist nunmal – etwas kompliziert.
Ich melde mich heute abend mit neuen News. Wie kommst
du weiter?« Bündig-knapp rekapitulierte Kollmann die Ergebnisse seiner Nachforschungen in Vallon. Mit einem kurzen »Ciaò – wir sprechen uns« verabschiedete er sich.

Der dritte Coffee-to-go an diesem Tag, schoss es Marco Salvetti durch den Kopf, vielleicht sollte ich es mal mit normalem Wasser probieren. Den ganzen Tag befand er sich bereits
im Hyperstress. Am Ende waren sie in einem Hotel gelandet – einer Bruchbude am Rande der Leipziger City. Salvetti
gab einen Kartenschaden vor und bezahlte bar. Roberto hatte
sich kurz danach in sein Bett gelegt und war auf der Stelle
eingeschlafen. Am Morgen hatte Salvetti sich in die Lobby
gesetzt und ein paar Recherchen getätigt. Dem geschäftig
umherwirbelnden Putzpersonal das ein oder andere Mal
freundlich zulächelnd, hatte er Bauers Vita in Paris auf den
Zahn gefühlt. Eigentlich fiel dieser Part zwar unter die Ägide
seines Kollegen Michael Kollmann. Die Story drängte allerdings auch in zeitlicher Hinsicht. Nachdem er seinem Kollegen kurz Bericht erstattet hatte, weckte er Roberto.

»Wir checken aus. Ich mach' unten noch das Nötigste klar.
Dann können wir einen kleinen Happen in einem Café zu uns
nehmen.«

Roberto war unausgeschlafen, wortkarg und vermittelte
auch ansonsten einen in jeder Hinsicht verpeilten Eindruck.
Roberto unwillig hinterher, holten sie in zügigen Schritten in
Richtung City aus. Salvetti kratzte sich am Kopf. Der gestrige

Tag war so chaotisch verlaufen, wie zu befürchten war. Nachdem er Roberto neu eingekleidet hatte, verbrachten sie einige Zeit in einem Straßencafé in der Innenstadt. Ihm – Salvetti – war partout nicht wohl dabei gewesen. Die Nachrichten über die »Krise der Innenministerin« machten noch immer die Runde. Wenn sie zusammen erwischt wurden, konnte ihm das gut als Fluchthilfe ausgelegt werden. Ob *Rice* dann anschließend noch so weiter mitspielen würde mit gutbezahlten Reportageaufträgen, daran hatte er seine Zweifel. Anschließend hatten sie irgendwo was zu Abend gegessen. Am Ende hatte Marco das Hotel ausgecheckt, und das war's.

Immerhin hatte Salvetti seinem aufgegriffenen Spatz die Konditionen darlegen können. Wie viel davon tatsächlich bei Roberto angekommen war, würde sich erweisen. Damit das Ganze nicht zu sehr in nordländische Tristesse abglitt, hatte er öfters die *Wir-Italiener-müssen-zusammenhalten*-Karte ausgespielt – ein weiteres Mittel, um Vertrauen aufzubauen. Im Prinzip gab es zwei Möglichkeiten: entweder führte er mit Roberto hier ein offizielles Recherchegespräch und das war's. Oder aber er nahm ihn unter den Schutzschirm des Magazins, für das er arbeitete. In der Nacht waren ihm allerdings große Zweifel gekommen, ob die »große Lösung« – Unterbringung in Berlin auf Kosten von *Rice* (beziehungsweise dem Budget, das für die Geschichte freigestellt war) – die richtige war. Der Grund: Roberto war dafür viel zu flippig. In Berlin war es sicher nur eine Frage von wenigen Tagen, bis er wieder ausbüchste und sein altes Milieu aufsuchte.

Salvetti hatte zwischenzeitlich einen Plan gefasst. So lange sie – auch – an Bauer dranwaren, konnte der Junge ebensogut in Paris bleiben. Paris bot mehrere Vorteile: zum einen war Roberto nicht so nahe an seinem alten Milieu dran.

Zudem hatten sie so einen Sicherheitsabstand zum polizei-lich-politischen Berlin. Der dritte Vorteil: Roberto war von Louise weg – und der Versuchung, zu der Innenministerin Kontakt aufzunehmen.

»Wie war sie denn so?« Salvetti blinzelte über seinen Pappbecher harmlos in Richtung Roberto.

»Nun ja – wie soll sie gewesen sein?« Er suchte nach Worten. »Cool eben. Zumindest ... am Anfang.« Dann verfiel er wieder in sein Schweigen.

»Und du hattest keine Lust, mit einer älteren Frau zu schlafen? Zumindest dauerhaft?« Salvetti begab sich auf gefährliches Eis. Allerdings – wer nicht wagt, der nicht gewinnt.

Roberto zuckte mit den Achseln. In seiner neuen All-roundjacke sah er zwar etwas putzig, aber gar nicht mal so übel aus. Möglich, dass der Umstand, dass es stets andere waren, die sein Leben ausrichteten, die Grundessenz seiner Probleme im Leben waren.

»Nun ja ... erst schon. Es war eben ... anders irgendwie. Aber später ... nee, irgendwie nicht.« Er setzte ein schiefes Grinsen auf. Große Fortschritte, Marco Salvetti, klopfte sich der Journalist gedanklich auf die Schulter.

»Klar. Wer wird als Youngster schon mit einer älteren Frau zusammensein wollen?« Er grinste wissend, sozusagen von Mann zu Mann. »Vor allem, wenn es auch noch die Innenministerin ist. Die einen zusätzlich aus einer Riesen-Klemme herausgeschaufelt hat.«

Roberto war kurz davor, wieder dicht zu machen, Salvetti musste vorsichtig sein.

»Pass auf«, meinte er, »ich will jetzt nicht in die Details gehen. Etwa, wie genau sie dich beim Jugendamt oder bei der Polizei losgeeist hat. Obwohl mich das natürlich brennend interessiert. Ich schlage vor: Wir schieben die Sache einfach auf. Ich hab' dir einen Vorschlag zu machen. – Iss erstmal auf. Magst du keine Pizza?«

»Schon.«

Roberto knabberte lustlos an einer angeknabberten Ecke herum. Auf dem Teller lagen noch drei derselben Sorte. Und vier unangeknabberte als Reserve. Nunja, dachte Marco – einen Fünf-Sterne-Frühstückstempel hatte er da nicht gerade ausgesucht.

»Dann iss' auf.«

Roberto schaute Salvetti mit einem Blick an, als hätte er ihm am liebsten eine in die Fresse gegeben. Der hob die Hände, lenkte ein.

»Na gut, dann nicht.« Salvetti nahm einen langen Schluck aus der Wasserflasche vor sich auf dem Tisch und hub dann an: »Was ich mir überlegt habe, ist folgendes. In Berlin bist du nicht sicher. Leipzig: dasselbe. Ist dir vielleicht nicht klar, aber: Du hast dir mächtige Leute zum Feind gemacht. Die Innenministerin – Louise – steckt nunmehr in der Bredouille. Und: Da kann noch mehr kommen. Es gibt Leute, die haben einiges dagegen, dass politische Frontleute aus ihrem Lager einfach so abgesägt werden. –«

»Da gehörst *du* doch auch dazu. Ich meine: zu den Leuten, die … Louise Schwierigkeiten machen.« Roberto, trotzig. Langsam zeigte der Bursche doch, dass etwas Grips in seinem Kopf steckte. Salvetti schaute ihn ernst an.

»Du hast Recht«, meinte er. »Louise Beckmann ist – egal, was du vielleicht über sie denken magst – eine der Top-Leute bei dem Programm, das dir deine Schwierigkeiten erst eingebrockt hat. Du hast es sicher selbst in den Nachrichten verfolgt; so dumm, wie du manchmal tust, bist du nicht. Wir schreiben über Beckmann; ich persönlich bin sogar einer derjenigen, die die letzten Enthüllungen mit ins Rollen gebracht haben. Aber darum geht es nicht. Meine Motivation ist die, dieses Programm zu Fall zu bringen – oder jedenfalls daran mitzuwirken. Wenn ich Du wäre, würde ich mir darüber hinaus überlegen, wie deine Geschichte verlaufen wäre, hätte es den Medienrummel vor ein paar Wochen nicht gegeben. – Ich denke, ziemlich genauso wie jetzt auch. Allerdings würdest du ganz ohne Hilfe auf dem Präsentierteller sitzen. Denk' nach. Und hör' dir meinen Vorschlag an. Ablehnen kannst du ihn immer noch.«

Roberto schaute Marco an mit einer Mischung aus Neugierde und Misstrauen. Die Neugierde gewann allmählich die Oberhand.

»Und der Vorschlag wäre?«

»Du kommst mit mir nach Paris. Da ist es aktuell zwar nicht so heiß wie an der Copacabana. Aber du bist erstmal weg vom Schuss. Der Rest wird sich finden. Wenn du mir einen kleinen Wisch unterzeichnest, kriegst du sogar ein paar Hundert Euro und musst nicht ständig an meiner Hacke kleben.«

»Wie soll das gehen? Ich meine: Wie kommen wir nach Paris?« Roberto war noch immer skeptisch.

»Ich miete einen Wagen. Wir fahren über Belgien, das ist unproblematischer. In einem, spätestens in zwei Tagen sind wir da. Die Frage ist nur: Schlägst du ein? Krieg' ich von dir einen High-Five?«

Roberto überlegte. Dann setzte er sowas wie ein schräges Halbgrinsen auf klaschte mit Salvetti ab.

»Yeah, Brother, schlagen wir ein. Für einen Journalisten bist du schon ein recht cooler Typ.«

Die Fahrt zur Grenze zog sich. Der Masterplan war, in den Ardennen rüberzufahren. Der Wagen war kein Problem. Nachdem sie ihr jeweiliges Gepäck verstaut hatten, fuhren sie erst mal eine Weile. Gegen Abend begann Salvetti, das Autoradio einzustellen, hörte Medienberichte ab und versuchte über die Displayknöpfe, den Polizeifunk einzustellen. Es funktionierte nicht – allerdings war das nur ein Nebenaspekt. Spät am Abend näherten sie sich Düsseldorf, machten von dort aus einen Schlenker nach Süden Richtung Köln. Marco wählte eine eingespeicherte Nummer aus seinem SmartPhone – ein Redaktionskollege, der zu dieser Zeit sicher noch in der Redaktion war.

»Ich bin's, Marco. Pass' auf – ich kann dir aktuell nicht genauer sagen, wo ich mich im Moment befinde. Wollte von dir nur wissen, ob es rund um den Beckmann-Fall verstärkte Fahndungsaktivitäten gibt. Also polizeilicherseits. Ebenso, ob noch allgemeine Grenzkontrollen im Zug des EXIT-Programms stattfinden.«

»Ich melde mich.« Dann war die Verbindung unterbrochen.

Roberto war eingedöst. Salvetti hatte für sich immer noch nicht entschieden, wie er ihn über die Grenze bringen sollte. Offen, auf dem Beifahrersitz? Oder doch sicherheitshalber im Kofferraum? Riskant war beides. Riskant war jedoch auch das Bemühen, einen zur Fahndung ausgeschriebenen Flüchtigen über die Grenze zu schleusen. Eine Viertelstunde später piepte sein SmartPhone. Sein Kollege, das ging aber schnell.

»Erstmal«, fuhr dieser brummig fort, »ist weit und breit Entwarnung. Heißt: keine verstärkten Kontrollen an den Grenzen. Ich kann dir noch eine Zusatzinformation geben – obwohl du nicht danach gefragt hast. Dieser Youngster, der die

Innenministerin fast zu Fall gebracht hat, ist auf keiner Fahndungsliste. Ich will mich nicht zu sehr aus dem Fenster lehnen, aber: der wird nicht mal von der Berliner Polizei gesucht. Priorität anscheinend also: absolut nachrangig. Ich hoffe nichtsdestotrotz, du machst nicht gerade eine Dummheit –«

»Ich doch nicht, was denkst du von mir?« Salvetti wollte das Gespräch mit einem Scherz unter Kollegen abschließen, wurde allerdings unterbrochen.

»Halt, leg' noch nicht auf. Kriegst du keine Nachrichten mit? In Berlin ist gerade die Hölle los.«

Mit einem Mal war Salvetti hellwach. »Was gibt's?«

»Die Beckmann ist getürmt. Spurlos verschwunden. Seit heute morgen. Das muß erstmal nichts heißen, die Dame kann schließlich krank sein. Oder Urlaub machen. Springender Punkt allerdings ist, dass kein Mensch weiß, wo sie steckt. Nicht mal die Kollegen von dem Blatt mit den vier Buchstaben.«

»Ist ein Ding. Ich werde mich morgen melden. Und: Vielen Dank.«

»Würde ich an deiner Stelle auch tun«, brummte sein Kollege. »*Frankfurter Zeitung, Wochenspiegel* und andere machen das als große Geschichte auf. Für den morgigen Tag. Wird wohl zum beherrschenden Tagesthema avancieren.«

»Danke für die Infos, Vielen Dank. Ciaò!«

Salvetti drückte den »Beenden«-Knopf. Er warf einen Seitenblick auf Roberto, der zwischenzeitlich aufgewacht war und die wesentlichen Züge des Gesprächs mitbekommen hatte.

»Was ist los?«

»Louise Beckmann ist verschwunden«, meinte Salvetti lapidar.

»Was heißt das nun?«, fragte Roberto unsicher. Verwirrt fuhr er sich mit der Hand über den Kopf.

»Dass wir gerade das Richtige tun.« Dann beschleunigte Marco Salvetti das Tempo des Wagens.

3. Teil

Bauer und Dame

12

Sind Neofaschisten für den Brandanschlag auf das »Boufier« verantwortlich?

PARIS, LE MONDE, 17. DEZEMBER [EIGENER BERICHT]. Die Bar »Boufier« im Marais – unter deutschen Neuparisern besser bekannt unter dem Namen »Café Namenlos« – wurde in der vergangenen Nacht Opfer eines Brandanschlags. Laut Polizeiquellen stürmten kurz vor Mitternacht einige maskierte Täter das Lokal. Nachdem sie mehrere Schüsse abgefeuert hatten, warfen sie zwei Brandsätze in den Schankraum, in dem sich mehrere Dutzend Gäste befanden. Einer der Brandsätze konnte von Anwesenden rechtzeitig gelöscht werden. Der zweite verursachte einen sich rasch ausbreitenden Brand, in dessen Verlauf das Gebäude, dessen Grundmauern aus dem 17. Jahrhundert stammen, großteils abbrannte. Zwei Menschen kamen bei dem Anschlag ums Leben; die Anzahl der leicht und schwer Verletzten beträgt nach bisherigen Informatioen rund ein Dutzend.

Die Pariser Polizei hält sich bezüglich weiterer Auskünfte über mögliche Täter bedeckt. Polizeisprecher Duclos vom Revier des 4. Arrondissements gab allerdings zu Protokoll, laut Aussagen von Zeugen hätten zwei der Täter »Sieg Heil«-Rufe gerufen, bevor sie die beiden Molotow-Cocktails in die Menge warfen. Die Täter konnten entkommen; nach ihnen wird derzeit gefahndet. Im politischen Paris hat der Anschlag hohe Wellen geschlagen. Die Bürgermeisterin begab sich noch am Vormittag an den Ort des Geschehens. Dort gab sie zu Protokoll, Paris sei immer eine Stadt der Mitmenschlichkeit und

der Vielfalt gewesen; daran würde auch dieser feige Terror-
anschlag nichts ändern. Der Staatspräsident äußerte eben-
falls sein Mitgefühl und seine Verbundenheit mit den Opfern
und ihren Angehörigen. Er betonte, Frankreich würde sich
durch Terror nicht einschüchtern lassen. Daher habe er das
Innenministerium veranlasst, eine Sonderkommission zu
bilden.

Die Ermittlungen dauern derzeit noch an. Fortlaufend
aktualisierte Infos finden Sie auf unserer Webseite in einem
Live-Blog zum Thema.

»Die arrogante Kuh – hoffentlich hat die sich nicht vergalop-
piert, als sie vom Rathaus da rüber gestöckelt ist.«

Im Treffpunkt der Ortsgruppe des Rassemblement National in Montmartre wurden die Fernsehübertragungen über
den Anschlag so aufmerksam verfolgt wie überall in Paris.
Das Mitgefühl mit den Opfern allerdings hielt sich dort eher
in Grenzen – auch wenn nicht alle die gehässigen Einwürfe
von Bernard Salmonier, seines Zeichens ein kleiner Gele-
genheits-Geschäftemacher im Pigalle-Quartier, gut fanden.
Zwei, drei Lacher hatte Salmonier zwar immer auf seiner
Seite, wenn er in dem Stil vom Leder zog. Die Mehrzahl allerdings fand seine Ausbrüche meist peinlich, Oder zumindest:
dem reputierlichen Ruf des Rassemblement schadend.

»Vielleicht hatte sie auch keine Stöckelschuhe an. Sieh'
mal die Filmaufnahmen – da. Das scheinen mir eher Slipper
zu sein. Und zum Laufen, würde ich sagen, ganz vorzüglich
geeignet.«

»Ach komm'«, meinte ein dritter. »Was kümmern euch
Damenschuhe? Ihr solltet euch lieber darum kümmern, dass
sie diese Chose vielleicht wieder uns anhängen wollen.«

»Gute Idee. Vielleicht fangen wir am besten gleich damit an. Wo warst du gestern Nacht, Bernard?«

»Ich hab' mich an meiner Alten gewärmt, was sonst? Und du, Marcel?«

Ein paar Lacher; Salmonier hatte wieder Oberwasser. Marcel, der Angesprochene, zahlte mit gleicher Münze zurück: »Du bist vor allem unfähig, dir eine ordentliche Alte zuzulegen. Die letzte ist meines Wissens abgehauen.«

Philippe Duercamp, seines Zeichens Gymnasiallehrer und bei der letzten Gemeinderatswahl Kandidat der Partei in Montmartre/Nord, wurde es zu viel.

»Ich kann diesen debilen Blödsinn nicht mehr hören«, schaltete er sich mit schneidender Stimme ein. »Habt ihr euch schon mal Gedanken darüber gemacht, dass diese Probleme erst angefangen haben, als immer mehr von diesen Boches über die Grenze strömten? Wegen diesem Programm der deutschen Regierung. Einfrieren – wie bei Hitler. Ich sage euch: Dahinter steckt eine neue Strategie, um uns wieder zu kolonisieren – ähnlich wie bereits im Großen Krieg und während der Besatzung. Diesmal schicken sie uns ihren sozialen Abfall über die Grenze. Und schauen zu, wir wir daran ersticken.«

»Du warst bei der Résistance?« Wieder einer von der Spaßmacher-Front.

Duercamp blickte verkniffen und mit einem Anflug Pathos in die Runde. »Mein Großvater war bei der Résistance«, sagte er mit leicht beleidigtem Ton. »Natürlich nicht bei den Kommunisten. Aber bei de Gaulle. Genau darum ärgere ich mich auch. Betrachtet das Ganze doch mal politisch, oder einfacher: Schaltet euren Grips ein. Wie hat das Ganze angefangen? Die deutsche Regierung hat sich eine Technologie eingekauft. Von *Morantis*, einem französischen Unternehmen. Weiß kaum jemand. Später haben sie es umbenannt. Und mit einer Abkürzung versehen, die keine Schlüsse auf das ursprüngliche Unternehmen mehr zulässt: EXIT.«

»Ex... EXIT? Was soll das sein?« Einer in der Runde, der zum Thema auch einen Beitrag liefern wollte.

»Keine Ahnung.« Das Thema wurde hin und her gewogen.

»Und woher kommt *Morantis*?« Einer von der eher gemäßigten Fraktion. »Sitzen die nicht jetzt in Amerika?«

»Richtig, Luminière, sehr richtig.« Duercamp hatte das Gefühl, etwas Bedeutendes verkünden zu wollen. »*Morantis* ging auch durch unsere Medien. Nur hat sich keiner darum geschert. Dann haben die Deutschen diese Technik eingekauft und damit ihre Experimente gestartet. Mit dem Effekt, dass deren Abschaum massenhaft Reißaus genommen hat und über unsere Grenzen gewandert ist. Mit durchschlagendem Erfolg. Wie zu lesen, soll die verantwortliche Innenministerin – jetzt, wo das Werk vollbracht ist – von der Bildfläche verschwunden sein. Ich schlage daher eine eher unorthodoxe Vorgehensweise vor: Wir setzen uns mit den Linken ins Vernehmen und organisieren eine große Demonstration.«

Der Beifall, den Duercamp für seine ad-hoc-Ansprache erhielt, war zwar eher mäßig. Der Wurm des Gedankens war allerdings – dafür kannte er seine Leute zu gut – in den Köpfen abgesetzt.

Die Nachricht von dem Anschlag verbreitete sich in der Stadt mit rapider Geschwindigkeit. Schnell sprach sich herum, dass die deutsche Exilgemeinde das Ziel gewesen war. Die Vermutung, dass neofaschistische Kräfte hinter dem Attentat standen, wurde zwar von einigen Medien aufgegriffen.

Die Meinung war allerdings nicht einhellig. Seit der Terror-
attacke auf das *Bataclan* hatte jeder den politischen Islamis-
mus auf dem Schirm. Die Stimmung an der U-Bahn-Station
Barbès-Rochechouart, gelegen in einem Viertel, wo sich af-
rikanische und arabische Einwohner konzentrierten, war
von Aggression und angstvoller Erwartung geprägt. Claudia
konnte, als sie beim morgendlichen Frühstück die Meldungen im Radio hörte, nicht mehr an sich halten. Irgendwie waren das auch ihre Leute – auch wenn sie sich bewusst von der
deutschen Szenerie ferngehalten und im gutbürgerlichen
Clichy den Kopf untengehalten hatte.

Es war ein spontaner Entschluss; sie musste hin. Sie sprach
kurz mit Monsieur Damocles – Sie würde sich gern einen Tag
freinehmen, um in Paris nach dem Rechten zu sehen. Möglich, dass Freunde oder Verwandte von ihr versehrt seien; sie
sei einfach extrem beunruhigt. Auf dem Bastille-Platz sollte
eine Kundgebung stattfinden, und die Linken hatten ihr Mit-
mischen bereits angekündigt. Claudia nahm die Métro-Rou-
te bis dorthin. Die Menge war zwar – noch – überschaubar,
die Stimmung allerdings explosiv. Bereitschaftspolizei war
aufgefahren; behelmt und maskiert standen im Hintergrund
Greiftrupps von der CRS. Irgendwo flogen ein paar Böller, ein
paar Bengalos wurden abgebrannt, dann setzte sich die Menge über die Rue de Rivoli in Richtung Tatort in Bewegung.

Das Ganze machte was her – allerdings eher mit Lautstär-
ke als mit wirklich beeindruckendem Besteck. Claudia hielt
sich an den Bürgersteig. Je weiter sie sich vom Bastilleplatz
entfernte, desto gemischter die Zusammensetzung auf der
Straße. Eine Reihe Menschen war aus eher individuellen Mo-
tiven hier. Hinzu kamen einfache Schaulustige. Insgesamt
eine unübersichtliche Melange. Stimmungstechnisch reich-

te sie von Betroffenheit bis zur Mir-doch-egal-Haltung vieler Passanten, die sich von den aktuellen Vorkommnissen den Vorweihnachts-Einkauf nicht versauen lassen wollte. Vereinzelt gab es erregte Diskussionen – so, als ein etwa mittelalter Nordafrikaner erregt in die Menge rief: »Nach uns habt ihr auch nicht gefragt, als in der Banlieue immer wieder Leute getötet wurden. Und im Oktober 1961 – was war da? Schande über Frankreich!«

Vorwärtsdrückend, ausweichend und das Gesicht tief in ihren Schal eingegraben, arbeitete Claudia sich zum Ort des Geschehens vor. Der Tatort war weiträumig abgesperrt. An einem Gemäuer versammelten sich Menschen vor einer improvisierten Gedenkstätte mit Blumen, Kerzen und so weiter. Gruppen von Polizisten bewachten das Areal. Claudia drückte sich weiter vor – in der Hoffnung, in der Menge eventuell Gesichter auszumachen, die sie kannte. Immer wieder kamen Megaphon-Durchsagen. Meistens von der Polizei – man solle den Einsatzfahrzeugen Platz machen und bittesehr die Spurensuche nicht behindern. Ab und an erklangen Parolen wie »Nie wieder!« Claudia verstand nicht so recht – hatte dann aber eine Ahnung: Vermutlich bezogen sie sich auf die Anschläge 2015 im *Bataclan* und in der Rue Oberkampf – jenem Terrorakt, der im kollektiven Gedächtnis der Stadt einen ähnlichen Stellenwert innehatte wie der Elfte September für New York.

Claudia sah sich um. Mittlerweile war sie in Sichtweite der Brandruine angelangt. Verrußt und entkernt trotzte der Kern des alten Fachwerkhauses den Widrigkeiten der Zeit. Den ersten Stock hatte es schwerer getroffen; das Dach bot sich – auch aufgrund der Löscharbeiten – großteils als ein Gerippe dar, in das jemand kräftig mit einem Vorschlaghammer hineingehauen hatte. Sie sah sich um. Betroffene, Ältere, auch viele Junge; deutsche Stimmen mischten sich in das Französisch der Hauptstadt. Dann sah sie plötzlich Theo. Theo Schröder. Ihr Herzschlag setzte einen Moment aus. Ebenfalls in einen Mantel eingemummt und mit Wollmütze, stand er am Rand einer Hausmauer, die sich gegenüber den Ruinen des *Boufier* befand. Zwanzig, vielleicht dreißig Meter von ihm entfernt, blickte sie verhalten zu ihrem ehemaligen Schicksalsgenossen hinüber, überlegte kurz, ob sie ihn ansprechen sollte.

Dann war er plötzlich weg. Einer vagen Intuition folgend, hatte sich Claudia eh dagegen entschieden. Sie arbeitete sich von der vorderen Linie weg, meinte, für den Tag genug gesehen zu haben. Plötzlich packte sie eine kräftige Hand am Arm – ruppig, fast an der Grenze zur Gewalt.

»Sind Sie wahnsinnig? Machen Sie, dass Sie hier wegkommen! Auf der Stelle.« Ralph. Ihr Informantenführer, oder besser: der Chef ihres Informantenführers.

»Lassen Sie mich los! Was erlauben Sie sich?«

Dann griff eine zweite Hand nach ihr. Andere Seite, Olaf.

»Verpiss dich. Sofort.« Er schaute sie wütend an. Kondensierte, warme Atemluft strömte aus seinem Mund. Die beiden waren offensichtlich im Begriff, nötigenfalls noch ein paar Grobheiten zuzulegen. Plötzlich hörte sie eine Stimme:

»Madame, werden Sie von den Herrschaften belästigt?« Ein Mann, mittelalt, mittellanges Haar, Lederjacke. Eine Frau gesellte sich dazu, dann noch eine.

»Ihr solltet euch etwas schämen. Was seid ihr – Cops? Lasst die Frau in Ruhe, die will nur trauern. Wie wir alle.«

Der Typ mit der Lederjacke rempelte Ralph an, titulierte ihn als Armleuchter und widerwärtigen Kretin. Schnell eskalierte das Ganze zu einer kleinen Rangelei. Claudia nutzte die Gunst der Situation, befreite sich aus Ralphs Griff und suchte schnell das Weite. Ihre Gefühle schlugen Purzelbaum. Empörung, Angst, Erleichterung, wieder einmal davongekommen zu sein. In die Erleichterung mischte sich schnell Triumph, auch Rachsucht. Sollten die ihren beiden Agentenführern mal ordentlich die Hucke vollhauen.

Claudia bewegte sich zur Rivoli zurück, versuchte, sich unters Volk zu mischen. In Richtung Concorde-Platz strebend, ging sie eine Weile, die Gedanken im Kopf noch immer auf Turbulenz geschaltet. Dann ging alles sehr schnell. Sie war gerade in der Nähe der nächsten großen Kreuzung angelangt, als ein silberfarbener Mercedes kurz vor ihr stoppte. Olaf und der Typ mit der Beatles-Frisur sprangen aus dem Wagen, stürzten sich auf sie und zerrten sie in den Wagen.

»Diesmal kommst du mit«, meinte Olaf keuchend. »Verarschen lassen wir uns von dir nicht. Mach' keine Zicken und steig' ein. Sonst gibt's was auf die Fresse.«

»Wir haben mit dir zu reden. Sofort.« Der Beatles-Typ gab ihr einen Stoß, Olaf zerrte, und dann befand sie sich eingekeilt zwischen den beiden auf dem Rücksitz. Ralph startete den Wagen. »Schöne Nummer eben. Meinen Sie, Sie haben Ihre Situation dadurch verbessert?« Seine Stimmlage brachte klar zum Ausdruck, dass das Gegenteil der Fall war.

»Wo fahren wir hin?«

»Das wirst du schon sehen.«

Schweigen entstand. Sie fuhren weiter die Rivoli hinauf. Aus den Augenwinkeln nahm Claudia ihre Häscher in Augenschein, suchte verstohlen nach Hinterlassenschaften der Rangelei. Die Reise ging nicht weit. Zwei Minuten später waren sie im 1. Arrondissement angelangt, dem Kern des alten Pariser Zentrums. Sie fuhren rechts rein, passierten die Rue de Honoré, vollzogen eine kleine Biegung nach links; dann waren sie da. Börsenviertel, edle klassizistische Renommierbauten; der Teil der Stadt, wo die Geschäfte florierten.

»Und nun raus hier. Da lang. Und mach' nur keine Zicken.« Ralph.

»Was habt ihr mit mir vor?«

»Reden. Und eine Antwort vorab, damit wir auch das hinter uns haben: Das ›Sie‹ ist für heute gecancelt. Treppe rauf, los.«

Sie passierten einen Flur, der nach Putzmitteln und Urin roch. Dann bugsierten sie sie in einen Fahrstuhl. Die Reise ging weiter in den dritten Stock.

»Hier gehts lang.« Ralph. Als sie ausstieg, verpasste Olaf ihr einen Ellbogenschlag in die Nierengegend. Leise zischte er sie an: »Ich hoffe, das wird dir eine Lehre sein.«

Ralph warf ihm einen missbilligenden Blick zu. »Da gehts lang«, meinte er in geschäftsmäßigem Ton. Sie durchschritten die milchglasversehene Tür eines Büro-Appartements. Auch hier Flur, rechts an der Seite ein paar plastikeingepackte Wasserflaschen, rechts, links und vorne offenstehende Türen, die zu den Räumen führten. Meeting-Atmosphäre. Olaf packte sie ruppig am Ärmel und schubste sie in einen kleinen Raum. Keine Fenster, ein Tisch, zwei Stühle, sonst nichts. Ein kärglichst improvisierter Verhörraum. Langsam bekam Claudia es mit der Angst zu tun.

»Setz' dich.« Olaf schubste sie grob in Richtung des Stuhls in der Nähe der Tür. Dann positionierte er sich neben dem Türrahmen, während Ralph an der gegenüberliegenden Tischeite Platz nahm.

»Ich hoffe, du hast die Hofkeilerei von vorhin während der Fahrt genossen«, eröffnete er. Sie blickte sich in dem Kabuff um. Die Angst wurde stärker. Offensichtlich das, auf das sie aus waren.

»Du kannst hier gar nichts«, fuhr Ralph fort, ihre Gedanken vorwegnehmend. »Ob du hier rauskommst, hängt von deiner Kooperationsbereitschaft ab. Kein Anwalt, kein Schnickschnack – du wirst mit uns vorlieb nehmen müssen. Erste Frage: Was hattest du am *Boufier* zu suchen?«

»Was ist das wieder für einer«, platzte es aus Claudia heraus, halb ehrlich betroffen, halb changierend. »Das waren Leute wie ich, die sie da umgebracht haben. Steckt ihr mit den Faschos zusammen, die das angerichtet haben?«

Plötzlich spürte sie einen Schlag. Mittelschwer, direkt an die Kopfseite. Olaf zischte: »Verkauf' uns nur nicht für blöd.«

»Ich glaube, Sie sind sich noch immer nicht darüber klar, dass Sie Ihr Konto komplett überzogen haben«, meinte Ralph in bedauerndem Ton, temporär in die »Sie«-Anredeform wechselnd. »Aber lassen wir das, Schwamm drüber. Vielleicht warst du ja ehrlich betroffen, wolltest nur mal schauen.« Er donnerte mit der Faust auf den Tisch. »ABER DAS IST EBEN GOTTVERDAMMT NOCH MAL NICHT DEIN JOB !!«

Claudia war wie eingefroren, saß angespannt auf ihrem Stuhl. Wenn sie sich nicht zusammennahm, würde sie sich demnächst einpissen. Sie sparte Energie, schaltete auf Abwarten und sagte nichts.

»Dein Job ist primär diese Clique in Clichy. Eine absolute Vorzugsbehandlung. Aber die Lady meint, sie müsse ihrer ›Betroffenheit‹ Ausdruck verleihen und sich am Tatort eines Verbrechens zeigen. Damit ist jetzt Schluss.«

Ralph war kurz davor, wieder in die hyperventilierende Tonlage umzuschalten.

»Du hast acht Leben verbraucht, eines hast du noch. Wir

werden das Programm ändern. Dein Freund nämlich wurde im *Boufier* gesehen. Du wirst dich ab sofort vorzugsweise um die persona Theo Schröder kümmern. Triff' ihn, forsche ihn aus. Wenn nicht alles täuscht, dürfte er in den Anschlag verstrickt sein.«

Claudia sah Ralph ungläubig-mißtrauisch an, sagte aber nichts. Die reinste Scharade, fuhr es ihr durch den Kopf.

»Wir haben Informationen, dass er vor wenigen Tagen noch dort war.« Olaf. »Nur etwa eine Viertelstunde – so, als ob er etwas ausbaldowere. Hat sich dabei auch mit einem der Gäste unterhalten. Dann ist er gegangen.«

Claudia bemerkte, wie ihr Herzschlag sich langsam wieder normalisierte. Sie hatten Theo nicht bemerkt, eben im Marais.

»Du wirst Kontakt aufnehmen. Schröder ausforschen. Minutiös. Nach unseren Informationen arbeitet er für einen kleinen Dealer im Montmartre-Quartier. Einen Armenier namens Kasabian. Das würde in gewisser Weise auch einen Anschlag plausibel machen. Nicht irgendwelche hochpolitischen Geschichten. Vielleicht ›nur‹ eine kleine Flurbereinigung im kriminellen Business.«

Olaf warf ihr eine Mappe auf den Tisch. »Da ist alles drin. Dein Freund treibt sich auf dem Montmartre rum. Ach ja – hier ist noch ein interessantes Foto.« Er zeigte es ihr. Theo, zusammen mit Joanne, in einer Disko. »Das scheint alles eine hübsche kriminelle Runde zu sein. Man könnte sagen: So fügt sich eins zum anderen.«

Ralph setzte ein sibyllinisches Grinsen auf. »Da haben wir alle in einer Tasche. Du bist durchtrieben. Darum lese ich dir deine Frage von den Augen ab: ›Wenn ihr das alles wisst, und sicher auch Schröders Aufenthaltsort kennt – warum geht ihr dann nicht zur französischen Polizei?‹ Ich bin manchmal Gedankenleser«, fuhr er fort, während er sich mit einem Taschentuch selbstgefällig die Brille putzte. »So wirst du in deinem kleinen blonden Kopf auch sicher darüber nachgrübeln, wie wir uns deine weitere Zukunft so vorstellen. Die neuen Regeln sind folgende: Du erstattest Olaf Bericht. Täglich. Einmal in der Woche trefft ihr euch – wie bisher. Wenn was ist, trefft ihr euch zwischendurch. – Und jetzt zum zweiten Teil deiner kleinen unausgesprochenen Frage.« Er lehnte sich vor und schaute ihr in die Augen.

»Du denkst sicher, wenn du nochmal patzt, übergeben wir dich der französischen Police. Wird dann in etwa nach dem Motto laufen: ›Die Bürgermeisterin ist auf unserer Seite, die holt mich da sicher irgendwie raus.‹ Das ist ein großer Fehlschluss. Jetzt ist Terrorismus mit im Spiel. Und dafür ist letzten Endes die französische Terrorabwehr zuständig. Was das heißt – mit dem Konto, das du bereits in Deutschland befüllt hast –, kannst du dir selbst ausrechnen. Ich schätze, am Ende steht da Hochsicherheitstrakt – entweder hier in La France oder vielleicht auch bei uns. Also sei lieber ein braves Mädchen. Und mach' gottverdammt, was man dir sagt.«

»Morgen abend ist der erste Bericht fällig«, meinte Olaf schleppend. »Treffpunkt kriegst du mitgeteilt. Und jetzt mach' dich hier raus. Taxi – wirst du finden, Geld hast du ja.«

Grob, wie sie sie hineingebracht hatten, führten sie sie wieder in Richtung Ausgang. An der Appartementtür angelangt, meinte Ralph: »Halt noch.«

Ironisch-überlegen zu ihr rüberlächelnd, bemerkte er: »Du wirst dir sicher die nette Örtlichkeit hier merken, von wegen: ›Pariser Schaltzentrale des bösen deutschen Auslands-Spezialdienstes. Recherchier' nur. Ist ordentlich gemietet, die vergeben ihre Etagen für mancherlei Konferenzen. Alles nur Marktwirtschaft, letztlich. Solltest du endlich vielleicht auch mal begreifen.«

Freunden in Not muss man helfen. Und Freundinnen in der Not umso mehr. Joanne verstand sich zwar als Feministin. Aber mit dieser Genderei in Deutschland, von der Claudia ihr erzählt hatte, hatten sie es in Frankreich nicht so. Sicher – man durfte sich nichts gefallen lassen. Aber fürs Probleme-Lösen war letztendlich Frau selbst zuständig. Am Nachmittag hatte sich Claudia bei ihr gemeldet – völlig aufgelöst und verheult. »Kann ich dich treffen? Es ist dringend – bitte.« Sie hatte sofort gemerkt, dass etwas Gravierendes vorgefallen sein mußte. War dieser Kotzbrocken George wieder aufgetaucht? Spontan bot sie ihr an, erstmal bei ihr in der Wohnung unterzuschlüpfen.

»Albert ist ein paar Tage nicht da, insofern hab' ich sturmfreie Bude. Du kannst auch gern bei mir übernachten, wenn du willst.«

»Ich bin dir ... sowas von dankbar. Bis gleich.«

»Kein Problem. Wozu hat man Freunde?« Joanne drückte das Gespräch weg und visualisierte im Kopf kurz ihren Terminkalender. Da war Nothing. Vielleicht eine gute Gelegenheit, einen größeren Sprung zu machen und ihre Beziehung zu vertiefen. Sie räumte kurz auf, ging nach draußen ein paar Dinge einkaufen. Anschließend zauberte sie aus dem Stegreif eine Lasagne, und hatte es zwischenzeitlich sogar geschafft, ein paar Kerzen und Räucherstäbchen anzuzünden sowie eine chillige Musik aufzulegen.

Es war schlimmer, als sie gedacht hatte. Als sie zur Tür hereingekommen war, fing Claudia an, loszuheulen wie ein

Schlosshund. Joanne machte ihr einen Tee.

»Wenn du nicht doch lieber einen Martini oder sowas in der Art willst.« Claudia winkte ab. Dann erzählte sie die ganze Geschichte. Oder vielmehr: die ganze Geschichte mit ein paar bedeutsamen Auslassungen. Dass sie auf Joanne – und Monsieur Damocles und Albert, Joannes Mann – angesetzt war, behielt sie für sich. Ebenso, dass sie zielstrebig Informationen über die hier ansässige Geschäftswelt sammelte. Den Teil mit dem BE erzählte sie – wobei sie sich, was stimmte, nicht sicher sei, ob das wirklich dieser BE sei, oder nicht irgendein anderer Dienst. Jedenfalls sei sie in die Fänge von denen geraten. Worauf die sie auf die deutsche Exilantenszene angesetzt hätten. Dann schilderte sie in plastischen Worten, wie Ralph und Olaf heute nachmittag die Daumenschrauben enger gezogen und sie dabei einer Art verschärftem Verhör unterzogen hatten.

Zum Schluss ihres Berichtes fing sie an, hemmungslos zu weinen. Im Grunde hatte sie Joanne eine miese Geschichte aufgetischt. Das Foto von heute nachmittag kam ihr in den Sinn. Theo und Joanne in einer Disko.

»Ich weiß nicht mehr, was ich machen soll.«

Joanne hatte ihr interessiert zugehört. Gelegentlich Züge aus ihrer e-Zigarette inhalierend, hatte sie die ein und andere Zwischenfrage gestellt. Joanne selbst war etwas, nunja: elektrisiert. Das letzte Gespräch mit Monsieur Noël ging ihr durch den Kopf. Brauchte sie Claudia nicht auf die Nase zu binden – zumindest erstmal nicht. Sie nahm ihre Freundin in den Arm, tröstete sie und verwendete dabei die üblichen Satzschablonen: »Das wird wieder«, »Das kriegst du hin«, »Das kriegen wir zusammen hin«. Und so weiter.

Zwei Stunden später lagen sie auf Joannes großem Bett.

Die Musik lief noch immer – irgendein Mix mit französischen Grooves, souligen R&B und Nouvelle Vague – einer französischen Formation, die hier in Clichy alle rauf und runter hörten. Joanne streichelte Claudias Haare. Unmerklich kuschelten sie sich näher aneinander. So lagen sie eine ganze Weile, wortlos. Joanne küsste Claudias Stirn, ihre Hand rutschte langsam in Richtung ihrer kleinen, aber festen Brüste. Sachte schob Claudia Joannes Hand weg.

»Tut mir leid. Ich hab' dich wirklich sehr lieb. Genauer: du bist die beste und vermutlich einzige Freundin, die ich hier habe. Aber das –«, sie spezifizierte das »das« nicht näher, »für das bin ich irgendwie nicht bereit. Sei mir nicht böse, aber –«

Joanne kraulte zärtlich ihren Kopf. »Schon gut. Ist keine große Sache. Obwohl ›das‹, was du unter deiner Alltagskluft versteckst, nun wirklich nicht zu verachten ist.« Sie lachte ein leises, rauchiges Lachen. »Ich bin eher bi. Glaub' ich wenigstens. Jedenfalls ein experimentierfreudiges Mädchen, so viel ist mal sicher. Wie ist das mit dir? Noch immer keinen Freund?«

Claudia erzählte. Von früher. Als sie noch ein leidlich normales Leben geführt hatte – als Referendarin, später dann als unstete Wanderin durch die große weite Arbeitswelt. Unvermittelt, ohne weiter nachzudenken machte sie einen Exkurs: zu ihrem Abgleiten in die Trinkerei. Wo sie vor zwei Jahren die Kurve gekriegt habe. »Darum kein Martini.« Claudia versuchte, es gleichfalls scherzhaft klingen zu lassen. Der Rest des Abends waren kleine vertrauliche Gesten, Musik und entspanntes Schweigen. Irgendwann lagen sie umschlungen auf dem Bett und träumten den Traum von der Mondsichel über Clichy.

13

Das Hoch hatte den Kontinent fest im Griff – zumindest seine westliche Hälfte. Konkret bedeutete das: mal mehr, mal weniger bewegter Wölkchenhimmel mit Sonnenschein und erträgliche, so möglicherweise bis über die Weihnachtsfeiertage reichende Temperaturen. Turbulenzlos verlaufen war entsprechend auch der United-Airlines-Langstreckenflug von New York City, der gerade gelandet war und nun die Ausstiegsprozedur durchlief. Bruno Bonnière verstaute *Wall Street Journal* und *Neue Zürcher Zeitung* in seiner Reisetasche, stieg aus dem Flieger, absolvierte den Auscheck und nahm sich, einen großen schwarzen Rollkoffer im Schlepptau, ein paar Minuten Zeit, die klare Schweizer Mittelgebirgslandschaft zu betrachten.

Nun war er also hier. Was sollte man sagen? Nachdem er in einer der Raucherzonen hastig eine Zigarette durchinhaliert hatte, machte er sich auf zu den nächsten Stationen seiner Reise. Gemeinsam war diesen, dass sie – fast – allesamt mit einem Mindestmaß an Reden zu absolvieren waren. In der Business Class musste er sich erst einen redseligen Investment-Banker vom Leib halten, der ihm das Business und im Anschluss sein Leben erklären wollte. Den größten Teil des Flugs hatte er daraufhin vor sich hingedämmert – denkend an das Ein oder Andere und sonst eingelullt von der angenehmen Wärme des Whiskeys auf Kosten der Fluggesellschaft. Nach der Ankunftszigarette streckte er sich und ging in Gedanken die anstehenden Schritte durch. Sollte er seine Bankgeschäfte gleich hinter sich bringen? Oder sich erst noch zwei, drei Stunden im Hotel hinlegen und im Anschluss, ausgeruht, in der *Banque de soleil* aufschlagen?

Nach kurzem Überlegen entschied er sich für Letzteres. Er begab sich zu einem Taxi, instruierte den Fahrer über das Fahrziel, ein Fünf-Sterne-Hotel im Herz der Zürcher Altstadt und ging, während er gedankenabwesend die an ihm vorbeiziehenden Straßenzüge wahrnahm, seine näheren und ferneren Pläne durch. Die waren kompliziert, im Endeffekt allerdings unumstößlich. Zwar hatten ihm seine beiden *Morantis*-Mitkompagnons Bertrand Saudan und Enrique Cotte dringend von seinem Vorhaben abgeraten. Am Ende allerdings kamen sie gegen seinen Entschluss nicht an. Dessen wesentlicher Inhalt: Bonnière wollte sich auszahlen lassen und im Anschluss aufs Altenteil zurückziehen. Was für ihn hieß: gutbürgerlich-solide werden und sich – mit einen gebührenden Quantum an Charity sowie sonstigen respektablen Tätigkeiten – in das frankophile Oberklassenleben in Québec eingliedern, wo er mit seiner kanadischstämmigen Frau lebte.

Im Grunde standen die Anzeichen für Bonnières Ausstieg bereits länger an der Wand. Sicher – beim Einfädeln des Deals mit der deutschen Regierung hatte er eine nicht unmaßgebliche Rolle gespielt. Bonnière war derjenige gewesen, der die deutsche Innenministerin becirct und letztendlich erfolgreich ins Boot geholt hatte. Darüber hinaus war er derjenige gewesen, der den Hype um ihr Aushängeschild Jacques Bauer maßgeblich angeschoben hatte. So war Bonnière schließlich derjenige im Trio, der die Daumen auf den Schwarzgeldkassen von *Morantis* draufhatte. Ebendiesen – in bar und mittlerweile gut abgepackten Scheinen im Wert von 8 Millionen Euro – galt seine aktuelle Reise.

»Monsieur – wir sind da.«

Mit etwas enttäuschtem Blick musterte Bruno das Etablissement. *Hotel Residenz*, gelegen im prächtigsten Teil der Altstadt nahe den Banken-Residenzen am Paradeplatz. Von Nahem betrachtet sah das Meiste weniger imposant aus als in den Prospekten – ergo auch das *Residenz*. Mit einem fahrigen »Merci« sowie 50 Franken Trinkgeld fertigte er den Fahrer ab und betrat das Eingangsfoyer. Nun gut, auf den zweiten Blick gar nicht so übel, korrigierte er sein Urteil. Das Foyer war ausladend und offerierte rundum den Eindruck, den man von einem Fünf-Sterne-Hotel erwartete. Unter dem – speziell für diese Reise aus der Taufe gehobenen – Namen Wilfried Achalm erledigte er die Aufnahmeformalitäten und nahm im Anschluss sein Zimmer in Beschlag. Nicht schlecht, dachte er, als er sich fünf Entspannminuten auf dem großzügig bemessenen Bett gönnte: Schrank, Tisch, Sitzecke und so weiter aus edlem Holz, surrealistisches Gemälde an der Wand und auch sonst edelstes Hotel-Interieur in geschmackvollem Art-Déco-Stil – das war den Preis im hohen dreistelligen Segment durchaus wert.

Er parkte den großen schwarzen Rollkoffer neben dem großen Schrank, dessen weißes, im Hollywood-Stil gehaltenes Design einen vollendeten Kontrast zu dem Gepäckstück des Gastes bildete. Dann nahm er sein SmartPhone und tätigte ein paar Gespräche. Mit der Bank und, vor allem, Alice, seiner Frau. Alice war letztendlich diejenige gewesen, die ihn zu einem klaren Schnitt gedrängt hatte.

»Bruno«, hatte sie gemeint, als die Pläne konkretere Gestalt annahmen. »du bist jetzt bald fünfzig. Und auch ich bin nicht mehr die Jüngste. Meinst du nicht, es ist an der Zeit, alles hinter uns zu lassen? Und hier in Kanada einen Neustart zu wagen?«

Der Rest war Organisation. Am Ende war er mit seinen beiden Partnern übereingekommen, die nunmehr funktionslosen Bargeldbestände zu liquidieren. Die Schweizer Depots sollten Bonnières Abfindung sein; ergänzend hinzu käme eine weitere Einmalzahlung, die binnen der nächsten zwei Jahre in einer noch zu besprechenden Form über die Bühne gehen sollte. Problematisch war der konkrete Ablauf seines Plans. Anstatt das Geld auf ein Konto zu transferieren, wollte er es in Barform über den Großen Teich verfrachten. Tranchenweise in mehreren Paketen und teils direkt im Gepäck seines Rückflugs. Anders gesagt: Bruno Bonnière war gerade im Geldschmuggel-Metier aktiv – ohne davon den geringsten Schimmer zu haben.

Der erste Part war der entscheidende – wenn auch einfachste – des gesamten Vorhabens. Nachdem um drei Uhr der Wecker geklingelt hatte, sprang Bonnière unter die Dusche, machte sich fertig und orderte ein Taxi. Die Prozedur in der *Banque de soleil* lief wie am Schnürchen. Die Bank, eine mittelgroße, auf Privatkunden spezialisierte Investmentbank, parkte in ihren Schließfächern vorzugsweise Wertgut aus unklaren Quellen. Zum Service gehörte entsprechend auch ein professionelles, dabei aber angemessen diskretes Management des Kundenbestands. Bruno Bonnière aka Wilfried Achalm identifizierte sich mit einem (angeblich) in Monaco ausgestellten Pass, erledigte die nötigen Formalitäten und ging zusammen mit einem Bankangestellten zu den Fächerdepots im Untergeschoss. Kaum zu fassen, wie einfach das ist, dachte er zum wiederholten Mal. Dann war er allein mit dem Geld. Per Code-Eingabe und Schlüsseldrehung öffnete er das Fach, betrachtete – noch immer etwas ungläubig – einen kurzen Moment die darin liegenden Barschaften und packte sie dann zügig in seinen Rollkoffer um.

Die Millionen wogen schwer. Mit dem Rollkoffer waren sie zwar leidlich zu transportieren und weitaus weniger voluminös wie in einschlägigen Movies dargestellt. Kompakt und leicht wie eine Aktentasche waren sie allerdings nicht. Der Rest war Absicherung. Im nächsten Schritt würde er die Menge achteln. Sieben Pakete würden als Expresssendung nach Kanada gehen – eines an seine Privatadresse, zwei zur Firma seiner Frau und vier an Adressen, die seine Frau ad hoc aus dem Boden gestampft hatte. Das verbliebene Achtel schließlich, knapp 800.000 Euro, würde er – übermorgen – auf seinem Rückflug mitnehmen. Ein einfacher Plan, schien es ihm: nicht ganz legal wegen der Gesetze betreffs Geldeinfuhr – aber doch mit überschaubarem Risiko.

Bruno dachte nach. Seit er heute morgen hier angekommen war, kämpfte er mit einem ebenso ungreifbaren wie zwiespältigen Gefühl. Du hast schon ganz andere Sachen durchgestanden, machte er sich Mut. In ihrer Bedeutsamkeit unterschätzt hatte er indes die banalen Einzelentscheidungen, aus denen sich die nächsten Minuten, Stunden und Tage zusammensetzen würden. Eine war die, Essen zu gehen. Raus, in die Zürcher Altstadt? Etwas bummeln? Oder doch besser auf den Koffer aufpassen? Gollum – mit einem Mal kam er sich vor wie dieser Gollum in der Verfilmung vom *Herr der Ringe*. Ein blöder Film, wie er fand. Alice hatte ihn dazu gedrängt; im Anschluss waren sie angeschickert im Pariser Marais-Viertel gelandet und hatten sich in einer Absteige die Seele aus dem Leib gevögelt.

Mein Schatz – was für ein grandioser Schwachsinn ...! Was sollte schon passieren? Mit einem Ruck entschloss sich Bruno, die Bedenken beiseite zu schieben und einen kleinen

Bummel durch die Stadt zu unternehmen. Mit leichten, etwas beschwingten Schritten flanierte er durch die Altstadt und am Quai entlang, versuchte, die Sehenswürdigkeiten zu genießen und schickte schließlich eine SMS nach Florida, USA.

Empfänger: Bertrand Saudan, vormals CEO bei *Morantis*. Inhalt der Textnachricht:

»Alles bestens. Kehre wie geplant zurück.«

War es das? Nicht ganz. Eine Viertelstunde später tätigte Bruno Bonnière aka Wilfried Achalm einen weiteren Anruf.

In einem langgezogenen, etwas gekräuselten Winkel spiegelten sich die Stadtlichter auf der ruhigen Oberfläche des Sees. Blickrichtung Süd: der See in seiner ganzen Pracht, die Schweizer Goldküste entlang bis zum Fuß der Alpen – ein Panoramablick allerdings, dessen volle Pracht sich dem Betrachter nur bei bestem Wetter offenbarte. Blickrichtung Nord: die Stadtsilhouette mit der Quaibrücke, abendlichen Lichtfluten sowie dem Fluss, welcher den See entwässerte und quer durch die Altstadt verlief. Der Frau war kalt. Trotz Steppjacke und Pudelmütze fror sie, rieb sich des Öfteren die Hände. Zwischen Zielstrebigkeit und Ziellosigkeit changierend, verließ sie die zugige Promenade am Rand des Sees und steuerte den Limmatquai an, die traditionsreiche Flaniermeile im Herzen der Zürcher Altstadt.

Minuten später hatte sie das Terrain gewechselt und befand sich mittendrin im abendlichen Vorweihnachtstreiben. Zwei Welten, dachte sie. Das Seeufer mit seinen Geheimnissen, seiner mit Reichtum winkenden Diskretion und seiner etwas archaisch wirkenden Landschaft hier – da: die geschäftige Stadt. Die Schweiz, musste sie zugeben, war nicht die beste ihrer Ideen gewesen. Seit nunmehr anderthalb Jahren befand sie sich auf der Walz. Ursprünglich stammte sie aus Deutschland – genauer: dem Hessischen, dem Frankfurter Umland. Allerdings erschien ihr das Jahre her – um nicht zu sagen: Jahrzehnte. Ihre Kindheit hatte sie in der Obhut einer zwar durch und durch bürgerlichen, andererseits jedoch harten, abwesenden und irgendwie kalten Familie verbracht. Mutter: Lehrerin; der Vater hatte sich zeitweilig in der Politik versucht und – nach der Scheidung von seiner Geehelichten – als sachbuchschreibender Bestsellerautor reüssiert. Zuhause, das lernte sie schon früh: das war der Horror; da gab es nur Einengung. Folgerichtig war sie ausgebüchst. Einmal, zweimal, dann immer wieder. Bibi – mit vollem Namen Bibiana Herzlau – war einfach nicht einzufangen. Danach kam das Übliche. Trebe, zwischendurch immer mal wieder ein Job. Und schließlich – bei ihrem Aussehen lag das nahe – Phasen von Gelegenheitsprostitution sowie Freier, die ihr über die Runden halfen.

Eine Helle war sie schon. Fand sie jedenfalls. Und in der Tat: Sich auf der Straße durchzuschlagen – in dem Metier machte ihr kaum jemand was vor. Ihre Spezialität waren die Wechsel. Großflächiges Verschwinden, ebenso großflächiges Wieder-Auftauchen. Anders gesagt: In den einschlägigen Milieus war Bibi zwar vielen ein Begriff. Fassbar allerdings war sie nie. Das blieb auch so, als sie sich der Truppe dieses Pierre angeschlossen hatte – einem losen Haufen prekärer Existenzen, die im Eifelgebiet überwinterten. Pierre war ganz in Ordnung gewesen, aber der Rest: Ein Großteil war untergetaucht wegen dem Programm, das Deutschland aus den Miesen herausbringen sollte. Einfrieren – wieder aufwecken: In die Mühle dieses Irrsinns war sie gottseidank nicht geraten.

Dann wurde die Sache schließlich doch noch heikel. Gegen Ende des vorletzten Jahres waren zwei Programm-Flüchtige im Unterschlupf aufgetaucht und hatten die Gruppe dazu überredet, sich an einem Banküberfall zu beteiligen. Eine Chose, deren Wellen vorhersehbar auch die Eifel erreichten. Pierre versteckte sich, so viel sie wusste, mittlerweile in Luxemburg. Der Rest hatte sich ebenfalls in alle Himmelsrichtungen davongemacht. Was mehr als angesagt gewesen war – nachdem eines der Gruppenmitglieder als mutmaßlicher Bankraub-Beteiligter auf den Fahndungsplakaten auftauchte. So war sie schließlich in der Schweiz gelandet: im Kopf die zugegeben blöde Vorstellung, dass es dort immer noch wärmer sei als in Germany – bei ungefähr gleichbleibendem Verständigungslevel.

In beidem hatte sie sich geirrt. Von Wärme konnte gegenwärtig keine Rede sein. Und auch das Schwyzerdütsch hatte, wie ihr mittlerweile klar geworden war, mit normalem Deutsch nur bedingt etwas zu tun. In der Schweiz war es ihr so lala ergangen. Der vorletzte Sommer war easy gewesen. Im Herbst hatte sie eine Zeitlang in einem Saunaclub angeheuert, dabei auch ganz ordentlich Kohle gemacht. Schnell hatte sie allerdings gemerkt, dass die dort geltenden Reglements kein Fall für sie waren. Im letzten Winter hatte sie sich einen Gönner an Land gezogen. Der Typ wohnte in Horgen, war recht betucht und schien – jedenfalls war das ihr erster Eindruck – nichts weiter von ihr zu wollen. Ein falscher Eindruck, wie ihr schnell klar wurde. Eine Weile hatte sie mit dem Typen rumgespielt. Aktuell war das Agreement so, dass sie ab und an bei ihm vorbeischauen und ein, zwei Tage auschillen konnte. Sex gegen Unterkunft – wenn man es genau betrachtete, nicht gerade das Prickelndste auf der Welt.

Momentan hatte Bibi – wieder mal – keinen Plan. Ihr finanzielles Budget stand fast auf Null, und die Unterkunft bei einem Kumpel, bei dem sie ihre Sachen abgestellt hatte, hatte das Verfallsdatum ebenfalls erreicht. Unschlüssig war sie am Nachmittag den See entlang gelaufen, ihre Optionen für den Rest des Jahres hin- und herwägend. Nun streunte sie über den Limmatquai – das pulsierende Herz von Zürich. In einer Stehpizzeria brachte sie Magen und Energiepegel wieder einigermaßen auf Vordermann. Vielleicht sollte sie sich klarmachen, dachte sie, und einen Freier auftun. Oder – mal wieder – die fiese Nummer mit Messer und den Barschaften von irgendeinem Laden? Bibi putzte sich mit der Serviette den Mund ab. Dann bezahlte sie. Fünf Meter weiter, ein junger Typ im Parka und mit Kapuze überm Kopf:

»Hey – willscht was?«

Du lieber Himmel – Dope. Sie erschrak einen Moment über sich selbst: Nicht die übliche Gegend, in der Dealer Gelegenheitskundschaft anquatschten. Und doch hatte der Typ sie zielsicher als potenzielle Kundin erkannt. Und ihr so, wenn auch sicher unbeabsichtigt, ein Feedback zu ihrem aktuellen Erscheinungsbild gegeben.

»Nee – lass' mal.« Sie winkte mit dem Arm ab, packte ihre Tasche fester und ging schnellen Schritts den Quai hinauf. Vielleicht sollte sie rüber zur Langstrasse gehen – dem Rotlicht- und Drogenkiez nördlich des Stadtzentrums. Dort kannte sie sich aus; dort würde ihr sicher jemand weiterhelfen können. Über die Münsterbrücke querte sie den Limmat und gelangte ins Herz der Altstadt. Plötzlich ihr Mobil. Sie schaute kurz auf das Display; eine bekannte Nummer.

»Ja?«

»Noch Lust auf Arbeit?«

Stephan kam immer gern unversehens zur Sache. Wenn man es ungeschönt betrachtete, war er ihr beständigster Anker hier in der Stadt. Nachdem sie im Sauna-Club aufgehört hatte, hatte sie als Freelancerin bei ihm angeheuert. Stephan betrieb über das Internet eine Escort-Agentur – nicht die Highend-Liga zwar, aber dafür waren die Hürden niedrig. Die Einsätze erfolgten eher in gelegentlichen Abfolgen. Was umgekehrt hieß: man musste erreichbar sein – auch wenn nur ein oder zwei Jobs im Monat rüberkamen.

»Klar«, meinte sie mit aufgesetzt-lockerer Stimme. »Ich meine, schön von dir zu hören.«

»Bist du fit?« Stephan, weiter mit geschäftsmäßiger Stimme – allerdings etwas vorsichtigem, mißtrauischem Unterton.

»Ja. Doch. Alles bestens. Ich höre.« Bibi packte ihren Notizblock aus und fing an, mitzuschreiben.

»Der Typ dürfte relativ problemlos sein. Hotel in der City, also zieh' dir was Schickes an.« Stephan gab ihr die nötigen Parameter durch sowie den Zeitpunkt. »Der Kerl hat zwei Stunden gebucht, könnte für dich also ein Batzen abfallen. Also: Sei pünktlich. Und ruf' nochmal durch, sobald du vor Ort bist.«

In besseren Zeiten hätte Bibi geantwortet: »Stephan, du bist ein wahrer Schatz«, oder sowas in der Art. Während sie noch überlegte, brach Stephan die Verbindung ab. Bibi atmete durch. Der Rest vom Abendprogramm war klar. Sie würde kurz ihren Kumpel aufsuchen, sich dort in Schale schmeißen und dann zur Bar im *Hotel Residenz* aufmachen.

Um zehn vor acht begab sich Bruno in die Bar. Über der Eintrittspforte prankte zwar in rosa leuchtender Neon-Schreibschrift der Name *Bar Residenz*. Offen stand sie allerdings nur Hotelgästen sowie deren Besuchern. Der klassische Piano-spieler war dem Rotstift der Chefetage-Entscheider zum Opfer gefallen; stattdessen wurde das Etablissement von de-zenten Jazz- und Popklängen aus dem Hintergrund beschallt. Bruno schaute sich kurz um. Die gemischten Gefühle in seinem Bauch hatten sich seit dem Nachmittag keineswegs verflüchtigt. *Verdammt, was machst du hier?* Das letzte Mal, als Alice ihm auf die Spur gekommen war, war die Angele-genheit nur durch das Versprechen einer Ehetherapie zu kit-ten gewesen. Alice war in der Beziehung eisern – und, wie er meinte, auch über Gebühr konservativ. Um nicht zu sagen: besitzergreifend.

Von Schuldgefühlen und Wankelmut geplagt, ließ er den Blick entlang der Bar schweifen. Da saß sie: elegantes schwar-zes Glitzerkleid, rote Schuhe, schwarzer Bubikopf, dunkel-blaue, Kajalstift-umrahmte Augen und der Mund – nunja, vielleicht ein bisschen zu dick aufgetragen.

»Hallo? Darf ich mich zu Ihnen setzen?«

Zielgerichtet hatte Bruno die Dunkelhaarige an der Bar angesteuert. Sie musterte ihn mit freundlichem, einladen-dem Blick.

»Klar, gern.«

Nachdem sie sich beide einen Martini on the Rocks be-stellt hatten, gingen sie ins Vorgeplänkel über – den respek-tablen Schein und das Vorspiel zum vergnüglichen Tun im Anschluss. Sie unterhielten sich über dies und das, betrie-ben Konversation. Bibi, die gleich gemerkt hatte, dass ihr Kunde etwas aus der Reserve gelockt werden musste, meinte schließlich beiläufig:

»Nun, mein Guter, wir sitzen hier schon eine Viertelstunde zusammen. Ich würde vorschlagen, dass wir zum ›Du‹ übergehen. Und der Rest – du weißt ja: die Nacht ist zwar lang, dauert aber nicht ewig.«

Sie küsste sein Ohr und machte, ihre Hand leicht auf seinen Oberschenkel legend, die Andeutung einer nicht miss2uverstehenden Geste.

»Können wir gerne machen«, meinte Bruno steif.

»Was?« Bibi blickte ihn schelmisch an und beugte sich zu ihm vor. Beide mussten plötzlich lachen.

»Nunja, Sie müssen wissen … das heißt: Du musst wissen, ich bin diesbezüglich etwas aus der Übung. Aber ja … ich denke, wir … Ich denke, wir sollten unsere kleine Unterhaltung vielleicht in etwas privaterer Sphäre fortführen.«

»Bereit, wenn Sie es sind«, meinte Bibi keck. »Kleiner Scherz, ist aus *Das Schweigen der Lämmer*«. Ich trinke gerade noch aus. Dann können wir sehen, was die Nacht uns so Feines bietet.«

Fünf Minuten später, im Fahrstuhl unterwegs in den fünften Stock, gingen sie auch schon ins Nahgefecht über. Wilfried, wie er sich vorgestellt hatte, machte insgesamt einen etwas ausgehungerten Eindruck. Nun gut; es sollte ihr Schaden nicht sein. Im selben Style ging es auf dem Zimmer weiter. Wilfried alias Bruno öffnete ihren BH. Sie wild küssend, fuhren seine Hände weiter nach unten, tasteten sich seine Finger in ihren Slip. Bibi bremste ihn etwas ab, setzte sich auf das Bett und signalisierte ihm nonverbal, dass sie für das Kommende bereit sei. Er streichelte ihre Schenkel, streifte – mit ihrer Mithilfe – das Kleid über ihren Kopf und widmete sich im Anschluss ihrem Slip. Ihr schien es so ebenfalls ganz gut zu gefallen – befand er jedenfalls, als er den Finger in ihre Möse steckte und sich mit sacht kreisenden Bewegungen an ihren Hot Spot vortastete. Sie biss ihm sachte ins Ohr, krallte ihre Hände in seinen Rücken, flüsterte leise »Mach's mir« und begann, mit zielgerichteten Handgriffen den Kern seiner Männlichkeit freizulegen.

Mit zielgerichtet-koordinierten Bewegungen leiteten sie den Hauptakt ein. Er zog sie mehrmals an sich, während sie ihre Unterschenkel auf seine Schultern legte und so den Rhythmus seiner Stöße choreografierte. Irgendwann wechselten sie die Stellung.

»Ich will dich über der Kommode nehmen – dort«, keuchte er. »So können wir uns beide sehen: ich dich – und du mich. Während ich dich vögele.«

Der Spiegel über der Kommode – wie der Rest geschmackvoll verarbeitetes Art Déco – ließ in der Beziehung nichts zu wünschen übrig. Und so geschah es dann. Sofern die Erbauer des Residenz nicht auch bei der Schallisolierung professionelle Arbeit getan hatten, veranstalteten die beiden, als sie ins Finale einritten, einen recht veritables Platzkonzert.

Etwa eine Stunde später stellte sich Bibi die Frage, wie zum Teufel der Abend derart in die Binsen gehen konnte. Zuvor hatte sie sich über Dienstbotenkorridore, Treppen und Flur-Fluchten davongemacht – blutverschmiert, mit schmerzenden Gliedern, einem zerrissenen Abendkleid und darunter versteckt rund 5000 Euro. Wenn sie es recht bedachte, hatte sie es sich selbst zuzuschreiben. Es war – zunächst – ganz entspannt weitergelaufen. Nach dem Grande Finale lagen beide etwas erschöpft, ansonsten jedoch glücklich auf dem Bett und rauchten die berühmte Zigarette danach. Sie redeten über dies und jenes – seine Frau, was er so machte, ihr Woher, und so weiter. Lediglich in Bezug auf seinen Beruf war er – wie sie auch – etwas einsilbig und distanziert geblieben.

Dann war ihr – man konnte es nicht anders bezeichnen – dieser faux-pas unterlaufen. Während er duschte, spionierte sie neugierdehalber etwas herum. Nur so aus Spaß, aus Langeweile. Und in der Beziehung war der große Rollkoffer, der neben dem Schrank stand, einfach ein Magnet.

Sicher – mit ihrem Eindruck, dass irgendwas nicht ganz zusammenpasste, lag sie goldrichtig. Die wenigen Klamotten im Schrank waren offensichtlich nur für ein paar Tage gedacht. Wozu also ein derart monströser Koffer? Zwanzig Sekunden später kannte sie den Grund – ebenjene zwanzig Sekunden, die Bruno aka Wilfried brauchte, um sich fertig abzutrocknen und in das Zimmer zurückzukehren.

»VERDAMMT – WAS MACHST DU DA ??«

Sicher eine berechtigte Frage. Einerseits. Und, ebenfalls einerseits: Ob er ein Drogen-Baron, ein Geldüberbringer oder aber ein grundsolider Geschäftsmann aus Flachmannshausen war, ging sie eigentlich nichts an. Nur, andererseits und vom Ergebnis aus betrachtet: Die Stimmung von eben war nun restlos hinüber. Der Typ krallte sie und machte mit harschen Bewegungen Anstalten, sie achtkantig rauszuwerfen.

»He du – ich krieg' noch Geld von dir!«, schrie sie geistesgegenwärtig. Oder, vielleicht besser: geistesabwesend, ins Blaue hinein.

Nie hätte ich dich Arschloch abziehen wollen, dachte sie – hinterher, als sie, in Panik, durch die kalten Straßen des Zürcher Zentrums hastete. Warum auch – als Stecher warst du nichtmal so schlecht. Obwohl ein Schein Trinkgeld angemessen gewesen wäre, fügte sie gedanklich hinzu. Bevor sie schauderte, und mit einer Mischung aus Frösteln, Tränen, Angst und Bedauern zu sich sagte: perdu, perdu.

»FÜRN ARSCH !!«, hatte er aufgebracht zurückgeschrien,

»Dich hab' ich schon über deinen Zuhälter abgerechnet. Schon vergessen?«

Hart, unversöhnlich. Und trotzdem: Möglich, dass an der Stelle der Punkt gewesen wäre, an dem man das Ganze noch hätte abbrechen können. Eine unleidliche Situation (oder, konkreter: ein allseits vermurkster Abend), aber sonst: eine Win-Win-Situation für beide. Sachlich hatte Wilfried Recht. Aber in ihr kochte die Empörung. Das reiche Schwein – das sie hier nun hinauswarf wie einen Tampon, den frau nicht mehr braucht.

»Ich krieg' noch Geld.«

Insistierend. Der falsche Satz, der die abschüssige Bahn definitiv justierte. Wilfried aka Bruno wurde nunmehr richtig handgreiflich. Er schlug sie zwei-, dreimal fest ins Gesicht, schrie nun seinerseits etwas von Schlampen, die ihn nur abziehen wollten. Aber: dass sie sich getäuscht habe und hier nicht mehr herauskäme.

Der zweite falsche Satz machte das Unglück dann firm. Bibi war nunmehr davon überzeugt, dass sie an einen Gangster geraten war und richtig tief in der Klemme steckte. Instinktiv griff sie nach der metallenen Nachtischlampe neben dem Bett und zog ihm damit eine über. Womit der Ernstfall eingetreten war. Bruno war von dem Schlag zwar benommen und einigermaßen überrascht, aber keinesfalls ausgeknockt. Er versuchte, nach Bibi zu greifen. Die wich ihm allerdings aus, registrierte auf dem Tisch in der Sitznische eine noch halbvolle Whiskeyflasche. Bruno stürzte hinterher, um sie zu fangen, rutschte auf dem Fellteppich unter dem Tischchen aus, schlug, den Kopf voran, weich auf dem Sofa auf und befand sich nunmehr in einer denkbar ungünstigen Position. Bibi wusste, dass sie keine zweite Chance mehr bekommen würde. Ergo nutzte sie die sich gerade bietende aus und schlug ihm die Flasche mit aller Kraft über den Hinterkopf. Flüssigkeit lief über ihre Hand, Bruno sackte zusammen und lag nun stöhnend-blutverschmiert auf dem Boden.

»Du … Schlampe … was … hast …?«

Ein Schwall Blut schoss aus seinem Mund.

Zitternd betrachtete Bibi ihr Werk. Dann überkam sie Panik. Was ihr sagte: Sie musste schnellstens weg. Nach kurzem Überlegen hastete sie ins Bad, umwickelte – von wegen Fingerabdrücke – ihre Hände mit weißen Frotteetüchern und machte sich dann an dem offen daliegenden Geldkoffer zu schaffen. Ungläubig betrachte sie die Menge. Es waren – es war IRRSINNIG viel. Sie überlegte kurz, nahm dann aus einem der Bündel eine Reihe Scheine heraus, klappte den Koffer wieder zu und verließ – mit einem kurzen Blick auf Bruno, der noch immer auf dem Boden lag und stöhnte – das Hotelzimmer.

Der Breaking Point, oder: Was getan ist, ist getan. Kein Mensch kann die Zeit zurückdrehen. In ihrem Leben würde Bibi sicher noch mancherlei Gelegenheit erhalten, über diesen Satz nachzudenken. In jener kalten Nacht, als sie zu ihrer provisorischen Unterkunft in der Nähe der Langstrasse zurückfuhr, dort ihre Sachen packte und sich in Eile in Richtung Busbahnhof begab, erschien ihr das Ganze nur als grausame Pointe des Lebens.

Immerhin – ich habe einen Puffer, dachte sie, während sie das Bündel unter ihrer Steppjacke zärtlich streichelte. Und einen Vorsprung – falls es ihren Kunden zu übel erwischt hatte. Die Ansage im Bus wies Nizza als Endstation aus. Prima, redete sie sich Mut zu, dann komme ich am Ende doch noch in den Süden.

14

Joanne war durch den Wind; ziemlich jedenfalls und für ihre Verhältnisse. Die Seifenblasen in ihrem Gehirn drehten bereits den ganzen Vormittag Pirouetten. Vieles verschlang sich – für ihren Geschmack: zu vieles. Monsieur Noëls Auftrag, Claudia näher auszuforschen. Was hatte er damit im Sinn? So weit sie es beurteilen konnte, hatte Claudia weder mit deutschen Exilanten noch sonst groß was mit Politik am Hut. Noël hatte seinen Auftrag an sie zwar in kleine Münze gefasst. Sie wusste jedoch sehr gut, was das bedeutete. In Ihrem Geschäft hieß das über kurz oder lang, jemand ans Messer zu liefern. Erst gab man ihnen den kleinen Finger, am Ende nahmen sie dann doch die ganze Hand – so lief das immer. Nun eben: Claudia, ihre Freundin. Irgendwie wuchs ihr diese Geschichte immer stärker über den Kopf. Dabei war sie doch nur Joanne – Tochter eines jamaikanischen Pflanzers und einer schwarzen Lehrerin. Eine junge Frau, die etwas aus ihrem Leben machen wollte. Und, verdammt nochmal: auch gemacht hatte.

Am Morgen hatte Claudia sie verlassen. Sie wolle die Geduld von Monsieur Damocles nicht noch länger strapazieren. Das Vorweihnachtsgeschäft sei vielleicht genau das Richtige, um sich etwas abzulenken. Beide mit nicht wenig Schuldgefühlen, umarmten sich noch einmal. Dann schloss Joanne die Wohnungstür, um einige anstehende Anrufe zu absolvieren. Der erste galt Charlie aka Theo, ihrem Hausdealer. Sie ereichte ihn unter der ausgemachten Nummer.

»Hör zu, ich bin's, Joanne. Ich muß dir unseren nächsten Termin absagen. Will mit mir ins Reine kommen, die letz-

ten Wochen waren too much. Also sei mir nicht böse. Ich ruf'
dich noch im alten Jahr an – versprochen.«

»Alles okay bei dir?«

»Ja, ich glaub' schon«, meinte Joanne.

»Sorry – aber du klingst, als seist du etwas von der Rolle.«

»Es ist nichts«, meinte Joanne. »Will nur mal kürzer treten. Ich glaube, wir sehen uns am besten nach Weihnachen
wieder. Ciaò.« Dann legte sie auf.

Theo aka Charlie fühlte sich ebenfalls etwas irritiert. Irgendwie fiel es ihm schwer, bei Joanne die Kontrolle zu behalten. Auch wenn er es sich nicht eingestand: Unter all seinen
Kunden und Kundinnen nahm sie inzwischen eine besondere, herausgehobene Rolle ein. Er mochte sie, sie interessierte
ihn – als Frau wie auch als Typ. Lass dich nicht mit Kundschaft ein, hatte Kasabian ihm stets eingenagelt. Notfalls solle er sich bei den Mädels am Set gütlich halten, das sei kein
Problem. Aber beim Geschäft mit Koka und Pillen höre der
Spaß auf.

»Was, wenn du dich verliebst?«, hatte er ihm ins Gedächtnis gerieben. »Dann kommen die Dinge ins Trudeln. Du ver-
plapperst dich, beginnst ihr zu vertrauen. Und wenn das Mädel auf dem Polizeirevier sitzt oder im Gerichtssaal, verpfeift
sie dich, bei aller Liebe, doch.«

Aus Kasabians Mund klangen diese Geschäftsmodalitäten
fast wie Lebensweisheiten. Theo schlenderte durch sein Revier am Pigalle. Dachte einen Moment an die Filme. Hatte er
gut outgesourct. Delegiert. Ein junger Typ aus dem Norden
kümmerte sich nun um die Produktion, Houari, ein ebenso
ehrgeiziger wie verhandlungsstarker Algerier, um das Management. Im Grunde genommen langweilte er sich, wartete im Prinzip lediglich auf Anrufe seiner handverlesenen

Koka-und-Pillen-Kundschaft. Gerade war Theo dabei zu überlegen, wie er seinem derzeitigen Leben eine Wende geben könne, als ein Telefon in seinem Mantel klingelte. Der Ton alarmierte ihn – es war das alte Billig-Prepaid, das er sich zusammen mit Claudia angeschafft hatte. Sie hatte sich seit einem Jahr nicht mehr gemeldet. Irgendwas, dachte er, musste gehörig schieflaufen. Oder – sie bekam ein Kind. Und Schrägstrich-Oder: war zugange, in die Champagne zu ziehen oder die Normandie, und sich irgendein Reihenhaus zuzulegen.

»Ich muss dich treffen. Dringend.«

»Kein ›Hallo‹ oder irgendwas in der Art?« Theo verschaffte dem Ärger, der unvermittelt in ihm hochkam, mit Sarkasmus Luft.

»Ich kann am Telefon nicht mehr sagen. Es brennt. Ich geb' dir jetzt einen Treffpunkt durch. – Hast du einen Stift?«

Summarisch setzte sie die Verabredung auf den nächsten Tag an. 14 Uhr, in einem Café im Osten in der Nähe der Place de la Bastille.

»Lass' das Treffen nicht ausfallen«, insistierte sie in dringlichem Ton. »Vermutlich geht es um die Wurst.«

Louise Beckmann verschaffte dem Ärger, der sich in den letzten 48 Stunden in ihr angestaut hatte, mit einem hilflosen Schlag auf den Stadtplan Luft. Analog – du Tussi, so weit ist es mit dir gekommen! Zwei Tage zuvor hatte sie einen mondänen Linienflug in die Türkei gebucht. Auf dem Flughafen hatten sie etwas gefeixt – die Innenministerin, hat die nicht eine eigene Maschine? Mit verbindlichem Charme hatte sie eventuelle Verdächte zerstreut – nicht ganz einfach in Anbetracht der Situation, dass ihr Name derzeit täglich in den Medien stand. Der Flug nach Istanbul – First Class selbstredend – verlief wie am Schnürchen. In der Metropole am Bosporus hatte sie erst mal in ein Hotel eingecheckt – ebenfalls Premiumliga, Five Stars.

Im Hotelzimmer war ihr mehr und mehr klargeworden, dass ihre überstürzte Abreise ein Fehler gewesen war. Jedenfalls in der durchgeführten Art. Sicher war der Grundgedanke nicht verkehrt: Spuren verwischen, und, anstatt direkt nach Paris zu fliegen, halt mit dem Zwischenstopp über Istanbul. Darüber hinaus hatte sie schnell festgestellt, dass sie mit ihrer weltmännischen Gewandheit allein hier nicht weiterkam. In Deutschland war sie eine allseits bekannte Person – eine, der man rote Teppiche ausrollte, und wo Orts-Granden die Blaskapelle zum Aufspielen auf den Platz bestellten. Hier war sie eine gewöhnliche Deutsche – offensichtlich zwar solvent, aber sonst nicht weiter von Bedeutung.

Dann streikten die türkischen Airlines. Nicht nur die Airlines. Der komplette Flughafen war für einen Tag lahmgelegt. Und prompt saß sie auf dem Trockenen: mit ihrem Business-Englisch und ihren zwei Brocken Touristen-Türkisch. Um sich die Zeit zu vertreiben, schlenderte sie einen Nachmittag durch die Altstadt auf der europäischen Seite des Bosporus. Dort, in einem kleinen Café, wo sie auf der Straßenseite Platz genommen hatte und alsbald ihren Tee schlürfte, wurde auch der Stadtplan, den sie sich zugelegt hatte, zum Ziel ihrer Agressionen. Wenn sie es recht überlegte: Sie hatte extrem unüberlegt gehandelt. Sicher – ihren Fortsetzungsflug am folgenden Tag hatte sie in der Tasche. Die Umbuchung hatte sie jedoch einiges an Nerven gekostet.

Nun saß sie hier: der ideale Punkt, um über die Schnittstelle zwischen ihrem alten Leben und ihrem neuen nachzudenken. Als ihr Verhältnis mit einem Minderjährigen medial groß rausgebracht wurde, steppte auch in den Berliner Ministerien der Bär. Der Chef persönlich hatte sie einbestellt.

»Louise – diese Sache fällt uns am Ende nicht doch noch auf die Füße?«

Freundliche Art, aber eine, hinter der sich stahlharte Nerven verbargen. Sie hatte abgewiegelt. Roberto sei schon fast achtzehn. Gut – aber sie sehe ein, dass ein Verhältnis dieser Art nicht angemessen sei für eine Frau in ihrer Position. Von daher: vielmals Sorry, und demütige Bitte um Vergebung.

»Louise, merkst du es nicht?«, hatte ihr der Kanzler darauf entgegnet. »Es sind nicht die Presseberichte, oder irgendein Skandal. Fakt ist, dass das EXIT-Programm nunmehr tot ist. Und die Idee kam vorwiegend von euren Leuten. Respektive: von dir, wenn ich dir das nochmal in Erinnerung rufen darf. Der Begriff EXIT wird vor allem mit deinem Bild assoziiert. Wir haben schon genügend Rückzieher gemacht. Jetzt bleibt uns nur noch übrig, alle Taue zu kappen.«

Sie schaute ihn einen Moment ungläubig an.

»Du willst mich entlassen?«

»Betrachte es, wie du willst. Aber im karrieretechnischen Fahrstuhl hast du zur Zeit eindeutig das Ticket nach unten.«

Suspendierung – getarnt als vorläufige, krankheitsbedingte Abwesenheit. Was das bedeutete, wusste sie, sobald sie die Tür vom Chefzimmer hinter sich zugemacht hatte. Wenn es ganz dicke kam, würde sie nicht einmal mehr ihr Parlamentsmandat behalten können.

Sie dachte zurück. Angefangen hatte alles so vielversprechend. Politischer Frühling lag in der Luft. Deutschland war durch die ganzen Krisen der letzten Jahre gebeutelt. Es war noch schlimmer: Die Sozialsysteme standen kurz davor, kielunter zu gehen. Dann hatten diese Franzosen sie kontak-

tiert. Ein Biotec-Entwicklungsunternehmen irgendwo im
Norden. Ihrer Darstellung nach – und die Darstellung klang
nachgerade sensationell – hatte das Unternehmen den archimedischen Punkt gefunden, mit dem sich gesellschaftliche
Belastungen in Luft auflösen ließen. Und das Ganze völlig in
Einklang mit humanitären und ethischen Prinzipien. Die
Idee war folgende: Man mache Menschen, die in einer be-
lastenden Situation lebten, staatlicherseits das Angebot, sie
in eine bessere Zukunft zu verfrachten. Klang utopisch, war
zwischenzeitlich aber machbar.

Der Clou: Im Grunde hatten so beide was davon, eine
klassische Win-Win-Situation. Die Mühseligen und Belade-
nen wurden ähnlich wie in einem Tiefkühlverfahren eingefroren; die Pflicht, sie in einer anzusetzenden Frist wieder
aufzutauen, war sogar Teil des Vertragswerks. Sicher waren
da salvatorianische Klauseln mit dabei, und auch manches
Kleingedruckte. Richtig ins Feuer ging das Programm allerdings erst ab dem Punkt, an dem klar wurde, dass nicht genug Freiwillige zusammenkommen würden. Ab da standen
sie im Grunde genommen mit dem Rücken zur Wand. Allein
die Technologie hatte mehrere Milliarden gekostet – das Projekt musste auf jeden Fall durchgezogen werden.

Dann war *Morantis*, der Technologiepartner, von einem Tag auf den anderen vom Erdboden verschwunden. In
Deutschland standen plötzlich nur noch angelernte Kräfte
sowie einige mittlere Kader zur Verfügung. In Anbetracht
der Tatsache, dass man schon Unmengen Geld in dieses Projekt gepumpt hatte und auch die laufenden Kosten Löcher
rissen, hatten sie sich irgendwann zur Flucht nach vorn entschlossen und die Chose eben zwangsverfügt. Profan gesprochen wurde so aus einem Angebot ein Angebot, dass nicht

ablehnbar war. Eine Vorgehensweise, die am Ende drei Innenminister verschliss – erst sie, dann ihren Kollegen Dreyel, und nunmehr, nach einer weiteren Austauschrochade, wieder sie. Dann die Rückzieher, stückweise. Erst Frontbegradigung. Seit einem Monat hieß die Losung allerdings nur noch: geordneter Rückzug.

Sicher – mit Roberto hatte sie sich einen hochkarätigen Fehler geleistet. Ein schwacher Moment, hätte nicht passieren dürfen. Ihre vorherigen Lover konnte sie immer diskret abwickeln; im Notfall half eine kleine Starthilfe, eingepackt in ein rosa Couvert. Von Programmbeteiligten allerdings – da hätte sie die Finger lassen müssen. Insbesondere, wo fast jeder in Deutschland ihren Namen mit dem Programm assoziierte. Was sie viel Arbeitsschweiß und Überredungskünste gekostet hatte, vor allem bei ihren Parteifreunden. Der linke Flügel hatte sich nie damit angefreundet, und die Entscheidungsträger in der ersten Garnitur konnte sie lediglich vermittels ein paar handfester Posten – Minister, Staatssekretär und so weiter – auf ihre Seite ziehen.

Roberto – sie dachte zärtlich an ihn zurück. Wenn auch mit kritischem Blick auf ihr Fehlerkonto. Womit sie ihr Beziehungs-Fehlerkonto meinte. Er war einfach so – nunja: schnuckelig. So jung und gleichzeitig begehrenswert. Sie wusste, dass man die Chose auch aus einer ganz anderen Warte betrachten konnte. Zunächst war die Geschichte ähnlich verlaufen wie ihre amourösen Abstecher zuvor. Dann wurde es kompliziert. Roberto mochte auf seine Weise zwar etwas unbedarft sein. Aber er war alles andere als blöd. Folglich instrumentalisierte er das Programm zur Waffe innerhalb ihrer Beziehung, versuchte, moralischen Druck aufzubauen. Ein anderer Punkt war die Kontrolle. Ja – sie hatte ihn kontrolliert. Teilweise war das gar nicht anders zu handhaben, ergab sich schon aus der Konstellation. Vielleicht hatte sie es übertrieben – ein Yellowpress-Blatt hatte es sogar als »Die Sklavenhaltung der Innenmisterin« bezeichnet.

Vielleicht war sie ein schlechter Mensch, dachte sie, als sie sich am Abend, zeitig, zum Schlafengehen fertigmachte. Egoistisch und machthungrig – sicher. Der Tag hier am Bosporus hatte sie allerdings zu der Einsicht kommen lassen, dass sie in einem weitaus größeren Rahmen gefehlt hatte als nur in ihrem Privatleben. Möglicherweise war sie, am Endes ihres Wegs, für den Tod einer fünfstelligen Anzahl von Menschen verantwortlich. Bei der Wiederauftau-Technologie haperte es. Sie hatte es geahnt – ach was: sie hatte es gewußt. Und bei dem Projekt trotzdem weiter aufs Gaspedal gedrückt – obwohl sich die Hiobsnachrichten stetig aufsummierten. Wie auch immer: Zwischenzeitlich war sie zu dem Entschluss gelangt, alles wieder gutzumachen. Obwohl »alles wieder gutmachen« eine eitle, im Grunde kindische Verharmlosung von dem war, was sie angerichtet hatte.

Tat – Katharsis – Neuanfang: Sie würde nunmehr denjenigen, die sich jetzt noch dem EXIT-Projekt entgegenstellten, ihre Hilfe anbieten. Ihren Teil dazu beitragen, die Scherben aufzukehren. Das war die Rolle, die ihr noch blieb. Das war ihr Entschluss in dem Moment, als sie die Reise antrat. Illusionen machte sie sich keine. Selbst wenn man die *Morantis*-Eigner nicht in Rechnung stellte, gab es eine Reihe Leute, deren Feindschaft sie sich unwiderruflich zuziehen würde. Nur Feindschaft? Angesichts der Dimensionen, die ihr Projekt angenommen hatte, schauderte ihr. Möglich gar, dass sie einen Schwenk auf die Seite der EXIT-Kritiker nicht überleben würde.

Der Morgen über dem Bosporus war klar und sonnig. Um acht Uhr klingelte das Telefon.

»Ihr Flug ist bestätigt, Frau Beckmann«, meldete sich freundlich die Rezeption. »Möchten Sie zuerst noch frühstücken? Oder soll ich Ihnen gleich ein Taxi bestellen?«

Claudia war bereits eine Viertelstunde früher am durchgegebenen Treffpunkt. Nachdem sie kurz in Ihrer Wohnung vorbeigeschaut und diese mit leichtem Gepäck wieder verlassen hatte, hatte sie mehrere Haken geschlagen, um potentielle Überwacher abzuschütteln – erst mit dem Taxi nach Paris, dann Fahrt mit mehreren Métrolinien kreuz und quer durch die Stadt. Das *La Belle* war eine einfache Bar in einer Seitenstraße des Boulevard Richard-Lenoir. Hier, in der Nähe der Partymeile zwischen Bastille-Viertel und Rue Oberkampf und umgeben von allerlei Jungvolk, sollten sie unverdächtig genug wirken.

Theo kam pünktlich um 14 Uhr. Er wirkte etwas zerknirscht – allerdings auch misstrauisch. Stetig sich nach allen Seiten umblickend, forschte er nach ihr und bewegte sich schließlich mit mäßiger Wiedererkennungsfreude an ihren Tisch. Die Umarmung war kurz und eher formell.

»Warum zum Teufel hast du –«

»Warum zum Teufel hast du – könnte ich auch sagen.« Claudia taxierte ihn kurz. Schwarzer Mantel, Wollmütze, roter Schal, dunkle Jeans, Boots – schlecht zu gehen schien es ihm jedenfalls nicht. Sie setzte sich, bat ihn, sich ebenfalls zu setzen, Theo winkte zur Bar und bestellte sich ein Mineralwasser. Dann war seine Aufmerksamkeit ungeteilt bei Claudia.

»Du siehst gut aus», bemerkte er. »Naja – jedenfalls solide

im Futter. Auch wenn ich unter deinen Augen einige Sorgenringe zu sehen vermeine.«

»Manno – kannst du den Scheiß lassen? Es ist ernst.« Sie fixierte ihn mit einem Blick, der Bäume umwerfen konnte.

»Was ist los?« Theo verließ die flapsige Geplänkel-Ebene und fixierte sie aufmerksam.

»Du mußt weg. Sorry –« Plötzlich rannen ihr Tränen die Wangen herunter. »Ich hab' Mist gebaut. Richtig großen Mist. Mördermist sozusagen.«

»Du machst mir Angst.« Die Bemerkung war ihm herausgerutscht. Erst wollte er die Besorgnis im Gesamten überspielen. Und nun offenbarte er gerade, dass er um seine ganz persönliche Existenz Angst hatte.

»Du *kannst* auch Angst haben«, lachte sie zynisch auf. »Ich hab' mich mit Geheimdienstleuten eingelassen. Einem deutschen Auslandsgeheimdienst – obwohl ich mir da nicht hundert Prozent sicher bin. Und die haben mich nun auf dich angesetzt. Seit gestern.« Sie lachte nochmals auf. Dann erzählte sie Theo die ganze vermaledeite Geschichte. Auch hier nicht ganz. Den Part mit Joanne spielte sie nach Möglichkeit herunter. Allerdings leuchteten in Theos Kopf spätestens seit dem Moment die Alarmlichter, als sie ihr Leben in Clichy beschrieb.

»Erzähl' doch mal, was die genau von dir wollen. Und was sie über mich gesagt haben.«

Claudia lachte erneut auf. »Eigentlich alles. Dass du in Montmartre im Dealereigeschäft mit drinhängst. Dass du für einen gewissen Kasabian arbeitest. Das Schlimmste jedoch ist, dass sie eine Verbindung von dir zu dem Anschlag konstruiert haben. Irgendjemand – vielleicht ein Informant von denen – hat dich dort gesehen. Vor wenigen Tagen.«

Theo legte die Hand an seine Stirn. Sein Spontanbesuch im *Boufier*. Schon seit gestern schwante ihm, dass das absolut keine gute Idee gewesen war. Er sah sie erneut an:

»Was sollten die von mir wollen? Ich bin uninteressant für die. Nunja – nach unserer glorreichen Flucht vorletztes Jahr nicht ganz. Da kann sich dein Dienst beim BKA dann ein Lob abholen.«

»Möglich, dass sie dich auch umdrehen wollen. Erscheint mir als die wahrscheinlichste Möglichkeit. Wenn ich es richtig bedenke.«

»Damit ich diesen Armleuchter-Haufen von Wir-sind-im-Exil-aber-toll-wie-sonstwas beobachte? Auch noch? Auf dem bereits mehr Spitzel und Informanten draufsitzen, als Paris Einwohner hat?«

»Du hast Recht«, lenkte sie ein. »Ich fürchte nur, für deine stimmige Einschätzung kannst du dir Null kaufen.«

»Was ist mit *dir*?« Plötzlich schob sich in seinen Blick eine besorgte Note.

»Was soll mit mir sein? Ich hab' ungefähr die Wahl, dich hinzuhängen – wenn du bleibst. Oder ich mach', erstmal, da weiter, wo ich aufgehört habe. Und versorge die mit möglichst harmlosen Informationen.«

»Ganz schön beschissen, die Alternative.«

»Ja. Ist es. Was machen wir?«

»Ich jedenfalls fang' nicht wieder neu von ganz vorne an. Ergo: Ich hab' keine Ahnung. Einfach von der Platte verschwinden kann ich nicht, da stehen zu viele Dominosteine mit auf dem Feld. Heißt: Ich werd' nicht mit dir zusammen abtauchen. Bei aller Liebe, und auch rückblickend auf unsere kleine Erfolgsgeschichte …« Ein humorvoller Ausdruck stand auf einmal in seinen Augen. »Und was wirst du machen?«

»Ich weiß es ebenfalls nicht. Von der Bildfläche verschwinden könnte ich möglicherweise einfacher als du. An mir hängt nicht so viel dran. Wenn ich hier eine ordentliche Stelle kriege, klappt das bestimmt auch im Ausland. Oder an der Riviera, mal sehen.«

Theo Schröder überlegte. Weiter machen konnte er nicht; das Netz um ihn hatte sich viel zu fest zugezogen. Einen Plan hatte er nicht. Kopflos abzuhauen war zu riskant. Also blieb nur, sich einen Plan zurechtzulegen.

»Du hast doch noch dein Handy, das wir nach unserer Ankunft hier gekauft hatten«, meinte er. »Denke, das ist safe. Ich schlage vor, wir telefonieren morgen nochmal miteinander. Bis dahin hab' ich bestimmt einen Ausweg gefunden. Und: Lösch' meine Nummer – sofern du die gespeichert hast. Ich hab' deine im Kopf. Wenn wir festgenommen werden, kriegen sie wenigstens nicht diese Verbindung raus. Ansonsten: Sag' im Notfall halt einfach, du hättest das Teil für alle Fälle. Für die Polizei, oder weil dich irgendein Creep belästigt hat.«

Claudia dachte kurz an George und nickte dann stumm. Theo stand auf und breitete seine Arme aus.

»Sorry, muss das alles auch mal erst verdauen. Wir hören voneinander. – Allerliebste Claudia, ich –«

Dann umarmten sie sich lange. »Du auch. Pass' auf dich auf.«

Beim Rausgehen noch einmal zurückwinkend, torkelte Theo auf die Straße. Verdammter Mist. Mulmig zumute war ihm nicht nur wegen Claudia. Die anscheinend richtig in der Tinte saß. Ehrenvoll, dass sie ihn warnte. Sorgen bereitete ihm nunmehr allerdings auch seine Lieblingskundin. Auch wenn Claudia ihm nichts von den Fotos erzählt hatte mit ihm und Joanne, war die Querverbindung doch eine Art Hinweis mit dem Zaunpfahl. Verdammtes Programm, dachte er bei sich. Offensichtlich war er dieser Chose keinesfalls von der Schippe gesprungen. Nun waren die Dienste mit im Spiel, und wer weiß, wer sonst noch. Motto: Jeder bespitzelt jeden. Und das alles nur, weil einer Regierung sämtliches Erwägen von Dimensionen abhanden gekommen war.

Als er den Lenoir herunterschritt, dachte er bei sich: Mielke hätte sich für die Sorte fortgeschrittener Überwachung selbst auf die Schulter geklopft.

15

Unter der geräumigen *Cessna 208*, die – von Florida kommend – nunmehr einen Privatflugplatz nahe der Bahamas-Hauptstadt Nassau ansteuerte, zeichnete sich die Bucht mit ihren Yachten, Motorbooten, Gebäuden und Straßen in gestochener Schärfe ab. Mit ein paar Griffen, Display-Einstellungen und Funkdurchsagen leitete der Pilot die Landung ein. Im holzgetäfelten und auch sonst mit mancherlei Fliegekomfort ausgestatteten Hauptraum saßen vier Männer. Die Unterhaltung war schon aufgrund des gleichmäßigen, aber stets unüberhörbaren Motorenlärms auf kurze Infobrocken beschränkt. Bertrand Saudan, ein Mittfünfziger in weißem Hemd und klassisch-dunkelgrauem Sacco, instruierte seine Begleiter in knappen Worten über den nächsten und letzten Reiseabschnitt. Auf dem Flugplatz würden sie direkt in einen bereitstehenden Helicopter umsteigen und von dort aus zu dem rund zwanzig Kilometer von der Hauptstadt entfernten

Anwesen von Enrique Cotte fliegen, dem dritten der drei ehemaligen *Morantis*-Eigner.

Nach der Landung begaben sich der Pilot und einer der Männer zum Hauptgebäude, um den noch anfälligen Papierkram hinter sich zu bringen. Flugerlaubnis, Einreisepapiere, Zwischenstopp – jedes Mal etwas lästig, befand Saudan, und der Grundidee einer Steueroase eigentlich entgegenlaufend. Allerdings war es müßig, sich über derlei Widrigkeiten zu ärgern – ebenso wie über die scharfen Kontrollen der US-Amerikaner, die mit Argusaugen darüber wachten, dass kein mit Stoff vollgepackter Flieger auf Gottes heiligem Boden anlandete. Er schaute sich in der Sonne um, blinzelte und setzte seine Sonnenbrille auf. Er fixierte seine beiden Begleiter: Frank Callaghan, Wirtschaftsprüfer und sein Top-Fixer bei der Abwicklung der Geschäfte zwischen seinen und Cottes Scheinfirmen und Lucius Wohnscheider, sein Anwalt. Der dritte – einfach Wickley genannt und in seiner Funktion als Bodyguard mit dabei – kam gerade vom Hauptgebäude zurück. Zu viert begaben sie sich die Seitentreppe hinauf zur Plattform, auf der der Helikopter bereitstand.

Bislang lief alles wie am Schnürchen. Der Rest würde nicht so einfach werden – der Grund, warum Saudan hier mit großem Besteck aufschlug. Die Geschäfte liefen nicht so, wie sie sollten. Es war weniger die Arbeitsteilung als solche, die Probleme bereitete. Cotte leitete hier auf den Bahamas die Verwandlung des *Morantis*-Kapitals in sauberes Geld. Zu diesem Zweck hatte er ein kunstvolles Geflecht aus Firmen, Wirtschaftsbeziehungen, Konten sowie Konto-Transfers aufgebaut und dirigierte von diesem Pseudo-Imperium aus den Fluss des Geldes zu Saudans Firmenkonklomeraten in Miami. Saudan wiederum investierte das derart gewaschene Geld in saubere Wirtschaftsunternehmen: Immobilien- und Touristiksektor, Landerschließungen, Firmenbeteiligungen und so weiter. Wobei sein erfolgreichstes Pferd – er mußte bei dem Gedanken leicht grinsen – die Beteiligung an einem Spielcasino des Seminole-Stamms war.

Wer in ihrer Beziehung die Ansagen vorgab, darüber hatte er in seiner Textnachricht an Enrique keinerlei Zweifel gelassen:

KOMMEN FREITAG UM FÜNF. DIREKT BEI DIR. SEI DA.

Möglich, dass Enrique es noch nicht ganz internalisiert hatte. Aber die Hütte brannte. Nachdem er erfahren hatte, dass Brunos Geldabräum-Aktion in Zürich auf blutige und auch sonstwie denkbar ungünstigste Weise schiefgegangen war, hatte er keinen Moment gezögert und die nötigen Rettungsmaßnahmen auf den Weg gebracht. Dabei hatten sie – oder besser: Bruno – noch Glück im Unglück. Bruno hatte sein aus den Fugen geratenes Verlustierabenteuer im Hotel zwar überlebt. Und auch das Geld war da. Allerdings hatte er nunmehr der Schweizer Polizei einiges zu erklären. Aufgescheucht durch dringliche Beschwerden von Hotelgästen sowie Hotel-Leitung, waren die flugs am Tatort erschienen. Nun hatte Wilfried Achalm aka Bruno Bonnière nicht nur der Polizei Rede und Antwort zu stehen. Am Ende würde auch Alice über die Kapriolen ihres Geehelichten alles andere als erfreut sein.

Die vier Männer quetschten sich in den Helikopter und setzten sich Kopfhörer auf. In Saudans Kopf arbeitete es weiter. Das Schweizer Geld war nunmehr weg. Mit Ach und Krach konnte Bruno sich schließlich den lästigen Fragen der Schweizer Polizei entziehen. Seine verbliebenen Blessuren kurierte er derzeit in einem Hospital nahe Genf auf der französischen Seite aus. Allerdings: Sein an bodenlose Naivität grenzender Leichtsinn hatte zur Folge, dass der aufgeschlagene Stein nunmehr Wellen auslöste. Welche, war gegenwärtig nicht absehbar. Möglich, dass Bruno in die Fahndung geriet; eine Schweizer Zeitung mutmaßte bereits etwas von mutmaßlichem Drogengeld.

Wie auch immer: Nicht ausgeschlossen, dass irgendwelche übereifrigen Polizeiermittler auf die Verbindung zwischen dem Geldkoffer und der zwischenzeitlich liquidierten Firma *Morantis* stießen. In dem Fall war Bruno kaum noch zu halten, und auch die Existenzen von Saudan und Cotte waren mittelfristig gefährdet. Saudan kratzte sich missmutig am Kopf, lobte sich innerlich für seine Tatkraft. Über eine sichere Telefonverbindung hatte er Bruno instruiert, was er die kommenden Tage und Wochen zu tun habe.

»Schau' zu, dass du deinen Arsch nach Kanada bewegst«, hatte er gemeint. »Wie du das mit Alice hinkriegst, ist mir egal. Aber ihr müsst die Füße stillhalten. In jeder Beziehung. Kein Aufsehen, kein Nichts, kein Garnichts.« Großzügig fügte er, nachdem Bruno weiter Anstalten machte, sich an seiner Brust auszuflennen, hinzu: »Den Koffer verbuchen wir als Missgeschick. Da nochmal ranzukommen versuchen ist viel zu riskant. Ich werde mit Enrique eine Kompensation finden.«

Dann hatte er aufgelegt. Vierundzwanzig Stunden später befand er sich nunmehr hier auf den Bahamas. Enrique würde eine Überraschung werden, so viel war ausgemacht. Zuletzt gesehen hatte er ihn vor ein paar Monaten. Und dabei mit Missvergnügen festgestellt, dass Enrique zunehmend das Leben eines reichen Müßiggängers führte. Kurz sinnierte

Bertrand über die unterschiedlichen Rollen, die sie im *Morantis*-Konklomerat ausgefüllt hatten. Er war der Macher gewesen – derjenige, der mit Planung, Energie und Härte die Strippen zog. Er dachte an den Spruch, den Dreyel, dieser ehemalige deutsche Innenminister beim ersten Zusammentreffen von sich gegeben hatte:

»Dann sind wir sie alle los. Mit Ihrer Hilfe.«

Theatralisch und feixend vor Freude hatte Dreyel die Hände zusammengeklatscht – damals, in einem erlesenen Geschäftsleute-Club im Berliner Norden. Dreyel – ein politischer Simpel im Grunde, der nur eines konnte: durchpowern. Die Beckmann war ein anderes Kaliber gewesen: klug, einnehmend, charmant und bei alledem immer verbindlich. Diese Kontaktpflege war Bonnières Bereich gewesen – zusammen mit der Imagepflege für ihr Aushängeschildchen Jacques Bauer. Enrique Cotte schließlich hatte sich um die laufenden Geschäfte gekümmert – als der klassische Mann im Hintergrund. Auf den Bahamas nun hatte er anscheinend sein anderes, bislang verborgenes Ich entdeckt. Sicher, wenn Enrique seinen Anteil in Saus und Braus durchbringen wollte – sein Problem. Jedenfalls, so lange er seinen geschäftlichen Verpflichtungen nachkam. Seiner eigenen Philosophie indes lief ein Leben mit Abhängen am Swimmingpool, Parties sowie Golfclub-Aktivitäten diametral zuwider. Nicht, weil er grundsätzlich etwas daran auszusetzen hätte. Allerdings, so fand er, sollte das Dolce Vita am Ende einer Existenz wie der ihrigen stehen – nicht in deren Mitte oder gar am Anfang. Bereits vor seiner Zeit als Eliteuni-Student im Fach Wirtschaftswissenschaften hatte Bertrand Saudan eine Weisheit zutiefst verinnerlicht: dass Geld eben arbeiten wollte – sich vermehren, zu Status und Wohlstand verhelfen.

Entsprechend war sein Traum nicht der Pool unter grünen Palmen. Er für seine Person wollte in diesem Leben auf die *Billionaire's List* im *Forbes Magazin*.

Sanft setzte der Helikopter auf dem Dach des Haupthauses auf. Enriques Finca gehörte zwar nicht zu den größten hier auf New Providence. Bescheiden lebte er dafür jedoch noch lange nicht. Auf dem Dach empfing sie ein schwarzer Diener.

»Mr. Saudan, Misters – wenn Sie aussteigen möchten: Bitte hier entlang.«

Sie folgten dem Schwarzen durch das Treppenhaus eines luftigen, im Kolonialstil gehaltenen Gebäudes. Dann kamen sie ins Freie – auf die Terrasse. Auf der sich das Bild bot, das sich Bertrand bereits ausgemalt hatte. Enrique saß in Shorts am Swimmingpool-Rand und verlustierte sich mit ein paar jungen Frauen, die sich dem Wasser, Longdrinks sowie unbeschwerten Badefreuden hingaben. Im Hintergrund lief dezent eingestellte Reggae-Music. Kein Zweifel – Enrique war im Begriff, sich hier zu assimilieren. Zu assimilieren in der Wortbedeutung, wie sie sich ein Hohlkopf wie er offensichtlich ausmalte.

Mit ausgebreiteten Armen kam Enrique auf seine Besucher zu.

»Ah, Bertrand. Endlich. Lange nicht mehr gesehen.« Mit einer ausgreifenden Geste umarmte er seinen Geschäftspartner. Der blieb distanziert, schob Enriques Hände schließlich weg und meinte:

»Frank kennst du ja noch vom letzten Besuch. Lucius ebenso. Wir haben einiges zu arbeiten. Ich hoffe, du hast genug Zeit für uns eingeplant.«

Enrique schaute seinen Geschäftspartner verunsichert an.

»Sicher«, meinte er. »Dachte mir schon, dass das kein einfacher ›Hallo, schön dich zu sehen‹-Besuch wird. Wollt ihr was trinken? Euch erfrischen – nach der langen Reise?«

Mit einem Mal bekam Bertrand Lust, seinem Partner ein paar in die Fresse zu geben und ihn in seinen Swimmingpool zu schmeißen. Ohne sich zu den beiden anderen – Wickley hielt sich im Hintergrund – umzudrehen, meinte er:

»Frank, Lucius? Lasst ihr mich mit Mr. Cotte einen Moment allein?« Dann rückte er Enrique etwas näher auf die Pelle und meinte lächelnd: »Und du schick’ bitte deinen verpissten Zirkus hier weg.«

Enrique tat, wie ihm geheißen. Nachdem sein Girlie-Anhang sich ins Haus verzogen hatte, legte Bertrand ihm den Arm freundschaftlich um die Schulter und dirigierte ihn so zu einem mit Plastikstühlen bestückten Tisch. Nunmehr außer Hörweite, meinte er:

»Du hast es sicher mitgekriegt – die Aktion mit Bruno?«

Im Grunde war es keine Frage, sondern eine Feststellung. Enrique blickte betrübt einen halbleeren Marguerita-Becher an, der auf dem Tisch stand.

»Ich habe mich um die anfälligen Aktionen bereits gekümmert«, fuhr er im referierenden Konferenzton eines Wirtschafts-CEOs fort. »Die Medien in Europa werden allmählich zu einem Problem. Speziell die in Deutschland. Im Wesentlichen gibt es zwei, die sich an unsere Spur geheftet haben. Einem hat Lucius’ Kanzlei bereits mit einer einstweiligen Verfügung gedroht. Hat leider nicht viel genutzt.«

»Und nun?« Enrique war sichtbar in die Defensive geraten, nuckelte ratlos an seiner Marguerita.

»Und nun?«, äffte Bertrand ihn nach. »Ich hab’ Leute auf die angesetzt. Mit der Zielvorgabe, notfalls auch Botschaften mit genügender Eindeutigkeit zu versenden.« Er machte eine Pause, als ob das Thema damit erledigt wäre. »Ebenso habe ich eine Detektei in der Schweiz mit Nachforschungen beauftragt. Einem ersten Bericht nach tappen die Behörden dort im Dunkeln. Mit Bruno hab' ich ebenfalls gesprochen. – Und auch wir müssen uns über unseren Partner unterhalten.«

Enrique dachte nach. Dann meinte er abrupt:

»Wieso? Bruno hat Scheiße gebaut. Große Scheiße sogar. Gegen unseren eindringlichen Rat. Wenn ich es recht überlege, ist er mehr als gut bedient, wenn wir ihn nicht zu den Fischen schicken.«

Und seine Tussi hinterher, dachte er, sprach es aber nicht aus. Bertrand betrachtete seinen Partner mit schlecht verhohlener Verachtung.

»Was ist das?« Er zeigte auf das Tattoo, das Enrique sich am linken Oberarm hatte anbringen lassen.

»Oh?« Enrique grinste, dachte, mit seiner Hipster-Version von Lokalkolorit wieder Oberwasser zu kriegen. »*Anne Bonny.* Eine bekannte Piratin hier aus der Gegend. Ihre Partnerin – *Mary Read* – lasse ich mir nächsten Monat stechen. Auf den anderen Arm. Die beiden waren –«

Bertrand winkte ab, konnte sich ein höhnisches Grinsen nicht verkneifen.

»Schön, dass du hier auf *Piraten der Karibik* machst. Für mich sieht die Chose folgendermaßen aus: Da du hier offensichtlich nichts Produktives beizutragen hast, werden wir dich wohl oder übel deinem Schicksal als Möchtegern-Pirat überlassen müssen. Ich geb' Lucius und Frank Bescheid, und ihr macht zusammen einen Plan, um unsere Geschäftsverbindungen komplett aufzulösen. Sie können den auch ganz alleine machen, während du dir hier weiter Muschis und Lines reinziehst – liegt ganz bei dir.«

Bertrand war aufgestanden. Seine Wut kaum noch unter Kontrolle habend, tigerte er hin und her. Eine erregte Unterhaltung unter Geschäftspartnern offenbar – ein Konflikt vielleicht, der sich hier anbahnte oder bereits manifest war. Frank und Lucius hielten sich in Reserve. Das hier vor ihren Augen würde so oder so enden. Entweder würden sie gleich den Hubschauber besteigen und zusammen mit Bertrand in Richtung Florida abdüsen. Oder es gab noch Dinge zu besprechen, die ihres Beiseins bedurften. Eine Viertelstunde später war es so weit. Mit ruhiger Stimme winkte Bertrand sie heran und meinte:

»Meine Herren, wenn Sie sich uns zugesellen könnten? Es gibt Arbeit.«

»Mein Freund und ich sind zu einem Entschluss gekommen«, verkündete Saudan, als sich die beiden gesetzt hatten. »Punkt eins: Wir sind übereingekommen, unseren Partner Bruno Bonnière zu kompensieren – trotz des Mißgeschicks, dass ihm kürzlich widerfahren ist. Lucius – du wirst die Details später mit Mr. Cotte besprechen. Der zweite Punkt: Alice Bonnière und die Bonnières ingesamt: Ich werde mich um die kümmern und schauen, dass aus dieser Ecke keine weiteren unliebsamen Überraschungen kommen. Der dritte Punkt: die Geschäftsverbindungen zwischen *Saudan Ltd.* und den Geschäftsverzweigungen von Mr. Cotte. Sie bleiben in ihrer bisherigen Konfiguration bestehen. Ein paar Details müssen wir modifizieren – das werdet ihr beide ebenfalls mit Mr. Cotte besprechen.«

Er schaute seine beiden Begleiter mit festem Blick an. Da alles Nötige gesagt war, fragte er bündig in die Runde:

»Wie lange braucht ihr?«

Die Antwort der restlichen drei am Tisch fiel zufriedenstellend aus. Was hieß: Sie würden noch in der Nacht zurückfliegen können. Saudan stand auf, ging zum Swimmingpool und ließ seinen Blick über den Horizont schweifen. Auf seine beiden Leute konnte er sich verlassen – ebenso wie auf Wigley, der die ganze Zeit am Terrasseneingang gesessen und sich in ein Magazin vertieft hatte. Die richtige Auswahl, dachte Saudan, war die halbe Miete. Weder Lucius noch Frank waren die großen Partyhengste. Lucius war Senior einer großen Wirtschaftskanzlei in Miami. Privat war er stocksolide. Ebenso Frank, der mit seiner Frau in den Everglades lebte und die Feingeschäfte seiner Firma großteils aus dem Homeoffice-Modus heraus steuerte.

Umgebe dich mit Familienmenschen, und die Dinge laufen. Saudan schenkte sich einen Drink ein, stellte den Plastikstuhl an den Swimmingpool-Rand, atmete zufrieden durch und streckte die Beine von sich. Die Sonne tauchte den karibischen Himmel in ein rosagelb eingefärbtes Rot.

Ein europäischer Abstecher näherte sich dem Ende. So Bruno Bonnières Gedanken, als er – gestützt auf seine Krücken und flankiert von einem Flughelfer – Platz nahm in der Maschine, die in Lyon starten und ungefähr neun Stunden später in Montréal anlanden sollte. Der Abstecher war vorzugsweise mit Katastrophen gepflastert gewesen. So jedenfalls sein gedanklicher Stand, als er erschöpft den Kopf in das Kissen der Kopfstütze sinken ließ. Er hatte Mist gebaut – großen Mist. Konnte sich im Grunde glücklich schätzen, dass er überhaupt hier saß. Und sogar noch glücklicher: Einer Textnachricht zufolge, die Bertrand ihm am Vormittag geschickt hatte, würden seine beiden Partner für seine Schweizer Patzer-Serie aufkommen.

Sicher – uneigennützig war diese kulante Reaktion nicht. Im Gegenteil. Wäre Bruno Bonnière nicht die Nummer drei des ehemaligen Biotec-Unternehmens *Morantis* gewesen, würde er sich demnächst wohl die Radieschen von unten ansehen müssen. Bonnière machte sich da keine Illusionen: Keiner seiner beiden Partner würde tatenlos warten, bis er bei der Polizei auspackte. Vielleicht bestand die Gefahr noch immer. Vielleicht jedoch auch nicht, und am Ende würde alles gut werden. Die Kompensation, die Bertrand ihm via SMS zugesagt hatte, war im Grunde Schweigegeld und Abfindung gleichermaßen. Im Grunde, wie es ursprünglich sein Plan war – nun eben ohne die mysteriösen Millionen, die in der Schweiz immer noch für medialen Nachhall sorgten.

Bruno ließ den Vorfall im *Hotel Residenz* en revue passieren. Jenny – wie sie sich nannte. Erst ein etwas kühler Start, und dann –. Er übersprang die Szene mit dem Streit, der eskaliert war. Fatal gewesen waren vor allem die vierundzwanzig Stunden danach. Er hatte schlicht die Nerven verloren. Sicher – das Geld in dem Koffer hätte er der Polizei erklären müssen. Und exakt das war das Problem. Wollte er am Ende nicht in einem Schweizer Haft-Krankenhaus landen oder gar eine Anklage wegen Geldwäsche und Drogenschmuggel riskieren, musste er, so schwer ihm das auch fiel, Fersengeld geben. Da sich der Geldkoffer nunmehr in den Händen der Behörden befand, war Handeln nach dem Motto *Retten, was zu retten ist,* sicher nicht in Gänze unvernünftig. Saudan und Cotte würden ihm die verlorengegangenen Firmen-Barschaften zwar für immer ankreiden. Eine reelle Chance, das Geld zu retten und gleichzeitig sich selbst, hatte allerdings nicht bestanden.

Er dachte an seine Frau. An Alice. Klar, dass er ihr einiges zu erklären hatte. Das »Ehetherapie«-Gespräch, das Bertrand mit ihnen zu führen gedachte, würde da kaum etwas kitten; im Gegenteil. Alice war intelligent. Mit der Story, die er sich zurechtgelegt hatte, würde sie sich kaum abspeisen lassen. Sicher: Alice würde mitspielen. Schon allein wegen des Geldes – und der Insiderkenntnisse, die sie als seine ehemalige Vertraute hatte. Am Ende würde es wohl auf getrennte Betten hinauslaufen. Brunos Kopf schmerzte. Nicht nur wegen der genähten Schädeldecke und den Schmerzen, die die Verletzung immer noch verursachte. Auf irgendeine Weise würde er einen neuen Lebensabschnitt in die Wege leiten müssen – der aktuelle war seit dieser Woche unwiederbringlich vorbei.

Die AC-Maschine machte sich zum Start bereit – und bereit, den Atlantik zu überqueren. An dessen anderem Ende er hoffentlich eines war: sicher genug vor den Nachstellungen der europäischen Justiz.

16

Georg von Hüneberg, bekannt auch unter dem Namen George, sonnte sich gern in seinem Ruf als jemand, mit dem nicht gut Kirschen essen ist. Als dandyhaft auftretender, etwas halbseidener Lebemann am Rand des Pariser Jet Sets hatte er, oberflächlich gesehen, ein Image als Galan alter Schule. Es gab allerdings auch Leute, die übel mit ihm zusammengeraten waren. Joanne Arras und Claudia Kopinksi waren nicht die Einzigen, die George von einer ganz anderen Seite kennengelernt hatten. Es gab andere, schwerwiegendere Fälle. Ein paar hatten mit dem zu tun, womit George sein Zubrot verdiente – als Informationsbeschaffer, Spion sowie nützlicher Anschieber für diverse Dienste und Privatleute. Bei allem achtete George stets auf eine gewisse Unabhängigkeit – eine Unabhängigkeit, die ihn in gewisser Weise frei machte. So zählten nicht nur der deutsche BE, der Bundesnachrichtendienst sowie der französische DGSI zu seinen Kunden. Mit im Setting war auch der ein oder andere Auftraggeber aus den Kreisen der französischen Elite.

Kurzum – Georg von Hüneberg bediente das Image eines klassischen Informations-Freelancers. Der dazugehörige Lifestyle erforderte es, die Dinge stets in der Waage zu halten. Seine Erfolge – und daraus resultierend seine Reputation im Bereich Informationen – mochten ihn zwar vor manchem schützen. Allerdings war er keinesfalls allmächtig. Was er durchaus wusste und in seine Aktivitäten einzukalkulieren verstand. Zwar hatte er den Diensten im letzten Jahr drei deutsche Programm-Flüchtlinge ans Messer geliefert. Bei zweien handelte es sich um ähnliche Kaliber wie diese Kopinski und dieser Schröder: Kriminelle, einer sogar mit einer ganzen Latte von Vorstrafen. Beide hatten die Franzosen mit Kusshand abgeschoben, während die Deutschen sich über die Überstellung freuten. Der dritte hatte sich in einem französischen Untersuchungsgefängnis umgebracht. Der Bursche war – sieht man von aufrührerischen Kneipenreden einmal ab – völlig harmlos; ausgeliefert hätten ihn die Franzosen am Ende wohl kaum. Bei den beiden Frauen, mit denen er in Clichy aneinandergeraten war, hatte er allerdings auf Granit gebissen. Insbesondere bei dieser Deutschen, der er doch so sehr Avancen gemacht hatte. Schließlich hatte ihm der Chef der Pariser BE-Dependance bündig erklärt, dass Claudia Kopinski für ihn tabu war. Und, noch ein bisschen konkreter: dass er Abstand halten solle.

Grenzen dieser Sorte konnte einer wie von Hüneberg nur schwer verkraften. Zuerst wollte er die Alte nur richtig stalken. Dann hatte er es allerdings zweckmäßiger gefunden, sie an seine Kontakte vom BE weiterzureichen. Aufgeschoben war allerdings nicht aufgehoben. Außerdem hatte er noch ein Hühnchen mit dieser Farbigen zu rupfen – die hatte ihn noch mehr rangenommen. In seiner Welt war sein Ruf ramponiert; diese kleine, überschaubare Edelschickeria-Szene in Clichy war schließlich einer seiner Einnahmequellen. Angestachelt von seinem in solchen Dingen noch nachtragenderen Kumpel Hannes, überlegte er an einer Strategie, wie er den beiden Frauen schaden konnte. Wobei »schaden« stark verharmlosend ausgedrückt war. Er wollte sie erledigen. Seine Rachsucht befriedigen, ihnen – am allerliebsten – den finalen Schubs über die Kante geben.

Dann war ihm das Schicksal zu Hilfe gekommen. Claudias Fluchtgefährten, Theo Schröder, hatte er schon seit Wochen auf dem Schirm. Ralph, dieser Typ vom BE, hatte ihn hinzugezogen und in gewisser Weise auf diese Spur gestoßen. So konnte er die einzelnen Anschlüsse bald passend zusammenstecken. Beim Ausspionieren eines Exilantentreffs war ihm dieser Schröder schließlich direkt über die Füße gepurzelt. Ein klassischer Beifang. Als das *Boufier* dann angezündet wurde – egal, ob von Neofaschisten oder irgendjemand anderem – zögerte er nicht, dem Dienst umgehend seine Infos zur Verfügung zu stellen.

»Die Alte sitzt jetzt richtig in der Klemme«, bemerkte er triumphierend zu seinem Saufkumpan Hannes.

Die beiden hingen in Georges Appartement-Wohnung ab, einem mondän ausgestatteten Neubau in Batignolles, in der Nähe des Périphérique. Äußerlich mangelte es in Georges Appartement zwar an nichts. Auf den zweiten Blick allerdings vermittelten Interieur, Kühlschrank und (vor allem) die wohlbestückte Bar das Bild von jemand, der auf eine angenehme Umgebung nicht wirklich Wert legte. Hannes hatte Schwierigkeiten, die Bemerkung seines Kumpels richtig einzuordnen. Verstanden hatte er aber immerhin, dass George es der Schlampe in Clichy ordentlich beigeweicht hatte.

»Die andere war fast noch schlimmer. Diese ... Schwarze«, ergänzte er übellaunig.

Hannes litt ebenfalls noch immer unter der – in seinen Augen – Demütigung, welche Joanne Arras ihm hatte zuteil werden lassen. Weltanschaulich betrachtete sich Hannes vor allem als Incel – als ein Typ, der ein Recht auf Frauen hatte, egal was diese dazu meinten. George hielt die Vorstellungen seines Kumpels für ziemlich verquer. Genauer: Er nahm sie nicht ernst, sie interessierten ihn nicht. Ebenso, wie Hannes ihn im Grunde nicht interessierte. Im Grunde war Hannes für ihn nichts weiter als ein Spiegel, in dem er sein Ego spiegeln konnte. Und ein Werkzeug, dessen er sich für seine Zwecke bediente.

»Kein Problem. Die kriegt auch noch ihren Teil ab«, antwortete er, mehr zu sich.

George nahm einen Schluck Bier, forderte seinen Kumpel mit großzügiger Geste auf, sich in der Küche zu bedienen. Gunstbeweise. In seiner Welt drehte sich letzten Endes alles um Gunstbeweise. Und natürlich den schönen Schein, die Rangstufe in der gesellschaftlichen Fresskette. Da Hannes nichts weiter sagte, schwadronierte George fröhlich weiter.

»Ich hab' auch einen Plan. Details davon kann ich dir leider nicht preisgeben. Aber wenn morgen alles so läuft, wie es laufen soll, fährt der Freund von dieser Blonden nächstens für eine Weile ein.«

Innerlich klopfte er sich auf die Schulter für seine Ausgebufftheit. Natürlich hatte er auch im Rotlicht-Mileu von Montmartre sein Spinnennetz ausgeworfen. Und dabei in Erfahrung gebracht, dass dieser Schröder bei Anatol Kasabian auf der Gehaltsliste stand. Das zusammen mit seinen Beobachtungen im *Boufier* würde reichen, dass die Franzosen Schröder aus dem Verkehr ziehen würden. Voraussetzung: Er gab den richtigen Leuten die richtigen Informationen.

»Aber dann nehmen wir uns diese Schwarze vor?«, fragte Hannes quengelnd.

»Ja. Dann kümmern wir uns um Joanne Arras. Versprochen.« George stieß mit seinem Kumpel an.

Journalist und Spürnase Michael Kollmann war seit drei Tagen in Châlons-en-Champagne, und es war einfach zum Haareraufen. Während er Vallan in einem Tag durchgeackert hatte, war er hier auf einen ausgedehnten, in sich schwer einsortierbaren Sumpf von teils widersprüchlichen Informationen gestoßen. Begonnen hatte er damit, dass er auf allen möglichen Ämtern Informationen über Jacques Bauer zusammengetragen hatte. Da es in Frankreich keine Meldepflicht gibt und demzufolge auch keine Einwohnermeldeämter, musste er seine Infos in gestückelter Form zusammenklauben. Konkret bedeutete das: Rathaus, Standesamt; schließlich, als alles andere nicht mehr weiterführte, das Finden von Splits in den Archiven von einem halben Dutzend Webseiten. Am Ende hatte er sich, auch wenn das heikel war, in ein Verzeichnis des französischen Inlandsgeheimdienstes hineingehackt. Gegraben hatte er schließlich bei der hier ansässigen Außenstelle der Pariser *Arts et Métiers Tech*, in den Grundbüchern der Stadt, in Mitarbeiterlisten von Firmen sowie in alten Zeitungsarchiven. Mit den entsprechenden Firmen telefoniert – hatte er am Ende auch. Den gestrigen Tag schließlich konnte er mit ein paar persönlichen Befragungen abschließen.

Die Erkenntnisse waren nicht berauschend, aber doch immerhin solide. Die gute Nachricht. Jacques Bauer hatte in Châlons tatsächlich fast siebzehn Jahre seines Lebens verbracht – von 1975 bis hin zu seinem ersten Ableben im Jahr 1992. Die beruflichen Parameter warfen nicht so viel ab. Im Wesentlichen war er bei zwei Tech-Firmen beschäftigt, die bestimmte Pflanzendünger-Sorten weiterentwickelten. Der Gesamteindruck bestätigte das Bild eines vielleicht durchaus fleißigen, allerdings nicht sehr viel Initiative an den Tag legenden und darüber hinaus eher zurückgezogen lebenden Mitarbeiters. Immerhin – Bauer hatte Steuern gezahlt, war einer Arbeit nachgegangen und hatte so seinen bescheidenen Beitrag zum Wohl der Stadt geleistet. Vertieft wurde das Bild durch das Gespräch mit Madame Vigier, Bauers ehemaliger Vermieterin. Kurz nach seinem Zuzug hatte Jacques Bauer geheiratet – eine junge Frau, die hier aus der Region stammte. Kennengelernt hatte er Mademoiselle Juliett wohl in Paris. Vielleicht war der frischgebackenen Madame Bauer das Bauersche Leben zu langweilig geworden. Die Ehe wurde vier Jahre später einvernehmlich geschieden. Last but not least: auch die Datenbank des Inlandsgeheimdienstes brachte nichts. Was im Grunde nichts weiter hieß, als dass Bauer keine politisch gefährlichen Aktivitäten verfolgte.

Aus standen im Wesentlichen noch genauere Details zum Ableben sowie zu der mysteriösen Wiederauferstehung zehn Jahre später. Das würde er morgen in Angriff nehmen. Zwischenresummee: die Diskrepanz zwischen dem beschaulichen Bauer in seinem ersten Leben und seinem Durchstart im zweiten wurde immer größer. Zeit, seinen Kollegen Marco Salvetti anzurufen.

»Und, wie ist es? Vergnügst du dich gut in der Champagne?«, trötete dieser aufgeräumt.

»Wie man's nimmt. Für meinen Fall würde ich hier wohl eher vor Langeweile sterben. Aber ergiebig war's schon.«

»Schieß' los.«

Kollmann rekapitulierte den aktuellen Stand. Zusammenfassend meinte er: »Ich glaube, wir haben uns hier einen Spießer wie aus dem Bilderbuch angelacht. Denke, der Knüller kommt vielleicht morgen, wenn ich der seltsamen Wiederauferstehung näher auf den Zahn fühle. Was ist mit dir?«

»Wir sind vorgestern in Paris angekommen«, meinte Salvetti. »Ist irgendwie geil – vor allem für den Jungen. Der zieht gerade um die Häuser. Kein Grund zur Sorge; konnte gestern mit ihm ein Informationsgespräch führen. Richtig offiziell. Wird die Beckmann vermutlich weiter in die Bredouille bringen. Ansonsten blüht der hier richtig auf, würde wohl am liebsten immer hier bleiben. Mir ist's aktuell recht. So kann ich mich weiter meinen Recherchen widmen. Vor allem *Morantis*. Wird vermutlich der härteste Knochen werden. Die haben sich sogar schon gemeldet.«

»Lass hören.« Kollmann legte das SmartPhone auf die Bank, von der aus er gerade einen idyllischen Ausblick auf die Marne genoß, schaltete auf Laut, holte sich einen Notizblock und wartete auf Salvettis Bericht.

»Nicht so wild. Eigentlich. *Rice* hatte das Thema schon mal mit einer kleinen Hintergrundstory vorgewärmt. Mein Kollege Günther Kaps; der ist in so Wirtschaftssachen firm. Sind nach Erscheinen des Artikels mit einer einstweiligen Verfügung angerückt. Drohung mit Unterlassungsklage, das Übliche eben. Das ist insofern bemerkenswert, als dass es die Firma eigentlich überhaupt nicht mehr gibt. Briefkastenfirma im US-Bundesstaat Florida, amerikanische Anwälte. Ich schick' dir das Teil gleich als Mail-Anhang. Damit wir die Tage dann ins Finale gehen können. Wann kommst du hier runter?«

»Weiß nicht. Noch ein, zwei Tage. Was ist eigentlich mit der Beckmann? Hab's über die Medien mitgekriegt. Heißt das jetzt: die Ratten verlassen das sinkende Schiff? Oder: dass wir uns sputen müssen, um noch ein Stück vom Kuchen abzukriegen?«

»Ich hab' ehrlich gesagt keine Ahnung. Sorry übrigens, dass ich mich so lang nicht gemeldet hab'. Bin vielleicht etwas zu sehr in meinen Nebenjob als Sozialbetreuer hineingewachsen.«

»Schon gut. Ansonsten müssen wir uns zusammenreißen«, meinte Kollmann ernst. »Die Bettvorlieben der Beckmann sind in zwei Wochen wahrscheinlich Schnee von gestern. Möglich, dass Dreyel den Job wieder übernimmt, der hat bekanntlich Nerven wie Drahtseile. Unsere Kerngeschichte ist allerdings Bauer. Wenn wir nachweisen, dass dieser Typ im Grunde ein Fake ist, können wir vielleicht sogar das komplette Programm kaputtschießen.«

»Weißt du, was mir nicht gefällt?« Salvetti machte eine nachdenkliche Pause. »Das Teil hat unendlich viele Fäden. Kaum jemand ist wirklich greifbar, jeder verschanzt sich hinter irgendeinem anderen. Ich hab' hier noch was mitgekriegt: Vorgestern gab es einen Brandanschlag. Ein Lokal, das als informeller Treffpunkt von Flüchtigen aus Deutschland diente. Hab' allgemein den Eindruck, hier in Paris ist noch viel mehr im Busch. Heißes Pflaster. Insgesamt von Vorteil wäre es natürlich, wenn die Beckmann umfallen würde und aus der Schule plaudert. Ich denke, beide Stränge sind wichtig. Wenn wir die zusammenführen, wird das wahrscheinlich der entscheidende K.O.-Schlag.«

»Salvetti?«

»Was?«

»Ich mache mir Sorgen. ›K.O.-Schlagen‹ war doch nicht etwa Teil deiner Journalistenausbildung?«

»Naja – ›kaputtschießen‹ ist auch nicht ganz ohne. Hast du aber wohl eher vom Militär – oder?«

In der Sorte Ping-Pong war Salvetti der Meister. Kollmanns Antwort war darum simpler Klartext:

»Scheiß drauf. Wer wird nach den Boxhandschuhen fragen – wenn dieser Sumpf endlich trockengelegt ist?«

Ein Tod geht in etwa folgendermaßen über die Bühne: Ein Mensch stirbt. Plötzlich und unerwartet, oder aber nach langer Krankheit. Ein beträchtlicher Teil der Bevölkerung in westlichen Ländern verstirbt in einem Altersheim oder einer anderen öffentlichen Einrichtung – etwa in einem Krankenhaus. Im Anschluss stellt irgendjemand den Totenschein aus. Verwandte und Angehörige kommen zusammen. Sie trauern – mal mehr, mal weniger. Manchmal stirbt auch jemand, um den niemand trauert. Dann richtet irgendjemand die Beerdigung aus. In ländlichen Regionen ist immer noch eine der ortspräsenten Kirchen stark involviert. In den meisten

Fällen landet der (oder die) Tote schließlich in einem Grab auf dem Friedhof oder auch in einer Urne.

So viel zum technischen Teil. Auch bei Jacques Bauer gingen die technischen Modalitäten ungefähr auf diese Art vonstatten.

»War eher ein tristes Begräbnis«, meinte ein alter Friedhofswärter, mit dem Michael Kollmann auf dem Cimetière am westlichen Rand der Stadt redete. »Kann Ihnen nicht viel über den Mann sagen. Erinnern kann ich mich nur, dass niemand da war. Nur der Pfarrer, eben ich und noch ein Arbeiter hier vom Friedhof. Ich selbst war ja noch relativ jung; war froh, diese Stelle hier bei der Gemeinde bekommen zu haben. Mit einem Grab kann ich nicht dienen. Meines Wissens ist das alles mal umgegraben worden. Um Platz für neue Gräber zu schaffen.«

»Umgegraben?«

»Ja – letzten Endes schon. Wenn auch vorsichtig. Anders würden die Gemeinden der vielen Toten gar nicht mehr Herr. Mir soll's recht sein. Wenigstens eines ist beim Job auf dem Friedhof sicher: die Arbeit geht nie aus.«

Der Mann war ins Grübeln gekommen. Michael Kollmann ermutigte ihn, noch mehr zu erzählen, aber da war nichts. Er fragte in Arztpraxen herum, ob sich vielleicht jemand an Jacques Bauer erinnere.

»Gut, dass da mal jemand anruft. Vor allem von der Presse«, meinte ein Landarzt in der Nähe des Stadtzentrums. »Die Grundversorung hier ist ziemlich runter. War es auch schon in den Neunzigern. Wenn Sie nach dem Mann suchen, haben Sie hier schlechte Karten. Irgendwas auf dem Totenschein, ein Hinweis?«

»In dem steht nicht viel. Lediglich, dass er eines natürlichen Todes gestorben ist. Keine weiteren Angaben. Ist aber vielleicht auch nicht so wichtig. – Noch eine Frage: Medienberichten zufolge soll der Tote, nach dem ich hier frage, zehn Jahre später wieder zu den Lebenden erwacht sein. Wissen Sie da vielleicht was darüber?«

Die Stimme des Landarztes krächzte lachend. »Das ist aber mal ein Guter. Wo haben Sie den her? Stand das in *Paris Match* oder einer ähnlichen Illustrierten?«

»Ich gebe zu, dass ich in den hiesigen Archiven keine Meldung gefunden habe«, gab Kollmann kleinlaut zu. »Ist vielleicht doch nur eine Ente.«

»Da haben Sie sich wirklich eine Ente aufbinden lassen. Wo gibt es sowas? Meinen Sie vielleicht Nahtod, guter Herr? Das ist etwas völlig anderes. Auch aus medizinischer Sicht. Im übrigen eine stark umstrittene Sache. Was manche als ›Nahtoderlebnis‹ bezeichnen, würde ich eher unter die Rubrik ›menschliche Extremerfahrungen‹ subsumieren. Mit ›Tod‹ jedenfalls hat das alles nichts zu tun. Jedenfalls nicht aus medizinischer Sicht.«

»Vielen Dank. Sie haben mir sehr geholfen.«

Michael Kollmann fühlte sich plötzlich ziemlich niedergeschlagen. Das war's. Eine Recherche für die Katz'. Ein kleiner Loser, im Grunde wohl eine ziemlich arme Sau. Der sein Leben auf die denkbar unspektakulärste Weise beendet hatte. Nur, dass es keinerlei Indiz gab für einen Neustart aus dem Grab heraus. Fazit: Jacques Bauer hatte hier gelebt und war auch hier verstorben. Ein zweites Leben hatte es jedoch nie gegeben.

Was zwangsläufig bedeutete: Die Person, die zehn Jahre später als »Jacques Bauer« Furore gemacht und schließlich ein Buch über die technischen Modalitäten eines zweiten Lebens verfasst hatte, hatte mit dem ersten nichts zu tun. Wirklich interessant war der zweite Jacques Bauer. Wenn alles gut lief, würden sie in Paris mehr über ihn in Erfahrung bringen.

Michael Kollmann hatte genug von Châlons-en-Champagne. Während er zu seinem Hotel ging, überlegte er, ob er sofort nach Paris fahren sollte, oder erst am nächsten Tag. Er beschloss, es ruhig anzugehen. Nachdem er seinem Kollegen in Paris berichterstattet und via Mail eine Zusammenfassung gesendet hatte, beschloss er, den Abend langsam ausklingen zu lassen. Im Ortskern suchte er sich ein Restaurant mit nordfranzösischer Küche, verspeiste ein Menü mit gegrillten Schweinekoteletts und Kartoffeln, trank dazu ein Bier und absolvierte im Anschluss einen kleinen Verdauungsspaziergang entlang der Marne.

Wenn ich hier leben würde, würde ich mir die Kugel geben, dachte er kurz, während er durch die kalte Dezembernacht über den Fluss blickte. Das Städtchen war idyllisch, keine Frage, sicher auch architektonisch interessant. Aber sonst? Kollmann beschloss, vielleicht noch ein Bier an der Hotelbar zu nehmen. Die hatte allerdings schon geschlossen. Etwas frustriert ging er auf sein Zimmer, schmiss sich aufs Bett, legte sich eine Weile auf den Rücken und rekapitulierte den Tag. Der – irgendwie – seltsam verlaufen war. War es möglich, dass ihm am Marne-Ufer jemand gefolgt war? Kollmann verwarf den Gedanken. War klar: Wenn man zu Nahtoderfahrungen recherchierte, war es gut möglich, dass als Nebenwirkung Verfolgungswahn auftrat.

Am nächsten Morgen stand er früh auf, nahm ein ausgiebiges Frühstück im Frühstücksraum und packte dann seine Tasche ins Auto. Vorher setzte er noch eine SMS an Marco Salvetti ab. Dann bugsierte er seinen BMW aus dem Stadt-

zentrum hinaus in Richtung Westen. Spontan hatte er beschlossen, die Landstraße zu nehmen. Dauerte etwas länger,
war aber sicher abwechslungsreicher als die Autobahn über
Reims. Er stellte einen Sender im Digitalradio ein. Nachrichten, natürlich – Pflichtprogramm. *Radio France* berichtete
über das allgemeine Weltgeschehen. Und die innenpolitische
Lage. Nervös betätigte Kollmann den Display. Dann fand er
einen Sender mit Jazz. Schon besser. Einen kleiner Hauch
musikalischer Melancholie würde seine echte Melancholie
sicher vertreiben.

Kollmann war ins Träumen geraten. So bemerkte er den
schwarzen Fiat nicht, der sich ihm von hinten näherte und
im Anschluss mit einem Abstand von etwa zwanzig Metern
an ihm draufsaß. Komischer Kauz, dachte Kollmann. Oder
Käuze. Auf den Vordersitzen des Fiat registrierte er zwei
Männer. Eher südländische Typen. Dann kam eine Kurve,
ein Baum. Er versuchte zu bremsen. Die Bremse funktionierte nicht. Mit einem Schlag kam ihm der Gedanke, dass der
Wagen manipuliert sein könnte. Zu spät. Dann wurde er von
hinten scharf gerammt. Erst einmal, dann zweimal. Sein
BMW geriet von der Spur, steuerte den Baum an. Du liebe
Scheiße. Er versuchte das Steuer umzureißen, konnte die Karambolage jedoch nicht mehr vermeiden. Krachend fuhr er
in den Baum hinein.

Blechschaden, dachte er, einer seiner letzten Gedanken:
Sein Bodybag hatte ihn vor dem Schlimmsten bewahrt. Doch
schnell schwante ihm, dass der inszenierte Unfall lediglich
die Ouvertüre gewesen war. Eine Befürchtung, die umgehend von der Realität bestätigt wurde. Schweiß stand ihm auf
der Stirn, mittlerweile mit Blut vermischt. In dem verboge-
nen Vorderspiegel erkannte er, wie die zwei Männer aus dem

Fiat ausstiegen und langsam auf seinen Wagen zugingen.

Der Vordere trug so etwas wie ein Seil bei sich. Er wickelte das eine Ende um seine Hand.

17

Marco Salvelli erfuhr die schlimmen Neuigkeiten von seinen *Rice*-Kollegen in Berlin. Tessa war dran, verantwortliche Leiterin des Ressorts Story.

»Hast du es schon erfahren?« Tessa kam auch sonst gern bündig zur Sache. Im konkreten Fall wäre allerdings jedes Eingangsgeplänkel unpassend gewesen.

»Was?« Marco Salvetti putzte sich mit einer Serviette den Mund ab. Croissant-Krümel verteilten sich gleichmäßig auf dem Cafétisch und auf dem Boden. Roberto saß auf der anderen Seite des Tischs und schaute ihn fragend an.

»Kollmann ist tot. Heute morgen. Autounfall. Karambolage, mit Fahrerflucht.«

»Moment mal.« Salvetti schluckte trocken, nahm dann das Mobil und ging nach draußen vor die Tür. Es war kalt.

»Ich bin wieder dran«, fuhr er fort. Der Schock kam in Wellen, sanft und stetig wie ein Tsunami im Indischen Ozean. »Wie ... was ... Heute morgen hat er sich noch bei mir gemeldet. Eine SMS geschickt ...«

Tessa meinte ernst: »Es tut mir leid. Wir sind hier selbst ziemlich durch den Wind. Geschockt. Dann briefte sie ihn über den Stand der bislang bekannten Ermittlungen. »Der Unfall muss so gegen 9 Uhr passiert sein. Auf einer Landstraße, 20 Kilometer von Châlons entfernt. Über die Tatumstände kann ich dir aktuell nicht mehr sagen. Die Polizei ermittelt noch. Allerdings geht sie *nicht* von einem Unfall aus. Der springende Punkt ist, dass seine Unterlagen wohl verschwunden sind. Die Polizei sucht den Tatort zwar noch ab. Aber seine Aktentasche, sein Laptop und wohl auch sein SmartPhone sind weg.«

Salvetti sagte nichts, schluckte trocken. Ein Kloß hatte sich in seinem Hals festgesetzt. Er lehnte sich an eine Hauswand, ging in die Hocke.

»Ich *muss* dich das leider fragen; ich weiß, ihr konntet ziemlich gut miteinander: Habt ihr euch soweit auf dem Laufenden gehalten? Memos ausgetauscht, Texte oder sowas?«

»Kollmann hat mir heute morgen einen ausführlicheren Rapport geschickt. Die Länge war sonst nicht so seine Art. Hatte im Hinterkopf schon so eine Ahnung: der will auf ›safe‹ gehen.« Salvetti machte eine Pause. »Das Memo betrifft allerdings nur seine Recherche in Châlons-en-Champagne. Auch textlich ist es lediglich eine Zusammenfassung; die Quellen müssten großteils wieder rekonstruiert werden.« Salvetti ging noch weiter in die Hocke. »Es ist ... eine einzige Scheiße.«

»Ja, ist es«, meinte Tessa ernst. »Am besten ist es, du fährst selbst zur Unfallstelle raus und siehst nach dem Rechten. Ich schick' dir per Mail gleich ein paar Parameter rüber – Ort, Dienststelle, Kontaktadresse der dortigen Mordermittlung, und so weiter.«

»Tessa. ich –«

»Ich weiß, wie schwer das gerade für dich ist. Aber ich bitte dich um eins –«

»Was?« Salvetti wusste ungefähr, was kommen würde.

»Häng' dich da nicht auch noch rein«, meinte sie mit fürsorglicher Stimme. »Schau', ob da noch Unterlagen existieren. Dokumentkopien und so. Kollmann hat einiges in die Cloud abgespeichert, da müsste ich nochmal mit unseren Kollegen von A-TV reden. Ich hoffe übrigens, dass die jetzt nicht kalte Füße kriegen.«

Tessa, die Immer-an-alles-Mitdenkerin. Sie hatte Recht. Mit dem Tod Kollmanns stand das gesamte Projekt auf der Kippe.

»Gibst du mir Bescheid, wenn du die Lage vor Ort geklärt hast? Ansonsten melde ich mich später nochmal. – Gib' vielleicht auch Bescheid, wann die die Leiche freigeben. Kollmann hatte hier in Berlin eine Freundin. Die werden – neben allem anderen – vermutlich auch die Beerdigung planen wollen.«

Beerdigung, Tod – Marco schlug einen Moment die Hände vors Gesicht. Tessa hatte aufgelegt. Er sammelte sich einen Moment, ging in das Café und meinte kurzangebunden zu Roberto.

»Ich muß weg. Bin vermutlich heute abend wieder da. Oder spätestens morgen.« Entschlossen griff er nach seiner Jacke.

»Ist was?« Robertos Stimme klang ängstlich.

»Ja. Wir haben ein paar Troubles«, meinte Marco ausweichend. »In der Redaktion. Deshalb muß ich weg. Aber mach' dir keinen Kopf. Verhalt' dich nur schön weiter so unauffällig wie bisher, dann wird das schon werden.«

Mit einem aufmunternden Blinzeln verabschiedete sich Marco und machte sich auf in Richtung eines Örtchens mit dem Namen Blancs-Coteaux.

Theo aka Charlie aka Theo Schröder hatte die ganze Nacht nachgedacht. Sollte er abtauchen oder nicht? Seit dem Treffen mit Claudia geriet er zunehmend ins Trudeln. Irgendwie steckte sie das cooler weg – so jedenfalls sein Eindruck. Vermutlich, weil bei ihm mehr auf dem Spiel stand. Ungerecht – verwarf er diesen Gedanken, stark ungerecht: Du machst hier als Dealer und Kompagniemutti an Sexfilm-Sets rum, während sie sich immerhin eine ordentliche Existenz aufgebaut hatte. Fakt jedoch war, dass er nicht verschwinden *konnte* – jedenfalls nicht ohne weiteres. Vielleicht konnte ihm Monsieur Kasabian einen anderen Job geben – vielleicht in Marseille, oder auch in Nizza. Klar, am Mittelmeer war es wärmer, auch im Winter. Gute Idee: Monsieur Kasabian, könnten Sie mich eventuell auf eine andere Stelle versetzen? Meine Qualitäten kennen Sie ja. Wie wäre es mit unten im Süden, Sie haben da sicher die ein oder andere Dependance?

Vielleicht doch keine so gute Idee. Es war früher Morgen, und er war immer noch zu keinem Entschluss gekommen. Er blickte auf den Radiowecker neben seinem Bett. 5:45 Uhr. Er lauschte hinein in die Zimmerluft. Es war ruhig, fast totenstill. Lediglich die Tauben und Möwen ließen das ein oder andere Gurren und Schreien vernehmen.

Dann geschah alles mit unheimlicher Schnelligkeit. Im Flur aus Richtung Wohnungstür registrierte er ein lautes Krachen, ein, zweimal. Dann Tippeln, Schreie, dann waren sie drin, standen plötzlich behelmt, mit Masken und Maschinenpistolen vor seinem Bett. Polizei – ein Greiftrupp; keine Ahnung, von welcher Einheit die kamen. Eins war allerdings gewiß: deutsche Polizei war gegenüber den Franzosen wie Ferien. Das hatten ihm genug Leute mit einschlägigen Erfahrungen erzählt: Wenn die dich auf diese Art und Weise festnahmen, machtest du besser keine falsche Bewegung.

»RUNTER RUNTER RUNTER !!! HINLEGEN, AUF DEN BAUCH.
ARME AUF DEN RÜCKEN !«

Die Anweisungen kamen zwar auf Französisch. Obwohl er
sich bereits ›unten‹ befand, war ihr Inhalt jedoch so archaisch wie allgemeinverständlich: Er sollte exakt das machen,
was sie ihm sagten, und keinen Millimeter mehr. Rasch fesselten sie ihm mit Plastik-Kabelbinder die Hände. Zwei aus
der Truppe richteten ihn grob auf, schubsten ihn in Richtung
Flur. Dann bekam er noch eine mit dem Maschinengewehr-
kolben mit auf den Weg. In die Niere. Er stolperte. Möglich,
dass es auf die Art noch weitergegangen wäre. Plötzlich kamen zwei Zivile hinzu. Trenchcoat, Cordjacke, der eine klein
und mit Brille.

»Monsieur Schröder?«, sagte der im Trenchcoat. »Sie sind
verhaftet. Verdacht der Beteiligung am Anschlag in der *Bar
Boufier*. – Bringt ihn weg.«

Als nächstes ging es runter auf die Straße. Wo er – nackt
bis auf seinen Slip – in einen Gefangenentransporter verfrachtet wurde. Drei der vermummten Cops gesellten sich
zu ihm und fixierten ihn mit hasserfüllten Blicken. Mit der
gängigen Prozedur aus Krimis, das wurde ihm schnell klar,
hatte das hier wenig zu tun. Kein Polizeirevier, kein Verhör
mit freundlichen oder wohl eher unfreundlichen Zivilcops,
und auch kein Kaffee. Bereits die Fahrt im Polizei-Trans-
porter sorgte für flashartig in ihm hochkommende Deja-
vu-Erinnerungen. Durch die vergitterten Fenster gewahrte
er schließlich eine hohe, einen kompletten Block sich hin-
ziehende Festungsmauer aus grauschwarzem Klickerstein.
Das Ziel seiner Verbringung war La Santé, das berüchtigte
Pariser Stadtgefängnis am Rand des Montparnasse-Quar-
tiers im 14. Arrondissement. Das Gefängnis hatte sich seinen

legendären Ruf hart erarbeitet. Seit seiner Erbauung im 19. Jahrhundert hatte es fast alles gesehen: öffentliche Hinrichtungen direkt außerhalb seiner Mauern und solche innerhalb, prominent gewordene Guillotinierte wie Henri Duchemin, Roger Bontems und Claude Buffet, inhaftierte Mitglieder der Résistance, den Ausbrecherkönig Jacques Mesrine, einen wegen skandalöser Haftbedingungen eingesetzten parlamentarischen Untersuchungsausschuss, eine großangelegte Sanierung und schließlich die vor wenigen Jahren erfolgte Neu-Inbetriebnahme.

Die Guillotine stand zwar nicht mehr auf dem Innenhof. Ein Zuckerschlecken war der Aufenthalt in der Santé darum noch lange nicht. Theo Schröder wurde bündig in einen Neubau-Trakt verfrachtet, mit provisorischen Anstalts-Kleidungsstücken ausgestattet, nochmals auf Mitbringsel durchgecheckt und daraufhin in eine Zelle gesperrt. Die Zelle war unbeheizt. Bibbernd kauerte er sich auf der Pritsche zusammen und starrte die kahle weiße Wand an.

In dieser Lage verblieb er Stunden – jedenfalls mehr oder weniger. Als er den ersten Schock verdaut und seine Lage begriffen hatte, begann er laut gegen die gusseiserne Zellentür zu hämmern – ebenso wie vermutlich alle Insassen vor ihm. Beim zweiten Mal gab es Resonanz. Eine Stimme aus dem Zellengang draußen rief:

»Halt die Fresse! Sonst gibt's noch eine Abreibung – tu comprends?«

Nach ein paar Stunden holten sie ihn ab. Führten ihn zwei Stockwerke höher in ein schäbiges, mit Linoleumplatten ausgelegtes Büro. Vor ihm saß ein Mann im Anzug. Eher älter, sonst ziemlich undefinierbar. Grau; grau wie der Knast.

»Setzen Sie sich, Monsieur Schröder. Setzen Sie sich.«

Mit beiläufiger, desinteressiert wirkender Geste machte er eine leichte Handbewegung hin zu dem Stuhl gegenüber seinem Schreibtisch. Theo setzte sich, versuchte sich zurechtzurücken – was angesichts der Handschellen, die sie ihm angelegt hatten, nicht ganz einfach war. Einer der Gefängniswärter blieb neben ihm stehen und verschränkte die Arme. Der Beamte – wahrscheinlich von der Kripo oder einer anderen nichtuniformierten Dienststelle – blätterte gelangweilt durch die Unterlagen und fixierte ihn dann.

»Theo Schröder. Auch unter dem Namen ›Charlie‹ bekannt. Monsieur Schröder, Sie werden beschuldigt, an dem Anschlag auf die *Bar Boufier* von vor wenigen Tagen beteiligt gewesen zu sein. Darüber hinaus haben wir Erkenntnisse, dass Sie Ihren Lebensunterhalt mit Drogengeschäften bestreiten – vermutlich unter der Ägide eines gewissen Anatol Kasabian. Aus Deutschland gibt es eine Akte, die Ihnen bewaffnete Flucht sowie einen Banküberfall vorwirft. Alles zusammengerechnet sind das fünf Tote. Nicht schlecht. Was sagen Sie dazu, mon ami?«

»Ich bin unschuldig.«

Der Beamte lachte lustlos auf und sah Theo mit gleichgültigem Blick an.

»Ich dachte, Sie würden mich mit einer geistreicheren Antwort überraschen«, meinte er, verfiel jedoch gleich wieder in einen sachlichen, geschäftsmäßigen Ton. »Nun gut, das wird ein Gericht entscheiden. Ich bin nicht hier, um Sie zu verhören. Ich teile Ihnen mit, was als nächstes geschehen wird. Möchten Sie einen Dolmetscher hinzuziehen? Oder halten Sie Ihr Französisch für ausreichend?«

»Ich benötige keinen Dolmetscher.« Theo, eher trotzig als wohlsortiert. »Ich möchte aber gern einen Anwalt«, fügte er hinzu. Der Zivile schaute auf die Kladde vor sich auf seinem Schreibtisch, blätterte kurz durch ein paar Dokumente und schaute Theo schließlich mit müden Augen an.

»Sie kriegen Ihren Anwalt«, meinte er. »Pflichtverteidiger. Das läuft hier in Frankreich ähnlich wie in Deutschland«, fügte er hinzu. »Der Mann wird sie kontaktieren. Oder haben Sie jemand Spezielles im Auge?«

»Was ist jetzt? Ich habe doch schon gesagt: Ich habe nichts getan. Der Vorwurf mit dem Anschlag auf das *Boufier* ist völlig abstrus, an den Haaren herbeigezogen. Ich möchte einem Haftrichter vorgeführt werden.«

»Das werden Sie. Wenn Sie zuvor einen Anwalt Ihrer Wahl möchten, kontaktieren Sie einfach das Wachpersonal; man ist instruiert. Ansonsten befinden Sie sich hier in Untersuchungshaft. Die nächste Station ist der Haftrichter, aber ehrlich gesagt würde ich Ihnen dringend raten, für diesen Termin einen Anwalt zu konsultieren. Ein Dokument mit dem Haftbefehl sowie einer Zusammenfassung der Anklagepunkte, die gegen Sie möglicherweise ins Feld geführt werden, werde ich Ihnen im Anschluss mitgeben. Sonst noch Fragen?«

»Wann kriege ich was zu trinken? Und zu essen?«

»Zu den üblichen Zeiten. Es ist 12:15 Uhr; sie werden sich bis zum frühen Abend gedulden müssen. Das war's von meiner Seite. Au revoir.« Mit gelangweilter Geste wandte er sich zu dem Wächter:

»Monsieur, führen Sie den Gefangenen in seine Zelle.«

In Claudia aka Claudia Hofmann aka Claudia Kopinski hatte es ebenfalls die ganze Nacht gearbeitet. Ihre Überlegungen tendierten allerdings in die entgegengesetzte Richtung wie die ihres Düsseldorfer Companeros. Während Theo unentschlossen war und zögerlich, fasste Claudia mehr und mehr den großen Befreiungsschlag ins Auge. Eigentlich war ihr bereits seit dem harten Disziplinierungsverhör mit Ralph, Olaf und dieser Beatlesfrisur-Figur klar, dass sie umgehend von der Bildfläche verschwinden mußte. Nicht so nach dem Motto: ein bisschen untertauchen, so-lala-Untertauchen und die Chancen mehr oder weniger aus wohltemperiertem Abstand aus sondieren. Sondern komplett runter vom Radar ihrer Häscher – so ähnlich wie damals bei ihrer Flucht aus Deutschland. Ein, zwei Stunden hatte sie mit der Option Barcelona geliebäugelt. Die Stadt kannte sie; außerdem war das Spanien, und so nochmal eine andere Liga. Aber Barcelona – das bedeutete: nochmals eine Grenze überqueren. So hatte sie unbestimmt die Côte d'Azur ins Auge gefasst. Vielleicht nicht gleich Marseille. Aber Nizza, Saint-Tropez?

Wieder in ihrer Wohnung, traf sie die obligatorischen Vorbereitungen. Sie mußte changieren, das war ihr klar. Also rief sie Olaf an. Erkundigte sich in angemessen schmollendem Unterton, was sie jetzt genau tun solle. Olaf wiegelte ab; betreffs Theo Schröder würde sie noch entsprechende Instruktionen kriegen. Was sei mit Joanne, wie der Stand bezüglich Monsieur Damocles? Sie sei heute nicht zur Arbeit erschienen, solle sich verdammt nochmal nicht so gehen lassen.

»Du weißt, du stehst ziemlich auf des Messers Schneide«, meinte er lapidar. »Also komm' in die Gänge und liefer' uns was. Bis neue Instruktionen kommen, gilt die alte Auftragslage.«

Claudia mußte trotz ihrer bescheidenen Lage grinsen. Unbeabsichtigt hatte sich Olaf verraten. Die Feststellung, dass sie ihre Abwesenheit auf der Arbeit registriert hatten, konnte im Umkehrschluss nur bedeuten, dass ihr mehrstündiges Sich-Absetzen nach Paris unbemerkt geblieben war. Andernfalls hätte Olaf es sicher erwähnt. Trotzdem galt es, sämtliche Vorsichtsmaßnahmen einzuhalten, die in ihrer Lage einzuhalten waren. Sie würde ihre Flucht über den Hinterhof einleiten, sich erst mal zur Parallelstraße durchschlagen und dort schauen, dass sie einen Bus kriegte. Besser ins nördliche Umland als nach Paris – diesen Schlenker würden sie erstmal nicht erwarten. Hatte sie sich erst mal ins Umland der Île-de-France abgesetzt, konnte sie sich vermutlich freier bewegen. Zurücklassen musste sie ihr normales SmartPhone; am besten würde sie es wohl zertrümmern und die Reste die Toilette hinunterspülen. Am Abend hatte sie so alle nötigen Infos, Kontakte und so weiter in ein kleines Notizbuch übertragen. Unschlüssig war sie sich, was sie mit dem Prepaid anstellen sollte – ihrer einzigen Verbindung zu Theo. Nachdem sie sich vergewissert hatte, dass es für GPS-Funktionen zu alt und zu simpel konstruiert war, beschloss sie, es mitzunehmen.

Am Morgen in der Frühe nahm sie ihre Flucht in Angriff. Sie verfuhr nach dem gefassten Plan. Der erste Abschnitt gestaltete sich unerwartet leicht. Vorsorglich hatte sie das Terrain bereits in den Wochen und Monaten zuvor ausgekundschaftet. Ohne weitere Vorfälle landete sie schließlich bei den Abstellräumen einer Bäckerei, ging mit einem entschuldigenden Blick durch die Backräume durch, fragte eine Frau an der Theke, wo hier die Toiletten seien, und war dann auf der Straße angelangt. Ebenso eilig wie unauffällig schlug sie sich zu einer belebten Bushaltestelle durch. Dort stieg sie in den ersten Bus, der in Richtung Norden fuhr und setzte sich auf einen freien Platz.

Aufatmend sortierte sie sich und dachte über die nächsten Schritte nach. Sie fuhr mit dem Bus bis nach Montmorency, einer kleinen Stadt im Département Val-d'Oise. Gedanklich überschlug sie rasch ihre Barschaften. Ein paar Hundert Euro hatte sie sich als Notgroschen zur Seite gelegt. Das musste reichen, erstmal. Ob sie Monsieur Damocles bitten würde, ihr den Rest ihres Monatsgehalts mit der Post zu schicken, wusste sie nicht. Ebenso in die Zukunft schob sie die Erklärung an Joanne. Sicher war sie ihrer Freundin eine solche schuldig. Im Moment allerdings hatte der Faktor Sicherheit Vorrang. Um weitere Haken zu schlagen, beschloss sie, mit dem Zug erstmal in Richtung Kanalküste weiterzufahren. Der Wechsel von Nahverkehrs- auf Zugnetz gestaltete sich zunächst unerwartet kompliziert. Schließlich fand sie jedoch im benachbarten Enghien-les-Bains einen Bahnhof und konnte die Zugfahrt nach Le Havre antreten. Am Abend kam sie dort an.

Zerschossen quartierte sie sich in einem preisgünstigen, hauptsächlich von Backpacker-Kundschaft frequentierten Hostel ein. Sie hoffte, mit ihrer verzwickten Absetzbewegung wenigstens einen Tag herausgeschlagen zu haben. Umgekehrt war die gute Frage die, welchen Aufwand Ralph respektive der BE betreiben würde, um sie wieder unter ihre Fittiche zu kriegen. Das Problem waren ihre Daten – stets dann in den Momenten, wenn sie sich irgendwo einquartieren wollte oder allgemein mit Barzahlung nicht weiterkam. In Paris hatte sie das Thema einer belastbaren neuen Identität auf die lange Bank geschoben. In Zukunft würde sie sich derartigen Luxus wohl nicht mehr erlauben können.

Am nächsten Tag rief sie Theo auf dem Prepaid an. Ausgeschlafen und in einigermaßen aufgeräumter Stimmung hatte sie im Lunchroom des Hostels gefrühstückt, einen

Milchkaffee geschlürft und sich danach etwas Le Havre angesehen. Die nordfranzösische Stadt war eindeutig vom Hafen und der damit verbundenen Industrie geprägt. Hübsch konnte man sie eher wenig nennen. Im letzten Krieg hatte Le Havre großflächige Bombenschäden davongetragen; die Brachen waren großteils im Beton-Stil der Nachkriegsära aufgefüllt und 2005 schließlich zum UNESCO-Weltkulturerbe erklärt worden. Trotz seines spröden Äußeren bot Le Havre alle Voraussetzungen, zwei oder auch drei Tage von der Bildfläche zu verschwinden. Verschmitzt grinsend dachte sie an die Idee, welche ihr in den Kopf gekommen war.

Zunächst aber stand Theo an. Da die Ideen ihr an diesem klaren Vorweihnachtsmorgen nur so durch ihren Kopf purzelten, liebäugelte sie stark mit dem Gedanken, ihre weitere Flucht mit Theo zusammen fortzusetzen. Eigentlich waren sie ein gutes Team – in Sachen Ausbüchsen sogar irgendwie unschlagbar. Das Handy wiederholte die Anwahlsignale mit eintönigem Summen. Einmal, zweimal, dreimal, viermal. Sie war kurz davor, kräftig zu fluchen und die Verbindung zu unterbrechen, als doch jemand abhob. Die Stimme: männlich, und eindeutig französisch.

»Hallo? Wer ist da?«

18

Gegen Abend hatte Marco Salvetti endlich einen Kriminalen gefunden, der kompetent über den Unfallhergang Auskunft geben wollte. Im konkreten Fall war es eher eine Kriminale –

Stephanie Castellet, Oberkommissarin bei der *Police judicaire,*
der Kriminalpolizei in Reims. Zuerst waren die Stunden
am Unfallort ödend und ergebnislos verlaufen. Ein Spuren-
sicherungsteam hatte die Gegend abgesucht. Im abgesperrten
Bereich standen einige Beamten der örtlichen Gendarmerie
herum; hinzu kamen Feuerwehr, zwei, drei Funktionsträger
aus dem Ort und – außerhalb der Absperrung – ein rundes
Dutzend Neugierige, darunter ein paar Kids aus dem Ort. Um
nicht ganz mit leeren Händen dazustehen, machte Salvetti
ein paar Fotos und schickte diese Tessa zu.

Restlicher Stand: Der Wagen war bereits abgeschleppt
worden; Kollmanns Leiche befand sich, wie man ihm knapp
beschied, in der Obduktion. Salvettis Hoffnung, eventuell
doch noch an Unterlagen von Kollmann zu kommen, zer-
stoben mit jeder Minute mehr. Der Einsatzleiter, ein muffi-
ger, ländlich wirkender Typ, erwies sich ebenfalls nicht als
große Hilfe. Seine hektischen Gesten vermittelten eher den
Eindruck, dass diese Chose ihn hart an seine Grenzen brachte.

»Ich kann Ihnen nichts sagen, Monsieur«, dozierte er in
verdrießlichem Ton. »Mein Kollege hier wird gern Ihren Namen aufnehmen und sich vielleicht etwas mit Ihnen unterhalten. Für allgemeine Ermittlungserkenntnisse muß ich Sie
jedoch auf die Pressekonferenz verweisen, die morgen stattfinden wird. In der Mairie.«

Was tun? Salvetti brachte Tessa auf den aktuellen Stand
und tätigte ein paar weitere Anrufe. Eine Stunde später
schließlich kam der Einsatzleiter zu ihm und meinte in etwas
zugänglicherem Ton:

»Madame Castellet würde gerne mit Ihnen sprechen.
Wenn Sie die Zeit hätten – Sie befindet sich gerade in der
Mairie im Ort.«

»Ich kann Ihnen noch nicht mit definitiver Sicherheit sagen, wie Ihr Kollege ums Leben gekommen ist.« Stephanie Castellet hatte Salvetti in einen kleinen Raum hineingeführt und ihm, ohne große Worte, einen Pappbecher mit Kaffee überreicht. Sie mochte um die Vierzig sein, hatte schulterlange, gedrehte Locken, trug einen gelben Pulli, unter dessen modisch enger Linie sich angenehme Rundungen abzeichneten, eine dunkelgraue Stoffhose und ein umgeschnalltes Pistolenhalfter. »Aber so viel ist gewiss: Die Wahrscheinlichkeit, dass er auf natürliche Weise ums Leben gekommen ist, ist ziemlich gering zu veranschlagen.«

Salvetti hörte ihr aufmerksam zu. Die Fragen, die ihm auf der Zunge lagen, würden sich hier wohl zumindest zum Teil klären.

»Ich darf mich nicht zu sehr aus dem Fenster lehnen«, beendete sie ihre Lageeinschätzung. »Aber fast alle Indizien deuten darauf hin, das wir es nicht nur mit einem Unfall mit anschließender Fahrerflucht zu tun haben.«

»Das heißt konkret?«

»Bei der Karambolage hätte Ihr Kollege kaum umkommen können», fuhr die Ermittlerin in sachlicher Tonlage fort. »Der Bodybag hat funktioniert, für eine zu hohe Geschwindigkeit gibt es keinerlei Hinweise. Darüber hinaus steht außer Frage, dass das Fluchtauto den Wagen ihres Kollegen gerammt hat. Und das gleich zweimal.«

»Ein absichtliches Rammen? Mit Todesfolge?«

Madame Castellet lächelte; das Lächeln hatte einen zynischen Beigeschmack. »Das ist richtig. Das Rammen erklärt eindeutig den Unfall. Allerdings nicht den Tod.« Sie machte eine Pause. »Wir brauchen in der Beziehung auch nicht wild zu spekulieren. Die Leiche hat Würgemale am Hals – wie die

Untersuchung zutage gefördert hat. Zugefügt vermutlich mit einem Würgeseil. Was auf ein Arrangement im professionelleren Segment hindeutet. Laut unserem Leichenbeschauer sind die Male dezent, die Spuren sind unserer Annahme nach eher unabsichtlich entstanden. Todesursache ist letztlich ein Genickbruch durch Fremdeinwirkung. All das deutet auf einen forcierten Tod hin – also Mord. Was mich zu dem Punkt führt, über den ich mich gerne näher mit Ihnen unterhalten würde: Was hat Ihr Kollege hier eigentlich gemacht?«

»Ich würde Ihnen gern darüber Auskunft geben«, meinte Salvetti. »Aber bitte haben Sie dafür Verständnis, dass ich gern erst meinen Kollegen nochmal sehen möchte. Sie müssen verstehen – es gibt Angehörige, und auch unsere Redaktionen sind verständlicherweise stark an den Umständen interessiert, wie er ums Leben kam.«

Stephanie Castellet fixierte ihn zwei, drei Sekunden. »Okay – Deal«, meinte sie dann. »Sie fahren mit mir nach Reims. Weil die überall Stellen abgebaut haben, mussten wir die Leiche mit zu uns nehmen. Dort befinden sich auch die Reste des Wagens. Ziemlich ramponiert. Die Unterlagen, von denen Sie gesprochen haben, haben wir übrigens nicht gefunden. Ein weiterer Punkt, der auf ein geplantes Verbrechen hindeutet.«

Durch die flache Landschaft der Champagne fuhr der Zweierkonvoi aus Dienstwagen und Mietwagen nach Norden. Eine Stunde später waren sie in Reims angelangt. Castellet führte Marco kurz durch die Räumlichkeiten der dortigen *Police judicaire*; dann begaben Sie sich in die Räume der Leichenbeschauung. Nachdem Castellet einen Kollegen hinzugezogen und den Oberkörper der auf dem Tisch liegenden Person freigelegt hatte, stellte sie die obligatorische Protokoll-Frage:

»Ist das Michael Kollmann?«

Marco antwortete mit fester Stimme: »Ja.«

»Ihr Name und Ihr Verhältnis zum Toten?«

»Mein Name ist Marco Salvetti, wohnhaft in Berlin, Deutschland. Ich bin Journalist, ein Kollege des Toten und beim Magazin *Rice* angestellt.«

»Gut.« Stephanie Castellet stellte das Mikrophon ihres iPods auf »Aus«. »Wir bräuchten von Ihnen dann noch Angaben, wen wir als Angehörige kontaktieren sollen. Gehen wir nach oben?«

Die nächste Viertelstunde brachte Salvetti Madame Castellet bezüglich der Hintergründe auf Stand. »Mein Kollege hat Recherchen angestellt zu einem Mann mit dem Namen Jacques Bauer. Hat lange in Châlons-en-Champagne gelebt und ist 1992 verstorben. Hintergrund ist, dass diese Person offensichtlich ein sehr ungewöhnliches Nahtod-Erlebnis hatte und zehn Jahre später – angeblich – wieder weitergelebt hat. Details stehen in Wikipedia; auch in der französischen befindet sich über Bauer ein Eintrag.«

»Sie lesen gerne Wikipedia?« Um die Mundwinkel der Ermittlerin huschte ein spöttisches Lächeln. »Und recherchieren hier sozusagen eine Räuberpistole?«

Salvetti spürte, wie das Eis unter seinem Argumentationsgerüst zunehmend dünner wurde. Wollte er hier nicht ein unkompetentes Berufsbild hinterlassen, musste er schnell etwas nachschieben.

»Eher nicht. Eigentlich sind wir wegen diesem deutschen EXIT-Programm hier. Haben Sie sicher mitgekriegt – schon wegen der vielen Flüchtigen, die sich deswegen nach Frankreich abgesetzt haben. Nach unseren bisherigen Erkenntnissen basiert das Programm nicht unwesentlich auf der Arbeit ebendieses Jacques Bauer. Wobei wir eben nicht von einem zweiten Leben ausgehen, wie es auch in Wikipedia steht. Sondern davon, dass eine andere Person sich Bauers Name bemächtigt und unter diesem Namen das unter dem Kürzel EXIT bekannte Biotec-Programm maßgeblich mit angeschoben hat.«

»Und Sie lesen tatsächlich nicht zu viele Kriminalromane?«, meinte Stephanie Castellet, immer noch spöttisch.

»Eher weniger, muss ich gestehen«, meinte Salvetti, ebenfalls lächelnd. »Und die Geschichte von Bauer stimmt leider. Sie ging seinerzeit, 2002, durch eine Reihe von Medien.«

Castellet schaute immer noch skeptisch.

»Sie können der Sache selbst auf den Grund gehen. Hier in der Champagne, in Châlons-en-Champagne. Sie werden allerdings kaum mehr herausfinden als das, was auch mein Kollege herausgefunden hat. Dann kaufen Sie sich das Buch, das der zweite Jacques Bauer verfasst hat und vergleichen.«

Castellet schaute ihn immer noch skeptisch an.

»Der springende Punkt ist eine Biotec-Firma namens *Morantis*. Existent in einem ganz physischen, profanen Sinn. Hatte ihren Unternehmenssitz hier in Nordfrankreich. Wenn sie Steuern gezahlt haben, müssen die Steuerzahlungen nur so gesprudelt sein – *Morantis* hat der deutschen Regierung diese EXIT-Technologie verkauft. Dann wurde das Unternehmen plötzlich liquidiert – aus heiterem Himmel, vor zwei Jahren. Die Technologie wies, gelinde gesagt, allerlei Startschwierigkeiten auf. Politisch ist sie derzeit ein hochkontroverses Thema; die deutsche Regierung musste bereits einige Rückzieher tätigen. Man kann es jedoch auch rein von der kriminalistischen Seite betrachten: Da *Morantis* unser nächster geplanter Recherche-Ansatzpunkt war und Bauer

Nummer zwei im Dienst von *Morantis* stand, hätten Sie einen handfesten Anhaltspunkt für den Mordfall, den Sie gerade untersuchen.«

»Sie meinen also, dieser Bauer ist ein, wie sagt man bei Ihnen – ein Pappkamerad?« Castellet hatte interessiert zugehört.

»Ganz sicher«, sagte Marco mit fester Stimme. »Leider kann ich Ihnen bezüglich *Morantis* keine großen Hoffnungen machen. Die Firma existiert noch – allerdings nur noch in Form einer Briefkastenanschrift in Miami, im US-Bundesstaat Florida.«

Castellet vollzog den Schlenker zurück zum aktuellen Fall. »Wer, denken Sie, hat es getan? Ihrer Meinung nach? Wer hat Ihren Kollegen umgebracht? Einfach frei heraus – brainstormen wir mal.«

»Meine Vermutung geht in Richtung Auftragsmörder. Und gleichzeitig Profis«, meinte Salvetti. »Leute vom Balkan, aus Südamerika oder dem Kaukasus, die speziell für diesen Job eingeflogen wurden. Im Anblick des Backgrounds deuten die Tatumstände am ehesten in die Richtung – dass es ein bestellter, gezielter Auftragsmord war.«

Castellet schaute ihn aus nachdenklichen, etwas schmollenden Mundwinkeln an.

»Ich werde sehen, was ich tun kann.« Sie stand auf, um ihn zur Tür zu geleiten. »Sie beabsichtigen vermutlich, gleich nach Paris zurückzufahren.«

Salvetti bestätigte lapidar. Stephanie Castellet schüttelte ihm zum Abschied die Hand. »Wir haben auch in Reims Super-Hotels. Aber das hatte ich mir schon gedacht. Was ich Ihnen allerdings sehr ans Herz legen möchte: Passen Sie auf sich auf. Die Geschichte, die Sie mir da erzählt haben, klingt einen Ton zu realistisch, als dass ich sie in die Schachtel mit den Fabeln und Verschwörungstheorien legen möchte. Wir hören voneinander. Werde mich die Tage nochmal bei Ihnen melden, erfahrungsgemäß gibt es immer Anlässe für Rückfragen.«

Salvetti machte Anstalten, die Treppe hinunter zur Straße zu gehen. Doch Castellet war noch nicht ganz fertig:

»Ach ja; ich muss Ihnen das mitteilen: Sie sind nunmehr Zeuge in einem Mordfall. Das heißt: Sie können sich frei bewegen. Allerdings: Falls Sie das Land verlassen, würde ich mich freuen, wenn Sie mich vorher darüber informieren. Hier – meine Visitenkarte für alle Fälle.«

Marco Salvetti trat in die kalte Nachtluft und ging zu seinem Wagen. Nachdem er kurz nochmal Tessa angerufen und die anstehende Route durchgecheckt hatte, setzte er sich ans Steuer. Plötzlich spürte er, wie müde er war. Doch vielleicht Hotel – und die Bekanntschaft mit der netten Castellet bei einem späten Abendessen vertiefen? Er verwarf den Gedanken und startete den Wagen.

Die Gestalt, die auf dem Parkplatz gegenüber, tief in den Fahrersitz hineingedrückt, auf ihn gewartet hatte, bemerkte er nicht. Der Wagen auf dem Parkplatz startete fast synchron zu dem seinen. Und heftete sich, mit einem großzügig bemessenen Sicherheitsabstand, auf Salvettis Fährte.

Was tut man am besten? Manchmal – das lehrte sie ihre Lebenserfahrung – war es das Beste, die Dinge abzuwarten, auf sich zukommen zu lassen. Viele erledigen sich einfach von selbst. Nachdem Joanne ihrer Freundin ein paar Nachrichten auf den AB gesprochen und zwei, drei SMS hinterhergeschickt hatte, beschloss sie, die Angelegenheit ins neue Jahr zu vertagen. Nunja, was sollte schon Schlimmes passieren? Die weihnachtliche Monopoly-Runde mußte eben ohne ihre Freundin stattfinden. Natürlich hatte die Geschichte eine gewisse beunruhigende Note. Claudia meldete sich nicht nur einfach nicht. Zusätzlich hatte sie offenbar auch ihren Job drangegeben – wie sie bei einem beiläufigen Besuch in Monsieur Damocles' Buchhandlung in Erfahrung gebracht hatte.

»Sie ist einfach weg. Ohne Nachricht«, meinte der Inhaber betrübt, rieb sich mit fahriger Geste die Stirn. »Ich weiß nicht, was ich machen soll. Sicher – es sind nur noch zwei Tage, zwischen den Jahren wird es erfahrungsgemäß ruhiger. Sonst, Claudia? Musste eine Aushilfe einstellen. Aber diese Mademoisselle aus Montmorency –«, Monsieur Damocles deutete mit leichtem Kopfnicken auf eine junge Frau, die sich sichtlich mit der Herausforderung abplagte, in den Bücherregalen einen Titel zu finden, um eine wartende Kundin in der Nähe der Kasse abzufertigen, »diese jungen Dinger haben einfach keine Ahnung mehr von Literatur. Hast du eventuell Kontakt –?«

Joanne verneinte. »Leider nicht.« Nach einem kurzen Höflichkeitsgeplänkel hatte sie die Buchhandlung verlassen und sich, draußen auf der Straße, erstmal ratlos an der Stirn gekratzt. Dann gab sie sich einen Ruck. Weihnachten – die beste Zeit, diese Angelegenheit erst mal ad acta zu legen. Sie hatte noch so viel zu besorgen. Einkaufen – für das Essen und auch noch das ein oder andere Last-Minute-Geschenk.

Nach gut zwei Stunden hatte sie ihre Einkäufe unter Dach und Fach. Um etwas runterzukommen, beschloss sie spontan, ihr Stammcafé aufzusuchen in der Rue de Paris. Die Rue de Paris gehörte zum alten Herz von Clichy. Dem hatte bereits Henry Miller eine Hommage gewidmet, als er seinen weltbekannten Bestseller schrieb mit dem Namen der Stadt im Titel. Die Prostituierten, mit denen Miller und sein Kumpel sich – angeblich – vergnügt hatten, waren mittlerweile zwar Geschichte. Dafür jedoch bot die Straße immer noch einen Touch Kleine-Leute-Flair sowie bodenständige Vorstadt-Atmosphäre. Joanne passierte Brasserien, Mini-Bazars mit Haushaltsgegenständen, eine Boucherie und ein thailändisches Restaurant, bis sie an ihrem Ziel angekommen war – einem Nachbarschaftscafé an einer kleinen Kreuzung.

Sie hatte sich gerade einen Café bestellt und an einen kleinen Tisch gesetzt, als sie ihn bemerkte. Georg von Hüneberg, genannt George. Mit aufgesetzt unbeteiligter Haltung kam er ins Café, schaute sich – sie bewusst übersehend – um und setzte sich an einen Tisch. Aus den Augenwinkeln taxierte sie seine Aufmachung. Ockerfarbener Kashmirwolle-Mantel, schwarze Hose im Urban Chic – makellos, wie immer. Mit einer etwas zu selbstgefälligen Geste strich er sich über den blonden Schopf und nahm demonstrativ eine Zeitung zur Hand. »Verdammt, was will der hier?«, schoss es Joanne durch den Kopf. Sie überlegte einen Moment, ob sie nicht zu ihm rübergehen und ihn fragen solle, was das Ganze solle. Vielleicht zu kindisch, zu aufgescheucht. Besser war: Sie würde ihn seinerseits ignorieren, gemächlich ihren Café austrinken und dann von hier verschwinden.

Beladen mit zwei Plastik-Umhängetaschen, verließ sie das Café und ging in Richtung Boulevard Jean Jaurès. Sie hatte kaum Gelegenheit, sich umzuschauen, ob George ihr folgte. Zwei Minuten später bereits spürte sie eine leicht ruppige Hand auf ihrer Schulter. Sie drehte sich um und blickte ihm hasserfüllt ins Gesicht.

»George – wenn du mich noch einmal anfasst, schlag' ich dir ein blaues Auge. Was willst du?«

George lächelte süffisant.

»Nur nicht so eingeschnappt. Ich hab' Neuigkeiten für dich.«

»Welche sollten das sein?«

»Nun ja«, George genoss sichtlich seine Rolle. »Zum Beispiel die, dass du dir für deine diversen Stimulantien am besten einen neuen Lieferanten suchst.«

»Ich habe keine Ahnung, wovon du redest.«

Joanne ging in Verteidigungshaltung. Keine Ahnung, wieso sie sich mit dieser Mistkröte überhaupt auf ein Gespräch einließ. Triumphierend zog dieser ein Foto aus seiner Manteltasche und zeigte es ihr. Joanne, zusammen mir Mylène, Charles – und eben: Charlie.

»Hast dir da einen netten Hausdealer angelacht«, bemerkte er süffisant. »Heißt übrigens Theo Schröder und ist sozusagen ein Landsmann von mir.«

»Wirklich? Spionierst du mir nun nach, Georgie? Stalkst du mich?«

Das Foto hatte sie einerseits zwar in Alarmbereitschaft versetzt. Andererseits aber auch ihren Kampfgeist mobilisiert.

»Keinesfalls«, meinte George mit aufgesetzt-unschuldiger Miene. »Will nur helfen. Dein Hausdealer wurde nämlich vor ein paar Tagen verhaftet. Richtig großes Aufgebot, im Montmartre-Viertel. Hörte, es geht dabei keinesfalls nur um Dealerei. Soll wohl auch bei dem Anschlag auf das *Boufier* mit drinstecken. Hab' ich jedenfalls gehört.«

Georg von Hüneberg beobachtete genussvoll die Wirkung, die seine Informationen auslösten.

»Nunja – ich denke, das wirst du locker verschmerzen. Man kann sich schließlich auch anderswo mit Koka eindecken – sogar hier in Clichy. Vielleicht ist aber gute, altmodische Liebe noch besser. Liebe, Zuneigung und eine gute Freundin.« Seine Stimme tremolierte ins offen Unverschämte. »Ach ja, ich vergaß: die fällt ebenfalls aus. Wie ich hörte, ist deine neue Freundin von der Bildfläche verschwunden. Hoffe, du hast sie nicht vergrault.«

Joanne stand nun doch kurz davor, dieser miesen Ratte ein Veilchen mit auf den Weg zu geben. Sie atmete zwei-, dreimal hörbar durch. Dann fixierte sie ihr Gegenüber, rückte ihm näher auf den Pelz und bleckte ihre Zähne.

»Weißt du was, Georgie? Wir beenden das hier auf die ganz altmodische Tour. Wenn du dich nicht auf der Stelle aus dem Staub machst, fang' ich an zu schreien. Für Kerle, die Frauen belästigen, hat man hier absolut kein Verständnis. Also – such's dir aus.«

Sie blickte ihm fest in die Augen. Er blickte zwei, drei Sekunden zurück und verzog dann, die Arme in Unschuldsgeste ausbreitend, den Mund zu einem fiesen Lächeln.

»Schon gut, Madame, wollte nicht stören. Wollte lediglich hilfreich sein. Ein realistischer Blick ist alles. Vor allem in Zeiten wie den unseren.«

Dann drehte er sich um, meinte beiläufig »Au revoir, man sieht sich« und verschwand in die entgegengesetzte Richtung.

Joannes Kopf drehte sich. Wie benommen griff sie nach ihren Tüten und begab sich in ein Café. Sie musste nachdenken, ein paar Minuten für sich sein. Offensichtlich waren ihre Probleme nicht ausschließlich von der Art, die man mit Aufschieben allein in den Griff kriegen konnte. Vielmehr sah es so aus, dass sie sich im Netz eines Psychopathen verhakt hatte – eines Kerls, der sie erpresste, und der durchaus imstande war, ihr derzeitiges Leben in Grund und Boden zu stampfen.

4. Teil

Gewitter

19

Zwei Wochen nach Neujahr wurde Michael Kollmann auf einem Potsdamer Friedhof beerdigt. Das Aufgebot, das ihm das letzte Geleit gab, war beeindruckend. Mit dabei waren: seine Mutter, deren Mann, sein Bruder und seine Schwester, seine langjährige Freundin mit ihrem Sohn, eine Reihe Freunde sowie Kollegen von A-TV, von *Rice* sowie anderen Medien. Viele waren aus beruflichen Gründen zugegen – Michael Kollmann hatte als Investigativjournalist einen guten Ruf gehabt; sein gewaltsamer Tod hatte branchenweit Betroffenheit ausgelöst. Marco Salvetti schritt in der dritten Reihe hinter dem Sarg – zusammen mit Tessa sowie weiteren Mitgliedern der *Rice*-Crew. Am Grab leitete ein protestantischer Geistlicher die letzten Zeremonien ein, dann seilten vier Friedhofswärter den Sarg ab in das ausgehobene Grab.

Nach Abschluss der Beerdigung löste sich die Runde mit den Trauernden langsam auf. Salvetti steckte ein Kloß im Hals. Obwohl er mit Kollmann nie enger zu tun hatte, hatte ihn der gewaltsame Tod seines Kollegen mehr mitgenommen, als er sich eingestehen wollte. Tessa und Salvetti gingen zu Tessas Wagen. Dann hörte er eine leise Stimme hinter sich:

»Marco – kann ich mit Ihnen reden?« Marie, Kollmanns Freundin, in schwarzer Trauerkluft, mit Schleier und breitem Hut. Salvetti gesellte sich zu ihr, während Tessa langsam weiter zum Wagen ging.

»Ich verstehe es nicht«, meinte sie, »und vielleicht sollte ich auf Sie sogar eine Art Hass hegen. Aber – Micha ... Er wollte das mit Ihnen genauso durchziehen, wie er es dann auch getan hat. Ich ahne das nicht nur. Er hat es mir gesagt.«

Sie rang mit ihren Tränen. Salvetti rieb sich die Augen, wusste nicht so recht, was er entgegnen sollte. Er entschied sich für die pietätvolle Variante:

»Auch für mich war er – ein sehr guter Kollege.«

Mit leiser Stimme fuhr Marie fort:

»Vor ein paar Wochen noch hatte Micha ziemlich begeistert von Ihnen gesprochen. Als Sie sich für die Recherche zusammengetan hatten. Seine Worte waren: Salvetti – das ist ein Bluthund. Der verbeißt sich in eine Story. Marco – ich möchte sie um etwas bitten ...«

Salvetti schaute sie mit klarem Blick an.

»Suchen Sie weiter. Machen Sie diese Geschichte, wegen der Micha sterben musste, fertig. Machen Sie die, die das getan haben, ausfindig. Und führen Sie sie ihrer Gerechtigkeit zu.«

Marco nickte. Was sagt man in so einer Situation? »Ich werde mein Bestes tun«, versprach er mit brüchiger Stimme.

Auch wenn er keine Ahnung hatte, wie er dieses Versprechen einlösen sollte.

Am nächsten Vormittag fanden sich alle in der *Rice*-Redaktion ein. Krisensitzung war angesagt, im Jargon des Hauses »Kleine Lage«. Tessa war dabei, der Redaktionsleiter, der Chefredakteur, drei weitere Leute aus unterschiedlichen Ressorts und schließlich Lisa, eine altgediente Juristin, welche die Redaktion in rechtlichen Dingen beriet.

»Wir haben heute mehrere Dinge zu besprechen«, eröffnete Tessa die Konferenz. »Nicht nur rein redaktionstechnische; aus dem Grund leite ich heute die ›Lage‹. Zum ersten muss ich – nach dem traurigen Anlass gestern – weitere schlechte Nachrichten überbringen. A-TV wird sich aus der

Geschichte zurückziehen. Zumindest erstmal. Das heißt –«, sie warf einen Blick auf Salvetti, », dass du, Marco, erst mal allein weitermachen musst.«

Salvetti guckte ausdruckslos aus der Wäsche – wie jemand, der zwar im Nehmen ganz gut ist, im Moment jedoch die Situation eher als Prüfung betrachtet denn als Herausforderung.

»Gut, machen wir weiter«, fuhr Tessa fort. »Du, Marco, kannst bei Bedarf zwei oder drei Leute hinzuziehen. Der Verlag will sich, was Budgets in der Sache anbelangt, nicht knauserig zeigen. Ansonsten – wie ist der aktuelle Stand?«

Chefredakteur Meinhardt, ein gebürtiger Österreicher, ergriff das Wort und erfreute die Runde mal wieder mit seinem Wiener Dialekt.

»Es gibt bedeutsame Neuigkeiten. Die erste betrifft Louise Beckmann. Die sich unseren Informationen zufolge in Paris aufhält, der Stadt der Liebe. Highlight des Tages ist natürlich die Presseerklärung, die sie gestern in eigener Sache abgeschossen hat. Ich würde sagen, dass sie derart auf Distanz zu ihren eigenen Leuten geht, ist ziemlich sensationell.«

Gemurmel entstand; einer der jüngeren Redakteure war mit der Einordnung offenbar nicht ganz zufrieden.

»War doch irgendwie klar. Wo ihre Felle weggeschwommen sind.«

»Nicht ganz«, entgegnete Meinhardt. »Das wäre vielleicht so, wenn sie auschließlich auf Attacke geschaltet hätte. Die Erklärung enthält jedoch durchaus einiges an persönlicher Selbstkritik. Ich würde sagen: Ohne dieses mea culpa in eigener Sache wäre sie längst nicht so brisant.«

»Wie auch immer – gibt es einen Einwand gegen die Einschätzung, dass Beckmanns Erklärung ein wichtiges Ereignis ist?« Tessa übernahm wieder die Führung. »Nein; dachte ich mir. Ergo: Wir bringen die Chose morgen groß als Aufmacher. Was steckt dahinter? Gibt es weitere Details? Doch kommen wir zu unserem wichtigsten Thema. Marco – kannst du uns kurz auf Stand bringen zum Stand deiner Recherchen?«

Alle Augen richteten sich auf Salvetti. Der blickte kurz quer durch die Runde.

»Nachdem Tessa mich aus Frankreich abgezogen hat, habe ich mich hauptsächlich auf den *Morantis*-Strang verlegt. Stand der Dinge: *Morantis* wurde 2017 gegründet – als kleines Unternehmen im Bereich Biotechnologie. Gründer waren drei Franzosen – Bertrand Saudan, Enrique Cotte und Bruno Bonnière. Keiner der drei war zuvor groß in Erscheinung getreten. In den ersten Jahren glich *Morantis* eher einem Start-up, das ein paar größere Aufträge aquirieren konnte und von da aus dann auf Expansionskurs ging, als einem etablierten Unternehmen. 2021 zog die Firma um und errichtete ein neues Werk auf der schönen grünen Wiese. Ein kleiner Ort irgendwo in der Champagne. Steuerliche Konzessionen und Nachlässe beim Grundstücksankauf sind anzunehmen. Für unsere Sache hier sind sie allerdings lediglich insofern von Belang, als dass Antichambrieren wohl das wichtigste Mittel war, mit dem Saudan, Cotte und Bonnière ihr Unternehmen groß machten.«

»Du warst dort?«

Meinhardt wollte es immer ganz genau wissen.

»Ja. Sainte-Menehould, in der Nähe der belgischen Grenze. Aber da ist nichts. Was früher einmal *Morantis* gewesen ist, ist heute eine Shopping Mall auf der grünen Wiese. Keinerlei Restspuren; die Eigner haben die Firma auch im physischen Sinn rückstandslos liquidiert. Auch sonst keinerlei

Auffälligkeiten. Die Leute vor Ort halten die Firma bis heute für ein normales Technologieunternehmen. Etwas auffällig erschien mir lediglich der geringe Raum, welchen die Anlage eingenommen hat.«

»Komisch. Die müssen doch Produktionsanlagen gehabt haben.« Wieder Meinhardt.

»Braucht man nicht unbedingt. Wenn die outgesourct haben, genügt eventuell eine kleine Lagerhalle.« Der junge Kollege aus dem Ressort Technologie und Gesellschaft.

»Das ist richtig«, meinte Salvetti. Er trank einen Schluck Wasser und fuhr dann fort: »Allerdings ist die Vorgehensweise von *Morantis* weitaus interessanter als die Apparaturen – die jetzt größtenteils eh in Deutschland rumstehen. Im größeren Stil auf der Bildfläche erschienen – und dann auch gleich ins Gerede gekommen – ist die Firma ein paar Jahre später. Die EXIT-Technologie – also das Einfrieren von Personen auf den Scheck, sie beliebig später wieder auftauen zu können – war ein zielstrebig platzierter Coup. Meinen Informationen zufolge hat *Morantis* diese Karte mit nahezu allen Mitteln gespielt.«

Salvetti schaute sich in der Runde um, überlegte, wie viel er preisgeben wollte. »Plötzlich rückte dann eine ominöse Person mit dem Namen Jacques Bauer in den Vordergrund. Bauer hatte bereits zuvor für das Unternehmen gearbeitet – allerdings eher als Freelancer. Nunmehr warf er seine immense wissenschaftliche Reputation in den Ring. Zusätzlich verfasste er einen ›Bestseller‹, in dem er zusätzlich mit einer eigenen Nahtod-Erfahrung renommierte.«

»Ist das diese etwas seltsame Geschichte, die auch in Wikipedia steht?« Der junge Kollege wieder.

»Ja. Du wirst aber sehen, dass der Eintragt dort durchaus

auf Quellen basiert. Alle haben darüber geschrieben – die *Frankfurter Zeitung*, der *Wochenspiegel* und so weiter. Hinterher tauchte das Buch dann auf deren Bestsellerlisten auf. Aber einen Schritt zurück: Zunächst einmal war es so, dass *Morantis* mit Bauers Hilfe Großaufträge an Land zu ziehen versuchte. Für die Technologie, die sie entwickelt hatten, kamen letzten Endes natürlich nur Staaten in Frage – also das ganz große Besteck. Der Rest ist bekannt. Die deutsche Regierung befand sich mit ihrem Haushalt in der Bredouille und suchte verzweifelt nach Auswegen. Weitere soziale Kürzungen erschienen wegen der sowieso schon angespannten Lage riskant. Aus deren Blickwinkel öffneten die schönen Konzepte von *Morantis* eine Hintertür, über die man sich mit einem Schlag einer Reihe von Problemen entledigen konnte.«

»Ich versteh' das nicht. Wenn das bis ganz oben geht, waren doch viele Leute beteiligt, und nicht nur ein halbes oder ein Dutzend. Mit der Beckmann an der Spitze. Die sich, vom Ende her betrachtet, da wohl nur besonders undiplomatisch angestellt hat.« Der junge Kollege. Da fläzte sich wohl ein aufstrebender Star am journalistischen Himmel im Bürostuhl.

»Ja«, entgegnete Salvetti, »an dem Punkt bin ich dran. Ich persönlich bin auch der Meinung, dass unsere Regierung sich – so seltsam das vielleicht klingen mag – Stück um Stück in Zugzwänge hineinmanövriert hat. Aber diesen Aspekt sollten wir erstmal hintanstellen. Die weiteren Stationen des famosen Deals sind allgemein bekannt: *Morantis* und die Regierung wurden handelseinig, Bauer zur großen Koryphäe hochgehypt. Und keiner kam auf die Idee, das ganze Konstrukt genauer zu hinterfragen.«

»Und nach der Bruchlandung wohl erst recht nicht.« Meinhardt lachte auf.

»Richtig. Als *Morantis* dann absprang und kurz darauf seine Produktionsstätten in Frankreich liquidierte, waren sämtliche Brücken verbrannt. Alle hatten schließlich Fehler gemacht; alle hätten sagen müssen: Da haben wir nicht genau hingeguckt. Last mich noch kurz drei Worte zum aktuellen Stand sagen: *Morantis* ist, wie wir wissen, spurlos verschwunden. Ebenso seine drei Gründer. Die sich im Moment vermutlich gerade eine Caipirinha hinter die Binde kippen. An die echte Welt angedockt sind sie mit einer Art Rechtsnachfolger des alten Unternehmens: einer Briefkastenfirma im US-Bundesstaat Florida. Das ist zwar maximal abgeschirmt. Reicht aber immer noch, um ein paar Anwälte anzustoßen, falls draußen in der Welt irgendwas querläuft.«

»Oder Profikiller.« Der junge Kollege. Salvetti nahm sich ganz fest vor, ihn in sein Team mit reinzunehmen.

Salvetti bestätigte: »Oder Profikiller.« Der Raum füllte sich mit betretenem Schweigen. Tessa beamte die Runde wieder ins Hier und Jetzt zurück:

»Hallo, Leute – Wir dürfen uns nicht zersplittern. Sondern müssen die Sache effizient aufteilen. Für heute erst mal folgendes: Meinhardt und die Politik-Redaktion bleiben weiter an Louise Beckmann dran. Und unserem Tagesaufmacher morgen. Du, Marco, arbeitest weiter an der Hauptgeschichte. Wobei Frankreich für dich weiterhin gecancelt ist. Ich vermute, du würdest mit der Beckmann liebend gern ein Interview machen. Wir müssen allerdings aufpassen. Ich würde ungern einen weiteren Kollegen verlieren.«

Zur selben Zeit bereitete sich auch Joanne Arras auf eine »Konferenz« vor – ihr monatliches Treffen mit Monsieur Noël. Gleiche Zeit, gleicher Ort. Ihre Gefühle waren gespalten. Einerseits lag ihr ein Stein im Magen – auch wegen der Geschichte mit Claudia, die seit Ende des letzten Jahres verschwunden war. Andererseits war Noël vielleicht eine Chance, sich diesen Georg von Hüneberg vom Hals zu schaffen. Die Sache hatte sich verschlimmert. Zwischen den Jahren hatte George sie zweimal angerufen und versucht, sie weiter unter Zugzwang zu setzen. Sie könne vielleicht was für ihn tun. Oder ihm – seine Stimme glitt dabei ab in einen süffisanten, oder genauer: schmierigen Ton – anderweitig eine Gefälligkeit erweisen. Beim dritten Anruf – im neuen Jahr – drohte er ihr damit, ihrem Mann alles zu erzählen. Möglich, dass das Hilflosigkeit war – und dieser Kretin nicht so viel in der Hand hatte, wie er tönte. Ihre Erfahrung lehrte sie allerdings, dass solche Typen letztlich zu allen fähig waren. Vielleicht kannte Monsieur Noël effektive Mittel und Wege, ihn von ihr abzubringen. So stapfte sie durch den winterlichen Matsch auf das Café an den Champs-Élysées zu, das sich als Treffpunkt zwischen ihnen eingebürgert hatte.

Monsieur Noël war bereits da. Sie schaute kurz auf das Display ihres iPhones. Sie war zehn Minuten zu spät. Monsieur Noël wünschte ihr beiläufig ein Frohes neues Jahr, dann bestellte sie sich einen Café au lait und schaute ihn ernst, aber freundlich und erwartungsvoll an.

»Ich habe mir Gedanken gemacht über unser letztes Gespräch«, begann er, nachdenklich mit seinem Espressolöffel herumspielend. Er fixierte sie mit etwas entschuldigender Miene. »Ich hätte dich vielleicht so nicht unter Druck setzen sollen wegen dieser Claudia Kopinski. Zumal sie – unseren Quellen zufolge – bereits seit fast einem Monat untergetaucht ist.« Sein Gesicht bekam eine nachenkliche Note – eine, die signalisierte, dass er sie über Kopinski nicht näher auszufragen gedachte.

»Die Parameter haben sich geändert«, gab er zu. »Wir haben einen Deutschen in Haft. Wegen dem *Boufier*. Ich habe jetzt ein Problem. Ich weiß nicht, wer genau den Ausgangsverdacht in die Runde geschmissen hat.« Falls er wusste, dass Charlie ihr Dealer war, ließ er es sich mit keinem Mienenzug anmerken. »In Anbetracht der aktuellen Situation halte ich es jedoch für wichtig, die Programm-Flüchtigen hier in Paris im Auge zu behalten. Gerade auch angesichts des Aspekts, dass die deutsche Regierung derzeit am Wanken ist.«

»Ich verstehe nicht, was ich tun soll«, meinte Joanne in unwilligem Ton. Eigentlich wollte sie das Treffen – auch – nutzen, um sich langsam aus dieser Informantengeschichte herauszuspoolen.

»Wir beobachten zunehmend auch die Bildung französischer Unterstützerkommitees. Seit diese Ex-Innenministerin aus L'Allemagne dabei ist, die Seiten zu wechseln, ist das ein Hühnerstall. Ich möchte wissen, was da abgeht.«

Er haute mit der flachen Hand auf den Tisch. Wenn man es so sah, waren sie exakt wieder am Anfang. Oder vielmehr da, wo sie im alten Jahr aufgehört hatten. Tolle Vorsätze, Joanne, vermerkte sie ironisch zu sich selbst. Dann beschloss sie, den Gesprächsverlauf nachdrücklicher in Richtung ihres Anliegens zu lenken.

»Ich hab' was«, meinte sie mit etwas trotzigem Unterton.

»Was?«

»Georg von Hüneberg«, entgegnete sie mit fester Stimme. »Ein Deutscher. Informationshändler. Oder Doppelagent. Ich weiß, dass er auch euch Informationen zuspielt.«

Sie ließ den Satz so stehen – wissend, dass sie ihre Behauptung nicht belegen konnte. Noël spielte nachdenklich mit dem Löffel, starrte auf einmal ins Leere. Bingo – sie hatte ihn.

»Ich weiß nicht, mit welchen Informationen Hüneberg die französischen Stellen anfüttert. Denke allerdings, dass er mit den Deutschen dasselbe Spiel treibt. Eventuell dem BE, oder einem anderen von deren Diensten. Ich kann mir sogar gut vorstellen, dass die Informationen über diesen Deutschen von Hüneberg lanciert wurden. Aber es ist nicht das. Er ist – auch und ganz konkret – hinter mir her. Stalkt mich bereits seit dem letzten Herbst. Und versucht neuerdings, mich privat unter Druck zu setzen. Zu erpressen, um es genauer zu sagen.«

»Mit was?« Noëls Stimme klang streng.

Joanne erzählte ihm, wie er sie vor Weihnachten in dem Café in der Rue de Paris abgepasst hatte. Mit Insiderwissen über Claudia versucht hatte, sie unter Druck zu setzen. Eine – entschärfte – Version von der Nummer mit dem Foto schob sie nach.

»Hm … «, meinte Monsieur Noël leicht verärgert. »Wohl noch immer diese Drogen. Verdammt. Stalkt er dich auch in sozialen Medien?«

Lapidar entgegnete ihm Joanne, sie verschwende ihre Zeit nicht damit, im Internet abzuhängen. Dann befand sie, dass es an der Zeit war, ihm eine Motivationsdosis zu verabreichen.

»François – seien wir professionell. Wir wissen beide, dass das alles Informationen sind, die er nur über seine Zusammenarbeit mit den Diensten zusammengeklaubt haben kann. Entweder den unsrigen – also uns – oder aber den Deutschen. Ganz konkret: Ich glaube, Monsieur Hüneberg nutzt Informationen, die er von euch bekommt, für seine ganz privaten Zwecke. Wer weiß – vielleicht ist er sogar ein Doppelagent?«

Schweigen entstand. Unbehaglich rührte Joanne mit dem Löffel im Rest ihres Café au lait.

»Ich werde es mir überlegen.« Monsieur Noël wirkte nachdenklich und wütend. Wenn sie es recht bedachte: so nachdenklich, wie sie ihn bislang selten gesehen hatte.

Mit Blick fest voraus aufs neue Jahr hatte sich auch Claudia Kopinski unterdes über Wasser gehalten. Die letzten drei Wochen waren selbst für ihre Verhältnisse ziemlich turbulent verlaufen. Da ihr das Hostel, in dem sie in Le Havre unterschlüpfte, zu unsicher erschien, hatte sie eine soziale Einrichtung ausfindig gemacht, die Obdachlosen Quartier bot. Schnell wurde ihr klar, dass dieser Weg eine Sackgasse war. Über kurz oder lang würde sie so irgendwelchen Behörden ins Netz laufen. Zwar glaubte sie kaum, dass Ralph und Olaf sie offiziell zur Fahndung ausgeben würden. Dass deren Connections jedoch bis ziemlich weit oben reichten, daran hatte sie kaum Zweifel.

Um die Suche nach ihr zu erschweren, hatte sie beschlossen, einen weiteren Schlenker zu machen – nicht nach Süden, sondern nach Norden. Trotz einiger Bedenken war ihre Wahl schließlich auf Brüssel gefallen – belgische Hauptstadt, Schaltzentrale der Europäischen Union und ansonsten groß genug, um als Flüchtende eine Weile unter Wasser bleiben zu können. Über drei Ecken war sie so in Molenbeek gelandet – jenem Brüsseler Viertel, das aufgrund seiner Dichte an islamistischen Extremisten berüchtigt war.

Praktisch gesehen bot Molenbeek einige Vorteile. Ein Unterschlupf-taugliches Provisorium zu finden war nicht allzu schwer. Zudem lag der Stadtteil in unmittelbarer Nähe der Brüsseler Altstadt. Die Unterkunft indes, mit der sie die ersten Tage Vorlieb nehmen musste, war nicht mal eine Absteige; es war ein Drecksloch. Ohne Strom und angebaut an eine kleine Werkstatt, war sie als als längerer Aufenthaltsort ungeeignet.

Ein besserer Windschutz – zum Jahreswechsel schien Claudia Kopinski an einem Punkt angelangt, von dem aus sie kaum noch tiefer sinken konnte. Allerdings: Nachdem sie in einer Restaurant-Küche eine Aushilfsbeschäftigung gefunden hatte, zeigten ihre Parameter nicht mehr gänzlich in Richtung Abgrund. Das Zimmer, das sie zu Anfang des Jahres beziehen konnte, war zwar nicht mehr als eine Abstellkammer. Im Grunde hatte es ihr ihr neuer Arbeitgeber – ein wallonischer Restaurantbesitzer – nur deshalb vermietet, weil sie auf diese Weise jobtechnisch (noch) besser verfügbar war. Auch sonst ging es in Brüssel verhalten bergauf: In der Restaurantküche hatte sie zwei kurdische Frauen kennengelernt, mit denen sie vorsichtige Bekanntschaft geschlossen hatte. Darüber hinaus dachte sie darüber nach, ob sie hier alte Kontakte nutzen konnte. Aus ihrer Zeit als Referendarin hatte sie da den ein oder anderen Namen im Kopf.

Am meisten zu schaffen machte ihr der nicht vollzogene Abschied von Joanne. Sie erinnerte sich zurück – vor allem an jenen Abend, als sie vollkommen von der Rolle war wegen des scharfen Verhörs, dem Ralph und Olaf sie unterzogen hatten. Joanne war fürsorglich und mitfühlend gewesen – wie eine echte Freundin. Wie auch immer: Sie fand, dass sie Joanne eine Erklärung schuldig war. Nachdem sie die Holperlandung in der belgischen Hauptstadt erfolgreich hinter sich gebracht hatte, dachte sie, dass es an der Zeit war, sich von Joanne wirklich zu verabschieden. So saß Claudia eines Abends in einer Hipster-Bar am Rande des Molenbeek-Viertels und verfasste – handschriftlich und auf Briefpapier – den folgenden Text:

Liebe Joanne,

*möglich, dass du die Nase voll hast von deiner unmöglichen –
auf jeden Fall jedoch völlig unzuverlässigen – deutschen
Freundin. Von mir also. Um mich zumindest im Nachhinein
einigermaßen zu erklären: Ich mußte fliehen. Der Grund
hängt mit dem zusammen, was ich dir an ebendiesem Abend
berichtet hatte. Leider habe ich dir nur einen Teil erzählt; im
Ganzen ist die Sache noch viel schlimmer. Zum einen, weil
dieser deutsche Dienst mich ganz konkret auf dich angesetzt
hatte. Berichtet habe ich ihnen nur Bagatellen. Allerdings
kann ich verstehen, dass dich dieser Vertrauensbruch sehr
verletzt. (Eine GROSSE TRÄNE an der Stelle !!) Auch mir tut
er sehr leid. Insbesondere vor dem Hintergrund, dass ich dich
sehr gerne gemocht habe und mir eine Intensivierung unserer Freundschaft durchaus sehr recht gewesen wäre.*

*Leider muss ich dir noch etwas anderes gestehen: Ich
bin keinesfalls nur eine Flüchtige, die sich vor diesem Programm aus Deutschland abgesetzt hat. Das heißt: das habe
ich schon. Leider war die Flucht mit ein paar Komplikationen verbunden. Um es konkret zu machen: Wir – das
heißt: ich und noch jemand – haben uns den Weg aus dem
Abtransport buchstäblich freigeschossen. Ich bin also in
der Fahndung und wäre im Zweifelsfall ausgeliefert worden – genau der Punkt, womit mich diese Dienst-Typen
unter Druck gesetzt haben. Eine zusätzliche Warnung an
der Stelle: George – Georg von Hüneberg – war maßgeblich
daran beteiligt. Ich vermute, dass er die Informationen über
mich an die BE-Leute verkauft hat. Darüber hinaus hatte er
auch das Treffen mit denen eingefädelt, und war dabei verkabelt gewesen.*

Was du mit diesen Informationen tust, weiß ich nicht. Ich denke aber, dass Hüneberg auch dich und dein Umfeld in Clichy ausspioniert. Noch etwas: Deine Drugs-Dealer haben die ebenfalls im Visier. Mit einem davon - sie haben mir Fotos gezeigt - bin ich hier nach Frankreich gekommen. Der Kontakt ist abgerissen; leider weiß ich nicht, wo er im Moment steckt. NOCHMAL !!! Es tut mir alles sehr leid. Dass ich dich - wenn auch unbeabsichtigt - da mit reingezogen habe. Die Sache ist verfahren. Ich hatte mich im Dezember, unmittelbar nach meiner Nacht bei dir/euch, dem Ganzen entzogen und bin nunmehr weiter auf der Flucht. Wo ich genau stecke, will ich dir im Moment lieber nicht sagen. Es ist alles heikel (um es mal so zu sagen). Wenn die Läufe der Zeit irgendwann günstiger stehen, werde ich mich vielleicht nochmals bei dir melden.

Vielleicht können wir über das Ganze wenigstens im Nachhinein nochmals in Ruhe reden. Wie auch immer: Du warst mir eine sehr liebe Freundin gewesen, und ich denke auch jetzt gerne an dich zurück. Ich wünsche dir viel Glück, dass dir keine unliebsamen Nachwirkungen aus unserer Bekanntschaft entstehen, und umarme dich

in großer Zuneigung und ziemlich zerknirscht,

Claudia

Claudia überflog den Brief noch einmal. So ungefähr konnte es hinkommen. Am morgigen Tag würde sie ihn eintüten und - eingepackt wahrscheinlich in ein Couvert mit einer Pseudo-Adresse - per Post nach Frankreich schicken.

20

Für Theo Schröder hatte das neue Jahr nicht so gut begonnen. Erwartungsgemäß hatte ihn der Haftrichter weiter in Untersuchungshaft behalten. Missmutig betrachtete er während seiner Freigang-Stunde den tristen Himmel und die Wolken, die über die Santé hinwegzogen. Insgesamt waren die Dinge gelaufen, wie sie für einen wie ihn eben liefen. Er steckte in den Fängen der französischen Justizmühle fest. Station für Station wurde er weiter durch ihre Maschinerie durchgereicht. Monsieur Balavoine, sein Verteidiger, hatte ihn bereits darauf vorbereitet, dass er mit längerer Logis hier rechnen müsse.

»Das geht Stück für Stück, Monsieur«, hatte er gemeint. »Stellen Sie sich das Ganze vor wie einen Fleischwolf. Ich will Sie nicht entmutigen. Aber Sie hier rauszubekommen, das wird schwer. Und vermutlich nicht in wenigen Tagen zu bewerkstelligen sein.«

Balavoine war ein hagerer, missmutiger Kerl, vermutlich in den Fünfzigern. Der Anzug war zerknittert; das Ganze Erscheinungsbild ließ in Theo mehr und mehr den Wunsch nach einem Verteidiger-Wechsel aufkommen. Balavoine war – natürlich – von Kasabian gestellt worden. Den Hauptzweck konnte man sich leicht ausrechnen: Theo in der Spur zu halten und zu verhindern, dass er über die Drogengeschäfte oder die Filmdrehs in Montmartre genauer auspackte. Am meisten sorgte sich Monsieur Kasabian vermutlich vor einem Deal, den Theo eingehen könne – Infos über die kriminellen Geschäfte hier gegen Hafterleichterung oder Niederschlagung der absurden Terror-Vorwürfe da.

»Machen Sie Monsieur Kasabian explizit klar, dass ich ihn raushalten werde«, hatte ihm Theo bereits während des ersten Gesprächs zugeflüstert. »Sagen Sie ihm, dass ich ihm sehr danke und sehr in seiner Schuld stehe. Aber sehen Sie im Gegenzug zu, dass Sie mich hier rauskriegen.«

Balavoines faltendurchfurchtes Gesicht blieb undurchdringlich. Es war nicht nur die Konstellation. Balavoines Phlegmatismus sowie sein gleichgültiges, abgebrühtes Gehabe gingen Theo von den ersten Minuten an auf die Nerven.

»Nach den Unterlagen, die mir derzeit zur Verfügung stehen, halten die Sie wegen Terrorverdachts fest. Wegen dem Anschlag auf diese Bar im Marais. Keine Geschichte, die man auf die leichte Schulter nehmen sollte.« Er zuckte mit den Achseln.

»Verdammt noch mal! Das zu widerlegen ist *ihr* Job! Tun Sie was!«

»Nun gut, werde sehen, was sich da machen lässt«, fuhr Balavoine unbeeindruckt fort. »Das Problem ist, dass der Polizei eine Zeugenaussage vorliegt. Das wäre vielleicht noch nicht mal der Knackpunkt – obwohl der Fall mittlerweile unter die Zuständigkeit einer Sonderkommission fällt. Der wirklich kritische Punkt ist ihr Vor-Register in Deutschland. Bewaffnete Flucht mit zwei Toten und zwei Verletzten; hinzu kommt offensichtlich noch ein Bankraub, der Ihnen ebenfalls zugeschrieben wird. Ebenfalls mit einem Toten, der da zurückgeblieben ist. Da Sie in beiden Fällen eine Begleiterin mit dabei hatten, würde es sich möglicherweise vergünstigend auswirken, wenn Sie über deren Verbleib nähere Angaben machen würden. –«

»Nope. Nichts drin; vergessen Sie's.« Theo fixierte seinen sonderbaren Anwalt, schaute ihn mit entschlossener Miene an und verschränkte die Arme. »Darüber hinaus: Ich weiß es auch nicht.«

»Nun gut«, meinte der mit bedauerndem, leicht eingeschnappten Unterton. »Sie werden hier eh das volle Programm durchlaufen. Wir werden morgen beim Haftrichter erscheinen. Ich will Ihnen allerdings keine Illusionen machen: Die werden Sie schon allein wegen der anderen Geschichten im Gefängnis behalten – wobei eine Auslieferung nach Deutschland durchaus im Rahmen der Möglichkeiten liegt. Ihr allererstes Problem ist jedoch der Terrorverdacht. Haben Sie Zeugen, die Sie am fraglichen Abend gesehen haben? Entlastungszeugen? Mit entsprechenden Aussagen könnte ich Sie in diesem Punkt relativ schnell entlasten.«

Theo überlegte einen Moment. »Ja, müsste es geben. Beim einen oder der anderen könnte es allerdings Probleme geben, die zur Aussage zu bewegen.«

Balavoine zuckte mit den Achseln.

»Jedes bisschen hilft. Ich werde gern auch nochmal mit Monsieur Kasabian sprechen«, meinte er. Der anschließende Part seines juristischen Fachvortrags legte Theo die Optionen dar – eine Darlegung, die nicht nur aufgrund der umständlich dargelegten Details nur schwer erträglich war. Der in seinem resignierten Realismus geradezu schwelgende Singsang des Anwalts veranlasste ihn immer öfter zu der Überlegung, für welche juristischen Dienstleistungen genau dieser Typ Geld von Kasabian erhielt.

Mit fahriger Geste holte Balavoine schließlich einige Papiere aus seiner Aktentasche und überreichte sie seinem Mandanten. »Unterschreiben Sie mir noch diese Dokumente, dann hab' ich alles. Wir sehen uns morgen dann beim Haftrichter.«

Der Haftprüfungstermin war eine recht niederschmetternde Erfahrung. Der Haftrichter schaute aus wie ein alter Militär. Die Anhörung dauerte höchstens zehn Minuten. Der Richter berief sich auf Theos ungünstige Vita, erkannte auf Fluchtgefahr und ließ ihn geradewegs wieder in die Santé zurückverfrachten. Nun war er Untersuchungshäftling, ganz offiziell. Wie die ganze Sache weitergehen würde? Sowohl in der Justizmühle als auch auf hoher See war der Mensch bekanntlich auf sich selbst gestellt.

Soweit der Verlauf im alten Jahr. Wie viele Wochen waren seither vergangen? Sechs? Oder bereits acht? Wieder einmal zog er so seine Kreise in dem alten Hof – die Mauer im Blick, obendrüber Stacheldraht und, dezent verbaut, die Wachanlagen. Möglich, dass sich demnächst etwas tat. Die vorgebliche Sonderermittlung hatte nicht einmal ein Verhör mit ihm angesetzt – zumindest ein Indiz, dass sie gegen ihn nichts in der Hand hatten. Hoffnung machten ihm vor allem die allgemeinen Nachrichten, die peu à peu in den Knast einsickerten. In Deutschland gärte es. Nicht nur das: Das EXIT-Projekt, dessen Opfer er beinahe geworden wäre, schien mittlerweile gar auf der Kippe zu stehen. Im letzten Jahr – so die Zeitungen, die Monsieur Balavoine besorgte und die er in zensierter Form erhielt – hatte die federführende Innenministerin die Seiten gewechselt. Mutmaßungen zufolge sollte sie sich gar hier, in Paris, aufhalten.

Er dachte einen Moment an diesen Journalisten, Marco Salvetti. Und das Versprechen, dass dieser ihm gegeben hatte. *Öffentlichkeit.* Vielleicht, dachte er, während er einige musternde Blicke mit Mithäftlingen austauschte, war das letzte Wort in seiner Sache noch nicht gesprochen.

Roberto – mit vollem Namen Roberto Giura – hatte sich zwischenzeitlich in Paris eingelebt. Obwohl ihn die Tatenlosigkeit, zu der er verdammt war, ziemlich annervte, hatte er sich von allen problematischen Plätzen ferngehalten. Konkret: den Orten, wo normalerweise Treber abstiegen wie beispielsweise den Bahnhöfen, oder auch einige Ecken hier in der näheren Montmartre-Umgebung. Salvetti hatte ihn in einem kleinen Appartement untergebracht am oberen Ende der Rue Lépic. Hier, gleich unterhalb der berühmten Kirche Sacré Coeur, konnte er schalten und walten, wie er wollte. Einerseits vermisste er Salvetti zwar etwas. Die Art und Weise, wie dieser sich um ihn kümmerte, fand er irgendwie cool. Andererseits meldete sich Salvetti fast jeden zweiten Tag. Irgendwie empfand er eine rührende Art von Dankbarkeit. Salvetti hatte erreicht, dass sie ihn bei *Rice* als eine Art freien Mitarbeiter eingestellt hatten. Sogar beim Einrichten eines richtigen Kontos hatte ihm Salvetti zur Seite gestanden.

Robertos spendabler Gönner saß zwischenzeitlich in Berlin fest und streifte wie ein eingesperrter Löwe durch die Redaktionsräume. Immerhin: Seine Geschichte nahm zunehmend konkrete Form an. Die Dinge gärten. In die Schwebe gebracht hatte sie vor allem die Presseerklärung, die Ex-Innenministerin Beckmann in die Runde geschickt hatte. Die war eingeschlagen wie eine Bombe – das politische Berlin verharrte seither in einer Art kauernder Abwehrhaltung. Konkret bedeutete das: Zum Thema EXIT war kaum noch eine Verlautbarung zu bekommen. Und Interviewtermine mit Involvierten – erst recht nicht. Selbst die Talks im TV schienen um das Thema einen großen Bogen zu machen – obwohl sie sonst eigentlich nie nah genug am Puls der Zeit sein konnten.

Das politische Paris befand sich wegen dem *Programme de congélation allemand*, wie die Medien es getauft hatten, ebenfalls in Gärung. Der Anschlag auf das *Boufier* hatte eine Blase aufgestochen. Zwischenzeitlich waren mehrere französische Unterstützerkomitees auf den Plan getreten. Die nicht nur die Öffentlichkeitsarbeit im Hinblick auf das umstrittene deutsche Programm intensivierten, sondern auch die französische Politik zunehmend unter Druck setzten. Literaten, Künstler, Politiker der Linken wie der Mitte traten plötzlich mit Forderungen auf den Plan; in die Reihen prominenter EXIT-Gegner hatten sich inzwischen sogar zwei Nobelpreisträger eingereiht. Das Verhältnis zwischen den beiden Ländern war derart angespannt, dass französische Buchhandelsverbände ihre Teilnahme an den deutschen Buchmessen öffentlich in Frage stellten.

Louise Beckmann war zwischenzeitlich in Nanterre abgestiegen – dem noblen Pariser Vorort nordwestlich des Bois de Boulogne. Einquartiert hatte sie sich in einem Hotel in dem bekannten Geschäftsviertel La Défense. Hier – zwischen Wohntürmen, einer der größten Einkaufsmalls Europas und der weltberühmten Arche – fand sie sich hinreichend geschützt vor eventuellen Verfolgungen. Außerdem waren da auch noch ihre zahlreichen Kontakte. Die sie natürlich weiterhin nutzte und für ihre Ziele einzuspannen versuchte.

Dies waren im Wesentlichen zwei. Erstens: das umstrittene Programm zu Fall zu bringen – eine Angelegenheit, für die sie als Mitbegründerin und somit Insiderin, wie sie fand, geradezu prädestiniert war. Zweiter Punkt war ihre Rehabilitation. Sicher waren beide Punkte – der erste wie der zweite – mit ehrlicher Zerknirschung und auch handfesten Schuldgefühlen durchmischt. Die EXIT-Geschichte war ihr einfach über den Kopf gewachsen. Am Anfang hatte das Projekt den Anschein erweckt, eine Formel zu sein für die Quadratur des Kreises. Dann waren sie ins Trudeln geraten. Die Technologie hielt nicht das, was sie versprochen hatte. Am Ende sprang der französische Zulieferer ab und verschwand von der Bildfläche. Danach war ihnen schlechterdings nichts anderes übrig geblieben, als zu improvisieren. Sie musste zugeben – auch sie selbst war dabei hart über das Ziel hinausgeschossen. Die eigentliche Ursünde war wohl, dass sie es mit Zwang versucht hatten. Ja – auch sie war da schuldig, hatte sich die Hände schmutzig gemacht. *Mea culpa* – sie würde es laut sagen, laut, vernehmlich und öffentlich: bei einem Tribunal, welches die französischen EXIT-Kritiker angesetzt hatten. Und bei dem sie öffentlich als Kronzeugin in den Ring steigen würde. Wer weiß – vielleicht würde die Geschichte am Ende der Grundstein werden für eine weitere politische Karriere. Vielleicht sogar den obersten Job, der da zu vergeben war.

Was den Kanzler der derzeit noch amtierenden Regierung anbelangte, kannte sie keine Gnade. Dieser Mistkerl hatte sie abserviert – als Bauernopfer sozusagen, weil sie sich eine kleine Affaire geleistet hatte. Was den Anlass anbelangte, Roberto, gingen ihre Gedanken eher in zärtliche Gefilde. Sicher – es war eine Art Geschäft auf Gegenseitigkeit gewesen. Roberto – er war sowieso ein Sensibelchen – war dies sicher nicht verborgen geblieben. Vielleicht hatte sie ihn zu sehr eingeschränkt. Aber sonst? War sie zu ihm nicht etwa so gewesen wie eine ältere, fürsorgliche Freundin? Nunja – vielleicht hatte sie es mit der Fürsorglichkeit übertrieben. Als sie versuchte, Roberto davon abzubringen, das Haus zu verlassen, schließlich sogar die Wohnung.

Es war, dachte sie, doch nur zu seinem Besten. Ein Übergangszustand. Sie war jetzt über Sechzig. Und realistisch genug, um zu wissen, dass die Art Liaison nicht ewig währen konnte. Vielleicht noch ein paar Monate. Am Ende hätte sie ihn großzügig abgefunden. Vielleicht hatte sie diesen pekuniären Aspekt nur nicht deutlich genug kommuniziert. Sicher – auf diese Weise hatte sie auch menschlich versagt. Vielleicht ergab sich ja eine Gelegenheit, das Ganze wieder gutzumachen. Vielleicht gar, mit Roberto zu reden. Wie sie über ihre diversen Kanäle herausgefunden hatte, sollte er mittlerweile auf derselben Seite stehen wie sie. Gut so – dachte sie, während sie sich einen neuen Cocktail mixte, sich in die Sofaecke fläzte und auf dem Display ihres SmartPhones ein weiteres ihrer todwichtigen Gespräche in die Wege leitete.

Der Gescheiterte parkte mißmutig seinen Wagen in der Avenue Jean-Moulin, sicherte die Schließvorrichtung mit einem doppelten Klick. Mit kurzem, ebenso mißmutigem Blick griff er die Reisetasche, die er mitführte, und schaute auf seine Uhr. 14:45 Uhr. Das Treffen mit seinen Kontakten sollte um 15 Uhr stattfinden – in einem der anonymen, Tristesse wie Verwahrlosung ausstrahlenden Hochhausbauten, die sich vor seiner Nase auftürmten. Er befand sich in Clichy-sous-Bois, und der Unterschied zu dem anderen Clichy konnte nicht größer sein. Während dort vorstädtische Beschaulichkeit und ein Touch von ebenso beschaulicher Schickimicki-Geschäftigkeit die Tupfer auf dem Bild setzten, war Clichy-sous-Bois durch die Banlieue-Aufstände in den frühen Nullern zu trauriger Berühmtheit gelangt. Clichy-sous-Bois galt als Brennpunkt. Zusätzlich war der Ort durch das islamistische Milieu, das sich dort konzentrierte, in die Schlagzeilen geraten. Nunja, dachte der Gescheitelte weltmännisch: Nach dem Krieg war Clichy-sous-Bois noch eine Hochburg der Kommunisten gewesen. Sofern es die politisch Verantwortlichen in Frankreich schafften, ihre Probleme hier in den Griff zu bekommen, hatte der Wandel vielleicht sogar sein Gutes.

Er blickte zur Spitze des Hauses hoch, in dem die Verabredung stattfinden sollte und betrat mit festen Schritten den Eingangsbereich. Er war nicht zum Spaß hier. Durch den Kopf ging ihm die Besprechung, die er via Skype mit seinem Vorsetzten führen mußte, vor etwa einer Woche.

»Wir haben Probleme«, hatte dieser ohne weitere Anrede das Gespräch eröffnet. »Kannst du mich kurz bezüglich eurer augenblicklichen Strategie briefen? Schwerpunkte – noch die alten?«

Er musste es widerwillig zugeben: Im Anblick der unübersichtlichen Gemengelage hatten sie sich ihre Informationen vor allem in der Fläche besorgt. Dabei gab es durchaus Erfolge zu verzeichnen. Mithilfe von Informanten war es ihnen gelungen, sich auch an das Milieu der Untergetauchten heranzuarbeiten. Im Nachhinein jedoch – das gestehe er ein – sei das alles Mist gewesen.

»Vielleicht nicht ganz«, meinte sein Vorgesetzter, dessen undurchsichtig-neutrales Gesicht er vis-à-vis auf dem kleinen Notebook betrachtete. »Die Beckmann ist in Paris aufgetaucht. Hält sich in Nanterre auf. Unsere Freunde hier sind natürlich ernsthaft besorgt. Besorgt weniger wegen der Enthüllungen dieser einzelnen – wahrscheinlich von Rachsucht getriebenen – Figur. Im sicherheitspolitischen Berlin hat man wegen eines ganz anderen Aspekts ernsthafte Bedenken: dass die Chose nicht mehr unkontrolliert über die Bühne geht. Und eventuell gar ein politisches Erdbeben auslöst.«

Der Gescheiterte stimmte ihm zu. »Das sehe ich genauso.«

»Ursprünglich hatten wir vorgeschlagen, mehr Verhaftungen zu initiieren«, tastete sich sein Vorgesetzter zu seinem eigentlichen Anliegen vor. »Um speziell diesen Pariser Sumpf trockenzulegen. Leider ist diese Strategie sogar hier im Haus umstritten. Es gibt da jedoch eine andere Option –«

Mit der »anderen Option« meinte er die Beckmann. Am Ende hatte sein Chef ihn damit beauftragt – allerdings mit einem großen »aber«:

»Mach' es schlau. Die Sache darf auf keinen Fall auf uns zurückzuführen sein. Geh' an die Kassen für besondere Fälle, hol' dir Freelancer. Und, Ralph –« Der Chef machte eine Pause, während er ihn mit bedrohlicher Miene ansah: »Die Sache ist nicht von uns. Unter keinen Umständen. Macht es also nicht wie diese Banditen, die plötzlich Angst vor Entdeckung haben und wahllos Leute umlegen, von denen sie denken, die könnten ihnen eventuell auf die Spur kommen. Wir brauchen Angst und Schrecken – aber: zielgerichtet und adressiert an die richtigen Stellen. Die Botschaft muss sein: Es werden keine weitere Enthüllungen mehr zugelassen.«

Ralph hatte verstanden. Er grinste versonnen, als er den Fahrstuhl hinauffuhr. Dachte kurz an den chinesischen Altmeister Sunzi und seine *Kunst des Krieges* – ein Zitatenwerk, das in seiner Bibliothek direkt neben einer kleinen Auswahl mit Werken von Ernst Jünger sowie Feldmarschall Rommel stand. *Töte nicht die, die hinter dir her sind, um etwas in Erfahrung zu bringen. Sondern töte vielmehr die, die zu viel wissen.* War nicht von Sunzi, sondern von ihm selbst. Aber könnte von Sunzi sein. Ein zufriedener, durchtriebener Zug huschte um seine Mundwinkel. Dann war er da. Appartment 6.14. Er klingelte dreimal kurz hintereinander, dann nochmal lang.

In der Wohnung befand sich eine Gruppe Tschetschenen. Jedenfalls ging Ralph davon aus, es Tschetschenen waren. Im Grunde interessierte ihn ihre Herkunft wenig. Solange nur die Arbeit gemacht wurde. Er überreichte die Tasche einem Blonden – etwas älter als die anderen, wie diese im Military-Look gekleidet und stämmig-kräftig gebaut.

»Alles Veteranen; ich bürge für sie«, meinte der Blonde. Er sprach mit starkem Akzent. Dann überflog er den Inhalt der Tasche und nickte kurz.

»Den Rest nach Abschluss«, meinte Ralph. »Wie vereinbart in Kryptowährung.«

Die anderen – es waren fünf an der Zahl – hielten sich im Hintergrund. Ralph warf einen kurzen Blick auf das Equipment, das in einer Ecke zusammengestapelt lag. Automatische, Granaten, ein paar Pistolen – waffentechnisch machte das Ganze einen recht professionellen Eindruck. Dann wies er den Blonden sorgsam ein. Eine Veranstaltung. In wenigen Tagen. Die Durchführung sollte schon für Furore sorgen. Die Devise lautete: *Hit and Run.* Sie sollten keinen Fehler machen, sich nach der Aktion in Windeseile absetzen und möglichst umgehend das Land verlassen. Flankiert von ein paar Fachsimpeleien über die Filme von Quentin Tarantino, schüttelten sich Ralph und der Blonde am Ende die Hand.

»Alles gut, Mr. Orange«, meinte der Blonde – schief grinsend und dezent durchschimmern lassend, dass er durchaus eine Ahnung hatte, von wem der Auftrag für ihn und seine Truppe kam. »*Reservoir Dogs*, find' ich ebenfalls gut. Beim nächsten Mal vielleicht Mr. White? Harvey Keitel – der hat mir am besten gefallen.«

Der Blonde – Mr. Pink oder auch Niki, wie er von seinen Kollegen genannt wurde – drückte Ralphs Hand ein, zwei

Momente länger, als es notwendig gewesen wäre. Der fühlte sich etwas unwohl – deplatziert an dem Ort, an dem er gerade war. Dann verabschiedete er sich mit einem kurzen Wink in die Runde und machte sich bereit, wieder in sein Büro im Pariser Stadtteil Montparnasse zurückzufahren.

21

Eigentlich sollte ihr neues Motto lauten: *Nichts ist für die Ewigkeit.* Für den erneuten Ortswechsel, den Claudia gerade vorbereitete, sprachen sowohl negative als auch positive Gründe. Die negativen zuerst: Monsieur Duchamps, der etwas gönnerhaft sich gerierende Pate des *Petite Fleur* in der Rue Jean-Baptiste-Jansson, war offensichtlich in eine Reihe krumme Geschäfte verwickelt. Sheila, ihre kurdische Arbeitskollegin, hatte sie schon in den ersten Tagen gewarnt:

»Wenn Duchamps dich wegen irgendwas anspricht – lass' dich nicht darauf ein.«

Sheila war vermutlich durch ihren Clan etwas abgesichert. Claudia indes konnte – auf sich gestellt und entsprechend schutzlos – Duchamps als Bitten verpackten Sonderaufträge nur schwer ablehnen. »Bringst du das mal da und da hin?« »Ich habe einen kleinen Auftrag.« Und so weiter und so fort. Nachdem sie diese Sorte »Gefälligkeiten« – Bargeldtransfers und in einem Fall offensichtlich auch Shore – ein paarmal gemacht hatte, kam sie zu dem Entschluss, dass es das Beste sei, wenn sie in Brüssel ihre Zelte abbräche.

Der zweite Grund, der gegen einen weiteren Verbleib

sprach, war der Umstand, dass sie auch sonst in keinster Weise weitergekommen war. Kurzum: sie hing fest. Anfang des Jahres hatte sie noch geglaubt, ein paar Kontakte für sich aktivieren zu können. Immerhin kannte sie hier eine alte Schulfreundin, die seinerzeit in den nordrhein-westfälischen Staatsdienst hineingerutscht war und von da ausgehend eine gutdotierte Stelle im Brüsseler EU-Apparat gefunden hatte. Früher war Mona recht cool drauf gewesen – karrierebewusst, sicher, aber nie so, dass man den Eindruck gewinnen musste, sie ginge für ihr Fortkommen über Leichen. Ergo rief sie Mona an und traf sich mit ihr im Europäischen Viertel. Ein Treffen, das sich schnell als recht frustrierende Angelegenheit erwiesen hatte.

»Hab' gehört, dass du in Schwierigkeiten steckst«, meinte Mona bedeutsam. »Aber ich kann dir leider nicht helfen. Bin selbst froh, dass ich hier eine Bude ergattert habe. Und dann der Stress – die reinste Hölle, ich kann's dir gar nicht sagen. – Bezüglich des Programms kann ich dir auch nicht weiterhelfen. Seit die Beckmann von der Bildfläche verschwunden ist, herrscht hier allgemein große Ratlosigkeit. Ich glaube, Brüssel ist für dich da auch nicht die richtige Adresse. Versuch' dein Glück besser in Straßburg, bei einigen Leuten im Europaparlament wirst du sicher auf offene Ohren stoßen.«

Ganz Unrecht hatte Mona nicht, musste sie sich eingestehen, als sie mit der Tram wieder nach Molenbeek zurückfuhr. Einiges ist in Bewegung geraten; sie las im Restaurant in jeder freien Minute die ausliegenden Zeitungen. Das Sich-Absetzen der Beckmann hatte einen wahren Orkan ausgelöst – sogar in der belgischen Medienlandschaft. So erfuhr sie auch von dem Tribunal, welches ein französisches Unterstützerkomitee angesetzt hatte. Vier Tage waren es bis dahin.

Vielleicht sollte sie einfach nach Paris zurückkehren? Dass Ralph und Olaf verstärkt noch was von ihr wollten, erschien im Anblick der neuen Entwicklung eher unwahrscheinlich. Vielleicht konnte sie sich dort irgendwo einklinken. Wenn es die Beckmann schon geschafft hatte, sich auf diese Weise unangreifbar zu machen, hätte auch sie sicherlich eine Chance. Außerdem – Paris war groß. Sie konnte auch komplett mit diesem Thema abschließen – und einfach versuchen, sich in der Stadt neu zu etablieren.

Kampfeslustig packte sie ihre Siebensachen zusammen und machte sich auf in Richtung Bahnhof. Wenn sie ehrlich war zu sich selbst, räumte sie freiweg ein, dass immer noch die Gewissensbisse wegen Joanne in ihr nagten. Vielleicht ergab sich ja eine Gelegenheit zur Aussprache – völlig ergebnisoffen und unabhängig davon, wie diese ausgehen sollte.

In einer vergleichbaren Aufbruchstimmung befand sich Marco Salvetti. Nachdem er von der Pariser Tribunalveranstaltung mit dem dynamithaltigen Gast auf dem Podium erfahren hatte, war er geradezu elektrisiert.

»Der Auftritt der Beckmann dort könnte die ganze Sache kippen«, warf er Tessa an den Kopf. Die aufgeregte Unterhaltung entspann sich in der Teeküche, sozusagen zwischen Tür und Angel. »Ich geb' jedenfalls nicht eine Story auf, weil du mich partout aus der Schusslinie heraushalten willst. Nötigenfalls mach' ich das Ding eben allein. –«

»Sei nicht kindisch, Marco. Du bist ein freier Mann. Jedenfalls, so lange wir termingerecht deine Stories kriegen. Sicher kannst du nach Paris. Die gute Frage ist, was du dort willst. Hast du Vatergefühle wegen diesem Jungen – Roberto?« Tessa grinste aufgesetzt zynisch.

»Und wenn? Roberto ist einer unserer wichtigsten Informanten. Was, wenn er sich in Paris selbst auf die Pirsch begibt? Oder auf die Idee kommt, die Tribunalveranstaltung dazu zu nutzen, eine Aussprache mit der Beckmann vom Zaun zu brechen?«

»Du hast Probleme mit einer Aussprache?« Tessa lachte herzhaft. »Und wenn – dann sprechen die sich eben aus. Was scheren uns die Beziehungssorgen von einer unserer Quellen? Die derzeit ganz splendide auf unsere Kosten lebt?«

»›Beziehungssorgen?‹ Du hast manchmal eine sehr charmante Art, die Dinge auf den Punkt zu bringen.« Salvetti war wütend. Tessa grinste spöttisch.

»Na und? Aus der Sichtwarte des Jungen *sind* das Beziehungsprobleme, denk' doch mal logisch. Also nochmal die Frage: Was schert es uns?«

Salvetti fixierte seine Chefin mit einem ernsten Blick. »Es schert uns vielleicht nichts, so lange ihm nichts Ernsthaftes passiert.« Einen Moment dachte er an diese andere Geschichte. Seinen anderen Informanten Theo Schröder – der ihm diese Details über Jacques Bauer geliefert hatte. Und mittlerweile in einem französischen Gefängnis einsaß. »Es schert uns allerdings schon«, fuhr er fort, »wenn die Dienste, diese *Morantis*-Killer oder vielleicht auch französische Polizeistellen durchknallen und den Dingen eine neue Wendung geben ...«

»Und du? Du musst da gleich jeglichen Verstand ausschalten und wie John Wayne rettend zur Stelle eilen. Was, wenn sie dich auch noch wegballern? Oder den Bremsklotz von deinem Wagen manipulieren? Denk' an Michael Kollmann ... Und die Konsequenzen, die das dann für unsere Geschichte hätte.«

»Manchmal muss man eben vor Ort sein. Und als Reporter hab' ich gelernt, dass man als solcher eigentlich immer vor Ort zu sein hat.«

»Salvetti?«, meinte Tessa mit plötzlich geschäftsmäßiger Stimme. »Du weißt, dass du bei uns unter Vertrag stehst. Und diese Klausel unterschrieben hast, dass der Verlag bei eigenem Verschulden nicht haftet. Ich wiederhole also meine Anweisung: Du bleibst hier und ...«

»Weißt du was, Tessa?« Salvetti rückte ihr bedrohlich nahe. »Du kannst mich mal. Falls *Rice* Scherereien macht, verkauf' ich die Geschichte notfalls eben woanders. Ciao Tessa, wünsche einen schönen Feierabend.«

Salvetti drehte sich um, schnappte sich im Großraumbüro seine Tasche mit Notebook und seine Lederjacke und stürzte in Richtung Treppenhaus.

»Wart' doch mal ... Salvetti? Wir bleiben in Verbindung.« Tessa drehte sich um, marschierte ratlos in ihr Büro und knallte dabei vernehmlich die Tür.

Marco Salvetti parkte seinen grauweißen Opel Astra auf dem Parkplatz der Autobahnraststätte Eichelborn Nord nahe Erfurt. Er musste kurz was essen; ein Kaffee und etwas Verproviantierung für die weitere Fahrt wären ebenfalls nicht schlecht. Die Fahrt über hatte er erst die News diverser Radiosender abgehört, im Anschluss eine CD mit Amy Winehouse eingelegt und die Wiedergabe auf LOUD gestellt. Der erdige Soulgroove brachte ihn einerseits etwas runter von der Hektik, die ihn die letzten Tage treulich begleitet hatte. Andererseits verstärkte er seinen Optimismus. Nachdem seine weiteren Pläne vor seinem inneren Auge Gestalt angenommen hatten, war nur noch eines zu tun: sich die geeignete Hilfe holen. Er hatte auch schon jemand Spezielles im Sinn – Jonas, den jungen Kollegen aus dem Ressort Technologie und Gesellschaft.

»Na, wie schaut's?«, eröffnete er das Gespräch, während er auf dem Beifahrersitz in den Utensilien herumkramte. »Lust auf Arbeit?«

»Wie man's nimmt«, krächzte es auf der anderen Seite, unterlegt von der betriebsamen Hektik des Großraumbüros. »Hast du denn welche?«

»Klaro, immer«, gab Salvetti in aufgeräumtem Ton zurück. »Ich meine, sofern du dich von Tessa loseisen kannst. Wie war sie denn?«

»Ooch …« Jonas gab sich etwas reserviert, verhalten. »Die hat ganz ordentlich rumgeflucht. Habe die ehrlich gesagt noch nie so erlebt.«

»Pass' auf«, meinte Salvetti, zum Zweck seines Anrufs kommend. »Ich brauch' dich. In Paris. Gib' mir durch, wann du dich losgeeist hast. Alles weitere machen wir on the fly aus.«

»Wie soll das laufen?« Jonas' Stimme hörte sich immer noch skeptisch an.

»Schau, dass du dich schnellstmöglich auf den Weg machst«, redete Salvetti weiter auf ihn ein. »Nimm' dir zur Not einen Mietwagen. Auf Verlagskosten, wir stecken gerade in einer Story. Du bist doch noch im Team – oder?«

Jonas hatte die letzten Tage eine Menge nützlicher Recherchen gemacht. Der Junge war gut zu gebrauchen. Jetzt stand die große Bewährungsprobe an – entweder mit Salvetti die große Story. Oder aber Rumgeackere im Hintergrund bis zur Rente.

»Hey – klaro bin ich im Team.« Jonas klang etwas beleidigt. »Was soll ich tun?«

»Komm' so schnell du kannst nach Paris. Gib Bescheid, wenn du die französische Grenze passiert hast, dann machen wir Finetuning. Also Treffpunkt, weitere Vorgehensweise and so on. Ein Schwerpunkt wird das Tribunal übermorgen abend sein. Also spute dich. Und –«, Salvetti machte eine Pause. »Halt' unterwegs an einem Baumarkt. Kauf' dort zwei Spaten ein. Wir werden graben.«

»Graben?«

»Ja. Graben. Alles weitere vor Ort. Ciao.«

Salvetti unterbrach die Verbindung. Dann startete er den Wagen.

Es war spät geworden. Bis in die Abendstunden hinein hatte Joanne in ihrem Pariser Büro herumgewerkelt, Marie und Tino hatte sie am späten Nachmittag heimgeschickt. Der eigentliche Grund ihres Hierseins: Sie wollte sich etwas sammeln, den Kopf klarkriegen, für sich sein. Mit Arbeit funktionierte das bei ihr recht gut. So war sie am frühen Abend noch die Auftragsbücher durchgegangen, hatte in den Firmendaten dies und das durchgecheckt und sich in der kleinen Teeküche einen Jasminblütentee nach dem anderen gebrüht. Irgendwie fand sie, dass sie von der Rolle war. Die letzten Wochen – ja: die letzten Monate – waren turbulent verlaufen. Nicht nur deswegen, weil Monsieur Noël sie immer wieder in Gewissenskonflikte stürzte. Es war alles. Ihre Ehe mit Albert war – nunja: etwas entfremdet. Sicher – sie liebten sich noch, irgendwie. In den letzten ein, zwei Jahren hatte sie jedoch ein gewisses Sich-Auseinanderleben bemerkt. Eine Zeitlang war das gut kompensierbar – vor allem, weil beide in unterschiedlichen Bereichen derselben Firma aktiv waren: Albert als Leiter der Kernfirma, Joanne mit ihrem kleinen Aquise- und Grafikdesign-Büro. Im Hintergrund stand jedoch der nächste Lebensabschnitt. Sie wollte Kinder. Und wusste immer noch nicht so recht, wie Albert dazu stand.

Dann war da noch dieser Stalker – George von Hüneberg. Und Claudia. Ihre Freundin, deren Lebensweg sich auf so sonderbare Weise mit dem ihren verschränkt hatte. Von George hatte sie seit Januar nichts mehr gehört. Möglicherweise hatte Monsieur Noël das Nötige veranlasst. Claudia hatte ihr zwischenzeitlich einen Brief geschickt. Auf dem Schreibtisch seitlich neben dem großen iMac-Monitor liegend, war er der geheime, eigentliche Grund, warum sie spätabends hier noch zugange war. Sie wollte ihr Verhältnis zu Claudia klären – zunächst einmal für sich. Was – erst mal – die einzige Möglichkeit war; der Brief gab nicht mehr preis als dass sie sich aktuell wohl in Belgien aufhielt.

Die gute Frage lautete: War sie sauer? Seltsamerweise nicht – oder jedenfalls nicht so angefressen, wie sie eigentlich hätte sein sollen. Was sollte sie sagen? In gewisser Weise war sie ja selbst im Informationsbusiness zugange. Nicht nur das. Als Monsieur Noël unvermittelt die Daumenschrauben angezogen hatte, war sie selbst drauf und dran gewesen, ihre Freundin zu verraten. Scheißspiel. Vor ihr auf der weißen Arbeitsplatte, unmittelbar vor dem Monitor, lag ein angefangener Brief. Einer, den sie selbst an Claudia schicken wollte. Oder auch nicht. Wie auch immer: in seinem provisorischen Zustand enthielt er ihre – momentanen – Gedanken und Gefühle.

Liebe Claudia,

ich habe deinen Brief erhalten. Und – wie du dir vorstellen kannst – hat mich der Inhalt ziemlich verwirrt. Dem, was du schreibst, entnehme ich, dass du auf mich angesetzt warst. Ich habe auch keine Ahnung, was du denen verraten hast (ich nehme an, wir reden über deutsche Dienststellen oder einen deutschen Geheimdienst, der hier in Paris aktiv ist). Ich kann aus einigem, was du schreibst, Rückschlüsse ziehen, und eigentlich müßte ich sehr enttäuscht von dir sein. Unerwarteterweise sind meine Gefühle jedoch eher inkonsistent und fluide. Manchmal habe ich Wut - weil du mich verraten hast. Manchmal überwiegt das Mitgefühl und auch die Trauer. Weil du - alles zusammengenommen und diese very blöde Geschichte außen vor gelassen - eine Super-Freundin gewesen bist.

Es ist - très compliquée eben. Ich würde - vielleicht - gern mit dir nochmal über alles reden. Was derzeit leider wohl nur schlecht geht, und -

An dieser Stelle brach der Brief ab, so viel hatte sie bislang geschrieben. Sie überflog die Zeilen, war mit der einen Passage zufrieden, mit dem anderen Satz weniger. Nunja, sagte sie müde lächelnd zu sich selbst, wie es aussah hatte sie alle Zeit der Welt, den Brief fertigzuschreiben, neu zu schreiben, gar nicht zu schreiben - wie ihr beliebte. Sie wurde müde, warf einen kurzen Blick auf die Uhr. 23:15 Uhr. Sollte sie die Rückfahrt nach Clichy antreten? Sich zu Albert ins eheliche Bett legen? Oder irgendwohin noch auf eine Sause gehen, um sich abzulenken? Heute vielleicht eher nicht. Heute, so hatte sie beschlossen, war ein Tag des Nachdenkens, des Sich-Sammelns. Müde und irgendwie unentschlossen legte sie ihren Kopf auf die Arbeitsplatte direkt vor dem Monitor. Zuckte kurz auf, ging rüber zu der Sitzecke, nahm sich ein kleines Kissen und legte es sich unter den Kopf. Vielleicht würde sie im Büro übernachten. Dies waren ungefähr ihre letzten Gedanken, bevor sie in einen unruhigen Halbschlaf fiel.

Ungefähr zur selben Zeit waren Marco Salvetti und Jonas über die Mauer des Cimetière des Batignolles geklettert. Der Friedhof lag unmittelbar am Boulevard Périphérique und circa eine Viertelstunde Fußweg entfernt von dem gepflegten Altbaugebäude, in dem Joanne ihre Büroräumlichkeiten einquartiert hatte. Die Stunden zuvor waren kompliziert gewesen, und stressig dazu. Wie verabredet hatte Jonas Meldung gegeben, nachdem er hinter Saarbrücken die französische Grenze passiert hatte.

»Hast du das Werkzeug?«, hatte Salvetti kurzangebunden gefragt.

»Ja,« hatte Jonas zurückgeblafft. Kurzangebunden hatte Salvetti ihm daraufhin den Treffpunkt mitgeteilt – das Gespräch beendend mit dem Hinweis, er solle sich sputen.

Nachdem sie das Friedhofsinnere erreicht hatten, machten sie sich auf die Suche nach dem Grab. Das war etwas heikel. Am frühen Abend hatte Salvetti noch zwei Taschenlampen eingekauft. Und – natürlich – den Friedhof und das Grab, das ihr Ziel war, ausgekundschaftet. Nach längerem Suchen hatte er es gefunden. Penibel hatte er sich eine Skizze gemacht. Die Aktion am späten Abend musste bündig über die Bühne gehen. Nachdem er kurz die Umgebung ausgecheckt hatte, befand er, dass ein Zeitpunkt irgendwann nach elf spät genug war. Der Périphérique sorgte auch nachts für eine gewisse Geräuschkulisse. An den schmalen Enden des Friedhofs rechts und links befanden sich nur Bürogebäude. Lediglich auf der langen Seite stadteinwärts war potenziell mit Mithörern zu rechnen. Die Rue Pebière wies eine Mischbebauung aus, wie sie für die Périphérique-nahen Zonen der Stadt typisch war: Werkstätten, kleine Betriebe und dazwischen Neubauten mit Mehrfamilienhäusern sowie Appartement-Bauten.

»Du weißt, wo das Grab ist?«, hatte Jonas gefragt.

»Ja«, hatte Salvetti zur Antwort gegeben, während er mit der Taschenlampe den Weg leuchtete, welchen er ständig mit seiner Skizze abglich.

»Grab' weiter.« Eine Viertelstunde später war Jonas am Schaufeln. Salvetti stand über dem stetig tiefer werdenden Loch, begutachtete fachmännisch die Arbeit seines Kollegen und passte auf, dass niemand ihre Aktivitäten mitkriegte.

»Und du bist dir sicher bei dem, was du hier tust?«

Immer wieder im Verlauf der letzten Stunde hatte Jonas Anwandlungen von Skrupel gekriegt. »Wir machen uns hier zur Partei«, hatte er unter anderem gemeint, und: »Was willst du mit den Informationen anfangen – gesetzt den Fall, wir bekommen das Ergebnis, das du dir ausgemalt hast? Willst du etwa schreiben: ›Wie wir anlässlich einer illegalen Graböffnung zweifelsfrei verifizieren konnten, liegt dort der gesuchte Mr. X begraben – oder auch nicht?‹«

»Das lass' mal nur meine Sorge sein«, hatte Salvetti lapidar zurückgegeben, die eigene Unsicherheit und Aufregung hinter ruppigen Ansagen verbergend. Mittlerweile waren sie weiter. Jonas hatte in die Rolle des Spießgesellen hineingefunden und herrschte Salvetti schließlich an:

»Los. Grab' du auch mal.«

Sie wechselten sich ab; Salvetti stieg in die Grube. »Wir haben's; ich stoß' auf was Hartes.« meinte er plötzlich. »Hast du das iPhone parat? Jetzt kommt der große Moment.«

Salvetti grub hastig weiter, legte plötzlich den Spaten beiseite und wies Jonas an, ihm Stemmeisen und Hammer he-

runterzugeben. Gut, dass er bei seinen Einkäufen am Nachmittag auch daran gedacht hatte.

»Brauchst du Hilfe?«

»Ich komm' schon klar«, meinte Salvetti, fieberhaft keuchend. »Halt' nur immer die Kamera drauf. Wenn es so läuft,
wie ich denke, werden wir aus der Angelegenheit vielleicht
ohne Grabschändungs-Anklage rauskommen.«

Jonas leuchtete in die Grube hinein, mit der anderen Hand
das Display auf das dortige Szenario richtend. Salvetti hatte
zwischenzeitlich die Ränder des Sargs freigelegt und machte
sich an dem Verschluss zugange.

»Jetzt kommt's«, meinte er keuchend, während er an dem
Deckel zog. Jonas positionierte Taschenlampe und iPhone
provisorisch am Grubenrand und stieg dann ebenfalls mit in
die Grube. Zusammen gelang es ihnen, den Sargdeckel beiseite zu schieben. Beide hatten sich zwischenzeitlich Tücher
vors Gesicht gebunden. Ein modriger Geruch mischte sich in
den Duft der sternklaren, kalten Nacht.

Dann blickten sie nach unten, leuchteten den Sarg aus.
Holzmoder, keine verfaulte Leiche.

»Der Sarg ist leer«, entfuhr es Jonas überrascht. Sie er-
klommen den Grubenrand, betrachteten ihr Werk und film-
ten mit dem Display die Szenerie. Den Arm um die Schulter
seines jungen Kollegen gelegt, resümierte Salvetti mit selbst-
zufriedener Stimme:

»Wie ich sagte. Jacques Bauer, der zweite, ist hier nicht
drin. Mein Junge – wir haben gerade einen Beerdigungs-Fake
aufgedeckt.«

Träume, unruhige Träume. Irgendwie erinnerte sie sich an
Claudias Gesicht, und wie sie orientierungslos durch Brüssel

irrte. Wo bin ich – sag' es mir? Claudia stand völlig aufgelöst vor ihr. Dann war sie weg. Ich muss gehen, meinte sie, rannte in Richtung Straßenbahn, dann kam ein großer Wagen, Männer sprangen heraus und zogen sie ins Innere. Joanne lief hinterher, aber sie kam zu spät. *Claudia – schrie sie noch, Claudia, ich komme dich holen! Ich rette dich!* Dieser Satz war der letzte, der ihr von ihrem Halbschlaf-Traum noch in Erinnerung war. Sie schaute auf die Bürouhr über der Tür. 3.30 Uhr. Mitten in der Nacht, vor der Grenze zum Tag.

Joanne reckte sich, reckte sich dann nochmal, stand auf und schaute beiläufig aus dem Fenster zur Straße. Aus den Augenwinkeln gewahrte sie einen dunklen Peugeot, ein Stück weit die Straße runter auf der anderen Bürgersteigseite. Die Gegend hier war allgemein ruhig. Gelegen im nördlichen Teil des 17. Arrondissements unweit der Porte de Clichy, verlief das Leben hier großteils in einem gediegenen, solventen Rahmen. Sie sortierte sich, griff sich aus der Obstschüssel einen Apfel, führte ihn zum Mund und steckte ihn dann doch lieber in die Tasche. Die Nacht näherte sich ihrem letzten Abschnitt. Das Wetter war nicht gar zu kalt, in den letzten Tagen hatten sich sogar ein paar sonnige Stunden darunter gemischt.

Warum nicht was unternehmen, den Kopf richtig freibekommen, dachte sie plötzlich. Ein kleiner Spaziergang, runter zum Parc Monceau. Im Monceau war sie mit Albert oft gewesen – zu der Zeit, als sie sich kennengelernt hatten. Sie erinnerte sich an Picknicks – mit Albert allein oder auch in größerer Runde, mit Obst, Käse, Baguettes und ein, zwei Flaschen gutem Wein. Sie reckte sich nochmals, grinste. Eine gute Idee, exakt passend. Sie würde die Bahnanlagen queren und sich über kleinere Straßen, eventuell auch den Boulevard de Courcelles, zum Park durchschlagen. Später konnte sie dort dann den Sonnenaufgang genießen, sich zuvor noch einen Café-to-go organisieren und schließlich, zum Finale ihrer langen Nacht, vielleicht mit der Métro nach Clichy zurückfahren.

Etwas fröstelnd, doch eingehüllt in einen wohligen dunkelblauen Wollmantel, trat sie auf die Straße und sah sich um. Es war kalt, allerdings nicht unangenehm. Sie nahm den Weg über die Rue Cardinet, bog dann ab in die Rue des Batignolles und ließ sich von dem sanften Abwärts-Drive der Stadthügel treiben. Autos waren zu dieser späten – oder besser: frühen – Stunde wenige unterwegs, und auch das Heer der Nachtenbummler hatte sich längst in seine Appartements und Hostels zurückgezogen. Sie trottete über das Pflaster und erreichte schließlich den – ebenfalls nach dem Quartier benannten – Boulevard. Sie bog nach links ab, folgte dem Boulevard des Batignolles und hatte nun nur noch die Eisenbahnbrücke zu überqueren, hinter der die Straße dann unter dem Namen Boulevard de Courcelles ihre Fortsetzung nahm.

Sie schaute kurz zu dem Parkhaus hoch auf der linken Seite. Plötzlich fröstelte sie. Fünfzig Meter hinter ihr hatte ein Wagen aufgeblinkt. Sie drehte sich um und schaute wieder nach vorn. Plötzlich fuhr der Wagen ran, auf eine Höhe mit ihr. Mit einem Schlag erkannte sie die beiden Insassen – George und seinen treuen Spießgesellen Hannes. Zeitgleich sprangen beide heraus und machten Anstalten, über sie herzufallen. Joanne versuchte, sich loszureißen, schrie laut und versuchte, in Richtung Brücke zu entkommen. Plötzlich nahm sie einen chlorartigen, dumpf-bitteren Geruch wahr. Sekunden später merkte sie, wie ihre Reaktionen schwerer wurden und alles nur noch wie durch einen Film erschien – Georges blonde

Haare, sein ockergelber Kashmirmantel, die hasserfüllte Fratze seines Kompagnons. Dann spürte sie, wie jemand ihre Beine umfasste, zwei weitere Hände ihren Oberkörper. Anschließend befand sie sich im Wagen. Ihre letzte Erinnerung war Georges Stimme, der sagte: »Gib' ihr lieber noch eine.«

Sie wachte auf dem Bahngelände auf, liegend zwischen Schotter, zerbrochenen Flaschen und Buschwerk. Schemenhaft nahm sie über sich zwei Gestalten wahr. George und Hannes.

Blopp. »Du brauchst keine Sorge zu haben, wir sind nicht weit.« *Plopp.* Georges Stimme. Sie bemerkte eine Hand vor sich, unter ihrem Kopf. Riechsalz.

»Für dich allerdings ist hier Endstation«, fuhr George ungerührt fort. Er blickte hinab auf sein Opfer. »Und diesmal final, meine Liebe.«

Hannes fing an, sie zu begrapschen. Wie durch einen Nebel hörte sie, wie George seinen Kumpel anherrschte: »Pass' auf. Willst du der Bullerei deine Fingerabdrücke dalassen? Oder ein bisschen von deiner verschissenen DNA?«

Joanne formte ihren Mund zu einem Schrei. Doch der Schrei wollte nicht nach außen. Sie erhielt einen Tritt direkt ins Gesicht. Daraufhin verlegte sie sich aufs Flehen.

»Was wollt ihr von mir? Ich ...«

»Schon besser«, meinte George triumphierend. »Aber für schöne Worte ist es nun zu spät. Du hast deine Gelegenheit gehabt. Und du hast sie verstreichen lassen.« Er zog ein Messer aus der Innentasche seines Mantels. Sein Kumpan grinste wie außer Rand und Band. Sie formte den Mund zu einer Bitte. Auch wenn ihr mittlerweile klar war, dass eine solche vergebens war. Und ihr Leben jetzt und an diesem Ort enden würde.

Ihr wurde schlecht. Dann kam der Schwindel. Den Rest würden die nüchternen Worte des Kriminalberichts festhalten, welchen die Polizei am Tatort verfassen würde.

22

Als Passanten am Rand der Bahntrasse in der Nähe des Gare Saint-Lazare eine weibliche Leiche erblickten und im Anschluss die Gendarmerie alarmierten, war eigentlich alles wie immer. Kein Mensch wäre auf die Idee gekommen, dass von der Leiche feine, unsichtbare Verbindungslinien zu einem deutschen Programm mit sonderbarer Abkürzung führten und von dort zurück zu seinen Pariser Verwicklungen. Albert Arras würde erst später am Vormittag vom Tod seiner Frau erfahren. Claudia Kopinski war zwischenzeitlich ebenfalls in Paris angelangt. Allerdings hatte sie die Aussprache mit Joanne auf einen späteren »Zeitpunkt X« vertagt. Der Investigativjournalist Marco Salvetti kannte Joanne nicht, ebenso sein Adlatus Jonas. Das gleiche galt für Roberto Giura, der in seinem kleinen Appartement den Rausch vom Vorabend ausschlief, für Louise Beckmann, die wohlweislich auf Stimulanzien verzichtet hatte und sich in ihrem Hotelzimmer in La Defense auf ihren großen Tag vorbereitete und schließlich für Claudias alten Fluchtgenossen Theo – der Joanne zwar kannte, im Stadtgefängnis jedoch von den meisten Informationen abgeschnitten war.

Von Theo Schröder abgesehen, der über das große Tribunal lediglich grob im Bild war, konzentrierten sich die Gedanken der meisten Involvierten auf das große politische Tagesereignis. Auch wenn er in Bezug auf die kommenden Ereignisse einen eher zweitrangigen Part einnahm, befand sich Marco Salvetti im Zentrum eines informellen Netzes, durch das ab dem Morgen stündlich mehr Nachrichten und Infos hin und her gingen. Bereits um acht Uhr war es losgegangen mit einem Anruf.

»Monsieur Salvetti?« Die Stimme machte eine Pause. »Mein Name ist Antoine Balavoine. Ich bin Rechtsanwalt und soll Ihnen im Namen meines Mandanten mitteilen, dass er sich gegenwärtig im La-Santé-Gefängnis hier in der Stadt aufhält.«

Salvetti merkte auf. Mit einem interessierten »Ja?« griff er nach seinem Notizblock, um sich gegebenenfalls eine Nummer aufzuschreiben.

»Mein Mandant hat mir nicht viel gesagt. Lediglich so viel, dass er wegen einer Story mit Ihnen in Verbindung gestanden hat. Und dass Sie eventuell was für ihn tun könnten.«

Sehr erfreut, Überbringer dieser Botschaft zu sein, hörte sich dieser Balavoine nicht an. Salvetti begann, Rückfragen zu stellen. Sein Gegenüber – oder besser: der Mann am anderen Ende der Leitung – verblieb in seinem zurückhaltenden, irgendwie südfranzösisch klingenden Singsang.

»Mein Mandant hat mich autorisiert, Ihnen die nötigen Fakten bezüglich seiner Inhaftierung mitzuteilen.«

In sachlichem Tonfall begann Balavoine mit dem Anschlag in der *Bar Boufier* und arbeitete sich dann zu den anhängigen Vorwürfen vor. »Ich möchte die Sachen, die eventuell von Deutschland aus anhängig sind, keiner Bewertung unterziehen. Ernst nehme ich als Anwalt allerdings die Vorwürfe bezüglich Drogenhandel. – Sie haben meine Telefonnummer gespeichert. Wenn Monsieur Schröder damit einverstanden ist, können Sie mich gern kontaktieren. Ich stehe sozusagen zu Ihrer Verfügung.«

Balavoine beendete die Verbindung. Theo Schröder – der Kerl, der ihm mit seinen Infos die Spurensuche bezüglich Jacques Bauer erheblich erleichtert hatte – war also im Knast gelandet. Augenscheinlich wegen einer ziemlich konstruierten Terror-Verbindung; da steckte sicher noch mehr dahinter. Salvetti ging runter ins Hotelcafé, begab sich mit einem Croissant und einer starken Tasse Kaffee zurück aufs Zimmer und machte sich tagesbereit. Die nächsten paar Gespräche würden kniffeliger werden. Da war ad eins Roberto. Aus naheliegenden Gründen hatte er sich bislang nicht bei ihm gemeldet. Wollte er ihn wirklich davon abbringen, sich mit Louise Beckmann zu treffen? Der Junge war schlau; die Tribunalveranstaltung stand bestimmt auch auf seinem Terminkalender ganz oben. Die gute Frage war: Roberto vorher abpassen (und ihn hinterher den ganzen Tag im Schlepptau zu haben)? Oder aber die Dinge ihren Gang nehmen zu lassen?

Ebenso kniffelig war sein Side-Kick: seine unkonventionelle Nachforschung auf dem Friedhof von Batignolles. Einerseits wusste er nun, dass dieser Jacques Bauer – sofern er nicht woanders untergebuddelt worden war – noch unter den Lebenden weilte. Andererseits hatte er sich bei der Gewinnung dieser Erkenntnis strafbar gemacht. Und außerdem seinen journalistischen Radius deutlich überschritten. Mit Sprüchen wie »Die Suppe muß gegessen werden, so lange sie heiß ist« würde er sich hier kaum aus der Affaire ziehen können. Auch wenn er – andererseits – bereits eine Idee hatte: Er würde am folgenden Tag eine Selbstanzeige aufgeben.

Sofern er diesen Teil der Story verwerten wollte, blieb ihm schlechterdings keine andere Möglichkeit. Zuvor jedoch würde er sich noch einmal mit Stephanie Castellet in Reims kurzschließen. Vielleicht ließen sich die Dinge auch von dort aus etwas forcieren.

In groben Stücken war das sein Vorprogramm für diesen Tag. Der Hauptpart indes würde daraus bestehen, an der auf den Abend angesetzten Tribunalveranstaltung teilzunehmen. Zuvor wollte er versuchen, ob er vielleicht nicht doch an Louise Beckmann herankäme. Die Beckmann war das pure Gold. Ihre Aussagen auf dem Tribunal würden morgen in allen Zeitungen stehen; ihre Aussagen wären letztlich ausschlaggebend dafür, ob die deutsche Regierung in den nächsten Tagen crashte oder eben nicht. Ein Interview oder jedenfalls ein paar Originaltöne, fand er, wären journalistisch gesehen da ein ganz guter Scope.

Wie an jedem anderen Tag hatte die Pariser Polizei auch an diesem Tag alle Hände voll zu tun. Da war zunächst eine Demonstration von Nationalisten – angesetzt auf den Abend, ungefähr parallel zu dem Tribunal, welches in einer Loft-Halle im 11. Arrondissement ausgerichtet werden sollte. Die rechte Demo erschien nicht sehr gefährlich. Angekündigt war sie von den üblichen Spinnern, darunter einem Philippe Duercamp, der seine Theorien von einer deutschen Revanchegefahr sonst eher über den Höhen von Montmartre verkündete. Zu erwarten waren wenig mehr als die üblichen Verdächtigen. Sicherheitshalber hielt der Pariser Polizeichef jedoch ein paar Einheiten der CRS in Bereitschaft.

Hinzu kam die gewöhnliche Kriminalität – also Raub, Mord und der ganze Rest. Wobei es mitunter auch Menschen erwischte, bei denen sich jeder fragt: warum tut denen einer sowas an? Seit dem Morgen hatte die Kripo ein Teilstück der Gleistrasse nördlich des Bahnhofs Saint-Lazare abgesperrt. Das Opfer war eine junge Frau. Ihre Identität hatte schnell festgestellt werden können. Bei der Toten handelte es sich um eine gewisse Joanne Arras, von Beruf Grafikdesignerin, die in Batignolles ein kleines Büro unterhielt. Vor ihrem Tod war die Arras mit mehreren Messerstichen attackiert worden. Da zudem Spuren von Betäubungsmitteln festgestellt wurden, war nicht auszuschließen, dass der oder die Täter das Opfer woanders aufgegriffen und hierher verbracht hatten. Dass sie noch am Leben war, als sie an diesem Ort eintrafen, bewies die große Blutlache unter ihrem Kopf sowie das dazugehörige Einschussloch. Spuren sexueller Übergriffe waren nicht erkennbar. Vielmehr sah das Ganze eher nach einem planmäßig vollzogenen Mord aus. Einer Liquidierung vielleicht – wobei in diese Richtung auch die ballistischen Spuren deuteten. Die besagten, dass Madame Arras mit Hilfe eines Schalldämpfers erschossen worden war.

Erschossen und hingerichtet – wie bei dieser Rosa Luxemburg, dachte sich Commissaire Leclerque vom Morddezernat Paris 2. Dass seine spontane, von einem lang zurückliegenden Parteiseminar der Parti Communiste inspirierte Eingebung nicht allzu weit weg von der Realität war, schwante ihm dabei in keinem Moment. Leclerque koordinierte die Tatortuntersuchung, leitete Zeugenbefragungen in den Häusern der Umgebung ein und bereitete sich aktuell auf die Aufgabe vor, die er am meisten hasste: die schlechte Nachricht dem Ehemann der Toten zu überbringen.

Der Mord in der Nähe des Saint-Lazare war zwar aufsehenerregend – so aufsehenerregend aber nun auch wieder nicht. Pro Jahr fanden in der Stadt rund 30 Tötungsverbrechen statt – für die entsprechenden Dezernate ein konstantes Stück Aufklärungsarbeit. Da das Todesopfer am Saint-Lazare weder zur lokalen noch zur nationalen oder gar internationalen Prominenz gehörte, blieb auch die entsprechende Sensationsberichterstattung aus. Konkret bedeutete das, dass selbst François Noël, Joannes Informantenführer und ein durchaus bedeutender Beamter in der Innenaufklärung, erst einmal nicht erfuhr, dass seine Informantin mittlerweile tot war.

Noch unspektakulärer war die Reaktion auf ein geöffnetes Grab auf einem Friedhof oben im 17. Arrondissement. Leichenräuber hatten wohl eine Leiche entwendet; betroffen war das Grab eines gewissen Jacques Bauer. Eine Streife der örtlichen Police schaute sich die Grabstelle an und versprach, Nachforschungen anzustellen. Wie das jedoch so ist: In einer Metropole war stetig mit einem Kontingent Durchgeknallter zu rechnen. Was hieß: Bei einem Toten, der schon mehrere Jahre tot war, würde man sich kaum ein Bein ausreißen, um den Verbleib der Leiche auszumachen.

Der Osten von Paris war noch immer eine proletarisch geprägte Gegend – eine der kleinen Leute, der Einwanderer und in den letzten zwanzig Jahren zunehmend eine der Hipster. Mehr und mehr hatte sich die Gegend zwischen Bastille-Platz, dem berühmten Friedhof Père-Lachaise und der Rue Oberkampf zu einem Terrain der Vergnügungswilligen, der Aussteiger und Kreativen entwickelt. Die sich hier in unmittelbarer Nachbarschaft von Menschen aus allen Ecken des ehemaligen französischen Empires niedergelassen hatten. Der bunte Flickenteppich, der sich im 11. Arrondissement konzentrierte, hatte seine eigene Geschichte – deren düsterer Höhepunkt sicher die Anschläge vom 13. November 2015 waren. Anders ausgedrückt: vom alten Faubourg Saint-Antoine im Süden über die Stadtviertel Belleville und Ménilmontant bis zu den zur Erlebnislandschaft umgestalteten Schlachthöfen von La Villette im Norden erstreckte sich eine eigene, mit dem bürgerlichen Paris nur bedingt vergleichbare Welt.

In dieser Welt waren auch die Gründer des *Comité contre le programme EXIT allemand* mehr oder weniger zuhause. In der Gegend nahe dem Boulevard Belleville fanden sich eine Reihe Fabriklofts – Hinterlassenschaften der kleinindustriellen Vergangenheit dieser Ecke, und längst von jungen Leuten übernommen, die hier ihre Startups, Medienbetriebe, Nischenbewirtschaftungsfirmen, Hostels, Hotels, NGOs, Wohnprojekte und Dachgärten errichtet hatten. Einige der Gebäude waren wuchtig, mächtig, ausgreifend und in die Höhe gebaut. In einem davon – einem zur Veranstaltungshalle umgebauten Loft, genauer: dessen Erdgeschoss – sollte auch das Tribunal gegen das deutsche Programm stattfinden.

Marco Salvetti hatte sich schon früh auf den Weg gemacht. Für jemanden, der wartete und zwischendurch allerlei Telefonate tätigen musste, war die Rue Oberkampf das ideale Refugium. Marco hatte sein vorläufiges Hauptquartier in der Nähe einer kleinen Nachbarschafts-Brasserie aufgeschlagen in unmittelbarer Nähe des Veranstaltungsorts. Dort war noch alles ruhig. Als erstes absolvierte er den Anruf, der in seinen Augen der kritischste war – Madame la Commissaire in Reims. Wenn er schon ein Grab aufbrach, wollte er die folgenden Dinge wenigstens steuern.

»Monsieur Salvetti, schön, von Ihnen zu hören«, meinte Stephanie Castellet in aufgeräumter Stimmung. »Was macht die Hauptstadt so?«

»Welche?« entgegnete Salvetti.

Castellet lachte. »Die deutsche ist, wie man liest, aktuell zwar in aller Munde. Ich vermute allerdings, dass sie aus der französischen anrufen. Was gibt's?«

Kurz und bündig erzählte ihr Salvetti von der Tribunalveranstaltung, die am Abend stattfinden sollte. Dann kam er zum eigentlichen Anlass des Gesprächs: der nächtlichen Aktion auf dem Cimetière de Batignolles mit der Erkenntnis, dass das Grab von Jacques Bauer leer war.

»So so«, meinte Castellet in neutralem Ton. »Das ist sehr freundlich, dass Sie sich damit bei mir melden. Sie wissen allerdings ebenso, dass ich umgehend eine Festnahme veranlassen müsste. Anders gesagt: Ich glaube, das Beste ist, wir tun so, als ob dieses Gespräch nie stattgefunden hat.«

»Das ist nett«, meinte Salvetti. »Allerdings bin ich gar nicht darauf erpicht, mich vor den Konsequenzen zu drücken. Werde morgen eine Selbstanzeige in die Wege leiten; ich brauche nur heute freie Hand. Allerdings dachte ich, dass das leere Grab Ihnen auch bei Ihrem Fall weiterhelfen könnte.«

»Michael ... Kollmann?« Ihre zögernde Antwort ließ Salvetti vermuten, dass sie mit den Mordermittlungen noch nicht sehr weitergekommen war.

»Exactement. Den Zusammenhang zwischen diesem Programm, den untergetauchten Eignern von *Morantis* und dem Anschlag auf meinen Kollegen hatte ich Ihnen ja bereits erklärt. Jacques Bauer war der vierte Mann – derjenige, der sich sozusagen um die Produktvermarktung kümmerte.«

»Sie bringen mich noch immer zum Schaudern mit ihren Geschichten. Letzten Endes sind es jedoch Hypothesen – das müssten Sie als Journalist eigentlich wissen.«

»Lassen Sie es mich kurz fassen«, entgegnete Salvetti. »Ja – es sind Hypothesen. Jedenfalls, so lange die *Morantis*-Bosse sich auf freiem Fuß befinden. Oder die Profis, die für sie arbeiten. Und hier in Frankreich Leute umbringen. Ich habe nur gesagt: Es ist ein Puzzleteil – nichts weiter als ein weiterer Puzzleteil. Ich gebe Ihnen gerade Anhaltspunkte für den Mordfall, den Sie auf Ihrem Schreibtisch haben.«

Schweigen entstand. »Ich werde sehen, was ich tun kann, Monsieur«, meinte Stephanie Castellet knapp. »Und halten Sie am besten den Kopf unten. Und wühlen nicht noch in weiteren Gräbern. Au revoir.«

Salvettis nächstes Gespräch war ähnlich unerfreulich. Tessa war am Mobil, hatte ihm bereits den ganzen Vormittag SMS-Nachrichten hinterhergeschickt. Das Video vom Friedhof, das er nach Berlin geschickt hatte, schlug natürlich auch in der *Rice*-Redaktion Wellen.

»Was hast du dir dabei gedacht?«, fiel sie mit der Tür ins Haus.

»Tessa?« Sie setzte ihre Tirade fort, fast wie auf Autopilot.

»Tessa?« Es hörte nicht auf. Wie es aussah, war eine Kommunikation mit seiner Chefin derzeit nicht möglich. Aus den Augenwinkeln erblickte er Jonas, der – einen Coffee-to-go-Becher in der Hand – ebenfalls am Ort des Geschehens eintrudelte.

»Was ist?«

»Tessa«, meinte Salvetti lapidar, die Verbindung unterbrechend. »Die spinnt. Lass' uns den heutigen Tag durchsprechen.«

Roberto hatte Louise Beckmann zwischenzeitlich erreicht. Nach einem Gespräch, in dem Vorwürfe, sanfte Enttäuschung sowie Hoffnung auf einen neuen modus vivendi mitschwangen, kamen sie überein, sich am frühen Nachmittag in der Stadt zu treffen. Roberto fuhr sich über den Kopf. Noch immer wusste er nicht, was genau er von Louise Beckmann wollte. War es Geld, eine Apanage sogar? Das wäre vernünftig. In Vernunftdingen allerdings war Roberto noch nie der Weltmeister gewesen. So fochten Gefühle unterschiedlichster Art in ihm einen wilden Kampf aus. Mal gewann die Seite von Vorwürfen und Bitterkeit, mal die der Hoffnung und des rosarot eingefärbten Happy Ends. Dann malte er sich abstruse Versöhnungsszenarien aus. Die seltsamerweise immer an jenem Punkt aussetzten, wo sie zusammen an einem Pool irgendwo in der Karibik lagen und Louise neuerlich über ihn verfügte, wie ihr gerade der Sinn stand.

Sie trafen sich in der Nähe des Kaufhauses Lafayette im nördlichen Stadtzentrum. Er betrachtete sie neugierig. Louise hatte Federn gelassen. Die harten Züge um ihre Mundwinkel und Augen waren zwar sorgsam zugeschminkt. Unter dem dezenten, insgesamt immer noch einen mondänen Hauch verströmenden Äußeren verbarg sich jedoch eine Frau, die in den letzten Wochen einiges durchgemacht hatte. Sie musterten sich sorgsam taxierend. Louise Beckmann wusste nicht so recht, wie sie anfangen sollte. Entgegen ihren sonstigen, hauptsächlich auf Ansage gepolten Gesprächsgewohnheiten, rührte sie ratlos in einem Kaffee-Cocktail herum.

»Du«, meinte sie vorsichtig und schaute ihn an. »Ich habe Mist gebaut, schweren Mist. Daran gibt es nichts zu rütteln. Auch gegenüber dir, das ist mir mittlerweile bewusst geworden.« Sie machte eine Pause, setzte ein freudloses, schuldbewusstes Lächeln auf. »Ich habe ziemlich über dich verfügt. Nicht wahr?«

Roberto fixierte abwechselnd den Softdrink, der vor ihm stand, und den Cafétisch darum. Es war nicht nur die Art, wie sie ihn zu einer Art persönlichem Eigentum gemacht hatte. Louise war ihm insgesamt ein Rätsel. Dass sie diejenige war, die am Ursprung all seiner Schwierigkeiten stand, war mittlerweile auch ihm klargeworden. Wie viele hatte sie in dieses Programm geschickt – besser gesagt: veranlasst, dass sie in dieses Programm geschickt wurden? Salvetti hatte ihm das ein oder andere erzählt. Wenn nur die Hälfte davon zutraf, saß ihm gegenüber ein Monster. Wenn auch – vielleicht – ein reumütiges.

»Warum hast du das getan?« fragte er schließlich, schaute sie mit anklagendem Blick an. Louise überlegte, kam dann zu dem Entschluss, dass es ein guter Zeitpunkt sei, ihre Erklär-Volten, die sie am Abend anbringen wollte, einem Realitäts-Check zu unterziehen. Und wer eignete sich für einen solchen besser als ihr ehemaliger junger Liebhaber? Sie berichtete also: von Sachzwängen, einer möglichen Lösung, die sich da geboten hatte – auch wenn diese sehr unkonventionell war. Und so weiter.

»Dass wir uns schließlich auf die Ebene ›Zwang‹ verlegt hatten, war sicher unser Kardinalfehler«, endete sie schuldbewusst. »Mea culpa. An meinen Händen klebt Blut. Sofern wir jedenfalls die Geschichte nicht mehr rückgängig machen können. Dafür bin ich heute hier, dafür will ich heute abend Zeugnis ablegen. – Hast du Lust, mit mir zu kommen?«

Es war eine spontane Idee. Louise fühlte sich einsam. Sicher hatte sie in den letzten Wochen ihr Netzwerk aktiviert. Ebenso auch Vorplanungen getätigt mit ihren neuen Bundesgenossen; dabei mehr oder weniger konspirative Treffen absolviert. Aber das alles war nichts gegen – nunja, echte menschliche Nähe. Roberto war unsicher. Louise deutete die Unsicherheit als »Ja« und bemerkte lächelnd:

»Ein reines Zuckerschlecken wird das heute abend nicht. Ich kann dir also nichts garantieren.« Mit beiläufiger Geste legte sie ein Couvert neben Robertos Softdrink. »Da – nimm. Zier dich nicht, du kannst es brauchen. Keine Verpflichtungen. Kann gut sein, dass wir uns ab heute abend für länger nicht mehr sehen.«

Mit einer Geste, die leicht wirken sollte, deutete sie Handschellen an. Das trotzig-wehmütige Lächeln in ihrem Gesicht wollte besagen, dass sie diese Option zwar durchaus einkalkulierte, allerdings für eher nicht so wahrscheinlich hielt.

Am späten Nachmittag wurde es in der Rue Moret zunehmend belebter. Einige Reporter lauerten in Wartestellung, und auch ein TV-Sender mitsamt Equipment war bereits vor Ort. Infos, Gerüchte und sonstige Neuigkeiten zirkulierten in minütlichem Takt. Marco und Jonas standen seitlich auf der Straße, etwas abseits von dem Pulk. Salvetti hatte ein etwas mulmiges Gefühl. Den ganzen Tag über hatte er sich nicht bei Roberto gemeldet. Jetzt blieb ihm schlechterdings nichts anders übrig, als die Dinge laufen zu lassen. Die Bebauung hier – vorwiegend Wohnhäuser – ließ die bescheidenen Verhältnisse eines Kleine-Leute-Viertels noch immer erkennen. Dazwischen: größere Gebäude, frühere Fabrikhallen. Wie auch die *Halle de Ménilmontant*, eine zum Multifunktionszentrum umgebaute ehemalige Fabrik, in deren geräumigem Erdgeschoss die Veranstaltung stattfinden sollte.

Salvetti und Jonas hatten sich verteilt, gaben sich fast im Minutentakt Infos durch, wo die Beckmann aktuell stecke. Im Prinzip waren die Infos vage. Möglich, dass sie die ehemalige deutsche Ministerin durch einen Hintereingang einschleusten. So war es auch. Gegen 18 Uhr meldete

Jonas hektisch: »Kolonne im Anmarsch!« Salvetti entfernte sich erst gemächlich vom Haupteingang und legte dann einen Spurt hin zur stadteinwärts gelegenen Parallelstraße. Jonas winkte, und dann war der Tross da. Drei Fahrzeuge. Bodyguard-Typen stiegen aus, dann aus dem mittleren Wagen die ehemalige Ministerin, im Schlepptau Roberto und noch ein Typ.

Salvetti hatte sein Micro im Anschlag. Zeitgleich fing Jonas an, Bilder zu schießen.

»Frau Beckmann, Marco Salvetti mein Name, vom *Rice*-Magazin.« Robertos Blick vermeidend, hielt er der Beckmann ein gepolstertes Mikrophon unter die Nase. »Eine Frage: Wie fühlt man sich als Reumütige? Schließlich waren Sie doch diejenige, die das Programm maßgeblich auf den Weg gebracht hat.«

»Kein Kommentar, Herr Salvetti.« Louise Beckmann hatte ein schickes Barrett auf und verbarg ihr Gesicht hinter einer breiten Sonnenbrille.

»Und –«

»Halt's Maul. Du hast doch gehört, dass es keinen Kommentar gibt.« Zwei Bodyguards drängten Salvetti ruppig ab. Beckmann verschwand, Roberto weiterhin in ihrem Schlepptau, in Richtung Gebäudeinneres.

»Kennen Sie Jacques Bauer?«, rief Salvetti laut. »Er ist nämlich untergetaucht. Und ich würde vermeinen, er kennt Sie sehr gut. Wie viel Geld ist geflossen?«

Die Fragen-Breitseite blieb unbeantwortet. Vielleicht würde sich im Verlauf der Veranstaltung noch Gelegenheit für weitere bieten.

»Wir können ein Interview machen. Exklusiv. Möglich, dass da das ein oder andere besser verständlich wird –«

Marco erhielt einen kräftigen Schubs. Er schwankte. Jonas hielt den Daumen nach oben, hatte offensichtlich genug Fotos im Kasten. Salvetti blickte in Richtung Hintereingang. Die Gruppe – Roberto inklusive – war verschwunden.

»Okay. Gehen wir nach vorne,« meinte er lapidar zu seinem Partner. Sie trotteten zurück zur Vorderseite in der Rue Moret. Die nächsten zwei Stunden waren mit Warten ausgefüllt. Salvetti und Jonas schauten sich um, redeten mit diesem und jener. Dann öffneten sich die Türen; die Show konnte beginnen. Die Halle war weitläufig. Vorne großzügig mit Glasfenstern ausgestattet, die bis zum Boden gingen, wurde der Eingangsbereich von nackten Säulen und ebenso roher Betonarchitektur bestimmt. An den Wänden hingen Plakate und Bilder; die ein oder andere Ecke war zusätzlich mit Graffities verziert.

Das Publikum, das sich in den Stuhlreihen in einem großen Saal niederließ und insgesamt aus mehreren hundert Personen bestand, war gemischt – neben französischer Kulturschickeria sowie den üblichen politischen Gruppen (hauptsächlich von der Linken) waren viele Deutsche darunter. Exilanten und Exilantinnen, die nunmehr hautnah miterleben wollten, wie die Gründe für ihr Exil nunmehr eine Wendung zu nehmen versprachen. In ihrer Mitte – seitlich irgendwo in der Nähe zum Ausgang sitzend – eine, die quasi unter verschärften Bedingungen ihr Exil gefunden hatte: Claudia Kopinski.

Das Podium war leicht erhöht und frontal aufgebaut. Jonas begab sich zur Seite und schoss weiter seine Fotos. Salvetti nahm vorne im Journalisten-Pulk Platz. Aus den Augenwinkeln warf er gelegentliche Blicke auf Roberto. Der hatte sich – irgendwie etwas verloren wirkend – weiter hinten, etwas abseits, beim Veranstaltungs-Fußvolk postiert und verfolgte, an eine Säule gelehnt, das Geschehen. Die Dramaturgie des Tribunals kam langsam in die Gänge. Als erstes redete eine französische Aktivistin. In informativem Gestus umriss sie das deutsche EXIT-Programm und wies dabei auf die vielen Geflüchteten hin, die zwischenzeitlich in Frankreich Schutz gesucht hatten. Dann vollzog sie den Schlenker zu dem prominenten Gast auf dem Podium. Beckmann selbst saß eingekeilt zwischen zwei älteren Professoren-Typen, beide unschwer als Alt-68er auszumachen.

»Was ist mit der Firma *Morantis*?« Salvetti markierte mit seiner provokativen Zwischenfrage sofort das Terrain. »Schließlich hat Madame Beckmann die Geschäfte mit dieser Firma mit eingefädelt.«

Gute Strategie, klopfte sich Salvetti gedanklich auf die Schulter. Noch ein, zwei von der Sorte würden die Beckmann sicherlich weichklopfen für das Interview, das er von ihr haben wollte. Dann wurde es mit einem Mal unruhig im Saal. Vom Eingang her mischte sich Geschrei in die Rede. Plötzlich war eine Salve zu vernehmen – abgeschossen aus einer Automatikwaffe. Ein, zwei weitere Stöße folgten, dann waren sie klar zu erkennen: ein Trupp Vermummter in schwarzer Kampfmontur, schwer bewaffnet und mit Skimützen maskiert. Im Publikum brach Panik aus. Stühle schepperten, laute Schreie, Versuche, sich laufend und springend vom Geschehen zu entfernen oder sonstwie in Sicherheit zu kommen.

Schockierend war der Rhythmus – genauer: die Feinchoreogerafie, mit der sich der Übergang zwischen Normal und Terrorschauplatz vollzog. Die Sekunden der Überraschung, die Schreie, die Schüsse. Danach herrschte das reine Inferno – eine Szenerie, in der vor allem ein Gedanke das

Geschehen dominierte: *Rette sich, wer kann*. Die Halle stank nach Rauch und Kordit; an irgend etwas Koordiniertes oder gar einen Überblick war gar nicht zu denken. Mit instinktiv vollzogenen Bewegungen war Salvetti auf die Beckmann zugestürzt, versuchte, sie aus ihrer schockähnlichen Starre herauszuholen. Ein Bodyguard wandte sich ihm zu. Salvetti winkte und schrie:

»IHR MÜSST HIER WEG ! ALLE !! SOFORT !!«

Salvetti versuchte, sich weiter in Richtung Roberto vorzuarbeiten. Dann ging es rasend schnell. Mit Blick zur Seite bemerkte er, dass eine Feuersalve die Beckmann voll getroffen hatte. Blutspritzer landeten auf seinem Jacket; die Schüsse und Gegenschüsse von Security-Leuten, die mittlerweile eingesetzt hatten, bestimmten das Geschehen mittlerweile in einer Intensität, dass kaum noch Raum für andere Gedanken blieb als für den, möglichst schnell außer Reichweite zu kommen. Flucht und Panik allerorten.

Ein Stuhl versperrte Salvetti den Weg – daneben eine Person, die offensichtlich angeschossen war und in Sicherheit zu robben versuchte. Flaschengeklirr. Zwei, drei Flüchtende rempelten ihn hart an. Plötzlich bemerkte Salvetti einen der Maskierten direkt in seiner Nähe. Der fixierte ihn, hob dann eine Pistole und drückte ab.

»Was willst du denn?« Salvetti bewegte sich, den Schuss-Schock ignorierend, auf den Mann zu. Dann war plötzlich Roberto im Bild. Das Bild verwackelte. Wie in Watte eingepackt, merkte er, wie er zu Boden glitt. Grau. Alles grau. Das waren seine letzten Gedanken, bevor er sein Bewusstsein verlor.

23

Piep. Piep. Piep. Piep. Ein weichgezeichneter Schleier aus Tür-
kis und Weiß. Stimmen. Nicht hier im Raum, sondern irgendwo draußen. In einem Gebäude. Einem Flur. Und das Piepen.
Das irgendwie mit ihm zu tun haben schien.

Der Weichzeichnungsschleier wurde weniger dicht, das
Piepen klarer lokalisierbar. Ein Aufzeichnungsgerät. Abstell-
tisch aus Chrom und Leichtmetall. Ein Fenster, Neonleuchte
an der Decke, weißgelbes Licht. Darüber ein Gesicht. Tessa. Er
befand sich offenbar in einem Krankenhaus.

Tessa, die Furie? Oder: Tessa, die Fürsorgliche? Er hatte
Kopfschmerzen und fühlte sich bis ins Mark schlapp. Die
Schmerzen kamen wieder – da unten, irgendwo in dem Ter-
rain zwischen Herz, Lunge und Magen. Er versuchte, mit den
Blicken das Gesicht festzuhalten. Aktuell wohl eher Tessa,
die Fürsorgliche. Kurz-unentschlossen griff sie nach seiner
Hand.

»Du lebst«, meinte sie mit etwas brüchiger Stimme. Er er-
widerte ihre Feststellung mit einem leichten Händedruck.

»Die Story?«

»Ja.« Tessa lächelte gequält. »Die muss erstmal warten.
Aber wir stehen alle hinter dir. Das Wichtigste: Wir bleiben
weiterhin am Ball. Das Allerwichtigste allerdings: Werd' erstmal wieder gesund.«

»Was ... was ist geschehen?« Die Frage der Fragen. Es hatte
einen Anschlag gegeben. Dann hatte dieser Typ auf ihn ge-
zielt. Danach setzte seine Erinnerung aus.

Tessa überlegte kurz. Marco Salvetti gehörte zu den Un-
zerstörbaren – denen, die mit neun Leben gesegnet waren.

Ein paar Bad News, dachte sie, würde er schon verkraften.

»Ein Anschlag. In großem Stil. Mehrere Bewaffnete. Die Polizei fahndet noch. Leider ...« Sie machte eine Pause. »Leider hat die Beckmann den Anschlag nicht überlebt. Ist wohl noch vor Ort ihren Verletzungen erlegen. Ebenso wie drei Besucher.« Tränen liefen ihr unvermittelt über die Wangen.

»Wo ist ... Jonas?« Tessa lächelte plötzlich wieder.

»Jonas ist treulich an deiner Seite geblieben. Die ganzen letzten drei Tage. Nicht physisch. Schwirrt noch immer in Paris rum und kümmert sich um Details. Wegen eurer Story.«

»Braver Junge«, meinte Salvetti. Dann merkte er, dass ihn das Gespräch anstrengte. Mit einem kurzen Flimmern verabschiedete er sich wieder ins Reich heilsamer Dämmerung.

»Er ... soll ... kommen«, waren seine letzten Worte, bevor er in den Schlaf abglitt.

Der Anschlag in der Rue Moret hatte eine komplette Kaskade unterschiedlicher Aktivitäten losgetreten. Frei nach dem preußischen Feldherrn Moltke galt mittlerweile die Devise, dass der beste Plan nichts mehr taugt, wenn erst einmal die Schlacht begonnen hat. Besagte Regel galt auch in den Räumlichkeiten des Innen-Abschirmdienstes nahe des Quai d'Orsay im 7. Arrondissement. Als François Noël die Nachricht vom Mord an seiner Informantin erhalten hatte, kriegte er einen regelrechten Tobsuchtsanfall. Er fluchte über die deutschen Geheimdienste, welche die Liberté-Egalité-Fraternité, für die die französische Hauptstadt stand, mit Füßen traten und umgemodelt hatten in ein Western-El-Dorado.

»Wie die Nazis. Während der Besatzung«, blaffte er den Innenminister an. Auch damals hätten die Deutschen in der

Stadt geschaltet und gewaltet, wie es ihnen beliebte. »Wir müssen diese Brut endlich ausräuchern. Bevor sie endgültig die Regie übernehmen. Und den Präsidentenpalais vielleicht noch dazu.«

»Nun mal mit der Ruhe, mein lieber François. Bleiben Sie sachlich«, meinte der Innenminister und zündete sich eine Zigarette an. »Sind Sie tatsächlich der Ansicht, die Deutschen stecken hinter dem Anschlag?«

»Meiner Ansicht nach sollten wir ernsthafte Überlegungen anstellen, ob wir die Deutschen noch als privilegierte Auslandspartner ansehen«, meinte Noël, in eine sachlichere Tonlage übergleitend. Wobei der Vorschlag, zugegeben, nicht sehr abwägend klang.

»Was schlagen Sie vor, mein Freund?«

Noël legte dem Innenminister einen Stadtplan auf den Tisch mit markierten Punkten und ergänzte diesen mit einem Dossier.

»Es agieren unterschiedliche Dienste in der Stadt. Ist seit langem bekannt. Die Lage ist die, dass die Aktivität der deutschen Agenten die Situation nicht unerheblich zugespitzt hat. Zusätzlich habe ich Informationen, dass Akteure von dieser Seite in mehrere Morde verstrickt sind. Darunter auch den an einer Informantin von uns.«

Er machte eine Pause und fuhr dann fort. Ob deutsche Stellen den Anschlag in der Rue Moret veranlasst haben, wisse er nicht. Allein das Dickicht aus Information, Bespitzelung und Gegenbespitzelung, welches im Zug ihrer Tätigkeit entstanden sei, rechtfertige allerdings einen großen Befreiungsschlag. Noël drückte sich etwas drastischer aus:

»Wenn wir jetzt nicht kräftig mit der Fliegenklatsche draufhauen, genießt die Grande Nation bald eine ähnliche

Souveränität wie Albanien.« Er machte eine Pause. »Und wir haben noch etwas. Wie es scheint, war am Ort des Anschlags nicht nur eine Gruppe zugange, sondern gleich zwei. Es gibt unterschiedliche Hinweise. Zum Beispiel die, dass sich die Banditen im Zug ihrer Flucht zeitweilig gegenseitig beschossen haben. Die Sonderkommission ist an diesem Punkt noch dran. Aber selbst wenn es nicht so wäre, rechtfertigte die aktuelle Entwicklung die sofortige Ausweisung aller uns bekannten Dienst-Mitarbeiter.«

»Gut.« Der Innenminister machte eine Pause und blies ein paar Rauchkringel in die Luft. »Ich schicke Ihnen die nötige Autorisierung heute nachmittag rüber.«

Und so geschah es. Drei Tage nach dem Anschlag umstellten CRS-Bereitschaftspolizei, Pariser Gendarmerie sowie Kriminalpolizei-Einheiten die bekannten Dependancen deutscher Informationsdienste und nahmen alle darin Befindlichen fest. Ralph, Olaf und zwei ihrer Mitarbeiter befanden sich ebenfalls darunter. Mit der Ankündigung »Sie bekommen heute abend Ihre Ausweisungsverfügung und werden anschließend zur deutschen Grenze verbracht« traten sie in Handschellen und von Blitzlichtgewitter begleitet, den Weg zu den bereitstehenden Polizeifahrzeugen an. Vor denen verlas ein Pressesprecher des Innenministeriums gerade eine Verlautbarung. Ralph stand ein sardonisches Lächeln im Gesicht, als er hinten in dem Gefangenentransporter Platz nahm. Er dachte an Louise Beckmann. Die wohl kaum mehr Gelegenheit haben würde, ihre ehemaligen Regierungskollegen anzuschwärzen.

Ebenso wie Marco Salvetti verfügte auch Claudia Kopinski über neun Leben. Wie viele davon mittlerweile aufgebraucht waren, wusste sie nicht. Den Anschlag jedenfalls hatte sie mit ein paar Schrammen überstanden. Als sie mitgekriegt hatte, dass auch ein Journalist des deutschen Online-Magazins *Rice* unter den Verletzten war, hatte sie instinktiv das Richtige getan und sich an den Checkpoint mit den Verwundeten begeben, um sich dort ärztlich versorgen zu lassen. Eine Ärztin besah ihre Schrammen und meinte dann lapidar:

»Das sieht nicht so schlimm aus; Sie haben offensichtlich Glück gehabt. Aber kein Grund, das auf die leichte Schulter zu nehmen.« Während die Ärztin einen Armverband anlegte und im Anschluss einen provisorischen Gesamtcheck vornahm, behielt Claudia mit einem Auge die Krankenhaus-Fahrzeuge im Auge, die noch immer am laufenden Stück Verletzte abtransportierten.

»Madame, können Sie gehen?«

Claudia nickte stumm.

»Gut«, meinte die Ärztin. »Dann gehen Sie zu diesem Wagen da drüben. Der wird Sie ins Hospital mitnehmen.«

»Ist das ... die allgemeine Sammelstelle? Wo sie Verletzte hinbringen? Ich mache mir – mache mir immer noch Sorgen um meinen Freund. Der war ebenfalls hier.«

»Madame, Ihnen wird dort ganz sicher geholfen werden«, meinte die Ärztin in beruhigendem Ton. »Dort sind auch Warteräumlichkeiten. Und ein Info-Point. Ich glaube, Sie sind dort am richtigen Platz.«

So fuhr sie mit zum Hôpital Saint-Antoine im gleichnamigen Faubourg. Nach einer Untersuchung meinte ein junger Arzt, der offensichtlich aus einem ostasiatischen Land stammte, es sei wohl nichts Ernstes. Trotzdem würde er sie lieber noch über Nacht dabehalten. Sie wurde in ein Zimmer eingewiesen, zusammen mit einer anderen jungen Frau, die es offensichtlich schwerer erwischt hatte. Glücklich umschiffen konnte sie schließlich den einzig wirklich kritischen Punkt: den ihrer nicht vorhandenen Sozial- und Versicherungsdaten.

»Wir erledigen das später«, meinte die resolute Stationsärztin kurz angebunden. »Wir versorgen Sie erstmal hier, und morgen schauen wir weiter.«

Die Idee war ein situativ aufgeschossener Geistesblitz: Ebenso wie für Theo Schröder sowie andere war Kontakt zu EXIT-kritischen Medien auch für Claudia Kopinski eine naheliegende Option. Und dieser Rice-Journalist war ihr bereits während der Tribunal-Eröffnung aufgefallen. Nun musste sie ihn halt nur noch finden. Angewiesen allein auf das steinzeitliche Prepaid, das sie noch immer mit sich führte, war das gar nicht so einfach. Sie gesellte sich eine Weile in das Krankenhaus-Café, kam mit diesem und mit jener ins Gespräch und schließlich auch mit zwei deutschen Exilanten – jüngeren Burschen, die das Programm in Frankreich hatte stranden lassen. Nach mehreren Stunden – in denen sie auch Streifzüge absolviert hatte durch die unterschiedlichen Stationen des Hôpitals, hatte sie schließlich in Erfahrung gebracht, dass dieser Journalist, den sie suchte, hier im Krankenhaus untergebracht sei.

Der Rest war Tricksen – eine Fertigkeit, mit der sich Claudia bestens auskannte. Am Morgen schlich sie sich in die Wäschekammer des Stationspersonals auf der Nachbarstation, stattete sich dort mit den nötigen Utensilien aus und war nun, wenn auch nur für eine Zeitlang, gleichfalls Krankenschwester. Als solche betrat sie kurzerhand die Männerabteilung der Unfallchirurgie und machte sich, ausgestattet mit einem Klemmbrett, auf die Suche nach einer Person mit dem Namen Marco Salvetti. Der sah schlimm aus. Als sie ihn so, das Klemmbrett unter ihrem Arm, das erste Mal sah, kamen ihr Zweifel, ob dieser Salvetti in der Lage war, ihr mit ihrem Schlamassel weiterzuhelfen. Wie es aussah, mußte sie ihr Ansinnen auf einen späteren Zeitpunkt verschieben.

Drei Tage später sah die Welt bereits etwas freundlicher aus. Marco Salvetti aß mit wachsendem Appetit und verbrachte den Rest seiner Zeit mit seinem Laptop. Tessa hatte ihm die Cloud freigeschaltet, so dass er jederzeit Dokumente nach Berlin überspielen konnte. Darüber hinaus erkundigte sie sich fast täglich nach seinem Zustand. Ansonsten war Jonas stetig an seiner Seite. Im Duett hatten sie Salvettis Krankenzimmer in ein redaktionsähnliches Provisorium umgewandelt. Auch die Polizei war nicht untätig: Am zweiten Tag hatten sich zwei Kripo-Inspecteurs mit ihm unterhalten. Ansonsten galt: Er war hier mit seinen Recherchen zu Ende. Zwei, drei weitere Tage noch, dann würde es wieder zurückgehen Richtung Berlin. Wo er dann seine Story fertigschreiben würde.

Er war allein. Und etwas schläfrig gestimmt. Die Schussverletzung hatte ihm mehr zugesetzt, als er ursprünglich angenommen hatte. Aber nun hatten sie ihn soweit zusammengeflickt. Vielleicht würde Tessa ihm eine Reha spendieren – wenn alles vorbei und der entscheidende Artikel geschrieben war. Noch befanden sich die Ereignisse in einer seltsamen Schwebe. Obwohl die Spatzen von den Dächern pfiffen, dass die offizielle Beendigung von EXIT nur noch eine Frage von Tagen war. Etwas wehmütig dachte er zurück an Roberto. Was würde aus ihm werden? Sicher war er zurück nach Berlin; seine Pariser Nummer jedenfalls war abgemeldet.

»Monsieur Salvetti?«

Eine Krankenschwester stand vor ihm. Noch gut in Schuss, wenn auch nicht mehr ganz jung, und mit einem Klemmbrett in der Hand, um das sich etwas unbeholfen ihre Hände wickelten. Er bemerkte ihren Akzent und meinte lapidar:

»Ich denke, wir können das Gespräch in Deutsch fortsetzen.«

Sie lächelte abgeklärt und setzte sich auf den Stuhl neben seinem Bett. »Ja. Denke, das ist wirklich besser.«

»Und was führt Sie zu mir? Sicher nicht meine Schüssel. Die ist bereits heute morgen gewechselt worden.« Er schaute sie scherzhaft an – Marco Salvetti und sein feinsinniger Humor gegenüber Damen.

Claudia Kopinski grinste und wechselte dann in einen kompakten Erzählmodus. Sie berichtete ihm, dass sie zu der Sorte Exilanten gehöre, bei denen die Fluchtmodalitäten etwas verzwickter ausgefallen waren. Salvetti hörte sich ihre Geschichte an. Etwas wacher wurde er, als Claudia zum Ende kam.

»Ich weiß, dass ich mir von Ihnen nicht viel Hilfe erbitten kann. Im Moment scheint ja alles in der Schwebe zu sein. Was ich letzten Endes möchte ist, dass die Anklagen gegen mich in Deutschland niedergeschlagen werden. Vielleicht können Sie mir da einen Anwalt vermitteln? Außerdem bin ich aktuell auf der Suche nach meinem damaligen Fluchtgenossen. Seine Situation ist ähnlich; wir haben beide bewaffnete Selbstbefreiung sowie einen Bankraub auf dem, nunja: Kerbholz. Sein Name ist übrigens Theo Schröder – vielleicht wissen sie ja was?«

Salvetti fing plötzlich an zu lachen. Als das Lachen in krampfartigen Husten überging, meinte er mit schmerzverzerrter Miene: »Lachen lass' ich heute wohl wieder bleiben, was meinen Sie, Krankenschwester?«

Claudia lachte nun selbst, unsicher. »Wahrscheinlich. Geht es Ihnen nicht gut?«

Salvetti richtete sich ein Stück weit auf. »Doch – eigentlich sogar bestens. Um's kurz zu machen. Theo Schröder ist mir bekannt. Leider habe ich da keine guten Nachrichten. Es gab bereits vor der Rue Morton einen Anschlag. Ein Brandanschlag auf eine Exilantenbar im Marais. Die Polizei hat sich Schröder als Verdächtigen geschnappt. Ihr Freund sitzt leider in der Santé – in Untersuchungshaft.«

Claudia schwieg, neigte den Kopf in Richtung des Klemmbretts auf ihrem Schoß. Die Stimmung im Raum war schlagartig dumpf, gedrückt.

»Herr Schröders Rechtsanwalt hat mit mir Kontakt aufgenommen«, sagte Salvetti in die drückende Stille hinein. »Aber das ist es nicht. Aktuell müssen Sie sich Ihren Freund als eine Art Faustpfand vorstellen. Das diverse Seiten gegeneinander in Stellung bringen.«

Claudia schaute ihn ratlos an.

»Die haben die Tage mit den deutschen Diensten hier in der Stadt aufgeräumt. Wenn man so möchte: mit französischem Temperament und deutschem Sinn fürs Detail. Das könnte ihrem Freund zugute kommen. Gegen ihn spricht, dass er sich leider mit ortsansässigen Mafiosi eingelassen hat.«

Claudias Gesicht wurde zum Fragezeichen.

»Es ist einfach ein einziges Wirrwar hier. Sicher – wenn die deutsche Regierung dieses Programm nicht gestartet hätte, wären all diese Dinge – und auch die üble Lage, aus der Sie und Ihr Freund sich herausgeschaufelt haben – nicht passiert.

In den Rängen darunter sieht es anders aus. Darüber hinaus sind es auch nicht gerade Bagatellen, die Ihrem Freund vorgeworfen werden. Lange Rede kurzer Sinn: Ich denke, am Ende wird es auf eine Haftstrafe hinauslaufen. Wenn er Glück hat, zwei bis drei Jahre.«

Claudia rang nun doch mit ihren Emotionen. Sich mit einem Taschentuch ein paar Tränen abtupfend, meinte sie plötzlich entschlossen:

»Ich will ihn sehen. Können Sie mir dabei helfen?«

Salvetti starrte zur Decke. Das Neonröhrenlicht dort schien ihn in Zeit und Raum zu ziehen. Er blickte zurück – zum Fenster, zur Wand und schließlich zu Claudia neben ihm auf dem Stuhl.

»Das ist ja eine schöne Verhaftung«, meinte er in scherzhaftem Ton. »Ich werde sehen, ob sich was arrangieren lässt.«

Seine guten Karten noch lange nicht aufgebraucht zu haben war die Grundhaltung, mit der Georg von Hüneberg allgemein durchs Leben schritt. Sicher – der Anschlag in der Rue Morton hatte die Koordinaten verändert, die Karten vielleicht sogar gänzlich neu durchgemischt. Aber für jemand mit so vielseitigen Kontakten wie ihn gab es immer einen Verwendungszweck. Entsprechend hatte er die Tatsache, dass seine deutschen Auftraggeber allesamt aus dem Land ausgewiesen worden waren, zwar aufrichtig bedauert. Aber – der Zusammenbruch dieser Connection musste nicht zwangsläufig das Ende der anderen bedeuten. Zugegeben: seine Erfolgsbilanz mit den Deutschen war nachgerade exzellent. Zu ihr gehörten nicht nur mannigfaltige Informationen aus dem Exilantenmilieu sowie den Kreisen seiner liberalen Sympathisanten. Zumindest in zwei Fällen waren seine Spitzeldienste in

Nacht-und-Nebel-Aktionen eingemündet, in deren Zug man Geflüchtete auf eher inoffiziellen Wegen in ihr Heimatland zurückverfrachtete.

Wenn alles schief läuft, wechsele ich halt ganz zu den Franzosen, dachte er. Möglich, dass es sich als lukrativ erweisen würde, denen nunmehr Informanten deutscher Dienste ans Messer zu liefern – jetzt, wo der Wind sich gedreht hatte. Auf den Privatsektor umsatteln? Sicher auch eine Option für jemand, der mit den Geheimnissen der Stadt so vertraut war wie er. Vielleicht könnte er sogar mit dem Rassemblement National handelseinig werden? Dann waren da seine Hobbies, wie er sie nannte. Er mochte den Begriff zwar ganz und gar nicht. Im Grunde war es seine Freizeit, sein Lifestyle, der manchmal unkonventionelle Kompensationen nötig machte. Wie diese vorlaute Schlampe aus Clichy-hinter-den-Sternen, der er zusammen mit seinem Kumpel Hannes den finalen Abgang verabreicht hatte. Mit viel gutem Willen ließ sich das zwar ebenfalls unter die Rubrik »Job« subsummieren. In der Hauptsache allerdings war es ein Zeichen, dass man sich mit einem wie ihm besser nicht anlegte.

Solche und ähnliche Gedanken waren Georg von Hüneberg durch den Kopf geschwirrt, als er – es war einer dieser wetterwendigen Vorfrühlings-Nächte, in denen die atlantische Luft das Geschehen bestimmte – ein weiteres Exilantentreffen ausspioniert hatte. Es war super gelaufen. Erst hatte er mit der Bedienung an der Theke geflirtet, ihr ein paar Background-Infos über die Kundschaft ihres Ladens aus der Nase gezogen. Dann hatte er das Treffen observiert. Ganz zwanglos, ganz der Dandy wie immer – diesmal abwechslungshalber mal mit *Le Soir.* Seine Einschätzung: Speziell im Pariser Osten versteckten sich weiterhin eine Menge Leute, die den deutschen Behörden auch zukünftig nichts als Trouble bescheren würden. Ein paar Notizen auf seinem kleinen Block schreibend, hatte er schließlich das Lokal verlassen und war langsam zum Canal Saint-Martin runtergeschlendert – dem Stück, wo der Kanal einen kleinen Knick machte und, rechts an der Seite die Höhen des Parc des Buttes-Chaumont, zum großen Becken von La Villette weiterverlief.

In etwas melancholischer Stimmung lehnte er sich über die Quai-Absperrung und betrachtete die ruhige Oberfläche des Wassers. So war das Leben: Im Grunde gluckerte es unmerklich, nur leicht fließend dahin – so wie dieser unscheinbare Kanal. Sicher – dem Pariser Osten verlieh er das ein oder andere Flair. Früher war er wichtig gewesen – als Verbindung zwischen der Seine und dem Pariser Umland. Heute schätzten ihn nur noch Historie-Versessene und Romantiker. Vielleicht einen wie ihn? Mit angenehmem Frösteln betrachtete George den umwolkten Himmel. Ein Wetterumschwung lag in der Luft, man konnte ihn sozusagen riechen. Mit etwas genießerischer Geste atmete er tief die frische Luft ein. Dann hörte er hinter sich plötzlich ein paar Schritte. Er drehte sich um. Vier, fünf Vermummte.

»Georg von Hüneberg?« fragte der erste.

Französischer Akzent, und der französische Akzent kam nicht von ungefähr. Bereits seit Monaten hatten sie diesen Burschen überwacht. Als sie sich sicher waren, hatten sie das Netz immer enger gezogen. Am Ende konnte man zwei und zwei zusammenzählen, und erhielt als Endergebnis vier. Wie sie herausgefunden hatten, hatte dieser Typ mindestens drei ihrer Kameraden an die Behörden ausgeliefert. Ein Proband hatte sich in der Haft schließlich aufgehängt – vermutlich aus Angst, wieder diesem deutschen Programm zugeführt zu werden. Die Folgerungen aus ihren Nachforschungen lagen auf der Hand: Diese aufgeputzte Gestalt war nichts anderes als eine Ratte. Und je länger sie noch über die Erde wandelte, desto größer die Gefahr, dass noch mehr Leute abgeschoben wurden, im Knast verreckten oder anderweitig zu Tode kamen.

Georg von Hüneberg wollte es erst mit der obligatorischen Gegenfrage versuchen – »Wer will das wissen?« Aber er kam gar nicht erst dazu, die Worte auszusprechen. Mit dumpfer Wucht prasselten die Schläge auf seinen Körper nieder. Es folgten Tritte, dann wieder Schläge. Dann schlug ihm einer mit einem schweren Gegenstand auf den Kopf. Im Anschluss kam der zweite Part. Zwei aus der Gruppe kamen mit ihren Rucksäcken. Mit einem Kabelbinder fesselten sie Georgie aka George aka Georg die Hände auf dem Rücken zusammen, hievten den schlaffen Körper über die Brüstung und ließen die halbtoten Überreste von Georg von Hüneberg in den Kanal hinabplumpsen.

Das Aufplatschgeräusch und der halblaute Disput der Vermummten-Gruppe, der sich daran anschloss, war nicht unbemerkt geblieben. Nachdem Hüneberg die Bar in der Rue Belleville verlassen hatte, hatte sich eine zweite Gruppe an seine Fersen geheftet. Die vier Männer waren nicht vermummt; ihre Allzweckjacken- und Lederjackenkluft wies sie eher als Angehörige des Polizistenberufs aus. Vielleicht war es auch der Gang, das ruhige Gebaren von Männern, die ein Ziel im Auge hatten und dieses auf professionelle Weise ansteuerten. Plötzlich, als sie die kleine Straße überquert hatten, welche das Endstück zum Kanal bildete, verschanzten sie sich wie auf Kommando im Schwarz der Häuserschatten.

Monsieur Noël verfolgte die Szene, die sich an der Kanalbrüstung abspielte, mit befriedigtem Ingrimm. Sie blieben eine Weile und beobachteten weiter das Geschehen. Dann zurrte Monsieur Noël den Reißverschluss seiner Lederjacke bedächtig nach oben und meinte zu seinen Begleitern:

»Ich glaube, wir können gehen. Wie es scheint, hat sich der Gerechtigkeitsgott heute andere Engel ausgesucht.«

24

Der Mann mit dem Seitenscheitel und dem dunkelgrauen Anzug schaute in den Spiegel, richtete sich seine dunkelblau-rotgestreifte Krawatte zurecht und steckte seine Brille ins Etui. Ein letztes Mal fixierte er sein Gesicht. Es war okay. Zweckmäßig eben. Mit entschlossener Geste durchschritt er sein Hotelzimmer, griff sich den Aktenkoffer auf dem kleinen Tisch und ging auf den Flur hinaus in Richtung Fahrstuhl. Kurz dachte er an die Zeitungslektüre von gestern – immer noch aufgeschlagen neben seinem Bett. Eine Krankheit, dachte er. Rückzieher an allen Fronten; es war zum Schreien.

Dabei war er, Ralph Hornbeker, recht sanft auf dem Boden aufgeschlagen. Die Auflösung seines Dienstes stand mittlerweile zwar offen zur Disposition. Im Innenministerium hatte man allerdings umgehend dafür gesorgt, dass er eine gleichwertige Stelle erhielt. Seit drei Wochen war er nunmehr Schulungsleiter. Sein Spezialthema: *Polizeiliche Ermittlungen im Schnittfeld von Gesetz, Legalität und Effizienz.* Er fuhr zu dem Büroturm am Rande der Münchener Innenstadt. Heute waren die Bayern dran. Er schloss seinen Wagen ab, identifizierte sich am Eingang und fuhr mit dem Fahrstuhl in den vierten Stock.

Die Versammelten in dem Vorlesungssaal waren eine bunte Mischung – altgediente Zivilbeamte, Streifenpolizisten, eine Reihe Führungskader und viel junges Volk von der Polizeischule. Bedächtig trat er auf sein Rednerpult zu. Aus den Augenwinkeln bemerkte er ein paar Bekannte – wie er ehemals Mitarbeiter von Diensten, die ihre Arbeit ganz im Verborgenen absolvierten.

»Guten Morgen, meine Damen und Herren«, begann er seinen Vortrag. »Ich hoffe, Sie sind gut hier angekommen. Leicht zu finden war das hier nicht, aber gottseidank gibt es die praktische Erfindung des Navi.«

Er schaute lächelnd in die Runde. Im Publikum verhaltene Heiterkeit.

»Ich will gleich zum Thema kommen. Der Titel unserer heutigen Einheit lautet: ›Polizeiliche Ermittlungen im Schnittfeld von Gesetz, Legalität und Effizienz‹. Da sind zwei wichtige Stichworte mit dabei: Gesetz und Effizienz. Der ein oder andere unter ihnen wird sich sicher fragen: Das beißt sich doch – zumindest in vielen Ermittlungssituationen, die ich kenne. Vorweg will ich einräumen, dass auch ich hier eine gewisse Diskrepanz sehe. Allerdings: Als Mitarbeiter des öffentlichen Dienstes – und so vor allem mit praktischen Sicherheitsaspekten befasst – sind wir es gewohnt, nach vorne zu denken. Entsprechend werden wir heute morgen vor allem praktische Erwägungen in den Vordergrund rücken. –«

Ralph trank einen Schluck Wasser und fixierte dann die Zuhörer (und vereinzelten Zuhörerinnen). Beide hingen ihm zunehmend an den Lippen.

»Steigen wir gleich in die Untiefen der Praxis hinab«, fuhr er fort. »Sie haben einen Verdächtigen. Eventuell ist die Staatsanwaltschaft bereits involviert. Sie müssen die Sache nunmehr zu einem möglichst gerichtsfesten Abschluss bringen. Was tun Sie? Viele von uns werden die Chose kennen: Sie haben einen Dealer oder einen sonstigen Kriminellen. Im Gerichtssaal dann – oder vielleicht schon früher – fliegt Ihnen Ihr Fall um die Ohren. Weil die Anwälte von dem Kerl nachweisen oder zumindest behaupten, dass bei den Verhören unzulässiger Druck ausgeübt wurde.

Druck. Ein schlimmes Wort. Ich gehe ja nunmehr davon aus, dass Sie sich alle an die gesetzlichen Regularien halten.« Im Vorlesungsraum war ein leises Rascheln zu vernehmen – Papier, aber auch Murmeln, das untergründigen Missmut zum Ausdruck brachte. »Nehmen wir an, Sie haben tatsächlich unzulässigen Druck ausgeübt. Den Angeklagten vielleicht geschlagen, oder ihn einem verschärften Verhör unterzogen. Die Frage, die Sie bei alldem vermutlich weniger bedenken, lautet: Ist sowas überhaupt nötig? Meine Antwort, die ich Ihnen hier näher darlegen will, lautet: *Nein!* Aber warum ist das so? Der Grund ist einfach der, dass der unmittelbar Angeklagte – oder die Angeklagte – im Ermittlungsverlauf wie auf dem Präsentierteller sitzen. Der Staatsanwalt kann Ihnen reinfunken, ein Richter genehmigt Ihnen Ermittlungsmittel A oder B nicht, ein Anwalt nimmt die ganze Chose auseinander. Wieso? Oft lautet die Antwort: Weil Sie unzulässigen Druck ausgeübt haben.

Dabei ist es doch so einfach, diese Konstellation – die für Sie letztlich eine Loose-Loose-Situation ist – zu umgehen.« Ralph nahm erneut einen Schluck Wasser und kam dann zum Kern seiner These. »Wie gesagt: Ich unterstelle nicht,

Sie würden derartige Praktiken anwenden. Ich verrate Ihnen nur, wie Sie sie effektiv umgehen können. Die Formel lautet: Konzentrieren Sie sich *nicht* auf den Anklagten! Schauen Sie sich dessen Umfeld an – Freunde, Lebenspartner, Eltern. Der springende Punkt hier ist der, dass deren Aussagen nicht zwingend im Prozess auftauchen müssen. Folglich ergibt sich hier ein weites Feld der Informationsbeschaffung. Wenn diese Informationen zu anderen Informationen führen, die Ihren Angeklagten belasten – umso besser. Was ich sagen will: Ihre Möglichkeiten in diesem Bereich sind bereits in natura weitreichender. Wenn diese Informationen nun dazu führen, dass Sie Ihren Fall knacken oder mit einiger Aussicht auf Erfolg eine Verurteilung erwirken können – dann ist doch die Effizienz gewährleistet, und auch dem Gesetz wurde Genüge getan. – Meine Damen und Herren, wir machen nunmehr eine kleine Pause. Nach dem kleinen Happen, der draußen für Sie bereitsteht, finden wir uns an dieser Stelle wieder. Und werden das Ganze mit ein paar Praxisbeispielen veranschaulichen.«

Ralph Hornbecker war mit seinem Vortrag zufrieden. Nach dem Applaus zog er sich in seinen Aufenthaltsraum zurück, um die Medienauswertung des Tages zu starten.

Marco Salvetti hatte sich in einen kleinen Büroverschlag neben dem Großraumbüro der Redaktion zurückgezogen. Einen Becher Coffee-to-go aus der Hausproduktion in der Hand, fixierte er, lässig in den Schreibtischstuhl gelümmelt, die Zeilen seines Kommentars. Die Publikation der großen EXIT-Story hatte *Rice* bereits am Morgen gestartet. Der Fall war komplex. So waren sie mit *A-TV* – die sich nun doch entschlossen hatten, weiter am Ball zu bleiben – übereingekommen, die ganze Thematik zu splitten. *Rice würde mit Salvettis großer Fortsetzungsgeschichte Furore machen.* Titel der Reihe: »Wie das Töten in Deutschland normal wurde«. *A-TV würde mit einem Sidekick flankieren: der Lebensgeschichte des mysteriösen Jacques Bauer – basierend auf seinen Recherchen und denen seines toten Kollegen Michael Kollmann.*

Auch politisch hatten die jüngeren Ereignisse ein Erdbeben verursacht. Bundeskanzler sowie Regierung hatten die Weiterführung des EXIT-Programms mit sofortiger Wirkung gestoppt. Rücktritte standen im Raum, ebenso Neuwahlen. Wie stets im politischen Betrieb lief das Ganze etwas zähflüssig. Vielleicht jedoch trug ihre Pressekampagne mit dazu bei, die Dinge zu beschleunigen. Marco Salvetti schaute auf den Monitor, scrollte langsam den Kommentar herunter, den er flankierend zu der großen Story geschrieben hatte:

Wer war Jacques Bauer?

(BERLIN, 17. MÄRZ, MARCO SALVETTI). *Wer zum Teufel war Jacques Bauer? Diese Frage stellen sich augenblicklich Hunderttausende, vielleicht Millionen. Die Entwicklung ist in Fluss, und wieder geht es um das Programm. Das sich in diesem Moment – die Mühlen der Politik mahlen nun einmal langsam – im Stadium der Aussetzung befindet. Immerhin, könnte man sagen. Als Allererstes jedoch muss ich Ihnen ein Geständnis machen: Ich bin involviert. Im Zug meiner Recherchen habe ich ein Grab auf einem Friedhof geöffnet und den Inhalt fotografiert. Der Zweck mag die Mittel heiligen. Aber als Journalist begibt man sich mit sowas nun eben auf die Gratwanderung des Interessenkonflikts. Ich will dies offen kommunizieren und habe überdies bei der französischen*

Polizei Selbstanzeige gestellt. Ob mein Verhalten okay war, mögen auch Sie beurteilen, liebe Leserinnen und Leser. Ich persönlich kann zu dem Ganzen nur sagen: Es hat gefruchtet – leider.

Wo beginnen? Sicher könnte man bei Jacques Bauer beginnen – ein Mann, der seinen wissenschaftlichen Ruf dafür hergegeben hat, ein kriminelles Unternehmen mit aufzuziehen. Man könnte auch damit beginnen, was aktuell in den Nachrichten ist. Der Terroranschlag auf Louise Beckmann – eine ehemalige Innenministerin, die diese Unternehmenspraktiken besser kannte, als für sie gut war, und die nun nicht mehr aussagen kann. Aber ich will mit etwas Anderem beginnen: der ziemlich jenseitigen Überlegung nämlich, dass es politisch sinnvoll sein könnte, sozial oder sonstwie gesellschaftlich Missliebige einzufrieren – und das gestartete de-facto-Mordprogramm mit dem ungedeckten Scheck zu verkaufen, das Ganze sei nicht viel schlimmer als eine Zahnarztbehandlung – man würde die Probanden in ein, zwei Jahrzehnten schließlich wieder auftauen.

Manche sehen den Rubikon überschritten durch die Zwangsmaßnahmen, die unter Beckmanns Vorgänger Dreyel einsetzten. Das ist nicht wahr. Überschritten wurde der Rubikon bereits durch den Entschluss, diese – die Menschenwürde im Grunde ad absurdum führende – Technologie überhaupt zu installieren. Die Zwangsmaßnahmen, in die am Ende Sozial-, Jugend- und Sicherheitsbehörden gleichwertig und in großer Fläche involviert waren, stellen lediglich die greuliche Folge dessen dar, was unsere Regierung bereits zu Beginn auf den Weg brachte.

Man muß die fortgesetzt betriebene Grundrechts-Überschreitung von den Anfängen her zu sehen lernen – bevor man in die Details der stümperhaften Durchführung geht. Die kriminellen Geschäfte zwischen Morantis, einem französischen Biotec-Unternehmen, und der Regierung sind Teil einer Veröffentlichungsreihe, die Rice zusammen mit den Kolleginnen und Kollegen von A-TV auf den Weg bringen wird. Einige Details werden wohl ewig im Dunkeln bleiben; die Hauptbelastungszeugin steht wie bekannt nicht mehr zur Verfügung.

Doch wer ist Morantis? Fact ist, dass dieses Unternehmen vor allem ein Projekt erfolgreich monetarisiert hat – den Verkauf des EXIT-Verfahrens an die deutsche Regierung. Den Rest haben Sie in groben Zügen sicher verfolgt. Die von Morantis offerierte Technologie verstieß nicht nur gegen alle Grundsätze der Menschenwürde. Sie funktionierte zudem auch nicht so wie versprochen. Das Ende vom Lied: Die drei Morantis-Begründer transferierten sich und ihr Geld in Richtung USA, ihr oberstes PR-Genie, Jacques Bauer, verstarb. Für die deutschen Stellen, die Morantis das Programm abgekauft hatten, war dann plötzlich Improvisieren angesagt. Auswirkung: Man hangelte sich stetig weiter entlang der selbst geschaffenen Fakten. Konkret: Ohne den zweiten Teil der probanden Nimm-zwei-Packung und ohne weitergehende technologische Kenntnisse, machten die Verantwortlichen hierzulande weiter, als ob nichts wäre.

Wer war Jacques Bauer? Innerhalb des Gesamtkonstrukts ist sein Name möglicherweise temporär. Allerdings war Bauer derjenige, der die ganze Technik erst salonfähig gemacht hat. Wobei er – angeblich, und Wunder geschehen immer wieder – aus eigener Erfahrung Zeugnis ablegte über die Wertigkeit der von Morantis verkauften Technologie. Der springende Punkt: Dieser Jacques Bauer, von dem es auch einen Bestseller gibt, hat nie existiert! Es gibt eine Person dieses Namens, doch die verstarb 1992. Wissenschaftlich in Erscheinung getreten ist sie nie. Der zweite Jacques Bauer tat das sehr wohl. Allerdings ist er nicht – wie sein Grab in Paris sowie eine entsprechende Berichterstattung suggerieren – vor einigen Jahren verstorben, oder: zum zweiten Mal verstorben. Vielmehr lebt er – möglicherweise – noch immer. Da in dem ersten Grab – in Châlons-en-Champagne – die Leiche des wirklichen Bauer liegt und in dem Pariser Grab keine, haben wir es im Grunde mit drei Leben zu tun. Im Grunde einfache Mathematik: Bauer eins ist da und verstorben, Bauer zwei ist nicht da, obwohl angeblich verstorben. Bliebe Bauer drei – bei dem sich die gute Frage stellt, wo er sich gegenwärtig aufhält.

Doch kehren wir zurück zu den Fakten, die uns in diesen Tagen alle bewegen. Über was reden wir, wenn wir über »EXIT« reden? Politisch und menschenrechtlich reden wir über mehrere Tausend Fälle. Mehrere tausend Menschen, die eingefroren in Tiefkühlfächern liegen und auf den Tag ihrer Wiederauferweckung warten. Wobei »warten« ein Euphemismus ist; de facto sind sie tot. Politisch reden wir über eine hochkriminelle Regierung. Die eigentlich nicht zurücktreten, sondern vielmehr unter Anklage gestellt werden sollte.

Allerdings: Am Ende müssen wir auch über jene Medien reden, welche diese unglaubliche Münchhausen-Geschichte mit kolportierten. Und zu Teilen sogar an den anfälligen Legenden mitstrickte. Wer war Jacques Bauer? Die Behauptungen seiner wundersamen Auferstehung – wo aktuell eigentlich von zwei Auferstehungen ausgegangen werden muss – wurden alle in diversen Medien kolportiert. Was konkret heißt: Ohne jegliche Nachprüfung haben die Infos über Bauers wundersame Auferstehung den Weg in die Öffentlichkeit passiert. Gleichfalls die Geschäfte unserer Regierung mit Morantis. Letztlich waren es so erst übergriffige Privatinteressen der verantwortlichen Innenministerin, die die Geschichte schließlich ins Rollen gebracht haben.

Immerhin, werden manche sagen – mittlerweile scheint sich der Nebel um Morantis, den Deal mit der deutschen Regierung und das EXIT-Programm zu lichten. Mit Verlaub: Das ist Blödsinn. Das Programm ist aktuell ausgesetzt. Das heißt nicht mehr als: keine weiteren Deliquenten mehr, die der Maschinerie zugeführt werden. Der Rest befindet sich, um es zynisch zu formulieren, bis auf weiteres in immerwährender Ruhe. Doch auch der administrative Wust drumherum ist keinesfalls geklärt: etwa die Frage der in die Tausende gehenden Exilanten, die sich im Ausland in Sicherheit gebracht haben. Nicht ausgeprochen wurde bislang auch eine Amnestie – für diejenigen, die sich den deutschen Behörden entzogen und, um ihr Leben zu retten, vielleicht auch den ein oder anderen Rechtsbruch begangen haben.

Dabei wäre eine Amnestie das Allermindeste. Nicht der Punkt, ab dem alles wieder gut wird. Sondern die Minimalvoraussetzung, um den Scherbenhaufen, den diese unrühmliche Geschichte verursacht hat, wieder zusammenzukehren. Blicken wir nach vorne. Und sagen wir dem Bundeskanzler: Ohne flankierende Detailregelungen ist jegliches Gespräch über eventuelle weitere Modalitäten obsolet.

Die Möglichkeit von Regierungsrücktritt und Neuwahlen ist derzeit wahrscheinlich. Ein Aufräum- und Wiederbeginn-Programm, das alle nötigen Details enthält, sollte jedoch der erste Punkt jeder Regierung sein, die nach der Stimmauszählung antritt.

Claudia Kopinski hatte eine neue Wohnung angemietet – diesmal am Rand des Quartier Latin in der von moderner Nutzbebauung geprägten Zone zwischen Sâlpetrière und Place d'Italie. Der Job in einer Lagerhalle, den sie angetreten hatte, brachte zwar nicht viel ein. Es reichte allerdings, um über die Runden zu kommen. Mit etwas bangem Rumoren im Bauch bereitete sie sich auf ihren Knastbesuch bei Theo Schröder vor, ihrem alten Companero. Auch dieser Aspekt des Falls hatte sich gelichtet. Es war, wie Marco Salvetti gesagt hatte. Die Ermittlungen wegen Terrorbeteiligung waren mittlerweile eingestellt. Allerdings: Einer Anklage wegen Drogenhandel würde Schröder nicht entgehen.

Am Ende würde es auf zwei oder drei Jahre hinauslaufen – so Schröders neuer Anwalt. Der Anwaltswechsel war vielleicht das wesentlichste Element, das Salvetti in die Wege geleitet hatte. Mit Hilfe französischer Unterstützer war es Salvetti gelungen, einen neuen Verteidiger an Land zu ziehen, der den Fall weiterführte. Da Theo letztlich zu den Exilanten zählte, die in der französischen Hauptstadt so für Furore gesorgt hatten, erklärte sich eine Organisation bereit, die anwaltlichen Kosten zu bestreiten.

Auch bei der Detailabstimmung erwies sich Monsieur Carmel – ein Algerier der zweiten Generation, der sein Studium an der Sorbonne absolviert hatte – als wahrer Glücksgriff. Um Claudia Besuche im Gefängnis zu ermöglichen, stellte er sie pro forma als Mitarbeiterin ein. Letzten Endes war es so ein Gespräch zwischen Anwalt und Klient, das an diesem Vormittag über die Bühne gehen würde.

Mit bangen Erwartungen absolvierte Claudia den – etwa eine halbe Stunde dauernden – Fußweg hoch zur Santé. Die Kontaktaufnahme mit Joanne, die sie letzte Woche in die

Wege leiten wollte, hatte sich als einziger Alptraum erwiesen. Ihre Freundin war Opfer eines Gewaltverbrechens geworden – genauer: tot, tot für alle Ewigkeit. Erfahren hatte sie die schlimme Nachricht von Albert. Eine Begegnung, die ihr noch immer geradezu physische Schmerzen bereitete. Als sie ihn in seiner Firma in Clichy aufgesucht hatte, traf sie auf einen gebrochenen, von Hass und Verbitterung erfüllten Mann. Albert drohte ihr mit der Polizei.

»Mit dir hat alles angefangen«, schrie er sie an und machte Anstalten, sie handgreiflich zur Tür hinauszubefördern. »Mach' dich hier weg. Und tritt nie wieder in unser Leben. Hast du verstanden?«

Seine restlichen Worte waren von der eher unzitierbaren Sorte. Doch auch ohne diese hatte ihr das Zusammentreffen drastisch genug vorgeführt, dass Clichy für sie mittlerweile verbrannte Erde war. Auf ein Gespräch mit Monsieur Damocles hatte sie unter diesen Umständen verzichtet. Nun war sie unterwegs zu ihrem nächsten Bindeglied mit der Vergangenheit. Nachdem Sie die nötigen Formalien – darunter auch eine oberflächliche Leibesvisitation – absolviert hatte, führte sie ein Gefängniswärter in die vorgesehene Besuchszelle.

»Sie dürfen mitschreiben und auch Unterlagen aus Ihrem Inventar übergeben«, meinte der Gefängniswärter. »Berührungen sind nicht erlaubt – ebensowenig die Annahme von Kassibern oder anderer Gegenstände.« Er räusperte sich und fügte hinzu. »Den regulären Schriftaustausch müssen Sie über die Gefängnisverwaltung regeln.«

Claudia nickte, nahm ihre Kladde und ging dann in die Besucherzelle hinein. Theo saß an einem Tisch, etwas abgemagert, mit tiefen Falten um die Augen und in der obligatorisch-grauen Gefängniskluft. Als er sie sah, huschte ein Lächeln um seine Mundwinkel. Er stand auf, umarmte sie kurz und fixierte sie mit sichtlich erfreuter Miene. Einer in der Einsamkeit, dem kurz die Freude eines Besuchs zuteil wird.

»Wie geht es dir?« Claudia war die erste, die die Eröffnungsfrage stellte.

»Wie man's nimmt«, meinte Theo. »Ist halt kein Hotel hier.«

»Ich bin deine Anwältin. Beziehungsweise eine Mitarbeiterin aus der Kanzlei deines neuen Anwalts«, fuhr sie in geschäftsmäßigem Ton fort. »Weißt du ja bereits alles. Ansonsten: Wir können hier Deutsch reden. Ist sicher auch praktisch – falls der Raum hier abgehört wird.«

»Sicher«, meinte Theo lächelnd. Er griff zu der Zigarettenschachtel auf dem Tisch, steckte sich eine an, inhalierte und blies das Rauch-Luft-Gemisch bedächtig in die Luft. »Danke übrigens für das nette Paket. Und das Konto, das ihr mir eingerichtet habt. Ein bisschen Luxus kann man hier gut vertragen.«

»Hast du eine Ahnung, wie es weitergeht?« Claudia, etwas unsicher und mit einem Unterton von Sorge in ihrer Stimme. Theo blickte vor sich auf den abgewetzten Metalltisch.

»Nunja. Um die Drogenhandel-Anklage werd' ich wohl nicht herumkommen. Einen Deal werd' ich nicht eingehen. Also wird das obligatorische Programm auf mich zukommen: Prozess wohl noch in diesem Jahr. Dann wohl eine Haftstrafe.«

Claudia zögerte, wusste nicht so recht, was sie sagen sollte.

»Ist dein Anwalt – ist mein Kollege gut?«

»Wie man's nimmt. Ich glaube – irgendwie schon. Immerhin hat er mir diese bescheuerte Terroranklage vom Hals geschafft.« Tiefergehende Antworten vermeidend, blickte er ausdruckslos die Wände an.

»Über gewisse Abenteuer parlieren wir an der Stelle besser nicht weiter.« Sie verzog den Mund zu einem gequälten Lächeln. Theo lächelte seinerseits.

»Nee. Wohl lieber nicht.«

»Soll ich dir das ein oder andere besorgen? Dich eventuell wieder besuchen?«

»Wenn du's kannst – klar. Würd' mich sehr freuen.« Theos Gesichtszüge wurden etwas weicher. Dann zuckten seine Mundwinkel und er fügte hinzu. »So viel Abwechslung und Gesprächsmöglichkeiten hat man hier nicht. Aber kannst du das überhaupt? Wie sehen eigentlich deine Pläne aus?«

Sie erzählte ihm kurz von ihrer neuen Wohnung. Ihrem Job in der Lagerhalle. Und dass sie – zumindest vorerst – in Frankreich bleiben wolle.

»Vielleicht zieh' ich in die Peripherie. Chartres, Vernon oder ein anderes Nest in der Art. Mal sehen – vielleicht werd' ich da sogar alt und grau?«

»Hört sich gut an«, meinte Theo, der aufstand und damit signalisierte, dass das Gespräch vorbei war. »Kommst du mich wieder besuchen?«

Claudia schaute ihn an. »Ich werd' sehen, was ich tun kann.« Ein »Ja« – in typisch Kopinski-haftem Understatement. Zum Abschied umarmten sie sich.

Monsieur Varennes – mit vollem Namen Maurice Varennes – hatte den Neuen schon seit seiner Einweisung im Visier. Infos über Zu- und Abgänge waren hier im Knast nachgerade eine Lebensversicherung. Und abzutreten hatte Maurice Varennes keinesfalls im Sinn. In den letzten Wochen hatte er sich mit ihm etwas angefreundet. Seine Vita war ihm im Groben bekannt – einer dieser deutschen Flüchtlinge, die mit dem Gesetz in Konflikt geraten waren. Er selbst war durchaus in diesen Komplex involviert. Trotzdem lag es ihm fern, aus diesem Deutschen nähere Informationen herauszuleiern.

Maurice Varennes war ein unauffälliger Häftling. Einer, der die Siebzig überschritten hatte. Mit den Mithäftlingen hatte er keinerlei Streit; den problematischen Fällen ging er wohlweislich aus dem Weg. Dieser Schröder erwies sich da als angenehme Ausnahme. Nicht nur, weil er sich mit ihm über andere Sachen unterhalten konnte, als es gemeinhin beim Freigang üblich war. Sondern auch, weil Schröder einen recht passablen Schach-Partner abgab.

»Eine Partie?«

Varennes nickte freundlich zu Schröder herüber. Wortlos gesellte sich dieser zu ihm. Mit wenigen Handbewegungen leiteten sie ein neues Spiel ein. Schröder war bald im Vorteil, hatte Varennes drei Bauern abgenommen und bedrängte zunehmend seine anderen Figuren. Möglich, dass Varennes diesen Vormittag nicht ganz bei der Sache war. Ein Wärter hatte ihm am Morgen ein Couvert mit einem Schreiben überreicht – der Termin für den Bewährungsausschuss. Konkret bedeutete das: Im Sommer oder Herbst würden sie ihn vermutlich hier rausschmeißen.

Ob das gut war, wusste er nicht so recht – darum seine Patzer beim Schachspiel mit dem Deutschen. Dabei hatte er seine Haftstrafe hier so gut eingefädelt. Ein corpus delicti – eines, das groß genug war, dass er für zwei, drei Jahre von der Bildfläche verschwinden würde. Ein dilettantisch durchgeführter Bankraub – in die Wege geleitet von einem armen Rentner, der praktischerweise mit allen nötigen Papieren ausgestattet war. Alles beisammen also, damit die Wege des Gesetzes ordnungsgemäß ihren Lauf nehmen konnten. Und so war es geschehen. Während das Programm drüben in L'Allemagne crashte und seine Mitbeteiligten sich aus dem Staub machten in Richtung andere Atlantikseite, war Jacques Bauer – also er – einfach an einen Ort verschwunden, wo niemand nach ihm suchen würde. Wobei er zwar Rentner war, aber keinesfalls ein armer Rentner. Bevor sich die Wege der Beteiligten trennten, hatte er sich einen angemessenen Anteil auf die Seite geschafft. Mit Understatement formuliert: Er würde nicht darben müssen.

Und nun war er hier. Ein Schachspiel, vielleicht ein Zusammentreffen des Schicksals. Der Mann, der einmal Jacques Bauer gewesen war, brachte ein Pferd in Stellung, flankierte den Zug mit einer Vorwärtsbewegung eines Turms und brachte Theo Schröders Dame in Bedrängnis. Er schaute seinen Mitspieler an und lächelte leicht:

»Ist das das Ende?«

Schröder lächelte hintersinnig und nickte aufmunternd in Richtung Schachbrett. »Das Ende ist es meistens nie.«

Abspann

Roberto Giura konnte sich nach den Ereignissen konsolidieren. Er hat eine Berufsausbildung angefangen und lebt gegenwärtig in einer betreuten Wohngemeinschaft in Berlin. Ob und inwieweit er an seine Liaison mit Louise Beckmann zurückdenkt, bleibt sein Geheimnis. Interview-Anfragen hat er nach den Ereignissen konstant abgelehnt.

Marco Salvettis Enthüllungsgeschichte über die Genese des EXIT-Programms fand international Anerkennung. Er erhielt den Pulitzer-Preis und ein paar weitere renomeeträchtige Auszeichnungen. Seinem Arbeitgeber, dem Online-Magazin *Rice*, blieb er auch in den folgenden Jahren erhalten. Über ein Wiedersehen mit der französischen Ermittlerin Stephanie Castellet ist nichts bekannt.

Anatol Kasabian entging seinen Zwistigkeiten mit der französischen Justiz nur bedingt. Ein Verfahren wegen Drogenhandel sowie mutmaßlichem Menschenhandel endete zwar mit einem Freispruch. Drei Monate später wurde Kasabian jedoch auf offener Straße erschossen. Verantwortlich, so die Polizei: vermutlich Konkurrenten aus dem kriminellen Milieu.

Hannes, mit vollem Namen **Hannes Schulte**, ging der Polizei im Zug einer Disko-Schlägerei ins Netz. Fingerabdrücke und DNA-Vergleiche brachten Hinweise zu mindestens zwei Frauenmorden im Pariser Umland. Zu einem abschließenden Gerichtsverfahren kam es nicht; in der Untersuchungshaft wurde Schulte von einem Mitgefangenen erstochen.

Die weiteren Recherchen bezüglich *Morantis* haben nichts ergeben. Die drei Teilhaber **Bertrand Saudan, Enrique Cotte** und **Bruno Bonnière** erfreuen sich vermutlich bester Gesundheit. Allerdings werden sie mittlerweile – auch auf Initiative der französischen Sicherheitsbehörden – mit internationalem Haftbefehl gesucht.

Die **deutsche Regierung** trat zurück und setzte im Anblick der desaströsen Situation schließlich Neuwahlen an. Davor hatte sie das EXIT-Programm förmlich beendet. Dessen Beendigung zeitigte allerdings die zu erwartenden Schwierigkeiten. Die Auftautechnik funktioniert bis heute nicht – entsprechend ist das Schicksal der Eingefrorenen im wörtlichen Sinn auf Eis gelegt.

Bibi – mit vollem Namen **Bibiana Herzlau** – hat von den Ereignissen, in die sie am Rande involviert war, vermutlich nicht sehr viel mitbekommen. An der Côte d'Azur hat sie einen Freund gefunden, der nur selten von ihrer Seite weicht – einen Punker aus Köln. Ihr neues Lebensmotto: Das Meer ist schön.

Albert Arras hat sich nach dem Tod seiner Frau nie mehr gefangen. Er veräußerte seine Firma, nahm einen IT-Job in der Provinz auf und lebt heute zurückgezogen an einem unbekannten Ort.

Claudia Kopinski und **Theo Schröder** tauschen regelmäßig Briefe aus. Darüber hinaus finden fortlaufende Besuche statt. Schröders Haftstrafe wurde auf drei Jahre bemessen; aufgrund seiner Weigerung, nähere Angaben zu Hintermännern zu tätigen, ist ein Teil-Straferlaß wegen guter Führung unwahrscheinlich. Claudia Kopinski lebt derzeit in Chartres. Eine Heirat der beiden in mittelfristiger Zukunft ist nicht ausgeschlossen.

Autor

GÜNTER SCHULER: geboren 1955 in Völklingen, Jugend verbracht im Hunsrückvorland, Sturm-und-Drang-Jahre absolviert in Saarbrücken; Zeitungsluft geschnuppert unter anderem beim Magazin *Saarhexe* sowie bei *az – andere Zeitung* (Rhein-Main); von Beruf Medienproduktioner. Als Fachjournalist rund zwei Dutzend Titel veröffentlicht zu Typogra-

Foto: Reinhard Simon

fie, Bildbearbeitung und Mediengestaltung. Da man Photoshop & Co. zwischenzeitlich kaum noch jemand erklären muß, umgesattelt auf Crime, Fictionales sowie Non-Fictionales. Nostalgische Erinnerung an den ersten Krimi 1992: *Das Glück kommt immer erst am Schluss,* erschienen bei Edition Nautilus.

Der Autor liebt Serien, gute Filme, Italia, die Kanaren und Paris. Als assimilierter Hesse lebt er in Frankfurt am Main. *Der EXIT-Komplex* ist als Teil einer möglichen Trilogie konzipiert.